Robert Harris/Jeremy Paxman:
Eine höhere Form des Tötens
Die unbekannte Geschichte der B- und C-Waffen

Vorwort von Alfred Mechtersheimer
Mit 29 Fotos
Aus dem Englischen von
Gernot Barschke

Deutscher
Taschenbuch
Verlag

dtv

Von den Autoren aktualisierte Ausgabe
Januar 1985
Deutscher Taschenbuch Verlag GmbH & Co. KG,
München

Titel der englischen Originalausgabe:
A Higher Form of Killing
Chatto and Windus, London

ISBN 3-430-14052-8
Umschlaggestaltung: Celestino Piatti
Umschlagfoto: Directorate for Defense Information,
Washington, D.C.
Gesamtherstellung: C. H. Beck'sche Buchdruckerei,
Nördlingen
Printed in Germany · ISBN 3-423-10372-8

Das Buch

Mit dem Einsatz chemischer Kampfstoffe durch das deutsche Heer im Jahr 1915 wurde eines der grausamsten Kapitel in der Geschichte der modernen Waffensysteme eingeleitet. Seit diesen ersten Gasangriffen, die zum Grauen der Soldaten in den Schützengräben wurden, haben Wissenschaftler die »geheimen Waffen« verteidigt und weiterentwickelt – die internationalen Ächtungsvereinbarungen sind bis heute Papier geblieben. Dieses Buch ist die erste geschlossene Darstellung über die Entwicklung und Anwendung biologischer und chemischer Waffen. Bislang geheime Dokumente und Gespräche mit Wissenschaftlern und Politikern aus verschiedenen Ländern zeigten den Autoren, wie diese tödlichen Waffen im stillen immer weiter perfektioniert wurden: Die Geschichte geht von 1915 in Ypern über die Suche Hitlers nach neuen B- und C-Waffen, die japanischen Versuche, die Diskussion über Churchills Plan, deutsche Städte zu vergasen, bis hin zu Vietnam, den CIA-Experimenten mit LSD und zur Anwendung von B- und C-Waffen durch die Sowjetunion in Afghanistan, Laos und Kambodscha. Auch heute noch werden die Erkenntnisse der Medizin, Chemie und Biologie systematisch auf ihre Brauchbarkeit zur Massenvernichtung geprüft. Dieses Buch ist ein wichtiger Beitrag zur gegenwärtigen Friedens- und Rüstungsdiskussion, die sich nicht auf die Atomrüstung beschränken sollte. Aktuell wird dieses Thema besonders durch die erst kürzlich bekanntgewordene Lagerung derartiger Waffen in Deutschland und die bisher vergeblichen Bemühungen der Großmächte, zu Verhandlungen über ein generelles Verbot der chemischen Kriegführung zu kommen.

Die Autoren

Robert Harris, geboren 1957, studierte in Cambridge. Er ist Journalist und Produzent für das BBC-Fernsehprogramm. Jeremy Paxman, geboren 1950, studierte in Cambridge, bevor er Journalist wurde. Er schrieb von den Brennpunkten des Weltgeschehens aus für verschiedene englische Zeitschriften und ist heute Reporter für das BBC-Fernsehen.

Inhalt

»Die technischen Hilfsmittel, die aus der Ferne wirken, sind immer erst auf dem mühsamen Weg der Überlegung ihres Nutzens zu dem guten Ansehen gelangt, das Schwert und Beil seit Urzeiten besaßen. Als die Kanone den Panzerreiter niederwarf, fand sie ebenso moralische Mißbilligung wie die Gase im Weltkrieg. Immer aber siegt die technisch höhere Form.«

Professor Fritz Haber, Wegbereiter des Gaskrieges, Nobelpreisträger für Chemie 1918, in einem Vortrag vor dem Deutschen Klub in Buenos Aires am 4. Dezember 1923

Vorwort

1. Es ist höchste Zeit, daß sich die Öffentlichkeit mit jenen Massenvernichtungsmitteln beschäftigt, die bei der Diskussion über die NATO-Nachrüstung fast vergessen werden, nämlich die chemischen und biologischen Waffen. Es war allerdings bisher auch nicht einfach, sich darüber verläßlich zu informieren, denn die Regierungen schützen die B- und C-Rüstung noch mehr als die A-Waffen vor dem Interesse der Bürger.

Nach der Veröffentlichung dieses Buches von *Robert Harris* und *Jeremy Paxman* wird die Geheimhaltungspolitik gegen die eigene Bevölkerung nicht mehr so leicht möglich sein. Die geschickte Verbindung aus Faktentreue und Anschaulichkeit macht den Leser sachkundig und betroffen. Er wird nach der Lektüre resistent sein gegenüber der *amtlichen Verharmlosung der Giftgas-Rüstung.*

Es geht nicht nur um einen Nachholbedarf an Information über die chemischen und biologischen Waffen, es gibt akuten Anlaß, daß sich die Bevölkerung, zumal in der Bundesrepublik, für diese Massenvernichtungsmittel unmittelbar zuständig erklärt.

Die bisherige nukleare Abschreckung zerfällt.[1] In beiden Militärblöcken werden die Waffen nicht wie bisher als bloßes Drohpotential verstanden, sondern immer mehr so »modernisiert«, daß mit ihnen Krieg geführt und gesiegt werden kann. Dies gilt nicht nur für die konventionelle Rüstung, sondern auch für die atomaren Waffen und die chemischen Kampfstoffe. Für das dicht besiedelte Territorium der Bundesrepublik Deutschland wurde das

Konzept eines »integrierten Gefechtsfeldes« entwickelt, in dem auch die C-Waffen einen wichtigen Platz einnehmen, zumal diese Waffen nach Auffassung amerikanischer Militärs der Vorstellung von einem auf Europa begrenzten Krieg eher gerecht werden als die Nuklearwaffen.

2. Die Angst vor einem auf Europa begrenzten – und damit wahrscheinlicher werdenden – Atomkrieg wird von der offiziellen Politik mit dem Hinweis abgetan, im Zweiten Weltkrieg sei das Giftgas nicht eingesetzt worden, weil sich beide Seiten vor dessen Wirkung zu sehr gefürchtet hätten. Dies ist im Grunde das einzige historische Argument, mit dem die immer größere Anhäufung von nuklearen Zerstörungspotentialen auf heute rund 50 000 Stück als Kriegsverhütungspolitik gerechtfertigt werden soll.

Dieses Buch entlarvt solche Vorstellungen als Irrtum. Nur durch das Zusammenwirken von historischen Zufällen ist die Welt zwischen 1939 und 1945 knapp den Schrecken des Bakterien- und Gaskrieges entgangen. Der Zweite Weltkrieg hätte leicht zu einem Ypern weitaus furchtbareren Ausmaßes als 1915 führen können. Wenn Hitler beispielsweise die Schwächen seiner Gegner beim Nervengas gekannt hätte, wäre der Weltkrieg anders verlaufen. (Im übrigen sollte nicht übersehen werden, daß Tabun und Sarin zwar nicht an der Front, aber millionenfach gegen Menschen in den Konzentrationslagern eingesetzt wurden.)

Künftig treibt jeder Irreführung, wer mit dem Hinweis auf den Nichteinsatz der C-Waffen während des Zweiten Weltkrieges den zunehmenden Zweifeln an der Nuklear-Rüstung zu begegnen sucht.

Die Parallele gilt übrigens noch nicht einmal für die C-Waffen selbst. Denn heute sind diese Waffen integrierter Bestandteil des militärischen Konzepts sowohl beim Warschauer Pakt als auch bei den amerikanischen Kontingenten der NATO. Der Oberbefehlshaber der US-Streitkräfte und der NATO-Truppen in Europa, General Bernard Rogers, hat beispielsweise seine Forderung nach einer »chemischen Nachrüstung« mit dem Hinweis begründet, es müßten sonst in einem militärischen Konflikt die Atomwaffen früher eingesetzt werden.

3. Die NATO, vor allem die US-Streitkräfte, verlangt nach neuen chemischen Waffen, ohne daß der Warschauer Pakt in diesem Sektor in jüngster Zeit aufgerüstet hat. Weil sich die Beziehungen zwischen den beiden Supermächten seit einigen Jahren ra-

pide verschlechtern, wird ein Rüstungszustand, der mit der Entspannungspolitik in den 70er Jahren durchaus vereinbar war, heute als Ungleichgewicht empfunden, eine Lücke wird propagiert und die »Nachrüstung« gefordert. *Wettrüsten ist aber die Summe aus lauter solchen Nachrüstungen,* weil es keine wirkliche Übereinstimmung zwischen den beiden Seiten über das gibt, was militärisches Gleichgewicht genannt wird.

Nachrüstungen werden vor allem dann gefordert und durchgeführt, wenn eine neue Qualität der Waffentechnik erreicht ist. Dies ist mit den sogenannten binären C-Waffen geschehen. Durch die Trennung der beiden Substanzen bis zum Einsatz wird die Waffe für den, der sie besitzt, weniger riskant, die militärische Wirkung aber vergrößert.

Trotz inneramerikanischer Widerstände soll ab 1984 diese »moderne« C-Munition in der Bundesrepublik gelagert werden. In auffallender Parallele zur atomaren Nachrüstung im Rahmen des NATO-Doppelbeschlusses vom 12. Dezember 1979 wird mit neuen amerikanischen Waffen auf deutschem bzw. westeuropäischem Boden ein neues Wettrüsten eingeleitet. Zwischen der atomaren und der chemischen Nachrüstung gibt es zudem einen technischen Zusammenhang, weil die US-Armee die Tauglichkeit der Cruise Missiles (Marschflugkörper) für den Einsatz von chemischen Kampfstoffen untersucht. Zu welchen schreckenerregenden Visionen dieses neue Wettrüsten im B- und C-Sektor führen würde, deuten die Autoren am Ende des Buches an.

4. Die Regierungen in Ost und West erklären, sie würden sich intensiv bemühen, diese schlimmen Perspektiven durch Abrüstung und Rüstungskontrolle nicht Realität werden zu lassen. Die Ergebnislosigkeit dieses Regierungsbemühens ist bei der nuklearen Rüstung kaum mehr zu übersehen. Nun gibt es auch für den C- und wahrscheinlich auch für den B-Bereich kaum noch Hoffnungen.

Bei genauem Besehen *ist der politische Prozeß, der zur Abrüstung führen soll, kaum zu trennen von dem, der die Aufrüstung bringt.* Wie bei jeder Nachrüstung standen auch bei den chemischen Waffen am Anfang die Hinweise auf die Überlegenheit der Sowjetunion. Sodann wurde eine »uneingeschränkte Ächtung und kontrollierte Abschaffung aller biologischen und chemischen Waffen«[2] gefordert, und schließlich folgt, weil dieser Abrüstungsversuch scheitern mußte oder erst gar nicht ernsthaft angestrebt wurde, die sogenannte Nachrüstung.

Dem entspricht die in diesem Buch nachgezeichnete Geschichte der Abrüstungsbemühungen. Der Giftgaseinsatz der Briten im russischen Bürgerkrieg oder in Afghanistan, der C-Waffeneinsatz der Franzosen und Spanier in Marokko oder der Italiener in Abessinien waren stets von Verzichtserklärungen und Verboten der »zivilisierten« Staaten begleitet. Auch das Verhalten der beiden Supermächte im Vietnamkrieg bzw. in Afghanistan ist Teil jener Unwilligkeit oder Unfähigkeit der Regierungen, das tödliche Spiel mit dem Leben und der Gesundheit der Völker zu beenden.

5. Die Bundesrepublik Deutschland befindet sich in einer besonders widersprüchlichen Situation. Sie hat völkerrechtlich verbindlich auf die Produktion, den Einsatz und die Lagerung von B- und C-Waffen verzichtet; auf ihrem Territorium befinden sich aber erhebliche Mengen von amerikanischen Nervenkampfstoffen und chemischer Munition, zu denen in den nächsten Jahren noch die binären C-Waffen kommen sollen. *Beide deutsche Staaten könnten in einem Krieg leicht zum »chemischen Schlachtfeld der Supermächte«*[3] *werden.*

Völkerrechtler haben die Lagerung amerikanischer Nervenkampfstoffe auf dem Gebiet der Bundesrepublik als verfassungswidrig beurteilt. Der DGB-Landesvorstand von Rheinland-Pfalz hat daraufhin Verfassungsbeschwerde eingereicht. In Fischbach bei Pirmasens in der Pfalz befindet sich das Hauptlager des Giftgases, bei Hanau und Mannheim sollen weitere Bestände der US-Armee lagern. Wie katastrophal die Folgen eines Einsatzes chemischer Waffen in der dicht besiedelten Bundesrepublik wären, hat auch die Bundesregierung eingeräumt, als sie vor dem Parlament mitteilte, daß das Verhältnis der Toten bei Soldaten und Zivilbevölkerung eins zu zwanzig zum Nachteil der Zivilisten betrage.[4] Angeblich geht man in der Bundeswehr davon aus, daß im Verteidigungsfall 98 von 100 Soldaten einen Gasangriff überleben. Bei der ungeschützten Zivilbevölkerung wäre das Verhältnis genau umgekehrt: 98 Tote zu zwei Überlebenden. Kinder haben ohnehin keine Chance, weil ihre Atemmuskulatur zu schwach ist, um durch eine Gasmaske Luft zu bekommen.[5]

Die chemische Rüstung verdeutlicht, was immer mehr Menschen in der Bundesrepublik als unerträgliches Relikt des verlorenen Krieges begreifen: Trotz der formellen Souveränität ist die Bundesrepublik, wenn es um Leben oder Tod geht, ein besetztes Land und unterscheidet sich in diesem Zusammenhang nicht von der DDR. Ein Staat, der keinen oder fast keinen Einfluß auf die auf seinem Territorium liegenden chemischen und atomaren Waffen hat, kann das im Grundgesetz (Art. 2, Abs. 2) verbriefte »Recht auf Leben und Unversehrtheit« seinen Bürgern nicht garantieren.

6. Die NATO bereitet eine Verteidigung vor, die dann, wenn sie durchgeführt werden müßte, mit großer Wahrscheinlichkeit zur Vernichtung der Bundesrepublik führen würde. Ein Militärbündnis, das sich nur um den Preis der Auslöschung eines seiner Partner verteidigen kann, hat keine Existenzberechtigung. Für die Bundesrepublik Deutschland kann es in der NATO keine Sicherheit geben, solange deren Militärstruktur auf die atomaren und chemischen Waffen sowie auf die konventionelle Angriffsrüstung fixiert bleibt.

Deshalb sind in der Friedensbewegung nicht nur Menschen aktiv geworden, die kompromißlos jede militärische Rüstung ablehnen – eine Haltung, die nach Lektüre dieses Buches besondere Achtung verdient –, sondern auch und vor allem solche Bürger, die im Notfall ihr Land verteidigen, nicht aber atomar und chemisch vernichten wollen. *Heimatverteidigung kann es für die Bundesrepublik erst nach Beseitigung der chemischen und atomaren Waffen geben,* weil Menschen nicht durch den Einsatz von Massenvernichtungsmitteln geschützt werden können.[6]

Die Rüstungskontrollpolitik der Regierungen hat weder das Wettrüsten noch die Kriegsgefahr bannen können. Es hilft nur noch die Rüstungsverweigerung durch die Bürger. Das Ziel ist die Beseitigung aller Massenvernichtungsmittel in der Bundesrepublik und in ganz Europa. Dabei ist die Friedensbewegung eine unverzichtbare Voraussetzung. Eine neue Sicherheitspolitik wird es aber erst dann geben, wenn die herkömmlichen Parteien erkennen, daß sie ihre Macht an neue Parteien abgeben müßten, falls sie nicht rechtzeitig eine Politik betreiben, die auf Massenvernichtungsmittel verzichtet. Erst dann besteht eine Chance, daß aus Sicherheitspolitik Friedenspolitik wird.

Januar 1982 — Alfred Mechtersheimer

1. Kapitel: Das Grauen begann bei Ypern

Der 22. April 1915 war ein warmer und sonniger Tag gewesen, doch am Spätnachmittag erhob sich ein leichter Wind. Er kam aus dem Norden; an den deutschen Linien vorbei wehte er über das Niemandsland und kühlte sanft die Gesichter der alliierten Soldaten, die um den Ort Langemark herum, in der Nähe von Ypern, in Stellung lagen.

Sie waren noch unerfahren in ihren Schützengräben: französische Reservisten und Algerier aus der nordafrikanischen Kolonie. Für sie mußte der frische Wind ein gutes Omen gewesen sein, da einige Sekunden später, wie auf ein Zeichen hin, die deutschen Gewehre, die sie den ganzen Tag über unter Feuer genommen hatten, aufhörten zu schießen. Ein plötzliches Schweigen breitete sich über der Front aus.

Einige hundert Meter entfernt kauerten vier Divisionen der 23. und 26. deutschen Heeresgruppe in ihren Schützengräben. Sie hatten dort seit Morgengrauen gewartet, unfähig, sich zu rühren, aus Furcht, ihre Anwesenheit zu verraten. Jetzt, gerade als es zu spät zu sein schien, war der Augenblick gekommen. Der Wind wehte nun aus dem Norden. Angriff.

Um 17 Uhr schossen drei rote Raketen in den Himmel und signalisierten den Beginn eines ohrenbetäubenden Artilleriefeuers. Hochexplosive Granaten schlugen in das verlassene Ypern und in die umliegenden Dörfer ein. Zur gleichen Zeit sahen die in der Nähe Langemarks verschanzten Truppen bei den feindlichen Linien zwei grünlichgelbe Wolken aufsteigen, die vom Wind ergriffen wurden, in Schwaden vorantrieben und dann allmählich verschmolzen, bis sich eine einzige blauweiße Nebelbank gebildet hatte.

Außer Sichtweite, in speziellen, durch Sandsäcke und Beton geschützten Stellungen, hatten deutsche Pioniere an einer etwa sechs Kilometer langen Front die Ventile von 6000 zylinderförmigen Behältern geöffnet. Diese Zylinder enthielten flüssiges Chlor – in dem Augenblick, in dem der Druck ausgeglichen wurde und es mit der Luft in Berührung kam, verdampfte es und bildete eine dichte Wolke. Ein Chlorgasanteil von nur 0,003 Prozent in der Luft ruft einen brennenden Hustenreiz hervor; Konzentrationen von 0,1 Prozent können tödlich sein. Ein weiterer Windstoß, und 160 Tonnen davon, eineinhalb Meter hoch und dicht über dem Boden, bewegten sich auf die Schützengräben der Alliierten zu.

Die chemische Kriegführung hatte begonnen.

Innerhalb einer Minute erreichten die Schwaden die erste Linie und schlossen Zehntausende von Soldaten in eine beißende grüne Wolke ein, die so dick war, daß sie ihre Nachbarn im Schützengraben nicht mehr sehen konnten. Sekunden später umklammerten sie ihre Kehle und schnappten verzweifelt nach Luft.

Chlor führt nicht zum Ersticken: es wirkt dadurch, daß es die Innenwände der Bronchien und Lunge angreift. Durch diese Verätzung bildet sich eine beträchtliche Flüssigkeitsmenge, die die Luftröhre verstopft, aus dem Mund herausschäumt und die Lunge füllt. In dem Versuch, sich vor diesen Wirkungen zu retten, preßten einige Männer Mund und Nase in die Erde; andere verloren völlig den Kopf und fingen an zu laufen. Aber jede Bemühung, die Wolke hinter sich zu lassen, führte nur zu erschwerter Atmung und fortschreitender Vergiftung. Als die Gasschwaden über die kämpfenden Männer hinwegzogen, liefen ihre Gesichter durch die anstrengenden Versuche, Atem zu holen, blau an; einige husteten so stark, daß ihre Lunge platzte. Wie es in späteren britischen Verlustmeldungen hieß, waren alle »an ihren eigenen Absonderungen erstickt«.[1]

Hinter der Chlorgaswolke rückte die deutsche Infanterie behutsam vor; alle trugen einen groben Atemschutz aus um den Kopf gebundener, feuchter Gaze und Baumwolle. Sie gingen an einer beispiellosen Szenerie des Schreckens entlang. Die Toten lagen dort, wo sie zusammengebrochen waren, die Arme ausgestreckt in dem Versuch, dem Gas zu entrinnen. Zwischen den Leichen regten sich die Verwundeten und Sterbenden, keuchend und würgend, während ihre heftig schmerzenden Lungen immer wieder eine gelbe Flüssigkeit aushusteten. Alle mit dem Chlor in Berührung gekommenen metallischen Gegenstände hatten ihren Glanz verloren. Knöpfe, Uhren, Geldstücke: alles trug jetzt einen stumpfen grünen Farbton. Die Gewehre waren verrostet und sahen aus, als ob sie monatelang im Schlamm gelegen hätten. Die meisten Verschlußstücke der 60 Geschütze, die an diesem Tag von den Deutschen erbeutet wurden, waren unbrauchbar.

Alle Franzosen, die noch in der Lage waren, sich zu bewegen, flohen. Die mit ihnen alliierten Briten fanden die Straßen und Brücken ihres Frontabschnittes plötzlich überfüllt mit zurückweichenden Soldaten, von denen viele als Erklärung nur auf ihre Kehle deuten konnten. Noch gegen 18 Uhr, als die Chlorgaswolke ungefähr 15 Kilometer entfernt war, rief sie Hustenanfälle hervor und führte zum Brennen der Augen. Gegen 19 Uhr blieben die wenigen französischen Gewehre, die noch im Einsatz gewesen waren, verdächtig stumm.

Der erste umfassende Gasangriff hatte die Befehlshaber der Alliierten so vollkommen überrascht, daß sie erst in den frühen Morgenstunden das Ausmaß der Katastrophe, die sie getroffen hatte, abschätzen konnten. Die Deutschen hatten ein sechs Kilometer breites Loch in die Westfront gerissen; an einem Nachmittag bezwangen sie Verteidigungsanlagen, die monatelang gehalten wurden. Der deutsche Befehlshaber Falkenhayn war genau wie seine Gegner äußerst erstaunt über die enorme Wirkung der chemischen Kriegführung. Er hatte das Giftgas nur versuchsweise als eine Hilfe für seinen Angriff betrachtet und verfügte daher nicht mehr über ausreichende Reserven, um seine Überlegenheit auszunutzen. Wären genug vorhanden gewesen, hätte er geradewegs durch die Front der Alliierten zu den Kanalhäfen vorstoßen können: Der Gasangriff hätte den Sieg der Deutschen bedeuten können. Statt dessen gruben sich die deutschen Soldaten ein, als sich die Nacht über Ypern senkte. Die Deutschen schätzten, daß Falkenhayns »Experiment« die Alliierten 5000 Tote und 10 000 Verletzte gekostet hat.

36 Stunden später, während sich Briten und Franzosen immer noch anstrengten, die Lücke in ihren Verteidigungsanlagen zu schließen, griffen die Deutschen erneut an. Am 24. April um

2 Uhr 45, kurz vor Morgengrauen, bemerkte Hauptmann Bertram vom 8. kanadischen Bataillon einige grünlichweiße Nebelschwaden, die über der ungefähr 500 Meter entfernten deutschen Frontlinie aufstiegen. Mit einer Geschwindigkeit von 13 Stundenkilometern bewegte sich die Wolke »am Boden entlang auf unsere Schützengräben zu, nicht viel höher als zwei Meter, als sie unsere Front erreichte«.[2] Der überaus dichte Chlorgasnebel brach über die Kanadier herein, deren einziger Schutz aus Taschentüchern, Socken und Handtüchern bestand, auf die sie urinierten und die sie dann in den Mund stopften. Die nächsten Stunden über wurden sie weiteren Gasschwaden ausgesetzt, die so dicht waren, daß sie die Sonne verdeckten. Ein- oder zweimal konnten sie flüchtig durch die Wolken hindurch deutsche Soldaten erkennen, die allem Anschein nach wie Taucher gekleidet waren, mit einer großen Haube, die nur eine verglaste Öffnung für die Augen freiließ.

Es vollzog sich wieder der gleiche von panischem Schrecken geprägte Kampf, die rückwärtigen Linien zu erreichen. Auf einer kleinen Fläche, die sich von den vorderen Schützengräben bis zu den Versorgungslinien erstreckte, zählte Bertram 24 Soldaten, die beim Versuch, dem Gas zu entkommen, getötet wurden; er selbst brach mit ständigen Brechreizen und Durchfall zusammen, unfähig zu atmen, mit einem Gefühl »großer Schwere in der Tiefe seiner Brust«.

Der deutsche Gas- und Artillerieangriff tötete 5000 Menschen. Feldwebel Grindley vom 15. kanadischen Bataillon war einer von Hunderten, die vom Schlachtfeld in die behelfsmäßigen Lazarette gebracht wurden. Die Ärzte wußten nicht, wie sie die Gasopfer behandeln sollten, und zwei Tage später starb Grindley, verzweifelt nach Luft ringend. Der Sanitätsoffizier, der ihn behandelte, nannte als Todesursache »Luftmangel«. Mit Blaustift notierte er einen Autopsiebericht:

»Die Leiche zeigte eine deutliche Verfärbung im Gesicht, am Hals und an den Händen. Beim Öffnen des Brustkorbes sprangen die beiden Lungenflügel hervor. Beim Entfernen der Lunge strömten beträchtliche Mengen einer schäumenden hellgelben Flüssigkeit aus, offensichtlich sehr eiweißstoffhaltig, da ein leichtes Schlagen ausreichte, es wie Eiweiß zu verfestigen. Die Venen an der Gehirnoberfläche waren hochgradig verstopft, alle kleinen Blutgefäße waren auffällig herausgetreten.«[3]

Von denjenigen, die den Gasangriff überlebten, mußten

60 Prozent nach Hause geschickt werden; die Hälfte von ihnen waren am Ende des Krieges noch immer Vollinvaliden.

Nicht zum ersten- und auch nicht zum letztenmal mußten Menschen wie Grindley – »Löwen, angeführt von Eseln«, wie ein englisches Sprichwort sagt – für die Fehler ihrer Befehlshaber büßen, die wenige Wochen vorher eine Warnung über das, was die Deutschen planten, erhalten hatten. Obwohl die Tatsachen damals verheimlicht wurden, wissen wir heute, daß am 13. April, mehr als eine Woche vor dem ersten Angriff, eine französische Patrouille einen deutschen Soldaten gefangengenommen hatte, der ein Atemgerät trug. Der Soldat, ein 24jähriger Schütze des 26. deutschen Armeekorps namens August Jäger, verriet den deutschen Plan, Giftgas zu benutzen, und beschrieb die genaue Lage der Zylinder (deren Existenz bereits durch die Luftaufklärung bestätigt worden war). Jägers Information wurde dem französischen Divisionskommandeur, General Ferry, übermittelt, der sie seinerseits an das britische und das französische Oberkommando mit der Empfehlung weiterleitete, entweder die bedrohten Soldaten zurückzuziehen oder aber die Gaslager zu bombardieren. Beides, seine Warnung und sein Ratschlag, wurden ignoriert.

Dazu schreibt der offizielle britische Bericht, der noch 60 Jahre nach dem Angriff als »geheim« eingestuft wurde: *»Wir waren uns schon einige Tage vorher der Tatsache bewußt, daß die Deutschen Vorbereitungen trafen, Gas ausströmen zu lassen . . . Niemand schien die große Gefahr, die uns bedrohte, erkannt zu haben; es wurde angenommen, daß der feindliche Versuch sicherlich fehlschlagen würde und daß man, welches Gas auch immer unsere Front erreichen würde, es leicht auflösen könnte. Keiner war auch nur im geringsten Grade beunruhigt . . .«*[4]

Weder Ferry noch Jäger profitierten davon, daß sich ihre Voraussagen als korrekt bestätigten. Ferry wurde durch das französische Oberkommando seines Postens enthoben, das darüber wütend war, daß er die Ignoranz dieses Gremiums so deutlich bloßgestellt hatte. Jägers Schicksal war härter. In einer 1930 veröffentlichten Denkschrift gab Ferry ihn unbedacht als Quelle seiner Information an. Jäger, nun Zivilist, wurde sofort verhaftet und 1932 in Leipzig zu zehn Jahren Zuchthaus verurteilt; das Gericht entschied, daß sein Verrat der deutschen Pläne dazu beigetragen hatte, den Krieg zu verlieren – und so wurde er zum letzten und vielleicht unglücklichsten Opfer des ersten Gasangriffs.

Die Opfer von Ypern wurden nach Boulogne evakuiert, wo sie in den Brennpunkt intensiven wissenschaftlichen Interesses gerieten. Welches Gas benutzten die Deutschen? Welche Schutzmaßnahmen konnte man dagegen ergreifen? Die Briten durchforschten ihre Universitäten und Krankenhäuser nach Experten, die in der Lage sein könnten, die Antworten auf diese Fragen herauszufinden. Ende April war die Küstenstadt überfüllt mit Verwundeten und Sterbenden, die von einem kleinen, aus Spezialisten und Akademikern bestehenden Heer umgeben waren.

Das größte Krankenhaus befand sich im berühmten ehemaligen Kasino in Le Touquet, eines der bedeutendsten Symbole der »Goldenen Epoche«, die im August 1914 endete. Ein führender britischer Physiologe, Joseph Barcroft, schrieb, daß man in eleganten Sälen, in denen einst der Klang des Roulettrades vorherrschte, nun »geradezu durch Verletzte watete«. Ein anderes Krankenhaus, im Vergnügungspavillon am Ende des Kais, war »so überfüllt, daß es fast unmöglich war, sich vorwärts zu bewegen. Alle Betten waren besetzt und ebenso der ganze verfügbare Raum auf den Fluren. In den anderen Krankenhäusern ist es genauso. Manchmal passieren drei Fälle das Bett an einem Tag.«[5]

Der Schock und die Betroffenheit wurden durch die Tatsache verstärkt, daß Giftgas durch das Völkerrecht besonders geächtet war. Das *Haager Abkommen von 1899* hatte dazu beigetragen, Richtlinien aufzustellen, nach denen sich bestimmte Formen des Kampfes außerhalb einer zivilisierten Kriegführung befanden. Die Unterzeichner, einschließlich Deutschlands, hatten unter anderem die Zusicherung gegeben, *»keine Geschosse zu benutzen, die die Ausbreitung von zu Erstickung führenden oder schädlichen Gasen bewirken«*.

Sechzehn Jahre später muß diese Vereinbarung auf Treu und Glauben den gasvergifteten Soldaten genauso weit entfernt von der Wirklichkeit des Jahres 1915 erschienen sein wie die im Kasino in Kisten verpackten reichverzierten Kronleuchter und Gemälde. Mit außerordentlichem Zynismus behaupteten die Deutschen, daß sie vermieden hatten, das Haager Abkommen zu brechen, indem sie keine Geschosse benutzt hatten, sondern die Gaswolke aus Zylindern ausströmen ließen. Die *Kölnische Zeitung* ging sogar so weit, zu behaupten, daß das Freisetzen von Rauchwolken, die bei leichtem Wind recht langsam auf den Feind zutreiben, nicht nur internationalen Vereinbarungen nach erlaubt wäre, sondern auch eine außerordentlich milde Art der Kriegführung darstellen würde.[6]

Der britische Oberbefehlshaber, Sir John French, war nicht dieser Meinung. Am 23. April telegrafierte er nach London und erbat die Mittel für Vergeltungsmaßnahmen. Am 24. April, als die Kanadier den zweiten Gasangriff erlitten, antwortete der Kriegsminister Lord Kitchener. »Bevor wir auf das Niveau der ehrlosen Deutschen sinken«, benachrichtigte er French, »muß ich diesen Fall der Regierung unterbreiten.« Trotz internationaler Abkommen war es offensichtlich, daß man nun kurz vor einem uneingeschränkten Gaskrieg stand. Während das Ministerium die britische Stellung zu dieser Art der Kriegführung untersuchte, wurden Neuigkeiten über den Angriff an die Öffentlichkeit weitergegeben.

Es entstand eine Welle der Abneigung gegen die Deutschen. Die Presse schürte den Zorn, indem sie Augenzeugenberichte von den Leiden der Verwundeten abdruckte. »Ihre Gesichter, Arme und Hände hatten eine schimmernde grauschwarze Farbe«, schrieb *The Times*, »den Mund geöffnet, mit ausdruckslosen Augen schwankten sie in dem Versuch, Luft zu holen, leicht hin und her.«[7] Lord Northcliffe's *Daily Mail* appellierte an die englischen Frauen, einfache Atemschutzgeräte, bestehend aus Baumwolle, die von Gaze umhüllt war, herzustellen. Die Reaktion auf diesen Aufruf war enorm: an einem einzigen Tag wurden eine Million von diesen Gasmasken angefertigt. Tausende gelangten unglücklicherweise an die Front und wurden ausgeteilt: sie waren nutzlos, wenn sie trocken waren; im feuchten Zustand führten sie zum Ersticken. Eine Woche nachdem sie angekommen waren, veranlaßte das britische Oberkommando, sie wieder zurückzuziehen; als einige Tage später die letzten dieser Atemschutzgeräte vom Schlachtfeld verschwanden, waren sie verantwortlich für den Tod unzähliger Menschen.

Aber die offiziellen Maßnahmen waren auch nicht viel besser. Die Armee verließ sich auf den Rat von zwei englischen Professoren, Haldane und Baker, die die Front am 27. April besuchten. Als Schutz empfahlen sie den »Gebrauch von Tüchern, angefeuchtet mit Urin, eingebettet in Gewebe oder eingeschlossen in einer Flasche, von der der Boden entfernt worden ist«.[8] Dieser Notbehelf war alles, was die Alliierten hatten, um drei Gasangriffe – am 1., 6. und 10. Mai – zu überstehen.

Der letzte und größte Angriff in diesem Sommer wurde am 24. Mai gestartet. Bei Morgengrauen, unter dem Schutz eines schweren Artilleriefeuers, ließen die Deutschen an einem drei Kilometer langen Frontabschnitt südwestlich von Ypern Chlorgas ausströmen. Die Männer, die diese Front hielten – Soldaten der britischen 1. Kavallerie, der 4. und der 28. Division –, ergriffen die eilig ausgeteilten Atemgeräte, die aus zwei Lagen Flanell bestanden und mit Bändern über den Mund geschnürt wurden; vor der Benutzung sollten sie in Sodalösung getaucht werden, Flaschen mit dieser Flüssigkeit befanden sich in den Schützengräben.

Die bedrohliche grünlichweiße Gaswolke wirbelte über die britischen Stellungen wie schon vorher über die französischen und kanadischen, doch diesmal mit einer völlig unerwarteten Dichte. Das Chlorgas erreichte eine Konzentration, die auf zweieinhalb Kilometer tödlich wirkte; 14 Kilometer von der Front entfernt war es noch stark genug, um zum Erbrechen und zum Brennen der Augen zu führen. Fünf Kilometer weiter, in Ypern, verschwanden Häuser und Bäume vollkommen aus dem Blickfeld, und die Kellerräume des Krankenhauses füllten sich mit Nebel. In den Schützengräben selbst – nur einige hundert Meter von den Zylindern entfernt – verursachte das Gas, wie General Wilson berichtete, verzweifelte Szenen:

»Zuerst benutzten die Soldaten ihre Atemgeräte vorschriftsmäßig, doch als sie mit dem Gas in Berührung kamen, tauchten sie diese in die Lösung, die in den Gräben verteilt war. Als sich dadurch die Gasvergiftung fortsetzte, gerieten die Männer in Panik und konnten nicht davon abgehalten werden, die Atemgeräte umzubinden, ohne sie vorher trocken zu pressen; das Ergebnis war, daß die Soldaten durch die gesättigten Atemgeräte keine Luft bekamen. In dem Glauben, daß sie durch das Gas erstickt wurden, tauchten sie sie in immer kürzeren Abständen ein, während des Eintauchens schwer atmend, anstatt die Luft anzuhalten, mit dem voraussehbaren Resultat, daß sie durch das Gas bewußtlos wurden.«[9]

Der Angriff dauerte über vier Stunden. Während der nächsten Tage wurden beinahe 3500 Leute gegen Gasvergiftung behandelt; mehr als die Hälfte von ihnen mußte nach England zurückgeschickt werden. Über die Anzahl der Toten gab es keine Angaben.

Zwei Tage später, am 26. Mai, erschien im vorverlegten Hauptquartier der britischen Armee in Hazebrouck eine merkwürdige Gestalt in Uniform, die »offensichtliche Zeichen eines längeren

Aufenthalts in einer Umgebung mit Schlamm und Stacheldraht trug«, seine Feldmütze war von einem Granatsplitter zerrissen, die Pistole hatte er an seinem Gürtel befestigt. Major Charles Howard Foulkes von den Königlichen Pionieren hatte eine Verabredung mit General Robertson, dem Generalstabschef von Sir John French. Es war eine Unterredung, so erinnerte Foulkes sich später, von wenigen Worten:

»›Wissen Sie irgend etwas über Giftgas?‹ fragte er, und ich antwortete wahrheitsgetreu: ›Überhaupt nichts.‹ ›Gut, ich glaube, das macht nichts‹, fuhr er fort. ›Ich will, daß Sie die Leitung unserer Giftgas-Vergeltungsmaßnahmen hier in Frankreich übernehmen. Es tut sich etwas in London; Sie müssen hinüberfahren und herausfinden, worum es geht. Dann kommen Sie zurück und erzählen mir, was man unternehmen sollte.‹ Und damit wurde ich entlassen.«[10]

Die britische Armee besaß in Foulkes, der zum »Giftgasberater« ernannt wurde, eine Person, die direkt aus den Romanen Joseph Rudyard Kiplings oder Rider Haggards zu stammen schien. Foulkes war einer von sieben Söhnen eines britischen Geistlichen in Indien, die alle aufwuchsen, um dem Empire zu dienen; fünf von ihnen wurden in Übersee begraben. 1915, zur Zeit seiner Ernennung, war Foulkes 40 Jahre alt. Er hatte 23 Jahre in der Armee verbracht und war dabei in Sierra Leone (»Das Grab des weißen Mannes«, wo er fast an Malaria gestorben wäre), Gambia, an der Goldküste, in Südafrika, Westindien, Nigeria und Ceylon gewesen. Während des Burenkrieges hatte er Fotoapparate auf ein Fahrrad montiert, und mehrere Male entkam er nur knapp den feindlichen Kugeln, als er die Stellungen der Buren fotografierte. 1902 gab er sich als Journalist aus, der scheinbar über den Ausbruch des Vulkans Mont Pelée berichtete, und fotografierte tatsächlich für den britischen Geheimdienst die französischen Befestigungsanlagen auf Martinique. Im gleichen Jahr drang er, zu Pferde und im Kanu, tief in ein feindseliges und größtenteils unerforschtes Gebiet ein, um die Grenze zwischen dem Norden Nigerias und dem französischen Teil der Sahara aufzuzeichnen. Großwildjäger, Fußballspieler der 1. schottischen Division, Teilnehmer an den Olympischen Spielen 1908, dieser bemerkenswerte, archetypische Sohn des Empire krönte seine Karriere als königlicher Adjutant und starb im Alter von 95 Jahren in seinem Bett – im gleichen Jahr 1969, in dem die Menschen auf dem Mond landeten.

Die Aufgabe, die 1915 vor ihm lag, beanspruchte seinen äußersten Einfallsreichtum. Das britische Oberkommando wollte das Gas bereitgestellt haben, um es in der Herbstoffensive anzuwenden. Foulkes blieben fünf Monate, um eine Gaswaffe zu entwikkeln, sie in Produktion zu geben, herauszufinden, wie man sie am besten einsetzen kann, schließlich Männer anzuwerben und ihnen beizubringen, die Waffe zu benutzen. Zum Glück für die Briten wurden diese Versuche nicht durch weitere deutsche Gasangriffe behindert. Nach dem Angriff am 24. Mai begann der Wind aus Westen zu wehen, und die Deutschen transportierten ihr Gaskorps an die Ostfront, wo es mit verheerenden Folgen gegen die russische Armee eingesetzt wurde. Abgesehen von zwei Angriffen gegen die Franzosen im Oktober, wurde bis Dezember kein Gas mehr gegen die Alliierten in Frankreich angewendet.

Gegen das Hauptproblem, mit dem er konfrontiert war, konnte Foulkes als Soldat am wenigsten tun: die Schwäche der britischen chemischen Industrie. In Großbritannien, oder sogar in der ganzen restlichen Welt, gab es nicht im entferntesten etwas Vergleichbares wie die Produktionskapazität der acht riesigen deutschen Chemieunternehmen, die sich in einer massiven Konzentration an der Ruhr zusammengetan hatten, später bekannt als die *Interessengemeinschaft* – die IG Farben.

Das Führen eines Giftgaskrieges verlangt eine überaus leistungsfähige Massenproduktion, eine Forderung, die die IG sehr leicht erfüllen konnte. Die meisten Giftgase des Ersten Weltkrieges konnten in Mengen produziert werden, indem die Methoden und Maschinen benutzt wurden, die normalerweise der Farbherstellung dienten. Zu Beginn des Krieges besaß Deutschland das Weltmonopol in der Erzeugung von Farben; Großbritannien dagegen konnte nur ein Zehntel von dem produzieren, was es eigentlich brauchte. Dieses Ungleichgewicht bedeutete einen außerordentlich schweren Nachteil für die chemische Kriegführung der Alliierten, die bis zum Ende des Krieges hinter der wirksameren Leistung ihres Feindes zurückblieb. Es war tatsächlich die unbestreitbare Überlegenheit in der chemischen Produktion – außerdem die Tatsache, daß die britische Seeblockade sie vom Nachschub an Nitrat, das wichtig für die Herstellung von Sprengstoff ist, abschnitt –, die das deutsche Oberkommando erstmalig dazu veranlaßte, den Gebrauch von Giftgas in ihre Betrachtungen einzubeziehen.

An der russischen Front im Januar 1915 hatten die Deutschen eine Tränengasart (nach ihrem Erfinder, Dr. Tappen, *T-Stoff* genannt) benutzt. Man zählte den T-Stoff – ein Vorläufer des Gases, das heutzutage bei Krawallen Verwendung findet – zu den Waffenarten, die von der Haager Konvention zugelassen waren. Die Alliierten besaßen ähnliche Waffen. Im März führten die Franzosen, auf die Initiative eines einberufenen Polizisten hin, Tränengaspatronen und -granaten ein. Um Unterstände auszuheben, entwickelten die Briten eine »Stinkbombe«, nach dem Londoner Stadtteil South Kensington, wo es erfunden wurde, *»SK«* genannt.

Seit Beginn des Krieges wurde die Einbeziehung der chemischen Kriegführung vom Verband der Farbenindustrie offensiv vertreten, besonders von dem Leiter Carl Duisberg. Ein »herrschsüchtiger Preuße, der weder in seinem Privat- noch in seinem Geschäftsleben eine andere Meinung dultete«,[11] ein Mann, der vor allem vom »Führerprinzip« sprach und daran glaubte, lange bevor man etwas von Hitler hörte. Duisberg gehörte zur wissenschaftlichen und industriellen Elite, deren Befähigung und Skrupellosigkeit es Deutschland ermöglichten, innerhalb der folgenden 40 Jahre die Welt zehn Jahre lang zu bekämpfen.

Die chemische Industrie war die Basis der deutschen Kriegsmaschinerie. Ohne die Entdeckungen in Duisbergs Fabriken und der Gewinnung von Stickstoff aus der Luft wäre der Kaiser gezwungen gewesen, 1915 um Frieden zu bitten. Die Auslösung eines Giftgaskrieges versprach nun einerseits die Stellung der IG in Deutschland weiter zu verstärken und andererseits die niedergehende Farbindustrie wiederzubeleben, die bei Ausbruch des Krieges zum Stillstand gekommen war. Duisberg drängte während einer Sonderkonferenz des deutschen Oberkommandos im Herbst 1914 auf die Anwendung von chemischen Waffen und erforschte selbst die Giftigkeit verschiedener Gase. (Später ließ er die Wände der Büroräume seines eigenen Unternehmens, die Bayer-Werke, mit großen Tafeln dekorieren, die alle verschiedenen Aspekte der Kriegsproduktion dieser Fabriken darstellten: eine Tafel zeigte die Herstellung von Gas, eine andere das Auffüllen der Granaten, eine dritte das Zusammensetzen der Gasmasken. Am Ende des Krieges präsentierte er diese »kunstvolle Arbeit« stolz einem bestürzten Offizier der Alliierten.)

Zu Duisbergs Elan und der Leistungsfähigkeit des Farbenverbandes kam noch der Genius Deutschlands führender Industriewissenschaftler. Der Mann, der heute im allgemeinen als »Vater« der chemischen Kriegführung bezeichnet wird, war der Leiter des Kaiser-Wilhelm-Instituts in Berlin: Fritz Haber, 40 Jahre alt, ein brillanter Chemiker, zukünftiger Nobelpreisträger und glühender Patriot, nahm er voller Energie die Aufgabe in Angriff, die erste, leicht zu handhabende, tödliche chemische Waffe der Welt zu entwickeln. Die Arbeit begann im Herbst 1914. »Wir konnten die Versuche hören«, erklärte ein Zeuge am Ende des Krieges, »die Professor Haber im hinteren Teil des Instituts zusammen mit den hohen Militärs, die jeden Morgen in ihren stahlgrauen Wagen vorfuhren, durchführte ... Die Arbeit wurde Tag und Nacht vorangetrieben, oft beobachtete ich noch um 23 Uhr eine rege Betriebsamkeit im Gebäude. Es war allgemein bekannt, daß Haber seine Leute so hart wie möglich antrieb.«[12] Bei einem dieser frühen Versuche explodierte ein Laboratorium, wobei Habers Assistent, Professor Sachur, getötet wurde.

Im Januar hatte Haber eine Waffe fertiggestellt, die er den Militärs vorstellen konnte. Anstatt den Kampfstoff in Granaten zu füllen, schlug er vor, ihn aus Zylindern ausströmen zu lassen. Er hatte sich für Chlorgas entschieden, ein starkes, zu Erstickung führendes Gas, das in flüssiger Form leicht in den Zylindern gelagert werden konnte; bei Luftkontakt verflüchtigte es sich zu einer tiefhängenden Wolke, die bei günstigem Wind bis in das Zentrum der feindlichen Stellungen getragen werden konnte. Dazu kam, daß bereits große Chlorgasvorräte existierten. Sogar schon vor dem Krieg produzierte die IG 40 Tonnen täglich; die Briten stellten weniger als ein Zehntel davon her.

Der Schock, den die neue Waffe auslösen würde, das Ausmaß, mit dem ein Angriff aufgezogen werden konnte, und die Eigenschaft des Gases, sogar die stärksten Befestigungsanlagen zu durchdringen, gaben den Deutschen große Hoffnungen darauf, daß der Stillstand im Westen durch den Einsatz von Giftgas beendet werden würde. Haber fuhr persönlich nach Ypern, um die Aufsicht über den Angriff zu führen. Doch trotz der Tatsache, daß zwischen dem 22. April und dem 24. Mai aus über 20000 Zylindern 500 Tonnen Chlorgas freigesetzt wurden, behauptete sich die Front der Alliierten. Das Gas allein konnte den Krieg nicht gewinnen – es mußte durch eine mächtige Offensive unterstützt werden, was die Deutschen bei Ypern versäumten. Haber war bitter enttäuscht. Die Militärbefehlshaber, schrieb er später, »gaben danach zu, daß, wenn sie meinem Ratschlag gefolgt wären und einen Großangriff anstelle des Experiments bei Ypern gestartet hätten, die Deutschen gewonnen hätten«.[13]

Haber kehrte nach Berlin zurück, wo seine Frau Clara ihn anflehte, seine Arbeit aufzugeben und zu Hause zu bleiben. Er weigerte sich jedoch. Im Mai fuhr er an die Ostfront, wo in drei verheerenden Angriffen, 60 Kilometer westlich von Warschau, ungefähr 25000 russische Soldaten getötet oder verwundet wurden. Den ganzen Krieg hindurch erlitten die armselig geschützten Russen den größten Schaden von allen Ländern, die am Gaskrieg beteiligt waren: bei Kriegsende schätzte man die Anzahl der Opfer auf fast eine halbe Million. Allein bei einem der ersten Angriffe wurde das sibirische Regiment erheblich dezimiert – von 4310 Soldaten überlebten 400, von den 39 Offizieren nur vier.[14]

Im Westen waren es jedoch die Deutschen, die leiden mußten. Duisberg beging einen schweren Fehler mit der Annahme, daß die Alliierten nicht in der Lage wären, ebenfalls chemische Waffen einzusetzen. Weit davon entfernt, den Stillstand zu beenden, wie er und Haber gehofft hatten, spielte das Gas nun eine wichtige Rolle dabei, diesen Zustand aufrechtzuerhalten. Es entstand ein Verhaltensmuster, das sich bis zum Ende des Krieges nicht mehr änderte: Die Deutschen benutzten ein neues Gas, um den Durchbruch zu versuchen; der Plan schlug fehl, das Gas wurde dann von den Alliierten ebenfalls hergestellt, und der Kreislauf wiederholte sich. Und so, durch die Verbindung industrieller Macht, militärischer Zweckmäßigkeit und den Fähigkeiten einiger patriotischer Wissenschaftler, verstrickte sich die Welt in die chemische Kriegführung.

Im Sommer des Jahres 1915, als im Kaiser-Wilhelm-Institut die Arbeit mit dem nächsten Giftgas, *Phosgen*, begann, kämpfte Foulkes damit, die Männer und das Material für den ersten Gasangriff der Alliierten mit Chlorgas herbeizuschaffen. Die britische Giftgasoffensive wurde von einer Eliteeinheit der Armee (»Special Companies«, später »Special Brigade« genannt) durchgeführt. Jeder bekam eine Lohnzulage, und alle erhielten einen Dienstgrad, der mindestens dem des Unteroffiziers gleichkam. Die meisten von ihnen waren Rekruten, graduierte Wissenschaftler oder Industriechemiker. Nach dem Krieg befanden sich viele von ihnen in Schlüsselstellungen der gerade aufgebauten chemischen Industrie Großbritanniens. 1915 trugen sie Pistolen anstelle von Gewehren, die Disziplin auf dem Exerzierplatz wurde nur wenig geübt; dafür lernten sie mit den *»oojahs«* umzugehen, den 90 Kilogramm schweren Chlorgaszylindern, die von zwei Mann getragen werden mußten und die beim ersten britischen Gasangriff eingesetzt werden sollten.

Bis zum 25. September waren 5500 dieser Zylinder, die 150 Tonnen Gas enthielten, bei Loos in Belgien in Stellung gebracht worden. Sie waren mit höchster Geheimhaltung über den Kanal verschifft worden, jeder Zylinder in einer unmarkierten Holzkiste für zwölf Schillinge Frachtkosten pro Stück. Eine Luftpatrouille stellte sicher, daß die Sondereinheiten nicht beobachtet wurden, als sie den Angriff vorbereiteten.

Die Wahrung des Überraschungseffekts stand an erster Stelle. In allen Angriffsplänen, die an die Kompaniechefs ausgeteilt wurden, bezeichnete man das Gas einfach als »das Zubehör«, und schwere Strafen wurden denjenigen angedroht, die »das Zubehör« versehentlich Gas nannten. Die Einstellung der meisten Offiziere gegenüber »dem Zubehör« und den dafür verantwortlichen schlecht ausgesuchten Soldaten wurde von Hauptmann Thomas, einem Offizier »der alten Schule«, in Robert Graves' Kriegserinnerungen *»Strich drunter«* gut zusammengefaßt:

»Es ist abscheulich. Das ist kein Soldatenleben, so ein Zeug zu benutzen; auch nicht, wenn die Deutschen damit angefangen haben. Es ist schmutzig, und es wird uns Unglück bringen. Wir werden sicherlich alles verpfuschen. Seht euch diese neuen Gaskompanien an – Verzeihung! Vergeben Sie mir dieses eine Mal, ich meine Zubehörkompanien – ihr Anblick bringt mich zum Zittern. Chemiedozenten von der Londoner Universität, ein paar Jungs, die gerade von der Schule kommen, ein oder zwei Unteroffiziere der alten Garde, die zusammen drei Wochen lang ausgebildet werden und dann solch eine verantwortungsvolle Aufgabe bekommen. Natürlich werden sie alles verpfuschen. Wie könnten sie auch anders?«[15]

Doch trotz aller Bedenken konnte Foulkes am Abend der Schlacht von Loos auf eine bemerkenswerte Leistung zurückblikken. Fünf Monate nachdem die Alliierten durch den ersten deutschen Gasangriff überrascht worden waren, hatte er 1404 Leute, darunter 57 Offiziere, unter seinem Kommando. Als sie am 25. September um Mitternacht in Stellung gingen, wartete Foulkes nervös in Sir Douglas Haigs Hauptquartier, das in der Nähe des Kampfplatzes in einem Schloß eingerichtet worden war; vor ihm auf dem Tisch lag eine große Karte ausgebreitet, auf der die Schützengräben eingezeichnet waren, aufgesteckte kleine Fahnen repräsentierten seine Einheitsführer. Um 5 Uhr morgens dachte Haig daran, den Angriff abzublasen, da der Wind nur schwach wehte. Er ging hinunter und bat einen seiner Offiziere darum, eine Zigarette anzuzünden: der aufsteigende Rauch verwehte in der reglosen Morgenluft kaum. Dennoch wurden die Vorbereitungen für den Angriff fortgesetzt. Um 5 Uhr 50 wurden die Zylinder geöffnet. In dem Sektor, wo die Windverhältnisse am ungünstigsten waren, weigerte sich einer der Offiziere, das Gas freizusetzen. Seine Verweigerung wurde dem Hauptquartier übermittelt, das ihn anwies, das zu tun, was ihm befohlen worden war. Einige Minuten später war er entsetzt, als er sah, wie die Gaswolke zurücktrieb und Hunderte von britischen Soldaten vergiftete.

Mit beißender Kritik beschrieb Graves die Wirkung des Angriffs an seinem Frontabschnitt. Die Schraubenschlüssel, mit denen sie ausgerüstet waren, um die Hähne an den Zylindern zu öffnen, hatten die falsche Größe, und »die Soldaten liefen schreiend umher, auf der Suche nach passenden Schraubenschlüsseln«. Nur ein oder zwei Zylinder konnten geöffnet werden. Von dem Angriff gewarnt, eröffneten die Deutschen das Feuer: »Einige Schüsse trafen mehrere der Zylinder, der Graben füllte sich mit Gas, die Kompanie geriet in Panik.«

An anderen Stellen der Front entwickelte sich die Lage besser. Ein Luftaufklärungsbericht, der Haig kurz nach 6 Uhr übergeben wurde, meldete, daß »sich die Gaswolke stetig auf die deutschen Linien zubewegte«. Als das Chlorgas die ersten Schützengräben erreichte, wurden entlang der deutschen Front Warntrommeln geschlagen. In den Gräben wiederholten sich die gleichen Szenen wie schon bei Ypern im April. Die Soldaten waren genauso unvorbereitet. Die Gasmasken waren verlorengegangen oder vergessen worden, die meisten Atemgeräte, die sie dabei hatten, waren nützlos (nach dem Angriff erzählte ein britischer Feldwebel, daß er 23 gasvergiftete Deutsche begraben hatte: alle trugen Atemgeräte). Die deutschen Befehlshaber berichteten von einer völligen Panik. Soldaten, die wegen der ununterbrochenen Bombardierung, die dem Gasangriff vorangegangen war, vier Tage lang keine Verpflegung bekommen hatten, waren bereits geschwächt und brachen schnell zusammen. Einige versuchten sich in Erdlöcher zu verkriechen – dort blieben sie zunächst vom Gas verschont, doch allmählich sammelte es sich an und trieb sie auch dort hinaus. Siebzig Deutsche versuchten, über die Deckung zu springen, um sich zu ergeben, wurden aber von ihren eigenen Maschinengewehrschützen niedergemäht, die mit Taucherhelmen und Sauerstoffflaschen besser ausgerüstet waren als die regulären Truppen. Doch am Ende wurden auch sie überwältigt: ihr Sauerstoffvorrat reichte nur für 30 Minuten aus, und durch die gezielte Vermischung des Chlorgases mit Rauchschwaden zogen die Briten den Angriff auf 40 Minuten in die Länge. Der Rauch hatte dadurch den zusätzlichen psychologischen Effekt, daß der Herbstmorgen in einem Nebel verschwand, der so dicht war, daß die Sichtweite noch sechs Kilometer hinter der deutschen Front weniger als zehn Schritt betrug.

Eine Stunde nach dem ersten Gasaustritt griff die britische Infanterie die deutsche Front an und drang im ersten Anlauf eineinhalb Kilometer weit vor. »Hinter der vierten Gas- und Rauchwolke«, schrieb der Kriegsberichterstatter des *Berliner Tageblatts*, »tauchten plötzlich Engländer auf, in dichten Reihen und Kolonnen vorwärts stürmend. Sie erhoben sich auf einmal von der Erde, trugen Gasmasken auf ihren Gesichtern und sahen nicht aus wie Soldaten, sondern wie Teufel. Es waren schlimme und schreckliche Stunden.«[16] Ein Soldat des 1. Middlesex Regiments schrieb in einem Brief, der vom Zensor aufgehalten wurde:

»Ich will nicht noch einmal so etwas erleben wie den letzten Samstagmorgen. Es war die Hölle ... Die Artillerie bombardierte sie vier Tage und Nächte lang, ununterbrochen, siebenhundert Geschütze hinter uns. Am Samstagmorgen um Viertel vor sechs ließen wir das Gas auf die Teufel los – es war ein fürchterlicher Anblick – und um halb sieben kletterten wir über die Brustwehr und griffen sie an. Ich trug ein Feldtelefon. Vier von uns liefen los; ich erreichte als einziger den ersten deutschen Schützengraben, der angefüllt war mit Toten, ungefähr drei oder vier übereinander, alle vergast. Aber in der dritten Schützengrabenreihe hatten sie Maschinengewehre und sie mähten uns nieder, überall sah man Schlamm und Blut. Als die Namen unserer Einheit ausgerufen wurden, meldeten sich 96 von 1020.«[17]

Britische Soldaten kämpften sich ihren Weg durch die deutschen Schützengräben. Die 20. Brigade berichtete, daß »ganze Maschinengewehrmannschaften vergiftet auf dem Boden lagen«.

Ein Offizier erzählte von einem Deutschen, der noch auf seinem Stuhl saß – vergast. An einer anderen Stelle wurden sechs leblose Deutsche gefunden, dicht zusammengedrängt, als ob sie sich vor der Kälte schützen wollten. Viele der Toten lagen in der zweiten und dritten Grabenreihe und in den Nachschublinien, wo sie in dem Versuch, sich zu den rückwärtigen Stellungen durchzuschlagen, gestorben waren. »Wir sahen die tödliche Wirkung unseres Gases«, schrieb ein Offizier an eine Londoner Zeitung. »Die Deutschen hatten erlitten, was wir vorher auch erleiden mußten.«[18]

An einigen Stellen drangen die britischen Truppen fünf Kilometer tief in die deutsche Front ein. Aber wie in so vielen Schlachten des Ersten Weltkrieges war der Bodengewinn nur vorübergehend und geringfügig, die Opfer hingegen enorm. Trotz 3000 Gefangennahmen und der Erbeutung von 18 Geschützen kostete die Schlacht von Loos die Briten über 50000 Verluste. Der Durchbruch konnte nicht erreicht werden. Ebenso wie bei Ypern reichte das Giftgas – in seiner Wirkung unvorhersehbar und zudem äußerst wetterabhängig – nicht aus, um den entscheidenden Sieg zu erreichen, der von jeder Seite angestrebt wurde. Gleich Haber blieb Foulkes nichts anderes übrig, als über eine Reihe von »Wenns« nachzugrübeln. »Wenn das Schicksal etwas günstiger gewesen wäre, wenn die Windverhältnisse nur ein wenig vorteilhafter gewesen wären, hätte Sir John French an diesem Tag ohne jeden Zweifel einen sensationellen Sieg davongetragen.»[19]

Innerhalb einer Woche hatten die Deutschen den Boden, den sie verloren hatten, beinahe wieder ganz zurückerobert.

Nach Loos war Giftgas eine noch unbeliebtere Waffe als vorher. Drei Wochen nach der ersten Freisetzung wurden 2000 britische Soldaten als Opfer des *britischen* Gases gemeldet; 55 Fälle waren »ernst«, zehn starben. Die Rohrleitungen und die Zylinder waren häufig undicht, oft wurden sie von feindlichen Granaten beschädigt; und wenn ein Gasangriff gestartet wurde, kam es nicht selten vor, daß der Wind die Wolke in die falsche Richtung trieb.

Bei den einfachen Soldaten entstand ein Haßgefühl gegen Giftgas, das sich mit dem Fortschreiten des Krieges immer weiter vertiefte. In den nächsten drei Jahren kamen die Soldaten ständig damit in Berührung. In Le Havre, Rouen, Étaples, Abbeville, Boulogne und Calais wurden Anti-Gas-Schulen eingerichtet. Jeder Soldat mußte einen Standardkurs durchlaufen, der einen einstündigen Aufenthalt in einer Gaswolke einschloß (um ihm »Vertrauen in sein Atemgerät« zu geben), außerdem wurde er eine halbe Minute lang Tränengas ausgesetzt (um ihm Furcht einzuflößen, damit er die Vorsichtsmaßnahmen gegen Gas ernst nahm). Die Gasmasken konnten üblicherweise nach sechs Sekunden aufgesetzt werden – doch bevor es ihnen erlaubt wurde, mußten die Soldaten, noch immer dem Tränengas ausgesetzt, ihren Namen, Nummer und das Bataillon nennen; manchmal wurden sie zum Wiederholen der Angaben gezwungen. »Es war«, wie der Historiker Denis Winter es formulierte, »ein Unternehmen, das die Soldaten mit einem belastenden Gefühl der Schändlichkeit des Giftgases an die Front zurückschickte.«[20] Allgemein wurde angenommen, daß Gasopfer das Resultat einer nachlässigen Disziplin wären. Verhöre wurden angestellt, und jeder Gasgeschädigte mußte ein »Verwundetenabzeichen« tragen – ein sichtbarer Beweis für seine Nachlässigkeit, die es zuließ, daß er sich eine Gasvergiftung zugezogen hatte. Diese Handhabung wurde erst mit der Einführung von Senfgas aufgehoben, als es einfach zu viele Fälle gab, mit denen das System nicht mehr fertig wurde.

Die Wirksamkeit dieser harten Maßnahmen kann man an den Gasopfer-Statistiken ablesen. Von den 180983 britischen Soldaten, die offiziellen Berichten nach im Ersten Weltkrieg mit Gas vergiftet worden waren, wurden nur 6062 als Todesfälle registriert, was eine Sterblichkeitsziffer von ungefähr 3 Prozent ergibt (obwohl, wie später noch erläutert wird, der wirkliche Wert sicherlich weit darüber liegt).[21]

Diese Zahlen benutzend, behaupteten die Verfechter der chemischen Kriegführung später, daß Giftgas unbestreitbar die *menschlichste Waffe* gewesen wäre, die im Ersten Weltkrieg benutzt worden war, da sie mehr verwundete als tötete. *Aber die Zahlen offenbaren weder den Schrecken noch die Folgeerscheinungen von Gasschäden.* Auch die psychologischen Auswirkungen werden nicht deutlich. Als sich der Krieg in die Länge zog, schwächte die immerwährende Gasbedrohung unmerklich die Widerstandskraft und den Kampfgeist der Soldaten. Die Furcht war allgegenwärtig. An jeder Straße warnten alle paar Kilometer Schilder vor den Gefahren des Giftgases. In einem Umkreis von fast 20 Kilometern mußte man ständig seine Gasmaske tragen. Im Falle eines

Gasalarms erscholl ein ohrenbetäubender Lärm entlang der Front. Glocken wurden geläutet, leere Granathülsen wurden geschlagen, und die großen Strombushörner – 17 pro Kilometer, mit Preßluft angetrieben und 14 Kilometer weit zu hören – stießen ihre Alarmrufe aus. Ein Augenzeuge erinnerte sich:

»Wenn man bedenkt, daß die Soldaten darauf trainiert waren, zu glauben, der leichteste Gasgeruch würde den Tod bedeuten, und daß die Nerven durch langanhaltende Bombardierungen überbeansprucht waren, ist es nicht weiter verwunderlich, daß ein Gasalarm jenseits aller Vorstellungskraft ging. Es wurde als ein Witz betrachtet, daß, wenn jemand »Gas« schrie, jedermann in Frankreich eine Gasmaske aufsetzen würde ... Zwei oder drei Alarme in einer Nacht waren normal. Gasangriffe waren genauso häufig wie Bombenangriffe.«[22]

Im Juni 1915 wurden 2500000 »Hypo-Masken« ausgegeben: Flanellhauben, die gegen Chlorgas chemisch imprägniert waren. Sie wurden über den Kopf gezogen und in den Kragen gesteckt; zwei aus Zelluloid gefertigte Sehschlitze ermöglichten den Blick auf die Umgebung. Im Herbst nahmen die Briten Veränderungen vor; die Maske wurde besser imprägniert, und ein Auslaßschlauch aus Gummi wurde hinzugefügt. Neun Millionen dieser »P-Masken« wurden bis Dezember verteilt.

Durch die unförmigen Hauben, die beiden Augenlöcher und den vom Mund herabhängenden Gummirüssel gaben die Atemschutzgeräte den Soldaten ein alptraumhaftes Aussehen, wenn sie sich in den dichten Gasschwaden hin und her bewegten. Oftmals wurden sie am Mundstück undicht, oder das Zelluloid der Augenlöcher zerbrach und ließ Gas eindringen. Sie verursachten ein Erstickungsgefühl. In der Maske konnte sich leicht eine Kohlendioxyd-Konzentration aufbauen. Man geriet ins Schwitzen, wodurch die Augenstücke beschlugen und die chemische Lösung, in die das Flanell eingetaucht worden war, anfing, ein Brennen zu verursachen und den Nacken hinunterzulaufen. Und bei einem längeren Angriff konnte die Wirksamkeit der Masken bis zur völligen Unbrauchbarkeit nachlassen; ohne die chemische Lösung war es dem Gas möglich, ins Innere einzudringen.

Die P-Maske war eilig gebaut worden, um den Schutz vor *Phosgen* zu ermöglichen, ein weiteres in der Farbindustrie verwendetes Mittel, dessen Anwendung als Kampfgas im Sommer 1915 die Alliierten erleiden mußten. Die Maske gelangte gerade im richtigen Augenblick an die Front.

Am 19. Dezember um 5 Uhr 30 brach die deutsche Gastruppe ihr sechsmonatiges Schweigen an der britischen Front mit einem Angriff bei Ypern, wobei sie zum erstenmal Phosgen benutzte. Hauptmann Adie vom Medizinischen Dienst des britischen Heeres erinnerte sich an ein lautes, zischendes Geräusch. »Beinahe gleichzeitig schossen rote Raketen von den deutschen Linien empor ... Ich befand mich gerade beim Regimentsstab und trank eine Tasse Tee mit dem Oberst. Zuerst nahm ich an, daß das Wasser, mit dem der Tee zubereitet worden war, zuviel Chlor enthielt – einen Augenblick später glaubte ich Gas zu riechen.«[23]

Da die Wolke – eine Mischung aus Chlor und Phosgen – mit einer hohen Geschwindigkeit vorantrieb, überflügelte sie das aus Glocken und Signalhörnern zusammengesetzte Alarmsystem und überraschte Hunderte von Soldaten; einer von ihnen erlitt noch acht Kilometer hinter der Front eine Gasvergiftung. Panik setzte an diesem dunklen Wintermorgen ein, als das Granatfeuer alle Telefonleitungen zur Front zerstörte. Erst am Nachmittag konnte Adie die ersten Schützengräben erreichen. Die meisten Chlorgasopfer waren bereits gestorben, »blau angelaufen und aufgebläht«; die Verwundeten schäumten aus dem Mund. Die Phosgenopfer fühlten sich im Laufe des Tages immer schlechter. Soldaten, die glaubten, dem Gas entkommen zu sein, bemerkten plötzlich, daß ihnen die leichteste Anstrengung große Mühen bereitete.

»Dreißig oder vierzig Soldaten verließen den Schützengraben, um sich krank zu melden. Um die Straße zu erreichen, mußten sie eine Strecke von ungefähr hundert Metern zurücklegen, durch ein sehr hügeliges und schlammiges Gelände. Diese Anstrengung, mit schweren nassen Mänteln und ihrer ganzen Ausrüstung, verursachte eine beträchtliche Änderung ihrer Verfassung, und als sie die Straße erreichten, waren sie völlig entkräftet und unfähig, ihren Weg fortzusetzen. Die Straße war übersät mit erschöpften Soldaten, und es dauerte bis sieben Uhr am nächsten Morgen, bis wir sie alle eingesammelt hatten. Die Geschichte derjenigen, die pflichtgemäß in den Gräben blieben, war noch eindrucksvoller. Ein Soldat, der sich recht gut fühlte, war dabei, Sandsäcke zu füllen, als er zusammenbrach und plötzlich starb. Noch zwei weitere kamen an diesem Abend auf gleiche Weise um.«[24]

Ein Offizier starb plötzlich im Sanitätswagen, ein anderer brach im Gehen zusammen, als er dabei war, seine Symptome zu erklären. Ein dritter suchte um 20 Uhr 30 ein Feldlazarett auf. »Er meinte, daß er sich nicht sehr wohl fühlte, es war ihm aber nicht anzusehen. Ich gab ihm eine Tasse Tee, die er trank, und wir plauderten eine Weile. Plötzlich brach er in seinem Stuhl, auf dem er saß, zusammen. Ich verabreichte ihm Sauerstoff, doch er starb eine Stunde später.«

1069 Soldaten wurden an diesem Tag vergiftet; 116 starben.

Das Phosgen ist, groben Schätzungen nach, achtzehnmal stärker als Chlorgas, nahezu farb- und geruchlos und viel schwieriger zu ermitteln. Bei Konzentrationen von nur einem Teil auf 50000 besitzt es eine verzögernde tödliche Wirkung. Ein Opfer, das eine ausreichende Dosis aufgenommen hat, spürt zunächst nichts weiter als eine leichte Reizung von Augen und Rachen, die schnell vorübergeht; bis zu zwei Tagen danach kann es sein, daß man sich etwas euphorisch fühlt. In dieser Zeit füllt sich die Lunge mit Flüssigkeit. Der Zusammenbruch kommt schnell. Die leichteste Anstrengung – ein Umdrehen im Bett zum Beispiel – kann die Atemgeschwindigkeit auf 80 Atemzüge pro Minute hochschnellen lassen, den Puls auf 120. Die »Phase des Ertrinkens« beginnt. Offizielle Berichte beschreiben »einen üppigen Strom einer dünnen, wäßrigen Flüssigkeit, oftmals mit Blut durchsetzt, die einfach aus dem Mund fließt, wenn der sterbende Patient die Gewalt darüber verliert, sie auszuspeien. Nach dem Tod kann der Schaum der Flüssigkeit zu einem weißen Belag um den Mund herum austrocknen.«[25] Es waren Fälle bekannt, wo die Opfer jede Stunde zwei Liter dieser gelblichen Flüssigkeit aushusteten; 48 Stunden konnte es dauern, bis der Tod eintrat.

Das Gas lieferte einige der ungewöhnlichsten Geschichten des Krieges. Foulkes erinnerte sich an einen Deutschen, der nach einem britischen Phosgenangriff gefangengenommen worden war. Bei seiner Vernehmung spottete er wohlgelaunt über die Unwirksamkeit des britischen Giftgases. 24 Stunden später war er tot. Ein Deutscher starb, während er einen Brief an seine Familie schrieb.

Wegen der verspäteten Wirkung verursachte das Phosgen viele Verluste unter den Soldaten der Sondereinheiten, die vorher nicht bemerkten, daß sie vergiftet worden waren. *»Ein Feldwebel erhielt am Tag, nachdem ein Angriff unternommen worden war, eine leichte Gasdosis, als er Rohre von den leeren Zylindern abbaute: er achtete nicht darauf, erwähnte es nicht einmal und führte weiter seine Aufgaben aus. Er schlief gut und frühstückte am folgenden Tag wie gewöhnlich, doch eine Stunde später ging es ihm völlig schlecht, und er starb*

24 Stunden, nachdem er das Gas eingeatmet hatte.«[26] In der Schlacht an der Somme kamen allein 57 von Foulkes' Soldaten durch das von ihnen eingesetzte Gas um.

Es war an der Somme, im Juni 1916, wo die Alliierten das neue Gas zum erstenmal benutzten. Im größten bis dahin geführten Angriff ließen sie an einer 27 Kilometer langen Front Chlor und Phosgen ausströmen, wodurch eine riesige Wolke entstand, die 19 Kilometer weit hinter die deutschen Linien reichte. Das Gas vernichtete die Menschen, Pferde, die dort lebenden Tiere, die Vegetation – im Grunde alles, was es berührte. Drei Monate vor dem Herbst waren in dem nahe gelegenen Wald sämtliche Blätter von den Bäumen gefallen. Der Kriegsberichterstatter der *Frankfurter Zeitung* schrieb von Hunderten von toten Ratten und Mäusen, »die nach den Gasangriffen in den Schützengräben liegen. Man sagt, daß die Hühner und Enten hinter der Front eine Viertelstunde vor Ankunft der Gaswolken unruhig wurden. Das Gas tötet Ameisen und Raupen, Käfer und Schmetterlinge. Ich fand einen Igel und eine Natter, beide durch das Gas umgekommen. Die einzigen Vögel, die dem Gas gegenüber unanfällig zu sein scheinen, sind die Spatzen.«[27] Einige Wochen später, im August, erreichte eine deutsche Phosgenwolke eine Höhe von 18 Metern und trieb durch einen Wald in der Nähe von Ypern, wobei Tausende von Vögeln, die in den Bäumen nisteten, umkamen.

An der Somme tötete das Phosgen Hunderte von Soldaten. Die *Daily Chronicle* berichtete begeistert, daß »britische Verwundete, die von ihren Kameraden von den deutschen Schützengräben zurückgebracht wurden, erzählen, daß die Auswirkungen des neuen Gases grausam seien. Ein Soldat der schottischen Leichten Infanterie, der an einem der Hauptangriffe auf die feindlichen Stellungen teilnahm, erklärt, daß alle Deutschen, die diesen Abschnitt besetzt hielten, nicht mehr am Leben waren. Es wurden 250 Leichen gezählt, die aneinandergedrängt auf dem Boden lagen.«[28]

Es war der gleiche Ablauf wie bei den vorangegangenen Gasangriffen: die Soldaten wurden überrascht, gerieten in Panik und verbreiteten den Schrecken und die Verwirrung, die es dem Gas ermöglichten, seine Wirkung zu erzielen. »Einige Soldaten«, so steht es in einem von der deutschen 12. Division erbeuteten Bericht, »wurden überrascht und setzten ihre Gasmasken zu spät auf, andere rannten zu schnell und rissen ihre Masken herunter, da sie Atemschwierigkeiten bekamen. Wieder andere stolperten während des Alarms umher und hatten ihre Masken entweder abgenommen oder verlegt.«[29] Es gab zu viele Tote, um sie alle zu begraben: So wurden die Erdlöcher, in denen sie lagen, gesprengt oder gleich mit Erde zugeschüttet.

In den ersten 18 Tagen der Schlacht an der Somme führten die Sondereinheiten 50 Gasangriffe aus. Phosgen wurde zur wichtigsten chemischen Waffe der Briten. Die nächsten neun Monate hindurch wurden beinahe 1500 Tonnen davon freigesetzt.

Bei den Briten – in der Öffentlichkeit, in der Armee, sogar bei den Soldaten der Sondereinheiten – war Giftgas allgemein bekannt als *»das Grauen«*. Obwohl in den folgenden schrecklichen Kriegsjahren neue todbringende Waffen wie Panzer, Zeppelin und U-Boot hinzukamen, haßte und fürchtete man Giftgas, mit seinen unvergleichlichen dämonischen Eigenschaften, noch immer am meisten. Diese Stimmung kommt am besten in Wilfred Owens Gedicht zum Ausdruck:

»Gas! Gas! Schnell, Jungs! – Ein aufgeregtes Versuchen,
Die unförmigen Helme aufzusetzen zur rechten Zeit;
Doch jemand schreit noch gellend auf und strauchelt,
Und zappelt wie ein Mensch im Feuer oder Strudel . . .
Verschwommen, durch die trüben Scheiben und durch dichtes grünes Licht hindurch,
Wie auf dem grün-schimmernden Meeresgrund, sah ich ihn untergehen.
In all meinen Träumen, vor meinen hilflosen Augen,
Stürzt er auf mich, schwitzend, würgend, erstickend.
Wenn in erdrückenden Träumen auch Du dem Wagen
Folgen könntest, in den wir ihn hineinwarfen,
Und das Verdrehen der weißen Augen ansehen könntest,
Sein eingefallenes Gesicht, dem des sündenkranken Teufels gleich;
Wenn Du das Blut hören könntest, bei jedem Ruck,
Hervorgurgelnd aus der schaumverfaulten Lunge,
Widerlich wie Krebs, bitter wie der Ausfluß;
Sehen könntest die abstoßenden, unheilbaren Wunden auf unschuldigen Zungen, –
Mein Freund, Du würdest nicht länger erzählen mit solcher Begeisterung
Den Kindern, die es nach verwegenem Ruhm verlangt,
Die alte Lüge: Dulce et decorum est
Pro patria mori.«[30]

Foulkes versuchte sein Bestes, dieses schlechte Bild herunterzuspielen. Er war unermüdlich in seinen Anstrengungen, für das Gas zu werben, und agierte als sein Botschafter, sogar gegenüber neutralen Staaten, die sich zwar nicht im Krieg befanden, aber mehr über die Möglichkeiten chemischer Kampfstoffe wissen wollten. »Tage der offenen Tür« wurden von ihm im Hauptquartier der Sondereinheiten in Helfaut veranstaltet. Es gab regelmäßige Vorführungen, um skeptische Besucher zu überzeugen. »Bei vielen Anlässen«, erinnerte sich Foulkes, »waren mehr als 100 Generäle gleichzeitig anwesend, insgesamt 300 oder 400 Offiziere.«

Winston Churchill (seit 1917 britischer Munitionsminister) besuchte Helfaut und ging wieder, laut Foulkes, mächtig beeindruckt von der chemischen Kriegführung – eine Überzeugung, die ein Vierteljahrhundert später von entscheidender Bedeutung sein sollte. Andere bekannte Persönlichkeiten, die diese Vorführungen besuchten, waren der Herzog von Westminster und der bekannte Schriftsteller George Bernard Shaw.

Diese Werbemaßnahmen waren hilfreich, doch am Ende gewann Foulkes die Schlacht gegen die Kritiker des Giftgaskrieges aufgrund der einfachen militärischen Nützlichkeit. Ein chemisches Wettrüsten begann, in dessen Verlauf keine Zeit für moralische Überlegungen blieb. Schon bald arbeiteten praktisch alle bedeutenden Chemiker in irgendeiner Hinsicht für den Gaskrieg. 33 verschiedene britische Laboratorien untersuchten 150000 bekannte organische und anorganische Verbindungen, um den giftigsten Kampfstoff überhaupt zu entwickeln; und 1916 erreichte diese umfangreiche Forschung und Entwicklung ihren Höhepunkt, als die Briten eine Einrichtung in Betrieb nahmen, deren Name seitdem immer eng mit Giftgas verbunden war – die chemische Kampfstoffanlage in *Porton Down*. Auf einer Fläche von 2800 Hektar in der Salisbury-Ebene beschäftigte Porton über 1000 Wissenschaftler und Soldaten, deren Aufgabe darin bestand, die Theorien des Laboratoriums in tatsächliche Waffen zu verwandeln.

Innerhalb kürzester Zeit gehörten die chemischen Kampfstoffe zu den wichtigsten Waffen des Krieges. 1915 wurden 3600 Tonnen Giftgas freigesetzt. 1916 wurde die Menge um mehr als das Vierfache, auf 15000 Tonnen, erhöht. Giftgase und Flugzeuge erfuhren während des Krieges die schnellste Entwicklung. Gasangriffe waren nicht länger wohldurchdachte, termingenaue Aktionen: sie wurden zu alltäglichen Vorkommnissen. Für die Briten gründete sich die Ausweitung insbesondere auf zwei neue Waffen – den *Livens-Granatwerfer* und den *Stokes-Mörser* –, die beide ebenso tödliche wie umwälzende Neuerungen darstellten. »Die Erben des Livens-Granatwerfers«, schrieb ein Experte, »sind die Mehrfachraketenwerfer und die aus der Luft abgeworfenen Bombenpakete.«[31]

Hauptmann F. H. Livens, den Erfinder des Granatwerfers, zeichneten zwei Grundeigenschaften aus – ein leidenschaftlicher Haß auf die Deutschen und eine unermüdliche Energie. Der ehemalige Ingenieur und Befehlshaber der »Z«-Kompanie der Sondereinheiten Livens hatte, so erinnerte sich Foulkes, »ein starkes persönliches Interesse am Krieg, das, glaube ich, mit dem Untergang der *Lusitania* zusammenhing«. Er war ein Draufgänger, der mit Begeisterung durch Gaswolken lief, um ihre Wirkungen zu testen, und der dazu neigte, sich das benötigte Material notfalls mit Gewalt zu beschaffen.

Seine Erfindung war einfach, doch so wirksam, daß sie 30 Jahre später noch immer zu den wichtigsten chemischen Waffen zählte. Die Granatwerfer bestanden aus einem Stahlrohr im allgemeinen zwischen 0,9 bis 1,2 Meter lang und 20 Zentimeter im Durchmesser. Sie wurden einfach in einem Winkel von 45° in die Erde eingegraben und aus sicherer Entfernung, gewöhnlich in Gruppen zu 25, mit Hilfe einer elektrischen Vorrichtung gleichzeitig gezündet. Aus jedem Rohr wurde ein Zylinder abgefeuert, der 14 Kilogramm Chemikalien, meistens reines Phosgen, enthielt. Die einzige Warnung, die der Gegner erhielt, war das Mündungsfeuer beim Abschuß. Sekunden später zerstörte ein Sprengsatz den Behälter über ihren Stellungen und verbreitete somit augenblicklich eine tödliche Gaskonzentration. Gegenüber dem Ausströmen der Gaswolken aus den Zylindern, was von den Windverhältnissen abhängig war, wirkte der Livens-Granatwerfer noch bösartiger, da der Behälter gezielt auf den Feind abgeworfen wurde. Er traf nicht sehr genau, hatte aber eine Reichweite von eineinhalb Kilometern und war außerdem leicht und kostengünstig herzustellen. Livens errechnete, daß, wenn der Granatwerfer in Massen produziert werden würde, »die Kosten für das Töten eines Deutschen auf nur sechzehn Schillinge pro Stück reduziert werden könnten«.

Die Briten starteten den ersten Großangriff, bei dem sie den Livens-Granatwerfer benutzten, in der Schlacht von Arras am 9. April 1917:

»Die Auslösung fand praktisch gleichzeitig statt: Ein matter roter Lichtschein schien, so weit man sehen konnte, die ganze Front entlang aufzuflackern, und man spürte ein leichtes Beben des Erdbodens, etwas später gefolgt von einem gedämpften Brausen, als 2340 dieser unseligen Geschosse durch die Luft sausten und sich schwerfällig hin- und herdrehten. Einige von ihnen prallten im Fluge zusammen. Wenig später fielen sie massenweise auf die deutschen Stellungen; nach einer kurzen Pause wurden die Stahlhüllen durch die im Innern angebrachten Explosivladungen aufgesprengt, und beinahe fünfzig Tonnen flüssigen Phosgens wurden freigesetzt, das sofort verdampfte und eine so dichte Wolke bildete, daß Livens, der den Angriff vom Flugzeug aus beobachtete, sie noch immer gut sehen konnte, als sie über die Orte Vimy und Bailleul hinwegzog.«[32]

Die Grausamkeit der Gaswolke und des Artilleriebeschusses wurden so in einer Waffe zusammengefaßt, der die Deutschen mit besonderem Entsetzen gegenüberstanden. Ein erbeutetes deutsches Dokument sprach von dem »heftigen Ausbruch« eines Granatwerferangriffs: »ein vulkanartiges Flammenmeer oder das gleichzeitige Aufleuchten vieler Mündungsfeuer, dichte, schwarze Rauchwolken, mächtige Erschütterungen, ein Pfeifen und das Geräusch des Aufschlagens bis zu 25 Sekunden nach dem Abfeuern . . . der Lärm gleicht einem explodierenden Handgranatenlager.«[33] Bei Arras waren die deutschen Geschützmannschaften gezwungen, ihre Gasmasken stundenlang zu tragen; vielen ging die Munition aus, da das Giftgas Hunderte von Pferden tötete, die den Nachschub an die Front transportierten.

Es war tatsächlich das einzige Mal während des gesamten Krieges, daß die Alliierten die Deutschen mit einer neuen chemischen Waffe überraschten; und obwohl die Deutschen versuchten, den Livens-Granatwerfer nachzubauen, kennzeichnete er eine wichtige Veränderung des Gaskriegsverlaufs zugunsten der Alliierten. Sein Nachteil war der hohe Aufwand an Vorbereitungen, den ein erfolgreicher Granatwerferangriff verlangte: Der Aufbau, das Laden und das Tarnen waren ein gefahrvolles Unternehmen. Trotzdem benutzten die Briten die Granatwerfer in zunehmendem Maße, oftmals gleichzeitig in Batterien zu Tausenden. Neue Füllmaterialien wurden entwickelt: hochexplosive, brennbare und auch »stinkende«, wie Knochenöl und Fruchtäther, deren widerwärtiger Geruch die Gegner dazu zwang, ihre Gasmasken aufzusetzen.

In der Schlacht von Arras wurde erstmalig der Stokes-Mörser benutzt. Ähnlich wie bei dem Granatwerfer war die Konstruktion äußerst einfach: ein Stahlrohr, das mit Hilfe von zwei Stützen aufgestellt wurde. Daraus wurden Zehn-Zentimeter-Granaten abgefeuert, von denen jede zwei Liter Gas enthielt. Eine gutausgebildete Mannschaft konnte 15 Granaten abfeuern, bevor die erste in ihr Ziel traf, mit exakter Genauigkeit auf eine Entfernung von 1000 Metern.

Zu den Mörsern und Granatwerfern kamen die *Gasgranaten*, deren pfeifender Flug und dumpfes Aufschlagen bald zu vertrauten Geräuschen im Schlachtenlärm wurden. Franzosen und Deutsche benutzten sie Anfang 1916; großangelegte Angriffe führten die Briten damit im folgenden Jahr. 1918 wurden ein Drittel bis ein Fünftel aller Granaten mit chemischen Stoffen gefüllt. Die Deutschen benannten ihre Giftgase nach den Markierungen, die auf die Granathülsen gemalt wurden: *Grünkreuz* für Phosgen und Chlor, *Gelbkreuz* für Senfgas und *Weißkreuz* für Tränengas. Die gasgefüllten Artilleriewaffen trugen viel dazu bei, den anfänglichen Unwillen der Militärplaner gegenüber dem Giftgaskrieg zu überwinden. Gas konnte nun leichter in einen Angriff einbezogen werden, die Abhängigkeit von den Windverhältnissen war geringer, und undichte Zylinder – die oft vor einem bevorstehenden Angriff warnten, indem sie Hunderte von Ratten über das Niemandsland hinweg in die Flucht jagten – waren größtenteils aus den Schützengräben verbannt. 1918 wurden 94 Prozent der gesamten im Krieg benutzten Gasmenge durch die Artillerie freigesetzt: insgesamt 66 Millionen Giftgasgranaten. Die Bombardierung in dieser Größenordnung bedeutete, daß der Giftgaskrieg, einst eine unerwartete und schreckliche Erfahrung, von nun an eine immerwährende Bedrohung darstellte.

Im Juli 1917 begannen die Deutschen mit der Verwendung einer Gaswaffe, deren Wirkung alle vorherigen in den Schatten stellte und die nur durch die Entwicklung der Gasgranate ermöglicht wurde: Dichlordiäthylsulfid – *Senfgas.*

Der Schauplatz war wieder einmal Ypern. An dem warmen Sommerabend des 12. Juli um 22 Uhr gerieten die 15. und die 55. britische Division unter heftigen Beschuß. Der Gegner benutzte unzählige 77- und 105-mm-Gasgranaten. Doch was sie freisetzten, war nicht »Gas«, wie die Soldaten es bisher kannten. Es war eine braune Flüssigkeit, dem Sherry nicht unähnlich, die einen Geruch ausströmte, der verschiedentlich als »unangenehm«, »ölig«, »knoblauchähnlich« und »senfähnlich« beschrieben wurde. Abgesehen von einer leichten Reizung der Augen und des Rachens gab es anfänglich keine weiteren Auswirkungen, und einige Soldaten unterließen es sogar, die Gasmasken aufzusetzen. Die meisten legten sich wieder schlafen. Aber als die Nacht dem Ende zuging, erwachten sie mit »unerträglichen Schmerzen« in den Augen, ein Gefühl, als ob Sand oder Kies in sie hineingerieben worden war. Dann mußten sie sich andauernd übergeben. In den frühen Morgenstunden wurden die Schmerzen in den Augen so stark, daß vielen Morphium gegeben werden mußte. An diesem Tag ging die Sonne über einer Armee auf, die aussah, als ob sie von einer biblischen Plage befallen worden war.

»Als die leichteren Fälle abtransportiert wurden, mußte jeder einzeln, wie ein Blinder, zum Sanitätswagen geführt werden. Das Gesicht war häufig übermäßig durchblutet und geschwollen, hauptsächlich bei den ernsteren Fällen, und bei vielen konnte man kleine Blasen auf der unteren Gesichtshälfte, unterm Kinn und manchmal auf dem Hals entdecken. Einige Fälle hatten schmerzhafte, mit Blasen bedeckte Stellen auf der Rückseite der Oberschenkel, des Körpers und sogar auf dem Hodensack, mit Skrotum- und Penisödem. Die Blasenbildung auf den Hinterbacken und die Wassergeschwulst der Genitalien erlitten wahrscheinlich diejenigen, die auf dem Boden saßen und von der giftigen Substanz verseucht wurden.«[34]

Die Stunden vergingen, und die Symptome verschlimmerten sich. Feuchte, rote Hautstellen wurden zu riesigen, bis zu 30 Zentimeter langen gelben Blasen. Das Gas drang leicht durch die Kleidung und griff die Haut an den empfindlichsten Stellen an: an der Innenseite von Ellbogen und Knie, am Hals, zwischen den Schenkeln. Der chemische Berater der 5. Armee zog sich beim Versuch, Teile der Senfgasgranaten für die Analyse zu retten, Blasen an Handgelenken und Handrücken zu. Er erhielt Blasen auf der Brust; das Senfgas fand seinen Weg durch mehrere Kleidungsstücke hindurch. »Auf Grund seines hohen Siedepunktes«, berichtete der Sachverständige des Kriegsministeriums, Sir Harold Hartley, »ist etwas davon auf dem Boden verteilt und setzt für einige Zeit weiterhin Gas frei. In Ypern konnte man seinen

Geruch am Tag nach der Bombardierung noch immer wahrnehmen.«[35]

Die Feldlazarette waren mit Verwundeten überfüllt. Zwei Tage nach dem Angriff gab es die ersten Todesfälle. Das Sterben war ein langsamer und qualvoller Prozeß. Es waren nicht notwendigerweise die Verbrennungen, die den Tod verursachten, sondern die Schäden, die das Gas im Hals und in der Lunge anrichtete. »Beim Betreten einer Station, die vollbesetzt ist mit Gasvergifteten des letzten Angriffs«, berichtete Sanitätshauptmann Ramsay, »ist man betroffen vom ununterbrochenen und scheinbar nutzlosen Husten der Patienten.«[36] Die Schleimhaut hatte sich durch die Gaseinwirkung von der Luftröhre gelöst. »Bei einem Fall«, schrieb ein anderer Sanitätsoffizier, »bewirkte die Schleimhaut anscheinend eine vollständige Blockierung der Trachea.«[37] Das Opfer starb mit einer von oben bis unten verstopften Luftröhre.

Es gibt keinen Bericht über die genauen Umstände, unter denen Sapper Guest von den Königlichen Pionieren am 12. Juli eine Gasvergiftung erlitt. Wir wissen nur, daß er neun Tage danach im Lazarett aufgenommen wurde und »über Atemnot und Augenschmerzen klagte«. Am folgenden Tag, »im Laufe des frühen Morgens, nahmen die Atemschwierigkeiten stark zu. Dann erholte er sich wieder leicht, erlitt am Vormittag jedoch einen Rückschlag und starb um zehn Uhr.«

»Der Körper wurde viereinhalb Stunden nach dem Tod untersucht. Er war wohlgebaut und zeigte äußerlich eine leichte, dunkle Hautverfärbung im Gesicht und am Hals, Bläschen am Hodensack und am Penis, jedoch keine einzige Wunde. Beim Öffnen des Körpers bemerkten einige der Anwesenden eine deutliche Reizung von Augen, Mund, Rachen, Nase und der Gesichtshaut, außerdem fiel ein schwacher, süßlicher Geruch auf, vergleichbar mit der Wirkung einer dünnen Karbollösung.«[38]

Hier gab es ein Gas, das so stark war, daß die Menschen, die während der Autopsie um den Körper des Opfers herum standen, zehn Tage nach der eigentlichen Vergiftung noch immer seine Auswirkungen spüren konnten. Und als die Leichenöffnung fortgesetzt wurde, offenbarte sich den Ärzten das volle Ausmaß des Schadens, der durch das Gas hervorgerufen worden war. Der Kehlkopf und die Stimmbänder waren »geschwollen und feuerrot«, die Luftröhre angefüllt mit »dünner, schaumiger Flüssigkeit« und »der linke Lungenflügel mit fast 200 Gramm einer blutvermischten Flüssigkeit; die Lunge selbst wog mehr als das Doppelte ihres Normalgewichts, »fühlte sich sehr fest und kompakt an«, und »Teile des Lungenflügels versanken in Wasser«; das Herz hatte ein Gewicht von 600 anstatt von 300 Gramm, und die Venen über der Gehirnoberfläche »enthielten unzählige Gasbläschen«.

Guest war nur einer von Hunderten. Die Deutschen hatten ihren Angriff aufgeschoben, bis sie gewaltige Vorräte an Senfgas angelegt hatten und in der Lage waren, eine großangelegte Bombardierung zu starten. In zehn Tagen wurden die Alliierten von mehr als einer Million Granaten beschossen, die 2500 Tonnen Giftgas enthielten. Innerhalb der drei Wochen, in denen die Gelbkreuzgranaten benutzt wurden, verursachten die Deutschen genauso viele Verluste durch das Gas, wie im vorangegangenen Jahr durch den gesamten Gasgranatenbeschuß entstanden waren. Am Ende der ersten Woche betrug die Zahl der gasvergifteten Soldaten, die von britischen Sanitätseinheiten aufgenommen wurden, 2934; am Ende der zweiten Woche waren 6476 Fälle dazugekommen; am Ende der dritten Woche weitere 4886.

Von Juli 1917 bis zum Ende des Krieges belief sich die Zahl der britischen Senfgasopfer insgesamt auf mindestens 125 000 – 70 Prozent aller gasvergifteten Briten dieses Krieges. Nach zurückhaltenden Schätzungen wurde die Zahl der Toten mit 1859 angegeben. Obwohl die Sterblichkeitsrate somit nur ungefähr eineinhalb Prozent ausmachte, waren die verursachten Vergiftungen schwer genug, um die Opfer zwei oder drei Monate, wenn nicht noch länger, von ihrem Dienst fernzuhalten. Häufig traten Schäden an Haut und Atmungsorganen erst später auf. Die Ärzte im Ersten Weltkrieg bemerkten, daß auf verheilender Haut frische Blasen hervorbrechen konnten oder daß Entzündungen an einer Stelle auftreten konnten, von der man vorher angenommen hatte, daß sie nicht vergiftet worden wäre. Ramsay nannte das Beispiel eines Soldaten, bei dem sich »am zweiten Tag Verbrennungen am Hodensack zeigten; am achten Tag entzündete sich die Haut seines Rückens zum ersten Mal«.[39]

Tausende bezogen bei Kriegsende aufgrund der Senfgasvergiftungen eine Invalidenrente, die, wie eine britische Untersuchung über die Gasverluste 1919 feststellte, »eine neue Kategorie innerhalb der Gruppe der Kriegsopfer« bildete. Zu den Toten und den zahlreichen Verwundeten kam nun außerdem noch die lange Zeit hinzu, die für die Heilung der Gasvergifteten nötig war. »Um es ganz offen zu sagen, war das Senfgas oft verantwortlich für einen ein oder zwei Wochen währenden Abtransport der Opfer aus dem Kampfgebiet, deren Anzahl der Stärke von zwei oder mehr Divisionen vergleichbar war.«[40] Hauptsächlich ist es dem Senfgas zuzuschreiben, daß in den letzten 18 Kriegsmonaten jeder sechste Verlustfall (16,5 Prozent der Gesamtzahl) ein Opfer der chemischen Kampfstoffe war.[41]

Lange nach der ersten Bombardierung blieb ein Gebiet, das mit Senfgas verseucht worden war, noch immer gefährlich. Die Flüssigkeit bildete in Bombenkratern und in den Ecken der Unterstände Pfützen, die den Unaufmerksamen jederzeit zum Verhängnis werden konnten. Sie vergiftete das Wasser. Bei kaltem Wetter gefror sie und blieb im Boden: Senfgas, das im Winter 1917 freigesetzt worden war, vergiftete im Frühjahr 1918, als der Boden auftaute, die Soldaten. Auf diese Weise konnten mit Senfgas ganze Gebiete eines Schlachtfeldes »abgeriegelt« werden; die einzige Möglichkeit, eine verseuchte Zone zu durchqueren, bestand im Bau einer Straße aus Bleichmitteln. Um unter solchen Bedingungen zu überleben, mußten die Soldaten nicht nur Gasmasken, sondern auch schützende Hosen, Handschuhe und Brillen tragen. Um den Kampf fortzusetzen, war es unumgänglich, ständig die Ausrüstung zu entseuchen. Giftgas wurde zu einer zermürbenden Waffe: Seine militärische Wirksamkeit konnte nicht nur in Verlustlisten gemessen werden. Auch wenn das Gas niemals jemand töten würde, schrieb General Fries, Leiter der neugebildeten Giftgaseinheiten der Vereinigten Staaten, »so würde die Verminderung der Körperkraft und somit der Schlagkraft einer Armee, die gezwungen ist, ständig Gasmasken zu tragen, doch mindestens 25 Prozent ausmachen; gleichbedeutend damit, eine Viertelmillion Soldaten aus einer Armee von einer Million kampfunfähig zu machen«.[42]

Für den einfachen Soldaten war das strapazenreiche Leben in dieser fremdartigen, chemikalienverseuchten Umgebung kaum auszuhalten. Sogar den diszipliniertesten Soldaten unterliefen Fehler. Unter den übrigen – den schockierten, den nachlässigen, den unerfahrenen und den eingeschüchterten Wehrpflichtigen –räumte das Gas auf. »Nach dem Juli 1917«, schrieb Lord Moran, »übernahm das Gas teilweise die Rolle des hochexplosiven Sprengstoffs, da es ein Gefühl der Kriegsuntauglichkeit hervorbrachte. Die gasvergifteten Soldaten waren das Zeichen einer Schützengrabenermüdung, einer ständig drohenden Gefahr.«[43]

Für Senfgas gab es viele verschiedene Bezeichnungen. Manche Deutsche nannten es »Lost«, die Franzosen »Yperit«, nach dem Ort Ypern, wo es zum erstenmal benutzt worden war; die Briten verschlüsselten es auch als HS (»Hunnenstoff«). Die chemische Bezeichnung war Dichlordiäthylsulfid – eine Substanz, die von den Briten als Waffe verworfen worden war, da sie angeblich nicht tödlich genug wirkte. Nun hatten sie Grund, diese Entscheidung bitter zu bereuen. Die Deutschen hatten nur sechs Monate benötigt, um mit der Herstellung zu beginnen; die Franzosen brauchten bis zum Juni 1918 – beinahe ein ganzes Jahr. Die Briten stießen auf dem Weg zur Massenproduktion sogar auf noch größere Schwierigkeiten. Das chemische Verfahren war nicht nur äußerst kompliziert, es erwies sich auch als höchst gefährlich.

Das englische Hauptwerk – mit einer Produktionsfähigkeit von über 20 Tonnen pro Tag – befand sich in Avonmouth. Der zuständige Sanitätsoffizier berichtete im Dezember 1918, daß unter den 1100 Beschäftigten über 1400 Krankheitsfälle auftraten, die direkt der Arbeit zuzuschreiben waren.[44] Hinzu kamen 160 Unfälle und mehr als 1000 Verbrennungen; drei Leute wurden getötet, und weitere vier starben in den sechs Monaten, in denen die Fabrik in Betrieb war, an den dort zugezogenen Krankheiten. Es traten unzählige Beschwerden auf: Blasenbildung an den Händen, auf der Kopfhaut, auf dem Unterleib, an Schultern, Armen, Beinen und Füßen; Hautrötung, Entzündung der Regenbogenhaut, Entzündung der Haut am Hodensack, Leukodermie, Bindehautentzündung, Rachenkatarrh, Bronchitis, Luftröhrenkatarrh, Magenschleimhautentzündung, seitliche Brust- und Rippenfellschmerzen, eitrige Lungenentzündung, Aphonie, Nasenbluten; Entkräftung, Magenschmerzen, geistige Trägheit, chronischer Husten, Atemschwierigkeiten, Gedächtnis- und Sehschwäche. Viele alte Leute arbeiteten dort und viele Frauen, von denen einige schwanger waren. Dreißig Patienten lagen im Fabrikkrankenhaus, betreut von einem Arzt und acht Krankenschwestern. Alles in allem erhielt der Begriff »Heimatfront« eine neue Bedeutung. Doch trotz der besessenen Anstrengungen, britisches Senfgas herzustellen, erreichten bis zum September 1918, zwei Monate vor dem Waffenstillstand, keine Vorräte das Schlachtfeld.

Statt dessen antworteten die Briten mit einer Reihe von großangelegten Gaswolkenangriffen – den letzten dieses Krieges –, bei denen sie auf Eisenbahnwaggons befestigte Phosgenzylinder benutzten. Foulkes, von dem diese Idee stammte, nannte das Ganze »Unternehmen Richtstrahl« – konzentrierte Wolken trieben in dünnen Streifen über die gegnerischen Positionen und färbten die Pflanzen auf Strecken bis zu elf Kilometern weiß; bei Ypern stauten sich die Wolken stundenlang in den Flußtälern.

Die Angriffe verursachten Panik unter den Soldaten, die in mehrere Kilometer hinter der Front liegenden Städten und Dörfern einquartiert waren. Wenn bemerkt wurde, daß sich eine Wolke (immer nur nachts) näherte, wurden Alarmglocken geschlagen und die Soldaten und Zivilisten bahnten sich, die Atemschutzgeräte in Griffweite, ihren Weg zu den oberen Räumen des Hauses und schlossen alle Fenster und Türen. Als die Wolke unter ihnen vorbeizog, vernichtete sie sämtliche Blumen und Gemüsepflanzen, die im Garten wuchsen. Diese bis weit hinter die Front reichenden Angriffe, die zum erstenmal auch eine größere Anzahl von Zivilisten bedrohten, waren überaus gefürchtet. Die Deutschen waren so sehr darauf bedacht, die Bekanntmachung der vielen Verluste zu verhindern, daß – nach Foulkes – »jederzeit die größte Geheimhaltung beobachtet werden konnte ... und alle Beerdigungen und Abtransporte wurden nachts ausgeführt«.[45]

Es war gefährlich und schwierig, die Angriffe auszuführen. Hauptmann A. E. Hodgkin, Befehlshaber der »A«-Kompanie der Sondereinheiten, hinterließ mit seinem Tagebuch einen eindrucksvollen Bericht über das Leben während der letzten Kriegsmonate: »In den frühen Morgenstunden in der Nähe der Front, bei eisigem und starkem Wind; der Mond ist nicht zu sehen, die Nacht tiefschwarz; Tonnen von flüssigem Phosgen sollen an die Front transportiert werden, auf Kleinbahnschienen, die kaum repariert sind und somit ständig defekte Stellen aufweisen. Jeder Waggon wird einzeln von fünf oder sechs Männern geschoben: ungefähr alle hundert Meter springt er aus der Spur und muß abgeladen, zurück auf die Schienen gesetzt und wieder beladen werden.«[46]

Eine Nacht nach der anderen standen die Soldaten der »A«-Kompanie bereit, um das Gas freizusetzen – Hodgkin am Feldtelefon in einem Tunnel, der von Pilzen und Ratten bevölkert war –, nur um bei Tagesanbruch erzählt zu bekommen, daß sie bis zur nächsten Nacht warten sollten. Oft hörten die einige hundert Meter entfernten deutschen Wachtposten ihre Geräusche und benachrichtigten ihre Artillerie.

Endlich, nach vielen Wochen, erhielt Hodgkin den Befehl, das Gas freizusetzen. Die Zylinder wurden auf zehn großen Waggons festgemacht, die von vier Lokomotiven in die Nähe der deutschen Front gezogen wurden. Um ein Uhr, bei hellem Mondschein, beobachtete er besorgt die ersten Gasschwaden, die dort auf die feindlichen Stellungen zutrieben, wo ein Posten bis um 4 Uhr der vorangegangenen Nacht laute Stimmen und Gelächter gehört hatte. Über drei Stunden dauerte es, bis das Gas ausgeströmt war. Hodgkin wußte nicht – abgesehen von »ziemlich vielen wahllosen Bombardierungen als Erwiderung« –, welche Auswirkungen der Angriff hatte. Den einzigen genauen Verlustbericht erhielt er, als er zum Stützpunkt zurückkehrte: Man sagte ihm, daß er »drei der eigenen Soldaten getötet hatte, arme Teufel, die von ihrem Offizier nicht dazu ermahnt worden waren, rechtzeitig die Gefahrenzone zu verlassen.«

Trotz des hohen Risikos bei diesen Operationen traf Foulkes im März 1918 die letzten Vorbereitungen eines Unternehmens, das zur umfangreichsten Gasfreisetzung aller Zeiten unter Verwendung von Zylindern geworden wäre, so daß, seiner Meinung nach, »der Stellungskrieg an einem Tag in offenen Krieg umgeschlagen wäre«. 200000 Phosgenzylinder sollten auf den Waggons Dutzender Güterzüge geöffnet werden, was zur Folge gehabt hätte, daß bei dieser chemischen Offensive, die zwölf Stunden andauern würde, 6000 Tonnen Giftgas freigesetzt würden. Nur wenige Atemgeräte – auch 40 oder 50 Kilometer hinter der Front – hätten bei diesem heftigen Angriff einen Schutz bieten können. Die zu erwartenden Verluste schätzte man auf ungefähr 50 Prozent. Das britische Oberkommando plante, während des entstehenden Durcheinanders eine mächtige Offensive zu starten, angeführt von Panzern, die sich ihren Weg durch die Front bahnen und somit den Krieg beenden würden. Der bis dahin für den Angriff ausgewählte Frontabschnitt wurde von der 3. Armee gehalten; er lag zwischen den Orten Gavrelle und Gouzeaucourt.

Doch Foulkes' erträumter Triumph wurde von den Ereignissen überholt. Im März 1918, nach dem Friedensschluß mit Rußland, war es der verstärkten deutschen Armee möglich, ihre eigene Großoffensive im Westen zu starten. Die Alliierten wurden einer orkanartigen Bombardierung von über 4000 Geschützen ausgesetzt. Da die IG inzwischen monatlich 1000 Tonnen Senfgas herstellen konnte, waren die Deutschen in der Lage, die Briten und die Franzosen mit diesem Gas regelrecht zu überschütten.

In vier aufeinanderfolgenden Nächten, vom 10. bis zum 13. März, wurde die Frontausbuchtung bei Cambrai mit 150000 Gelbkreuzgranaten bedeckt. Später wurden innerhalb von 15 Stunden 20000 Granaten in die Stadt Armentières gefeuert: in den Straßen lief das verflüssigte Senfgas wie Regenwasser die Rinnsteine entlang. Der Versuch, stundenlang mit der verbrauchten Luft des Atemgerätes zu überleben, war beinahe unerträglich. Das Gas befand sich überall. Im warmen Frühlingswetter verdampfte es schnell und drang in jede Ritze ein. Es wartete, bis die Schwitzenden ihre Kleidung lockerten oder den Schweiß von ihrer Stirn wischten – dann schlug es zu. In der Woche, die mit dem 16. März endete, nahmen die Lazarette 6195 Gasvergiftungsfälle auf; in der folgenden Woche kamen 6874 Aufnahmen hinzu; und in der bis zum 13. April währenden Woche machten die Briten wahrscheinlich ihre schlimmste Zeit durch, als weitere 7000 gasvergiftete Soldaten in die Feldlazarette strömten.[47]

Dies geschah in der Woche des berühmten »Tagessonderbefehls« für den 11. April von Feldmarschall Haig: »Es bleibt uns keine andere Wahl, als es auszukämpfen. Jede Stellung muß bis zum letzten Mann gehalten werden: es darf keinen Rückzug geben. Mit dem Rücken zur Wand und dem Glauben an unsere gerechte Sache muß jeder von uns bis zum Ende weiterkämpfen.« Innerhalb der folgenden Wochen rückten 200 deutsche Divisionen über 60 Kilometer vor, nahmen 80000 Soldaten gefangen und erbeuteten 1000 Geschütze. Hodgkin, jeden Tag weiter zurückweichend, schrieb, daß er glaubte, sich an einem Abgrund entlangzubewegen. Mit einem feindlichen Angriff konnte man »Tag oder Nacht jeden Augenblick rechnen. Die Zeit der Bombenangriffe hatte mit Neumond wieder eingesetzt, und den ganzen Abend über waren am Himmel gegnerische Flugzeuge zu sehen.«

Der Erfolg war größtenteils dem Senfgas zu verdanken. Die von den Alliierten eroberten Munitionslager waren zu 50 Prozent mit chemischen Waffen angefüllt. Die Amerikaner allein erlitten durch Senfgas 70000 Verluste – mehr als ein Viertel der US-amerikanischen Gesamtverluste des ganzen Krieges.

Indem sie so weit vorrückten, hatten die Deutschen jedoch den Grundstein für ihre eigene Niederlage gelegt. Im Juli und im August war es den Alliierten möglich, einen Gegenangriff auf die zu weit auseinandergezogenen Stellungen der Deutschen zu führen. Auch die alliierten Armeen waren stark abhängig von chemischen Kampfstoffen. Bis zum August steigerten die Briten und die Amerikaner die Menge der von den Fabriken angeforderten gasgefüllten Munition auf 20 bis 30 Prozent der gesamten Munitionsmenge. Dieses Verhältnis sollte weiterhin zugunsten der chemischen Kampfstoffe verändert werden. 1919 wäre es wahrscheinlich gewesen, daß chemische Waffen mengenmäßig den Sprengstoffen gleichkamen, sie in einigen Fällen sogar übertrafen. Im Juni erzeugten die Franzosen Senfgas, und im September, in den letzten Kriegstagen, erreichte die erste wesentliche Lieferung von britischen Senfgasgranaten das Schlachtfeld. Aber bis zu diesem Zeitpunkt war schon fast alles ausgestanden.

Die britische Anwendung von Senfgas ist jedoch wegen eines Vorfalls von großer Bedeutung. Am 14. Oktober, während der abschließenden Offensive der Alliierten, gingen auf den belgischen Ort Wervik britische Senfgasgranaten nieder und fügten der erschöpften 16. bayerischen Reserveinfanterie schwere Verluste zu. Einige Tage vor dem Waffenstillstand wurde eine Zugladung der in diesem Angriff verwundeten Soldaten zurück nach Deutschland transportiert. Unter ihnen, erblindet und gedemütigt, befand sich ein 29jähriger Gefreiter, dessen Verletzungen ihn wünschen ließen, die deutsche Niederlage eines Tages zu rächen: Adolf Hitler.[48]

In der Befürchtung, daß er als Kriegsverbrecher behandelt werden würde, verschaffte sich Fritz Haber einen falschen Bart und setzte sich bei Kriegsende in die Schweiz ab – ebenso wie Carl Duisberg. Keiner von beiden ist verurteilt worden. Haber wurde nach Kriegsende (rückwirkend für das Jahr 1918) sogar noch mit dem Nobelpreis für seine Arbeit an der Ammoniaksynthese ausgezeichnet, eine Entscheidung, über die auch die Naturwissenschaftler empört waren. Die *New York Times* fragte, als Haber den Preis für Chemie erhalten hatte: »Warum ging der Nobelpreis für idealistische und einfallsreiche Literatur nicht an denjenigen, der General Ludendorffs tägliche Kommuniqués geschrieben hatte?«[49]

Haber und Duisberg hatten eine entscheidende Veränderung in

der Geschichte der Kriegführung bewirkt. *Mindestens 1,3 Millionen Menschen waren durch Gas vergiftet worden; 91 000 von ihnen starben.* Deutschland, Frankreich und Großbritannien hatten alle ungefähr 200 000 Verluste erlitten, Rußland mehr als doppelt soviel. Schätzungsweise 113 000 Tonnen chemischer Kampfstoffe waren verbraucht worden.»[50]

Hätte der Krieg ein weiteres Jahr angedauert, so gibt es keinen Zweifel, daß diese Zahlen gewaltig gesteigert worden wären. Alle kriegführenden Mächte besaßen neuentwickelte Waffen, die kurz vor dem Einsatz standen. Im Frühjahr 1918 entdeckte ein Team an der Katholischen Universität in Washington D. C. Lewisit: Schneller wirkend als Senfgas, verursachte es »sofortige, qualvolle Schmerzen in den Augen, brennende Hautschmerzen, Niesen, Husten, beim Einatmen Schmerzen und ein beengendes Gefühl in der Brust, oft begleitet von Übelkeit und Brechanfällen«.[51] Die erste Ladung, bestehend aus 150 Tonnen, befand sich gerade unterwegs nach Europa auf See, als der Waffenstillstand abgeschlossen wurde. Die Briten besaßen das »M-Gerät«, das »arsenhaltigen Rauch« erzeugte und die funktionstüchtigste deutsche Gasmaske innerhalb von 15 Sekunden durchdringen konnte. Nach einer Minute wurde das Opfer von fürchterlichen Schmerzen befallen. Haldane berichtete, daß die Schmerzen im Kopf denen ähnelten, die entstehen, »wenn beim Baden Wasser in die Nase gerät, doch noch unendlich viel schlimmer. Diese Symptome werden von entsetzlichen psychischen Qualen begleitet. Einige Soldaten, die von diesen Substanzen vergiftet worden waren, mußten davon abgehalten werden, Selbstmord zu begehen; andere drehten zeitweise völlig durch und versuchten, sich auf der Flucht vor eingebildeten Verfolgern in den Boden zu verkriechen.«[52] Die Deutschen hatten ihrerseits 1918 einen neuen Gaswerfer fertiggestellt, der imstande war, Kanister, die mit phosgendurchtränktem Bimsgranulat gefüllt waren, bis zu drei Kilometer weit zu schleudern.

Die chemische Kriegführung hatte sich inzwischen weit von tränengasgefüllten Handgranaten und einfachen Chlorgaszylindern entfernt. Waffen, deren Anwendung in einem »zivilisierten Krieg« vier Jahre vorher noch geächtet war, beschäftigten nun unzählige Wissenschaftler, Techniker und Soldaten in großen Forschungs- und Entwicklungsanlagen.

Im *Edgewood Arsenal* in den Vereinigten Staaten befand sich

»wahrscheinlich die größte Organisation, die sich jemals wegen einer speziellen Sache gebildet hatte«:[53] 1200 Wissenschaftler und 700 Assistenten untersuchten über 4000 potentielle giftige Substanzen. Es handelte sich um ein wissenschaftliches Projekt, das vom Ausmaß her bis zum 25 Jahre später gestarteten Manhattan-Projekt, das zur Entwicklung der ersten Atombombe führte, konkurrenzlos blieb. Die Kosten für die gesamte Fabrikanlage beliefen sich auf ungefähr 40 Millionen US-Dollar; auf dem Gelände befanden sich 218 Produktionshallen, 79 weitere feste Gebäude, Hochspannungsleitungen mit einer Gesamtlänge von 18 Kilometern, ein 45 Kilometer langes Schienen- und ein 24 Kilometer langes Straßennetz. Die Fabriken hatten eine Produktionskapazität von 200 000 chemischen Bomben und Granaten *pro Tag.*

Institutionen in dieser Größenordnung können nicht einfach aufgelöst werden. Gerade die US-Amerikaner, die so hohe Gasverluste erlitten hatten, dachten nicht daran, von den Möglichkeiten der chemischen Kriegführung abzulassen. Victor Lefebure berichtete, als er 1920 in Amerika ankam, daß er »New York mit Anwerbeplakaten gepflastert vorfand, die verschiedene Gründe aufführten, warum die Amerikaner ihren Gaseinheiten beitreten sollten«.[54] Die Stärke und die Geschicklichkeit der amerikanischen Gaskrieg-Lobby beim Widerstand gegen eine Abrüstung, die sich zum erstenmal zur Zeit des Waffenstillstandes zeigten, haben sich beständig gegen die zeitweilig auftretende Ablehnung dieser Waffen durch Präsidenten, Senatoren, Generalstabschefs und Friedensgruppen durchgesetzt; ihr Einfluß hält bis heute unvermindert an.

In Großbritannien berief die Regierung das Holland-Komitee ein, das über chemische Kriegführung berichten und Empfehlungen zu der zukünftigen nationalen Politik geben sollte. Seine Mitglieder – darunter Foulkes, der nun zum General befördert worden war – trafen sich im Mai 1919 und stimmten darin überein, daß »Giftgas ohne den geringsten Zweifel eine legitime Kriegswaffe ist . . . und daß seine Anwendung in der Zukunft als Selbstverständlichkeit angesehen werden kann«.[55] Diese Entscheidung war nicht von einem »amerikanischen Rummel« oder einer Propagandakampagne begleitet. Die britische chemische Kriegführung entwickelte sich ganz im Gegenteil zu einer Politik strenger amtlicher Geheimhaltung. Sorgsam ausgesonderte Dokumente über den Ersten Weltkrieg, die die chemische Kriegführung betrafen, wurden den Historikern bis 1972 nicht zur Ansicht freigegeben. Jemand, der 18jährig im ersten Phosgenangriff vergiftet worden war, mußte bis zu seinem 75. Lebensjahr warten, bevor er etwas darüber lesen konnte. Auch Kriegserinnerungen wurden streng untersucht, und sogar die Titel wurden zensiert. Foulkes wollte seinen Bericht über die Arbeit der Sondereinheiten entweder »Frightfulness« (»Das Grauen«) oder »Retaliation« (»Vergeltung«) nennen. Beide Titel wurden vom Kriegsministerium als zu provozierend empfunden, und so wurde das Buch, das schließlich 1936 erschien, einfach »Gas« genannt!

Zur gleichen Zeit wurde eine offensichtlich bewußte Kampagne geführt, mit dem Ziel, die Anzahl der durch Gas getöteten und verwundeten Soldaten zu niedrig anzusetzen, möglicherweise um Zehntausende. Offiziell vergiftete das Gas 180983 britische Soldaten, von denen »nur« 6062 getötet wurden. Doch die Liste der Kategorien, die diese Zahlen *nicht* einschließen, ist geradezu schwindelerregend. Es wurden weder die im Jahre 1915 gasvergifteten Soldaten (nach Schätzungen einige tausend) berücksichtigt, über die keine Aufzeichnungen existieren, noch die Gasopfer, die – lebendig oder tot – dem Feind in die Hände fielen; weder diejenigen, die sich unter den 250000 verschollenen britischen Soldaten befanden, noch die Soldaten, die nach Behandlung ihrer verhältnismäßig leichten Verletzungen in den Feldlazaretten zu ihren Einheiten zurückkehren konnten; weder die Gasopfer, die nach dem Abtransport später in ihrem Heimatland starben, noch die Fälle, die an durch das Giftgas verursachten Krankheiten starben, usw., usw. Verteidiger des Giftgaskrieges benutzten die Statistiken, um zu beweisen, daß Gas »human« wirkte, daß es eher verwundete als tötete. Haldane attackierte die »Gruppe der Sentimentalen, die mir endgültig wie die Schriftgelehrten und Pharisäer unserer Zeit vorkommen«,[56] die einen Unterschied zwischen Gas- und herkömmlichen Waffen machten. Es war, so argumentierte er, sicherlich nicht schlimmer, möglicherweise sogar zivilisierter, jemand mit chemischen Stoffen zu töten oder zu verwunden als mit Granatsplittern oder Kugeln.

Und was wurde aus den Opfern dieser »zivilisierten« Waffen? In Großbritannien bezogen 1920, als Folge der Gasvergiftungen, 19000 Soldaten eine Invalidenrente.[57] Die physiologische Abteilung von Porton schrieb im Juni 1927 einen Bericht über die Ergebnisse einer Untersuchung von 18 Rentnern:

»Im Sommer fühlen sich diese Patienten nicht so schlecht, doch mit Einsetzen des Winters verschlimmern sich die Symptome. Die Patienten erholen sich kaum, sondern fühlen sich allmählich immer schlechter... es ist nur eine Zeitfrage, bis außerdem Schwierigkeiten mit dem Herzen auftreten... Es sollte auch bemerkt werden, daß solche Patienten schlechte Aussichten haben, wenn ernste Komplikationen der Lunge hinzukommen... Einige von ihnen haben Brustkörbe wie Sechzigjährige, Brustkörbe, die eindeutig und dauerhaft verändert sind. Der Beweis der Vermutung, daß Senfgas dafür verantwortlich ist, scheint schlüssig zu sein. Diese Rentner, vor dem Krieg jung und frisch, haben eine eindeutige Krankengeschichte, nachdem sie Wochen oder Monate mit Bindehaut- und Kehlkopfentzündung, Bronchitis und in manchen Fällen mit zusätzlichen Verätzungen im Krankenhaus gelegen haben...«[58]

1929 wurden in Porton weitere 72 Senfgasvergiftungsfälle untersucht, wobei Tuberkulose, chronische Kehlkopfentzündung, Tuberkulose der Wirbelsäule, Blutarmut, Aphonie, Bindehaut- und Lungenfibrose festgestellt wurden.[59]

Es handelte sich hier selbstverständlich um geheimgehaltene Berichte, die erst kürzlich zur Veröffentlichung freigegeben wurden. In der Öffentlichkeit behauptete Porton, daß die Presse mit den Langzeitwirkungen von Gasvergiftungen »Panikmache« betrieb. Physiologen aus Porton arbeiteten mit in den Gesundheitsbehörden, die die Unterlagen beurteilten und die Soldaten, die eine Kriegsrente beantragt hatten, untersuchten. Die dabei angewandten Kriterien waren – was nicht weiter verwunderlich war – außergewöhnlich streng. Es mußte ein eindeutiger Kausalzusammenhang zwischen dem Schaden und der erlittenen Gasvergiftung nachgewiesen werden – eine erhöhte Anfälligkeit für Tuberkulose oder Bronchitis (obwohl der Zusammenhang zugegeben wurde) reichte allein noch nicht aus, um eine Rente zu erhalten.

Tausende litten den Rest ihres Lebens an den Nachwirkungen der im Ersten Weltkrieg zugezogenen Gasvergiftungen. Ein Überlebender eines Phosgenangriffs, Fred Cayley, gab 1980 an, daß er seit 1917 jede Woche beim Arzt gewesen war.[60] Großbritannien bezahlt bis heute noch immer Renten an die Gasopfer. Wie viele die Zahlung niemals verlangt haben und, ohne von dieser Möglichkeit zu wissen, litten und starben, ist nicht bekannt. Neuere Untersuchungen haben gezeigt, daß Munitionsarbeiter, die bei der Senfgasherstellung beschäftigt sind, zehnmal anfälliger für Krebs sind als andere.[61] 1970 berichtete die Weltgesundheitsorganisation, daß »eine Untersuchung der Sterblichkeitsrate von britischen Kriegsinvaliden, die im Ersten Weltkrieg durch Senfgas vergiftet worden waren und am 1. Januar 1930 noch lebten, zeigte, daß zu diesem Zeitpunkt fast alle (über 80 Prozent) an chronischer Bronchitis litten. In den folgenden Jahren wurde unter ihnen ein übermäßiges Ansteigen der Todesfälle, zurückzuführen auf Lungen- und Brustkrebs, beobachtet (29 gegenüber 14 erwarteten).«[62]

Solch schreckliche Nachwirkungen wurden in den zwanziger Jahren weder vorausgesehen noch verstanden. In Porton gab man lediglich zu, daß »es zehn Jahre nach dem Gaseinsatz Patienten gibt, die sowohl anatomische als auch funktionelle Nachwirkungen aufweisen, die eindeutig entweder von einem oder von einer Kombination von Gasen verursacht wurden«.[63] Man vergaß die Verwundeten und Geschädigten größtenteils, außer wenn sie – wie es ein Sachverständiger ausdrückte – brauchbare Daten liefern konnten, »die sonst nirgendwo zu erhalten waren«. Langsam aber sicher verwischte sich das Bild der erblindeten Senfgasopfer, die in Reihen, jeder mit seiner Hand auf die Schulter des Vorangehenden gestützt, den Ort des Geschehens verließen. Die chemischen Kampfstoffe, einstmals verboten, nahmen nun ihren Platz in den Waffenlagern der Welt ein. Dort befinden sie sich seitdem immer noch.

2. Kapitel: Globale Verurteilung – lokaler Einsatz

Die älteste Produktionsanlage der Welt für chemische Kampfstoffe – bekannt unter dem Namen *Porton Down* – erstreckt sich in einer ländlichen Gegend, dem südlichen Teil der Salisbury-Ebene, auf einer Fläche von mehr als 28 Quadratkilometern. Über 700 Männer und Frauen arbeiten dort in Laboratorien und Büroräumen, verteilt auf 200 Gebäude. Weiterhin gibt es dort Polizei- und Feuerwehrstationen, ein Krankenhaus, eine Bibliothek, eine Zweigstelle der Lloyds Bank, ein umfangreiches Archiv mit Tausenden von Berichten und Fotografien; sogar ein Kino, um die kilometerlangen Filmstreifen, die bei den Experimenten aufgenommen wurden, abzuspielen. Dies alles ist das Ergebnis einer mehr als sechs Jahrzehnte umfassenden Forschung, die den aktuellen naturwissenschaftlichen Kenntnissen so gut wie immer etwas voraus war. Obwohl es viele politische Unruhen um diese Anlage gegeben hatte und zahlreiche Versuche, sie stillzulegen, hat Porton alles überstanden – ein Beweis für die fortdauernde Faszination, die die Giftgase auf die Militärs ausüben; sogar in einem Land wie Großbritannien, das heute offiziell keine chemischen Kampfstoffe besitzt.

Im Januar 1916 erwarb das Kriegsministerium die ersten zwölf Quadratkilometer Hügelland zwischen den Dörfern Porton und Idmiston – nicht ganz ohne behördlichen Druck auf die Vorbesitzer – und begann, die Stätte vorzubereiten, die dann als Versuchsgelände dieses Ministeriums bekannt wurde. Innerhalb von zwei Monaten waren die ersten Wissenschaftler angekommen. Nachts schliefen sie im Dorfkrug, tagsüber arbeiteten sie in neuerbauten Holzhütten, die eine Gaskammer, ein Laboratorium und einige Zylinder enthielten. Sie waren die Wegbereiter, die naturwissenschaftliche Erkenntnisse von ihren Anfangsstadien in eine neue Ära der Kriegführung einbrachten, ohne von irgendwelchen moralischen Zweifeln über ihre Arbeit belastet zu werden. Der Leiter der physiologischen Abteilung, Joseph Barcroft, gehörte den Quäkern an – wahrscheinlich das einzige Mitglied dieser Glaubensgemeinschaft, nach dem jemals der Prototyp einer Bombe genannt worden ist.[1]

In der ersten Zeit wußte man nur sehr wenig über die Langzeitwirkungen von Giftgas oder überhaupt darüber, wie es den menschlichen Körper in Mitleidenschaft zieht. Eine komplette Reihe experimenteller Verfahrensweisen mußte ausgearbeitet werden – ein gefährliches Unternehmen und eines, das seine eigenen Legenden hervorbrachte. Barcroft selbst wollte eine Kontroverse zwischen Briten und Franzosen über die Wirksamkeit von Blausäure (Cyanwasserstoff; HCN) entscheiden. Die Franzosen hatten HCN-Gas bei Hunden getestet, die alle daran starben, und glaubten deshalb, daß es sich um einen wirksamen chemischen Kampfstoff handeln würde. Die Briten führten ihre Versuche an Ziegen durch, die überlebten. Eines Nachts wartete Barcroft, bis alle zu Bett gegangen waren, abgesehen von einem Unteroffizier, der als Zeuge dienen sollte, und ging, ohne ein Atemschutzgerät aufzusetzen, in eine Gaskammer, die mit einer Konzentration von 0,2 Prozent Cyanwasserstoff gefüllt war. Außerdem nahm er einen Hund mit hinein. Er erinnerte sich:

»In Anbetracht dessen, daß der Versuch so beweiskräftig wie möglich sein sollte und daß meine Atmung ungefähr genauso aktiv sein sollte wie die des Hundes, blieb ich in der Gaskammer stehen und unternahm von Zeit zu Zeit einige Schritte. Nach schätzungsweise 30 Sekunden bekam der Hund leichte Gleichgewichtsstörungen, nach 55 Sekunden sank er zu Boden und begann mit der charakteristischen, qualvollen Atmung, die den Tod durch Cyanidvergiftung einleitet. Eineinhalb Minuten nach diesem Symptom wurde der Körper des Tieres hinausgetragen, die Atmung hatte ausgesetzt, der Hund war offensichtlich tot. Dann verließ ich die Kammer. Die einzige tatsächliche Auswirkung, die ich an mir selbst feststellte, war ein momentanes Schwindelgefühl, wenn ich meinen Kopf schnell bewegte. Dies hielt ungefähr ein Jahr an, dann verschwand es. Für einige Zeit fiel es mir

schwer, mich auf irgend etwas, wenn auch nur kurz, zu konzentrieren.«[2]

Die Episode von Barcrofts Hund wurde zu einem der bekanntesten Vorfälle in der frühen Geschichte der chemischen Kriegführung. Der Premierminister, Lloyd George, schrieb an Barcroft, daß er »die größte Bewunderung für den Mut und die Hingabe, die Sie gezeigt haben«, fühlte. »Ich wünsche, persönlich und als Oberhaupt der Königlichen Regierung, meine höchste Anerkennung Ihrer tapferen Tat auszudrücken, die uns eine Information von außergewöhnlichem Wert verschafft hat.«[3] »Guter Gott!« rief König Georg V. aus, als er davon hörte. »Was für eine erstaunliche, schneidige Tat!«[4]

Barcrofts unerschütterliche Einstellung war bezeichnend für die Anfänge der chemischen Kampfstofforschung. Es gab noch andere haarsträubende Geschichten. Einmal reiste eine seiner Assistentinnen mit dem Zug von seinem Laboratorium in Cambridge nach Porton, wobei sie einen gefüllten Giftgaskanister mitführte. Der Behälter wurde undicht, und so begann das Gas im Abteil auszuströmen. Daraufhin befestigte sie ihn an einer Schnur, ließ ihn aus dem Fenster heraushängen und beendete so ihre Reise nach Porton.

Die Arbeitsmethoden waren grob und oftmals sehr gefährlich. Ein kreisförmiges Grabensystem war ausgehoben worden, aus dessen Zentrum das Gas aus Zylindern freigesetzt wurde. Menschliche Versuchskaninchen (nach Portons Terminologie »Beobachter« genannt) postierten sich in den Gräben und beschrieben detailliert – solange es ihnen möglich war – die Symptome, die sie fühlten. Die Wirkungen von Chemikalien in geschlossenen Räumen wurden in den Gaskammern erprobt. Die Höchstzeit, die sie in einem nicht tödlichen Gas aushalten konnten, war für die meisten nach zehn Minuten erreicht. Von den Beobachtern wurde erwartet, daß sie stundenlang in todbringenden Gaswolken standen, um die Verläßlichkeit neukonzipierter Gasmasken zu überprüfen. Später, als das Senfgas zum erstenmal auftauchte, krempelten sie ihre Ärmel hoch und ließen sich ihre Arme damit infizieren, um die fortschreitende Entwicklung der furchtbaren Blasen, die sich bildeten, zu untersuchen. Die Arbeit, schrieb Foulkes (der nach dem Krieg das Angebot, die Leitung von Porton zu übernehmen, ablehnte), war »unangenehm« und »gefährlich«:

». . . doch man fand immer Freiwillige, die sich furchtlos den Gaskammerversuchen zur Verfügung stellten. Bei den Senfgasexperimenten zeigte die Erfahrung, daß die Haut nach einer Verätzung empfindlicher reagierte, und die einzigen befriedigenden Ergebnisse erhielt man, wenn man ›unberührte Haut‹ benutzte . . . Es mußten Vorkehrungen getroffen werden für eine ständige Erweiterung des Versuchspersonals durch neue Personen.«[5]

Laut Portons eigener, kürzlich zur Veröffentlichung freigegebener »interner« Geschichte überstieg der Bedarf an Menschen, die für die Versuche gebraucht wurden, sehr oft den Nachschub, »und Köche, Sanitäter und Büroangestellte wurden häufig dazu gedrängt, sich den Experimenten zu unterziehen«.[6] Foulkes legte Wert darauf, sich selbst jedem Gas auszusetzen, das in Betracht kam, angewendet zu werden.

Nicht alle der damals beteiligten Wissenschaftler überlebten. Oberst Watson, Leiter des Zentrallaboratoriums der Alliierten in Frankreich, starb an einem Versuch, den er an sich selbst ausgeführt hatte. Viele andere haben ihr Leben durch diese Arbeit sicherlich beträchtlich verkürzt. »Risiken wurden in Kauf genommen«, so steht es in Portons interner Geschichte, »und Leiden wurden in einer Weise erduldet, wie es nur Menschen von hoher Moral unter dem Druck des Krieges möglich war.«

Für die Erforschung der Wirkungsweisen von Giftgasen besaßen die Wissenschaftler in Porton, abgesehen von den Versuchen, die sie an sich selbst ausführten, noch andere Informationsmöglichkeiten. 1917 wurde dem Versuchsgelände eine Farm zur Tierhaltung und -zucht hinzugefügt, um die enorme Anzahl von Tieren, die für die Experimente benötigt wurden, bereitzustellen. Tausende von Versuchsberichten, die in dieser Zeit abgefaßt wurden, sind nun den Historikern zugänglich gemacht worden.[7] Sie vermitteln eine Vorstellung von der Größenordnung und dem Charakter der verbissenen Forschungsarbeit, durch die Porton zu einem Hauptziel der Tierversuchsgegner geworden ist. Katzen, Hunde, Affen, Ziegen, Schafe, Meerschweinchen, Kaninchen, Ratten und Mäuse wurden im Grabensystem und in den Gaskammern auf verschiedene Weise angebunden oder eingesperrt und den Gaswolken ausgesetzt. Chemische Stoffe wurden in ihre Gesichter gespritzt und in sie injiziert, man bombardierte sie von allen Seiten mit Kugeln und Granaten. Als das Senfgas entdeckt wurde, rasierte man ihren Bauch und Rücken und rieb sie damit ein; einige Tiere wurden aufgeschnitten, ihre Organe mit Senfgas bestrichen und wieder zugenäht; die auftretenden Symptome wurden genau notiert. Die Anlage wurde zu einem führenden Tierversuchszentrum, das später die spezielle Rasse der »Porton-Mäuse« heranzüchtete, ein Versuchstier, das heutzutage in der ganzen Welt benutzt wird.

Damals waren Tierversuche bei Nicht-Wissenschaftlern genauso unpopulär wie heute. Haldane schrieb, daß die Physiologen in Porton »bei der Zusammenarbeit mit vielen Soldaten beträchtliche Schwierigkeiten hatten, da diese deutlich gegen die Tierversuche protestierten und ihre Verachtung für diejenigen, die sie ausführten, nicht zurückhielten«.[8] Und Sir Austin Anderson erinnerte sich »an einen hochintelligenten und freundlichen kleinen Affen, den die Soldaten so liebgewonnen hatten, daß sie ihm eine kleine Armeejacke mit den Abzeichen des Unteroffiziers gaben und ihn aus den Tierquartieren freiließen. Er kam nie in die Gaskammer, und ich denke, daß er den Krieg überlebt hat.«[9]

Die Arbeitszeit in Porton während des Ersten Weltkrieges war lang; es wurden beinahe mehr Versuche durchgeführt als ausgewertet werden konnten. »Es war für den verantwortlichen Offizier nicht ungewöhnlich, für den Bericht und die Bewertung der Untersuchungsergebnisse jeden Abend vier bis sechs Stunden, bei einer Siebentagewoche, aufzuwenden.«[10] Und einige hundert Kilometer entfernt, in Frankreich, wo die Schlachten geführt wurden, befand sich für die Wissenschaftler die Hauptquelle der auszuwertenden Daten. »Wir besaßen«, schrieb Foulkes, »in dem Kriegsschauplatz selbst ein unermeßliches Versuchsfeld ... Das Material für diese Experimente auf beiden Seiten des Niemandslandes waren die Menschen.«[11]

Die Körper und die Organe der vergasten Soldaten wurden regelmäßig nach Porton gebracht, damit sie von den Physiologen der Sanitätstruppe – »Leichenfledderer« genannt – genauestens untersucht wurden. Für die wissenschaftliche Dokumentation stellte man Ölbilder von den Organen der Toten her. In einigen Fällen wurden die Leichen selbst konserviert: der Bericht eines Wissenschaftlers vom Oktober 1923, fünf Jahre nach dem Krieg, spricht von »einigen durch HS in Frankreich vergifteten Opfern, die ich kürzlich untersuchen konnte«.[12]

Als sich der Krieg fortsetzte und die Arbeit intensiviert wurde, dehnte sich Porton zusehends aus. Die Testbereiche wurden um das Doppelte vergrößert. Die einstige Ansammlung von Hütten wuchs zu einer kleinen Stadt heran, die aus fünf separaten Bezirken bestand. Acht Kasernenreihen beherbergten mehr als 1000 Soldaten, Ballistikexperten, Sanitätsoffiziere und Wissenschaftler. Diese wurden von 500 zivilen Arbeitskräften unterstützt. Dem Grabensystem und den Unterständen wurde eine Schießanlage hinzugefügt, die zweieinhalb Kilometer lang war; dort beschäftigte man verwundete Artilleriesoldaten, die aussagten, daß sie mit dem Testschießen in Porton, für das sie eine »Gefahrenzulage« erhielten, mehr Geld verdienten als unter dem Beschuß der Deutschen an der Westfront.

Der Friedensabschluß in Europa 1918 verursachte nur eine kurze Unterbrechung der Routine. In der Nacht des Waffenstillstandes betranken sich die Tierhalter und ließen die Affen frei, die eine erhebliche Verwirrung in der Gegend um Salisbury anrichteten; abgesehen davon lief es so wie immer. Professor A. E. Boycott, ein Pazifist, der nur so lange in Porton arbeiten wollte, wie der Krieg andauerte, gehörte zu den sehr wenigen, die ihren Abschied einreichten: »Am Tag nach dem Waffenstillstand weigerte er sich entschieden, noch irgend etwas mit dem Gaskrieg zu tun zu haben.«[13]

Nach dem Kriegsende wurde Porton nicht stillgelegt. Statt dessen berief die Regierung 1919 das *Holland-Komitee* ein. Seine Mitglieder empfahlen einstimmig, daß Porton in Betrieb bleiben sollte, und legten darüber hinaus viele der Grundsätze fest, nach denen die Anlage noch heute geführt wird. Angesichts des »hohen Risikogrades«, den die Arbeit beinhaltete, wurde dem Personal »eine sehr großzügige Urlaubsbewilligung« – drei Monate im Jahr – gewährt. Es wurde alles versucht, um »die klügsten Köpfe des Landes« für Porton zu gewinnen. Solange keine »Staatsgeheimnisse« verraten wurden, hatten die angestellten Wissenschaftler das Recht, ihre Arbeiten zu veröffentlichen und die »von den gelehrten Körperschaften abgehaltenen« Konferenzen zu besuchen. Die Gehälter waren großzügig, besonders für die höheren Positionen. Das Komitee kam außerdem zu dem Schluß,

». . . daß es unmöglich ist, das Studium der Verteidigungsmöglichkeiten gegen Gas von dem Studium der Anwendung von Gas als eine offensive Waffe zu trennen, da die Wirksamkeit der Verteidigung vollständig von der genauen Kenntnis über den jeweiligen Entwicklungsstand der offensiven Anwendung dieser Waffe abhängt«.[14]

Dies war ein entscheidendes Eingeständnis. Egal, wie deutlich sich die Briten oder jede andere Nation in der Öffentlichkeit von der chemischen Kriegführung lossagten, insgeheim fühlten sie sich verpflichtet, den Wissenschaftlern freie Hand zu lassen, damit sie weiterhin die tödlichsten Waffen, die ihnen möglich waren, ersinnen konnten, da sie ja erst erfunden werden mußten, bevor man Gegenmaßnahmen treffen konnte.

Porton Down benutzte diese Logik zwischen 1919 und 1939, um in großem Umfang eine offensive Forschung zu betreiben, bei der Gas- und giftige Handgranaten entwickelt wurden; giftige Rauchbomben, angereichert mit einer neuen Arsenart, verschlüsselt »DM« genannt, wurden getestet; Panzerabwehrwaffen wurden hergestellt; und Porton entwickelte einen Sprühtank, der aus einer Höhe von 4500 Metern Senfgas verteilen konnte. Gleichzeitig wurden die Waffen des Ersten Weltkrieges – der Livens-Granatwerfer, der Mörser, die chemikaliengefüllte Granate und sogar der Zylinder – verändert und verbessert.

Man führte umfassende Versuche an Menschen durch, an denen oft mehrere Personen gleichzeitig beteiligt waren. Einige der Experimente waren so rigoros, daß man sich fragen muß, was die Leute dazu veranlassen konnte, sie mitzumachen. 1922 wurden zum Beispiel 20 »Beobachter« für zehn Minuten (»der Grenze der Erträglichkeit«) in einer Gaskammer dem Arsengas »DA« ausgesetzt, und sie erlitten

»... einen unangenehmen Druck auf den Kopf, betäubende Schmerzen in den Zahnwurzeln und Druck auf den Ohren ... Quälende Schmerzen am Hinterkopf, Erstarrung und Kälte der Finger und Füße. Austrocknung des Rachens, Schmerzen und Husten. Übelkeit und Erbrechen sind zu beobachten. Beim Abtransport aus der Kammer verstärken sich sofort alle Symptome. Die Männer fühlen sich ausgesprochen krank: bei höheren Konzentrationen liegen sie auf der Erde, ächzen und wälzen sich auf dem Boden; bei schwächeren Konzentrationen ist ein Drang nach Bewegung zu beobachten, in beiden Fällen der Versuch, Erleichterung zu finden ...«[15]

An einem 1924 durchgeführten Versuch mit Senfgas waren allein 40 Menschen beteiligt. Im April 1928 wurde eine große Anzahl von Beobachtern bei fünf verschiedenen Versuchen vom Flugzeug aus vergiftet. Im gleichen Jahr imprägnierte man Ziegelsteine mit Senfgas; nach 14 Tagen wurden sie benutzt, und das abgegebene Gas war noch immer stark genug, um Brandwunden

»ernsten Charakters« zu verursachen. Im Oktober 1929 »erhielten zwei Versuchspersonen größere Verabreichungen von ungereinigtem Senfgas, das praktisch die gesamte Innenfläche des Unterarms bedeckte. Nachdem das verflüssigte Gas mit einem kleinen Grasbüschel grob weggewischt worden war, wurde der salbenähnliche Rest (sieben Wochen alt) mit den Fingern leicht auf die Stelle aufgetragen . . .«[16]

Dies ist nur eine willkürliche Auswahl der Arbeitsmethoden, die man in Großbritannien anwendete. Ähnliche Forschungen wurden in der ganzen Welt betrieben.

Italien errichtete 1923 die Servizio Chemico Militare mit einem ausgedehnten Versuchsgelände im Norden des Landes. Die *französische* Hauptkampfstoffanlage war das Atelier de Pyrotechnie du Bouchet in der Nähe von Paris. Die *japanische* Kriegsmarine begann 1923 mit der Herstellung chemischer Waffen, das Heer schloß sich 1925 an. In Deutschland wurde die begrenzte Verteidigungsarbeit fortgeführt, die später die Grundlage für die deutschen Kriegsanstrengungen im Dritten Reich bildete. Im Jahre 1924 wurde das militärisch-chemische Amt der Roten Armee gegründet, und in den Hauptquartieren jedes Militärbezirkes stationierte man chemische Truppen.

Chemische Waffen wurden nicht nur entwickelt und gebaut – sie wurden auch angewendet. Anfang 1919 benutzten die Briten das »M-Gerät« (das arsenhaltige Rauchwolken erzeugte) in Archangelsk, als sie sich in den *russischen Bürgerkrieg* einmischten; von Flugzeugen aus wurden die Kanister auf die dichten Wälder abgeworfen. Die Weiße Armee, die Gegner der Bolschewisten, war mit britischen Gasgranaten ausgerüstet; von der Roten Armee wurde ebenfalls behauptet, daß sie chemische Kampfstoffe benutzt hatte.

Man hatte Foulkes nach Indien versetzt, und im August 1919 drängte er das Kriegsministerium auf die Anwendung von chemischen Kampfstoffen *gegen die Afghanen* und die rebellischen Nomadenvölker im nordwestlichen Grenzgebiet: »Ausbildungs- und Disziplinmangel, Unwissenheit und fehlende Schutzmaßnahmen auf Seiten der Afghanen und Nomaden werden im Grenzkampf sicherlich die Wirksamkeit des Senfgases, Verluste zu verursachen, erhöhen.«[17] Viele der Kabinettsmitglieder meldeten leichte Zweifel an, einschließlich des Staatssekretärs für Indien. Foulkes, allmählich ungeduldig werdend, wollte sich mit ihren Bedenken nicht mehr länger aufhalten:

»Zur Frage der Moral!... Gas ist öffentlich als eine zukünftige Waffe anerkannt worden, und es ist keine Frage mehr, ob man eine Gelegenheit unrechtmäßig ausnutzt, wenn man einen nichtsahnenden Feind überrascht. Abgesehen davon ist darauf hingewiesen worden, daß die Nomadenvölker nicht durch das Haager Abkommen gebunden sind und daß sie sich nicht nach seinen elementarsten Grundsätzen richten ...«[18]

Foulkes erreichte sein Ziel. Phosgen- und Senfgaslieferungen wurden auf die Reise geschickt, während in der sengenden Hitze des Hochsommers am Khaiber-Paß britische Soldaten in Schutzkleidung ausgebildet wurden. Große Vorräte an Rauchgranaten lagerte man in Peschawar, nahe der afghanischen Grenze, um damit die rebellischen Nomaden aus ihren Schlupfwinkeln in den Bergen zu treiben. Major Salt, der chemische Berater der britischen Armee in Indien, schrieb, daß »sich die Regierung nach den üblichen Äußerungen über ›saubere Hände‹ und ›niederträchtige Tricks, die man den armen, unwissenden Nomaden gegenüber anwenden würde‹ ... dafür entschieden hat, eine Politik der Gasbenutzung an der Grenze einzuschlagen«.[19] Die britische Luftwaffe soll angeblich Giftgasgranaten gegen die Afghanen eingesetzt haben. Es wäre ein wunder Punkt in der Geschichte des britischen Weltreichs; Aufzeichnungen darüber wurden entweder nicht aufgehoben oder vernichtet: Einsatzberichte sind in den britischen Archiven nicht zu finden.

Bei der Anwendung gegen kaum ausgebildete und schlecht bewaffnete Rebellen lernten die Großmächte schnell, daß es sich bei Gas um eine verheerende Waffe handelte. Schwerflüchtige Kampfstoffe wie Senfgas konnten günstige Hinterhalte für Wochen unbrauchbar machen. Tränengas und raucherzeugende Waffen, besonders wirkungsvoll, wenn sie aus der Luft abgeworfen wurden, trieben die Gegner ins offene Land hinaus, wo sie leichter abgeschossen werden konnten. 1925 benutzten Franzosen und Spanier Giftgas *in Marokko*, und es war offensichtlich geworden, daß die chemische Kriegführung als Instrument, mit dem die Großmächte aufständische Gebiete »beruhigen« konnten, eine neue Rolle gefunden hatte.

Doch trotz der weitverbreiteten Entwicklung und Anwendung von chemischen Kampfstoffen in den Nachkriegsjahren war der Giftgaskrieg eigentlich immer noch widerrechtlich. Die alliierten Mächte bezeichneten ihn 1919 in Versailles als eine »unzulässige«

Art der Kriegführung und verboten die Einfuhr und die Herstellung von Giftgas in Deutschland für alle Zeiten. Drei Jahre später ging der *Vertrag von Washington* sogar noch weiter: die »zivilisierten Mächte« verordneten, daß das *Verbot der chemischen Kriegführung »allumfassend als Teil des Völkerrechts akzeptiert werden sollte, dem Gewissen und der Handlungsweise der Nationen gleichermaßen verbindlich«.*

Schließlich wurde im Mai 1925, unter der Schirmherrschaft des Völkerbundes, in Genf eine Konferenz einberufen. Angeführt von den Vereinigten Staaten kamen die Delegationen überein, das Giftgasproblem anzugehen und Lösungen auszuarbeiten, »in der Hoffnung«, wie die Amerikaner es ausdrückten, »die Grausamkeit der modernen Kriegführung zu vermindern«. Nach einem debattenreichen Monat in juristischen und militärischen Ausschüssen – bei denen die polnische Delegation weitblickend vorschlug, die Anwendung von bakteriologischen Waffen, die derzeitig noch nicht sehr weit entwickelt waren, ebenfalls zu verbieten – kamen die Delegationen am 17. Juni zusammen, um den Vertrag zu unterzeichnen, der bis heute noch immer als die stärkste rechtliche Beschränkung der biologischen und chemischen Kriegführung gilt:

»Die unterzeichneten Bevollmächtigten, im Namen ihrer jeweiligen Regierungen:

In Anbetracht dessen, daß die Anwendung von zu Erstickung führenden, giftigen oder anderen Gasen und von allen entsprechenden Flüssigkeiten, Materialien oder Geräten im Krieg von der Öffentlichkeit der zivilisierten Welt zu Recht verurteilt worden ist; und

In Anbetracht dessen, daß das Verbot einer derartigen Anwendung in Verträgen, die von der Mehrheit der Großmächte unterzeichnet sind, ausgesprochen worden ist; und

Abschließend, daß dieses Verbot allumfassend als Teil des Völkerrechts akzeptiert werden soll, dem Gewissen und der Handlungsweise der Nationen gleichermaßen verbindlich;

Erklären:

Daß die Vertragsparteien, insofern sie nicht bereits an Verträgen beteiligt sind, die eine derartige Anwendung verbieten, dieses Verbot akzeptieren, zustimmen, dieses Verbot auf die Anwendung von bakteriologischen Kriegführungsmethoden auszuweiten, und zustimmen, daß sie gemäß den Bestimmungen dieser Deklaration und ebenso untereinander gebunden sind . . .«[20]

38 Staaten unterzeichneten das *Genfer Protokoll*, unter ihnen die Vereinigten Staaten, das britische Empire, Frankreich, Deutschland, Italien, Japan und Kanada; die UdSSR, die erst 1934 dem Völkerbund beitrat, gehörte nicht dazu.

»Die Unterzeichnung des Genfer Protokolls 1925«, stellte ein Sachverständiger fest, »war der Höhepunkt des von der Öffentlichkeit vorgebrachten Widerstandes gegen die chemische Kriegführung.«[21] Unglücklicherweise hatten die Giftgasgegner die Stärke der Interessen, die gegen sie gerichtet waren, unterschätzt. Die Unterzeichnung des Protokolls allein reichte nicht aus, um sie zu binden – es mußte noch von den einzelnen Regierungen ratifiziert werden. In vielen Fällen bedeutete dies eine zeitliche Verzögerung von mindestens einem Jahr, und in diesem Zeitraum schlugen die Befürworter der chemischen Kampfstoffe zurück.

Die US-amerikanischen Gaseinheiten halfen einer äußerst wirksamen Lobby auf die Beine. Sie gewannen die Unterstützung von Kriegsveteranen-Vereinigungen und der Verbände der chemischen Industrie (deren Geschäftsführer erklärte, daß »das Verbot der chemischen Kriegführung den Verzicht menschlicher Methoden zugunsten der vergangenen Kriegsschrecken bedeutete«). Wie es seitdem oft geschah, wurde der Kampf für die chemischen Waffen als Bestrebung, die allgemeine militärische Verteidigungsbereitschaft zu bewahren, dargestellt. Einige Senatoren traten der Kampagne der Gasstreitkräfte bei, unter ihnen der Vorsitzende des Ausschusses für militärische Angelegenheiten, der in der Senatsdebatte seinen Angriff auf die Ratifizierung mit einem Hinweis auf den Washingtoner Vertrag von 1922 einleitete: »Ich glaube, es ist berechtigt zu sagen, daß 1922 eine Hysterie und falsche Informationen über die chemische Kriegführung vorherrschten.« Andere Senatoren verlasen Resolutionen, die das Genfer Protokoll scharf kritisierten – und zwar von der Vereinigung der Sanitätsoffiziere, dem amerikanischen Frontkämpferverband, den Veteranen ausländischer Kriege, der Reserveoffiziersvereinigung und der Kongregation der Weltkriegsteilnehmer. Gegenüber diesem starken Widerstand sah das Außenministerium keine andere Möglichkeit, als das Protokoll zurückzuziehen, um es in einem günstigeren Augenblick wieder vorzulegen. Erst 1970, 45 Jahre nach der Genfer Konferenz, wurde das Protokoll erneut dem Senat zur Ratifizierung vorgelegt; es dauerte noch weitere fünf Jahre, bis dieses Ziel erreicht war.

Die Japaner folgten dem amerikanischen Beispiel und weigerten sich ebenfalls, das Protokoll zu ratifizieren (sie taten es schließlich im Mai 1970). In Europa beobachtete man sich gegenseitig sehr vorsichtig. Frankreich ratifizierte zuerst, 1926. Zwei Jahre später, 1928, folgte Italien, und 14 Tage danach erklärte die Sowjetunion, daß sie sich ebenfalls durch das Protokoll als gebunden betrachtete. Erst als Deutschland 1929 ratifizierte, sah sich Großbritannien schließlich in der Lage, das Protokoll zu akzeptieren: am 9. April 1930, fünf Jahre nach der Konferenz.

Viele Staaten ratifizierten das Protokoll nur mit zwei bedeutsamen Vorbehalten: (1) daß die Vereinbarung nicht als bindend betrachtet wird, wenn der Feindstaat nicht ebenfalls das Protokoll ratifiziert hat; (2) daß, wenn irgendeiner der anderen Staaten sie unter Verwendung von chemischen oder biologischen Waffen angreifen sollte, sie sich das gleiche Recht vorbehalten.

Die chemischen Waffen mögen »von der Öffentlichkeit der zivilisierten Welt zu Recht verurteilt« worden sein, verzichtet wurde auf sie sicherlich nicht. Das Genfer Protokoll bedeutete im Grunde nur die Ächtung der *Erstanwendung* von Giftgas oder Bakterien. Es handelte sich zweifellos nicht um das Verbot der Erforschung und der Vorratshaltung von chemischen Kampfstoffen. Während die britische Regierung hervorhob, daß Porton Down nur mit Arbeiten im Verteidigungsbereich beschäftigt wäre, wurde in Wirklichkeit die großangelegte Forschung nach neuen Waffen angekurbelt. Die nur 44 Seiten umfassende interne Geschichte Portons berichtet recht freimütig über die zynische Vorgehensweise, mit der die Öffentlichkeit getäuscht wurde:

»Hinsichtlich des offensiven Aspekts der chemischen Kriegführung bedeutete die Regierungsentscheidung, das Genfer Protokoll zu ratifizieren, daß die gesamte Waffenentwicklung ›unter dem Siegel der Verschwiegenheit‹ durchgeführt werden mußte. Daraufhin wurde die Angriffsmunitionsabteilung in Porton wieder in ›Technisch-chemische Abteilung‹ umbenannt, und 1930 verbannte man den Begriff ›chemische Kriegführung‹ aus dem allgemeinen Sprachgebrauch, dafür setzte man nun ›chemische Verteidigung‹ ein. Alle Arbeiten im Angriffsbereich wurden von da an unter der Bezeichnung ›Studien chemischer Waffen, gegen die eine Verteidigung erforderlich ist‹, ausgeführt.«

Diese Arbeiten im »Verteidigungsbereich« umfaßten »Verbesserungen vieler Waffen des Ersten Weltkrieges. Getestet wurden die verschiedenen Entwicklungen im Norden von Wales, in Schottland und in Einrichtungen, die im gesamten Empire verteilt lagen, hauptsächlich im Norden Indiens, in Australien und im Nahen Osten.

Die Verpflichtung der meisten Regierungen, nie mit der Anwendung von Giftgas zu beginnen, hielt die Forschung nicht auf: Es machte die ganze Angelegenheit nur empfindlicher, und somit wurde sie auch strenger geheimgehalten. 1928 *begannen die Deutschen, mit den Russen zusammenzuarbeiten*; auf einem Gelände in der Sowjetunion, ungefähr 20 Kilometer westlich von Wolsk, führten sie eine Reihe von streng geheimen Versuchen, *»Tomka-Projekt«* genannt, durch. Die nächsten fünf Jahre lebten und arbeiteten ungefähr 30 deutsche Experten Seite an Seite mit »einer noch größeren Zahl von sowjetischem Personal« zusammen, hauptsächlich damit beschäftigt, Senfgas zu testen. Die Sicherheitsmaßnahmen dieses Projekts »waren derart, daß jeder Beteiligte, der darüber mit Außenstehenden sprach, eine beträchtliche Strafe riskierte«.[22]

In Japan begann die versuchsweise Herstellung von Senfgas 1928 im Tandanoumi Arsenal. Sechs Jahre später produzierten die Japaner eine Tonne Lewisit pro Woche; bis 1937 erhöhte sich der Ertrag auf zwei Tonnen pro Tag. Umfangreiche Testreihen, die 1930 Versuche unter tropischen Bedingungen auf Formosa einschlossen, ermöglichten die Entwicklung von vielen furchteinflößenden Gaswaffen: Raketen, die zehn Liter Kampfstoff freisetzen konnten, mit einer Reichweite von drei Kilometern; Geräte, die einen »Gasnebel« aussendeten; umgebaute Flammenwerfer, aus denen nun Blausäure abgeschossen wurde; an Fallschirmen befestigte Senfgasbomben, die Gas verströmten, während sie sich allmählich der Erde näherten; ferngelenkte Vergiftungswagen, die einen sieben Meter breiten Senfgasstreifen legen konnten; und die »Masuka Dan«, eine handliche Panzerabwehrwaffe, geladen mit einem Kilogramm Blausäure. Verteidigungsmaßnahmen wurden genauso gründlich getroffen; sie reichten bis zur Herstellung von Gasmasken für Pferde und Kamele (60 Zentimeter lang und 20 Zentimeter im Durchmesser) und Atemgeräten, Beinkleidung und Schuhen für Hunde.[23]

Die Japaner betrieben die chemische Kampfstofforschung zeitweise mit einer Hingabe, die an Fanatismus grenzte. Die chemische Kriegführungsschule der Armee wurde 1933 in Naraschino, 33 Kilometer östlich von Tokio, errichtet. Sie erstreckte sich auf einer Fläche von 16 Hektar und besaß eindrucksvolle Einrichtungen. Der Kommandeur der Schule, Generalmajor Yamasaki, versprach eine »sofortige und harte Bestrafung« aller »Studenten«, die sich nicht an die aufgestellten Regeln hielten. Bei den Studenten handelte es sich um sorgsam ausgewählte Offiziere. Die meisten absolvierten einen elfmonatigen Kursus. In zwölf Jahren brachte die Schule 3350 Experten der chemischen Kriegführung hervor.

Es wird heute kaum noch bezweifelt, daß die Japaner ab 1937 in ihrem *Krieg gegen die Chinesen* in großem Maßstab Giftgas benutzt hatten. Im Oktober 1937 reichte China einen formalen Protest beim Völkerbund ein. Im August 1938 beschuldigten sie die Japaner, Senfgas angewendet zu haben, und führten einige Zeugen an, unter ihnen ein britischer Sanitätsoffizier, der 19 Gasopfer behandelt hatte, die beim Kampf an der Jangtse-Front vergiftet worden waren. Chinesische Bauern sollen durch Gas aus Höhlen und Tunneln getrieben und von wartenden japanischen Soldaten niedergemetzelt worden sein.

Wie die Briten und Franzosen vor ihnen, entdeckten auch die Japaner, daß Giftgas eine hervorragende Waffe war, wenn man sie gegen schlechtausgebildete und größtenteils unvorbereitete Gegner anwendete. Die Unternehmungen in China wurden zu Lehrbuchbeispielen der chemischen Kampfstoffanwendung – es waren so viele, daß die Japaner aus den Berichten ihrer Gasangriffe eine Aufsatzsammlung mit dem Titel »Lektionen aus dem chinesischen Zwischenfall« erstellten, die unter den Studenten der Naraschino-Schule verteilt wurden. Ein sowjetischer Sachverständiger schätzte, daß ein Drittel der gesamten Munitionsmenge, die von den Japanern nach China geschickt worden war, aus chemischen Kampfstoffen bestand und daß »in mehreren Schlachten bis zu 10 Prozent der von den Chinesen erlittenen Gesamtverluste auf chemische Waffen zurückzuführen waren«.[24]

Die *Italiener* benutzten die chemischen Waffen bei ihrem *Einfall in Abessinien* in der gleichen Weise. 1935 und 1936 wurden 700 Tonnen Gas verschifft, hauptsächlich für die italienische Luftwaffe. Als erstes kamen torpedoförmige Senfgasbomben. Dann, Anfang 1936, testeten die Italiener die neue Technik der Besprühung aus der Luft. In einer Rede vor dem Völkerbund beschrieb der abessinische Kaiser Haile Selassie, wie »Gruppen von neun, fünfzehn und achtzehn Flugzeugen einander folgten, so daß die Flüssigkeit, die sie abgaben, eine ununterbrochene Wolke bildete ... Soldaten, Frauen, Kinder, Vieh, Flüsse, Seen und Weiden wurden unaufhörlich von diesem tödlichen Regen durchtränkt.«[25] Den Briten zufolge benutzten die Italiener 225 Kilogramm »Sprühbomben«, gefüllt mit Senfgas. Sie wurden durch einen Zeitzünder ausgelöst. Wenn sich die Bombe »ungefähr sechzig Meter über dem Boden« befand, brach sie auf – »der flüssige Inhalt verteilte sich in der Form eines Sprühregens über eine beträchtliche Fläche«.[26]

Aus Abessinien durchgesickerte Berichte vermittelten eine Vorstellung der entsetzlichen Leiden, die das Senfgas den wehrlosen Eingeborenen beibringen konnte. Die Flüssigkeit blieb auf dem Boden und auf dem Laubwerk liegen und vergiftete somit nicht nur Soldaten, sondern auch Bauern auf ihrem Weg durch das Dickicht. Walter Holmes von der Londoner *Times* schrieb von Menschen, die »an den Beinen und den unteren Körperteilen Verletzungen erlitten hatten. Bei mehreren Fällen fehlten große Hautstücke an den Beinen; einige von ihnen hatten außerdem äußerst schmerzhafte Verbrennungen an den Genitalien.« Italienische Flugzeuge, berichtete Holmes, flogen tief über das Land hinweg, wobei sie einen »aus einer ätzenden Flüssigkeit bestehenden feinen Regen« versprühten. Es gab keinen Schutz und kein Entrinnen; eine große Anzahl der Einheimischen »erhielt gräßliche Verletzungen an Kopf, Gesicht und den oberen Teilen des Körpers«.[27] Erblindete Opfer konnten nicht ihren Weg in die Berge finden, wo das Rote Kreuz Erste-Hilfe-Stationen eingerichtet hatte; in unbehandelten Hautwunden kam es zu Gangrän (Gewebeverfall). Dr. John Kelly, der Leiter des britischen Roten Kreuzes in Abessinien, behandelte Ende Februar 1936 in drei Tagen 150 Fälle mit »ernsten Brandwunden«, die durch Senfgas verursacht worden waren: »Unter den Patienten waren viele Frauen, Kinder und Babys.«[28] Die Berichte von Holmes und Kelly, die Bildmaterial über die Opfer einschlossen, wurden der anwachsenden Dokumentation des Völkerbundes über die italienische Gasanwendung hinzugefügt.

Dies war kein Krieg, sondern eine Metzelei. Abessinien war zum Versuchsfeld für die mörderischen neuentwickelten Gaswaffen geworden, die trotz des Genfer Protokolls nach dem Ersten Weltkrieg »unter dem Siegel der Verschwiegenheit« entwickelt worden waren. Genauso wie ein Jahr später die deutsche Bombardierung von Guernica davor warnte, wie die Bomber gegen Zivilisten eingesetzt werden können, so zeigte sich in Abessinien, wie »wirksam« der Gaskrieg geworden war. Ungefähr 15 000 abessinische Soldaten wurden durch chemische Waffen getötet oder verwundet – beinahe ein Drittel der gesamten Verluste des Krieges.

1936 bezeichnete der britische Premierminister Stanley Baldwin die italienische Anwendung von Gas als »Bedrohung für die Welt« und formulierte die Frage, die sich nun fast alle Regierungen stellten: »Wenn ein großer europäischer Staat, obwohl er das Genfer Protokoll gegen die Anwendung von derartigen Gasen unterzeichnet hat, diese in Afrika benutzt, welche Garantie haben wir dann, daß sie nicht in Europa angewendet werden?«[29]

Die Antwort war natürlich, daß es keine Garantie gab. Nach Abessinien hegte der britische Geheimdienst keine Zweifel mehr über die italienischen Absichten. »Man kann die Schlußfolgerung ziehen«, schrieb MI 3 (eine Abteilung des militärischen Geheimdienstes) im August 1936, »daß es in einem zukünftigen Krieg Gaswaffen benutzen würde, wenn nicht besondere Umstände dagegen sprechen.«[30] Drei Monate später, im November, verkündete die britische Regierung, daß alle Staatsbürger eine Gasmaske erhalten sollten. Im September 1938, zur Zeit des Münchener Abkommens, wurden über 30 Millionen davon an die Bevölkerung ausgegeben. Es gab Atemschutzgeräte für Babys und »Invalidenhauben«, Sonderanfertigungen für Kranke und ältere Leute. Amtliche Filme der Regierung, die vor den Gasgefahren warnten, wurden in den Kinos gezeigt, während Schilder in Bussen und U-Bahnen die Bevölkerung dazu ermahnten, die Gasmasken jederzeit bei sich zu tragen.

Während sich ihre Zivilisten in der Verteidigung übten, verlegten sich die Großmächte auf eine großangelegte chemische Wiederaufrüstung. 1936 bauten die *Franzosen* für 18 Millionen Francs eine Fabrik in Clamency, um Phosgen herzustellen.[31] Ein Jahr später wurden die während des Ersten Weltkrieges produzierenden Senfgas- und Phosgenanlagen im Edgewood Arsenal der *Vereinigten Staaten* wieder in Betrieb genommen. Neue Fabriken errichtete die *Sowjetunion* in Branjuschski, Kuibyschew und Karaganda. Die Briten begannen 1936 mit dem Bau einer neuen Senfgasfabrik in Sutton Oak, bei St. Helens, in Lancashire; zwei weitere waren geplant. Am 2. November 1938 forderte das Kabinett eine Produktionskapazität von 300 Tonnen Senfgas pro Woche und eine Reserve von 2000 Tonnen.

Der britische Geheimdienst beschwor ein schreckenerregendes Bild von Europa, das von Wissenschaftlern und Chemikern, die an Kampfstoffen arbeiteten, nur so wimmelte. Von der *deutschen chemischen Kriegführungsforschung* wurde gesagt, daß sie seit dem Ersten Weltkrieg »beharrlich fortgesetzt« worden sei. In Berlin und an der Ruhr waren Laboratorien in Betrieb, und man behauptete, daß es drei Versuchszentren gab – eins bei Munster und zwei weitere in Wünsdorf und in List. Es sollten angeblich sechs Flugzeuge an Sprühversuchen aus niedriger Höhe beteiligt sein. Alles in allem schätzte man, daß sich die Kapazität gegenüber 1918 vergrößert hatte. Von der UdSSR behauptete die gleiche Quelle, daß die Ausbildung der Giftgaseinheiten bis an »nahezu fanatische Grenzen« vorangetrieben wurde: »Von allen Ländern scheint die Sowjetunion die größte Anstrengung bei der Entwicklung der chemischen Bewaffnung zu unternehmen.« (Die Deutschen stimmten mit den britischen Befürchtungen überein; sie schätzten die Zahl der sowjetischen Wissenschaftler, die direkt an der chemischen Kriegführung beteiligt waren, auf über 6000.) Der Bericht schloß folgendermaßen: »Es ist mit einer massiven Bombardierung zu rechnen, unter Einsatz aller vorhandenen chemischen Waffen in enger Zusammenarbeit mit der Luftwaffe. Beim Rückzug werden ausgedehnte Gebiete durch kampfstoffgefüllte Wagen und tieffliegende Flugzeuge vergiftet, außerdem werden Brücken und Verkehrsknotenpunkte vermint. Luftangriffe mit hochexplosiven Sprengstoffen und Brandbomben können von Gaseinsätzen gefolgt werden.«[32]

Angesichts dieser alarmierenden Einschätzung begannen die *Briten und die Franzosen* im Mai 1939 an einer *gemeinsamen* chemischen Kriegführungspolitik zu arbeiten. Laut einem »streng geheimen« Bericht,[33] verfaßt vom Leiter der britischen Delegation, stimmten die beiden Regierungen in ihren Standpunkten weitgehend überein. »Die Franzosen glauben, daß die chemische Industrie Deutschlands und Italiens so weit entwickelt ist, daß die Gasanwendung von diesen Ländern als gesichert gelten kann. Ihre Delegation hat dabei nicht die Möglichkeit in Betracht gezogen, daß entweder Deutschland oder Italien die Gasanwendung am Anfang unterlassen könnten, um Vergeltungsmaßnahmen in diesem Bereich zu vermeiden.«

Gegenüber dieser Gewißheit waren die Franzosen mit einem beträchtlichen Waffenlager gerüstet, das viereinhalb Millionen *grenades oeuf* enthielt – große eiförmige Granaten, mit Senfgas gefüllt, die bündelweise (jeweils 50) abgeworfen werden sollten; sie besaßen keine Zündvorrichtung, sondern zerbrachen beim Aufprall. Es zeigte sich, daß die Franzosen sich weit mehr als die Briten auf die Anwendung von Phosgen stützten; sie benutzten es als Füllmaterial »für Granatwerfer, Artilleriegranaten und große, aus der Luft abzuwerfende Bomben«. Eine bahnbrechende Erfindung war »eine phosgengefüllte 200-Kilogramm-Bombe. Sie enthielt eine Sprengladung, um die Erde, die nach dem Aufschlag möglicherweise die Bombe behinderte, wegzusprengen.«[34]

Die Briten boten den Franzosen ihrerseits eine konkurrenzlose Sachkenntnis über eine chemische Kriegführungsmethode an, die in Porton entwickelt worden war: das Versprühen von Senfgas aus großer Höhe. Britische Bomber waren nun in der Lage, aus einer Höhe von 4500 Metern, außerhalb der Reichweite von Luftabwehrwaffen, zielsicher Senfgas freizusetzen. Ohne Warnung konnten feindliche Truppenverbände von einem feinen Senfgasregen durchnäßt werden, wobei britischen Schätzungen nach »100 Prozent der Personen, die sich ungeschützt in dem betreffenden Gebiet befinden«[35], vergiftet werden würden. Das Geheimnis war eine Abwandlung des gewöhnlichen Senfgases (HS): es wurde »HT« genannt, wirkte dreimal so stark und besaß einen sehr niedrigen Gefrierpunkt. Die Franzosen waren von dieser Entdekkung äußerst angetan: sie war für sie von »vorrangiger Bedeutsamkeit«. Die Briten übergaben ihnen einen ihrer 115-Kilogramm-Sprühtanks, und eine Reihe von gemeinsamen Versuchen wurde durchgeführt – zuerst mit einem harmlosen Ersatzstoff in Bourget in Frankreich, dann mit dem richtigen Senfgas auf dem riesigen französischen Versuchsgelände in der Sahara.

Französische Wissenschaftler wurden nach Porton eingeladen, den britischen wurde die Besichtigung der französischen Gasfabriken gestattet. Nach einem »vollständigen und offenen Informationsaustausch« trennten sich die beiden Parteien am 12. Mai 1939. Verschiedenartige Unterausschüsse wurden gebildet; mit Offensivwaffen befaßte sich der Unterausschuß E. Als sich deren Mitglieder im September wieder trafen, hatte der Krieg mit Deutschland bereits begonnen. *Nur wenige zweifelten daran, daß ein allgemeiner Giftgaskrieg stattfinden würde* und daß – wie es in einem zusammenfassenden Bericht des Geheimdienstes ausgedrückt wurde –, »falls die Deutschen es für angebracht halten sollten, mit dem Gaskrieg zu beginnen, sie diesen mit Stärke, Genialität und Skrupellosigkeit führen würden«.[36]

Noch weniger Leser stellten eine andere Schlußfolgerung dieses Berichts in Frage: »Es ist unwahrscheinlich, daß irgendein neues, wichtiges Giftgas entdeckt worden ist.« *In Wirklichkeit hatten die Deutschen insgeheim eine ganze Reihe neuer Gase entwikkelt, die wesentlich tödlicher wirkten als alles, was die Alliierten besaßen.* Hätte Hitler von der Unkenntnis seiner Feinde gewußt, so wäre ein anderer Ausgang des Zweiten Weltkrieges denkbar gewesen.

3. Kapitel: Hitlers Geheimwaffe

Am Ende des Jahres 1936 machte Dr. Gerhard Schrader, ein deutscher Wissenschaftler, der nach neuen Insektiziden forschte, eine bemerkenswerte Entdeckung. Er arbeitete gerade systematisch an einer Vielzahl von Phosphorverbindungen, als er plötzlich auf eine ganze Reihe von extrem starken Giften stieß. Am 23. Dezember gelang es ihm zum erstenmal, eine dieser Verbindungen zu erzeugen, und er testete sie, indem er sie in einer Verdünnung von 1:200000 auf einige Blattläuse sprühte. Alle Insekten wurden getötet. Einige Wochen später, im Januar 1937, setzte Schrader die Versuche fort. Er bemerkte sofort, daß das, was er anfangs als vielversprechendes Insektizid angesehen hatte, Nebenwirkungen auf den Mensch verursachte, die »äußerst unangenehm« waren.

»Das erste Symptom, das ich feststellte«, erinnerte er sich später, »war ein unerklärlicher Effekt, der die Sehfähigkeit bei künstlichem Licht sehr schwächte. Bei der Dunkelheit, die Anfang Januar herrschte, war es mir kaum möglich, bei elektrischem Licht zu lesen.«[1] Der unscheinbarste verspritzte Tropfen rief eine Verengung seiner Pupillen zu kleinen Punkten hervor und führte zu ernsten Atemschwierigkeiten. Nach ein paar Tagen mußten Schrader und sein Assistent die Arbeit für drei Wochen einstellen, um sich wieder zu erholen. Sie hatten Glück gehabt, mit ihrem Leben davongekommen zu sein. Unabsichtlich hatten sie die stärkste chemische Waffe der Welt entdeckt – und wurden ihre ersten Opfer: das neuartige »Nervengas« *Tabun*.

Es war offensichtlich, daß man Schraders Entdeckung nicht als Insektizid benutzen konnte: Bei Versuchen, die im Frühjahr durchgeführt wurden, starben fast alle Tiere, auch wenn sie nur sehr geringen Mengen davon ausgesetzt waren, innerhalb von 20 Minuten. Statt dessen wurde Schrader, gemäß einer Verordnung der Nazis von 1935, die von der deutschen Industrie verlangte, jede Erfindung mit militärischen Verwendungsmöglichkeiten geheimzuhalten, nach Berlin bestellt, um das Tabun der Wehrmacht vorzuführen.

Sein Wert als Kampfstoff wurde schnell erkannt. Mit Tabun vergiftete Hunde oder Affen schienen die Kontrolle über all ihre Muskeln zu verlieren – ihre Pupillen verengten sich stark, sie schäumten aus dem Mund, mußten sich übergeben und bekamen Durchfall, ihre Gliedmaßen fingen an zu zucken; nach zehn oder fünfzehn Minuten bekamen sie Krämpfe und starben schließlich. Abgesehen von dieser Wirkung besaß Tabun noch andere Vorteile: Es war farblos, fast völlig geruchlos und konnte den Körper nicht nur durch Einatmen, sondern auch durch die Haut hindurch vergiften. Der »Fortschritt« der sogenannten Nervengase gegenüber den chemischen Waffen des Ersten Weltkrieges war genausogroß wie der des Maschinengewehrs gegenüber der Muskete.

Erst in den frühen vierziger Jahren begannen die deutschen Wissenschaftler genau zu verstehen, warum es sich bei Tabun um solch einen tödlichen Wirkstoff handelte. Anders als die im Ersten Weltkrieg benutzten Gase, die allgemeinere Schädigungen verursachen, unterbinden die Nervengase die Wirksamkeit eines bestimmten chemischen Stoffes im Körper, Cholinesterase genannt. Die Funktion der Cholinesterase besteht in der Kontrolle der Muskeltätigkeit durch Auflösung des chemischen Stoffes, der die Zusammenziehung der Muskeln verursacht, das Azetylcholin. Wird es nicht aufgelöst, so steigt der Azetylcholin-Spiegel gefährlich an, wodurch sich alle Muskeln des Körpers zusammenziehen. Der Körper vergiftet sich also selbst, da er die Kontrolle über alle Funktionen verliert. Die Arm- und Beinmuskeln, ebenso wie diejenigen, die die Atmung und die Darmentleerung regulieren, geraten in heftige Zuckungen. Der Tod tritt infolge von Erstickung ein.

Die Wehrmacht war beeindruckt. Oberst Rüdriger, Leiter der militärischen Giftgasanlage in Spandau, ordnete den Bau neuer

Laboratorien an, um ausreichende Tabunmengen für größere Versuche herzustellen. Schrader, der für den Chemiekonzern IG Farben arbeitete, wurde in eine neue Fabrik nach Elberfeld versetzt, »um ungestört organische Phosphorverbindungen zu untersuchen«.[2]

Ein Jahr später, 1938, entdeckte er eine tabunähnliche Verbindung – Methylfluorophosphonsäureisopropylester –, dessen Eignung »als einen giftigen Kampfstoff« er »erstaunlich hoch« einschätzte. Das neue Giftgas wurde *Sarin* genannt, ein von Schrader erfundenes Kunstwort, das aus den Namen der vier an seiner Herstellung hauptsächlich Beteiligten gebildet wurde: *S*chrader, *A*mbros, *R*üdriger und van der L*in*de. Im Juni 1939 wurde die Formel für Sarin den Laboratorien der Wehrmacht in Berlin übergeben. Tierversuche zeigten, daß es zehnmal giftiger war als Tabun.

Im September 1939, als die Wissenschaftler in Berlin die ersten Sarinproben herstellten, fiel Hitlers Armee in Polen ein. Am 19. September, nach einem fast dreiwöchigen ununterbrochenen Siegeszug, sprach Adolf Hitler vor einem erregten Publikum in Danzig. Er erzählte ihnen – in einer Rede, die zweifellos für die Alliierten bestimmt war – von furchterregenden, neuen deutschen Waffen, gegen die seine Feinde machtlos sein würden. Es ist denkbar, daß er damit die neuen Nervengase meinte. Jedenfalls wurde der deutschen Chemieindustrie im gleichen Monat befohlen, mit der Planung für den Bau einer Fabrik zu beginnen, die eine Produktionskapazität von 1000 Tonnen Tabun pro Monat haben sollte.

Die Bauarbeiten begannen Januar 1940 in den schlesischen Wäldern im Westen Polens. Die Fabrik wurde an der Oder errichtet, 40 Kilometer von Breslau entfernt, an einem Ort namens *Dyhernfurth*. Der von der Wehrmacht benutzte Deckname lautete *»Hochwerk«*. Bis 1943 beliefen sich die Kosten auf 120 Millionen Reichsmark. Das Geld kam hauptsächlich von der Wehrmacht und wurde über speziell dafür gegründete Gesellschaften, die nur nominell mit der IG Farben verbunden waren, weitergeleitet (mit dieser Begründung versuchte »der Konzern in der Nachkriegsphase jede Verantwortung für die Herstellung dieser geächteten Kampfstoffe abzulehnen«[3]). Zu den Gesellschaften gehörten Anorgana, Luranil, Monturon und Montana. Anorgana war die größte, und ihr Direktor, Otto Ambros, einer der mächtigsten Industriellen Deutschlands, der direkten Zugang zu Hitler besaß. Sechs Jahre später wurde er in Nürnberg wegen seiner Beteiligung an »Sklaverei und Massenmord« zu acht Jahren Gefängnis verurteilt. Mit Hilfe der Anorgana stellte Ambros die Chemiker und Techniker bereit, die benötigt wurden, um die Kampfstoffanlagen der Nazis zu bauen und zu betreiben.

Dyhernfurth gehörte zu den größten und geheimsten Fabriken des Dritten Reiches. Sie nahm eine Fläche von zweieinhalb Kilometer Länge und 800 Meter Breite ein. Die Nazis planten, wenn sie den Krieg gewonnen hätten, sie zu Europas größter Chlorgasanlage auszubauen. Sie besaß eine monatliche Produktionskapazität von 3000 Tonnen Nervengas – 500 Tonnen aus jeder selbständigen Einheit. Die Fabrik arbeitete völlig unabhängig. Sie erzeugte die Zwischenprodukte, die für die Herstellung von Tabun benötigt wurden, sie produzierte das Tabun selbst, und sie besaß in Höhlen unter der Erde eine Anlage, wo das flüssige Nervengas in Bomben und Granaten gefüllt wurde. Dieser letztgenannte Bereich, der künstlich belüftet wurde, gehörte zu den bestbewachten Teilen des Geländes; er wurde »von einem gewissen Dr. Kraz beaufsichtigt. Unter seiner Leitung wurden die Granaten mit Lastwagen und Zügen aus Dyhernfurth abtransportiert. Die Ladungen verbarg man immer unter Abdeckungen, so daß die besonderen Markierungen nicht leicht entdeckt werden konnten.«[4] Die scharfe Munition wurde in einem unterirdischen Depot in *Krappitz*, Oberschlesien, gelagert. Insgesamt beschäftigte die Fabrik 3000 Arbeiter (alles Deutsche), die in einer riesigen Kaserne auf einer Waldlichtung untergebracht wurden.

Von Anfang an ergaben sich beim Nervengasprojekt der Nazis Schwierigkeiten, und man brauchte mehr als zwei Jahre, bis zum April 1942, um die Fabrik in Betrieb zu nehmen. Viele der chemischen Stoffe, die man zur Herstellung von flüssigem Nervengas brauchte, wirkten außergewöhnlich ätzend, und alle Eisen- und Stahlteile der Apparaturen mußten mit Silber überzogen werden. Das Nervengas selbst war so giftig, daß man die ganze Anlage »mit doppelverglasten Kammern, die durch Druckluftzufuhr belüftet wurden, umgab«[5] und alle Vorrichtungen mit Wasserdampf und Ammoniak entgiften mußte. Die Arbeiter trugen Atemschutzgeräte und besondere Schutzkleidung, bestehend aus zwei Gummischichten, zwischen denen sich eine Lage aus einem Gewebe befand, die nach der zehnten Benutzung vernichtet wurde.

Wenn die Annahme bestand, daß jemand vergiftet worden war, wurde die Kleidung des Betroffenen in große Bäder getaucht, die Natriumbikarbonat enthielten.

Es war eine schlimme Aussicht, zur Arbeit nach Dyhernfurth einberufen zu werden. Die Erfahrung, die Dr. Wilhelm Kleinhans, ein junger Wissenschaftler der IG Farben, machte, ist als typisch anzusehen. Im August 1941 gehörte er zum Team der Chemiker und Ingenieure, das von Ambros in Ludwigshafen zusammengerufen worden war. Er informierte sie, daß sie für das Reich arbeiten sollten; dafür würden sie dann vom Kriegsdienst befreit sein. Bevor Kleinhans im September nach Dyhernfurth abreiste, wurde er von Schrader persönlich in das Geheimnis von Tabun und Sarin eingeweiht, der ihm auch erzählte, daß die Gasmasken nicht viel Schutz gegen Kampfstoffe boten, die durch die Haut hindurch eindringen konnten. Das Leben in Dyhernfurth selbst, weit weg von zu Hause in den bedrückenden Wäldern Schlesiens, war gleichzeitig unangenehm und gefährlich:

»Alle Mitglieder des Personals, die in der Anlage von Dyhernfurth arbeiteten, waren niemals völlig frei von den Wirkungen des Tabuns; einige der Betroffenen konnte man leicht an den verkleinerten Pupillen erkennen, und hin und wieder sah es jeder als notwendig an, sich für zwei oder drei Tage außerhalb der Fabrik aufzuhalten, um die Auswirkungen des Tabuns loszuwerden.«[6]

Man entdeckte, daß die Widerstandskraft gegen niedrige Tabunkonzentrationen »durch einen höheren Fettverbrauch gesteigert wurde«, und so bekamen die Arbeiter in Dyhernfurth Sonderrationen an Milch und anderen fetthaltigen Nahrungsmitteln.

Schon bevor die Produktion aufgenommen wurde, kam es zu mehr als 300 Unfällen. In den zweieinhalb Jahren, in denen die Fabrik in Betrieb war, wurden mindestens zehn Menschen getötet. Kleinhans erinnerte sich an vier Rohrinstallateure, die starben, als eine große Menge an Tabun aus den Rohren, die sie reinigen wollten, auf sie herabflossen. »Diese Arbeiter starben mit Krämpfen, bevor ihre Gummikleidung ausgezogen werden konnte.« Schrader kannte jemand, dem zwei Liter Tabun den Nacken hinuntergeflossen waren; sein Tod trat nach zwei Minuten ein. Bei einem der schwersten Unfälle wurden sieben Arbeiter von einem Strahl flüssigen Tabuns ins Gesicht getroffen, was zur Folge hatte, daß der Giftstoff genau zwischen Gesicht und Atemschutzgerät gelangte. »Ihnen wurde schwindlig, und sie mußten sich übergeben; als sie daraufhin ihre Masken absetzten, atmeten sie noch mehr von dem Gas ein. Sie waren alle bewußtlos, hatten einen schwachen Pulsschlag, deutlichen Ausfluß aus der Nase, verengte Pupillen und atmeten asthmatisch. Unfreiwilliges Urinieren und Durchfall traten auf.«[7] Trotz einer intramuskulären Einspritzung von Atropin und Herzmitteln, künstlicher Beatmung, Herzmassage und der Benutzung von Sauerstoffmasken überlebten nur zwei der sieben Arbeiter: Als beide ihr Bewußtsein wiedererlangten, wurden sie wiederum von Krämpfen geschüttelt und mußten zehn Stunden lang mit Beruhigungsmitteln versorgt werden. Die Körper der Toten wurden untersucht und ihre Organe nach Berlin geschickt, wo man feststellte, daß ihre Lungen und Gehirne völlig mit Blut überfüllt waren.

Falls die Deutschen noch immer irgendwelche Zweifel an der Wirksamkeit der Nervengase gehabt hatten, so haben die Unfälle in Dyhernfurth sie sicherlich endgültig vom Gegenteil überzeugt. Wenn dies die Auswirkungen des Tabuns in einer Fabrik mit den modernsten medizinischen Einrichtungen waren, wie sollte es erst auf dem Schlachtfeld gegen die ungeschützten und ahnungslosen alliierten Soldaten wirken? 1943, als der Siegeszug der Deutschen durch häufige Niederlagen aufgehalten wurde, begann Hitler ernsthaft darüber nachzudenken, diese Wunderwaffe einzusetzen.

Bis zur Mitte des Krieges hatten die Nazis ein unermeßliches verstecktes Arsenal an chemischen Waffen aufgebaut. Trotz all der anderen Kriegsbelastungen, trieb die Wehrmacht immer noch Millionen Reichsmark auf, um die Herstellung und Erprobung von Giftgas zu finanzieren. Ein Expertenteam aus Porton Down stellte nach dem Krieg Ermittlungen über die Arbeiten der Deutschen an:

»Die Anstrengungen, die die Deutschen bei der Kampfstofforschung unternahmen, waren beträchtlich; soweit es in Erfahrung gebracht werden konnte, beschäftigte man doppelt so viele Wissenschaftler wie in Großbritannien. Die Gebäude und deren Einrichtungen waren verschwenderisch ausgestattet, und es war offensichtlich, daß nicht nur bei der Bereitstellung von Laborraum und den für die jeweiligen Vorhaben notwendigen Apparaturen keine Kosten gescheut wurden, sondern daß auch große Vorratslager sowie Wohnräume vorhanden waren, um die zahlreichen Beschäftigten unterzubringen.«[8]

Die Deutschen betrieben eine Reihe von Fabriken, die monatlich 12000 Tonnen Giftgas produzierten. Die Briten und die Amerikaner nahmen an, daß sich ungefähr 70000 Tonnen davon in den Lagern befanden; die sowjetische Schätzung belief sich auf 250000 Tonnen. Zusätzlich zum Tabun besaßen die Deutschen zwei Senfgasarten für warmes und kaltes Wetter und ein ausschließlich von der SS hergestelltes brennbares Gas (N-Stoff oder Chlor-trifluorid), das Kleidung, Haare und sogar Asphalt entzünden konnte. In kleinen Mengen wurde auch Sarin erzeugt – das zweite von Schrader entdeckte Nervengas –, und zwar in einem streng bewachten Bereich in Dyhernfurth, der einfach »Gebäude 144« genannt wurde; am Ende des Krieges ging eine Fabrik, die monatlich 500 Tonnen Sarin produzieren sollte, in Falkenhagen, südöstlich von Berlin, ihrer Fertigstellung entgegen.

Forschung und Erprobung wurden in Spandauer Laboratorien und auf dem Truppenübungsplatz in Raubkammer, einer 130 Quadratkilometer großen Wald- und Heidefläche nördlich von Munster, durchgeführt. In den beiden Einrichtungen wurden ungefähr 1200 Leute beschäftigt.

Die Deutschen entwickelten eine ganze Reihe raffinierter Waffen und Geräte, die eine Vorstellung davon geben, wie Hitler sein chemisches Arsenal hätte benutzen können. Beispielsweise erarbeitete man in Raubkammer zum Aufhalten eines feindlichen Vorstoßes verschiedene Methoden, um den Boden zu vergiften. Eine war:

»Senfgas in ein mit Paraffin ausgekleidetes Erdloch zu gießen, es zu bedecken und darauf zu warten, daß der vorstoßende Gegner einbrach ... Eine zweite Methode bestand aus Glaskolben, die etwa 250 Milliliter Senfgas enthielten; sie wurden in flache Erdlöcher gelegt und, falls es nötig war, leicht bedeckt. Es wurde erklärt, daß Truppen, die ein mit diesen Bodenkugeln vermintes Gelände passieren, 80 Prozent davon zerbrechen würden ... Eine chemische Mine, die wie eine Ziehharmonika funktionierte, wurde ebenfalls in Erwägung gezogen. Beim Auftreten spritzte aus einer Öffnung Senfgas in die Luft und, so hoffte man, traf den ahnungslosen Verursacher.«[9]

Ein unabhängiges Team von Wissenschaftlern, bekannt als die »Gruppe X«, arbeitete speziell an Waffen, die gegen Einzelpersonen eingesetzt werden sollten.

»Wichtige Industrieanlagen sollten durch Blausäuregranaten geschützt werden, die das Gas freisetzen würden, wenn jemand den Drahtzaun zerschnitt ... An die Wachtposten würde man Handgra-

naten austeilen, die mit einer Cyanidlösung gefüllt waren . . . Einige Versuche wurden mit einem Handsprühgerät, das fünf bis zehn Liter fassen konnte, ausgeführt. Der Zweck war, Gase durch enge Öffnungen zu leiten, was selbstverständlich kaum aus einiger Entfernung möglich war. Bei den Gasen, die dabei in Betracht gezogen wurden, handelte es sich um Tränengase, Blausäure, Cyanchlorid, Senfgas und Chlor-trifluorid.«[10]

Ein Maschinengewehr wurde getestet, das in der Lage war, in einer Minute 2000 tabun- oder saringefüllte Patronen abzuschießen, »mit dem Ziel, durch den Aufbau einer Gaskonzentration um die Lufteinlässe herum Panzer anzugreifen«. Eine weitere Panzerabwehrwaffe war die gasgefüllte Gewehrgranate. Versuche mit erbeuteten Panzern erzielten gute Ergebnisse: »Es wurde angenommen, daß, auch wenn der Tod nicht eintrat, die Besatzung lange genug bewußtlos sein würde, um die Erbeutung oder Zerstörung des Panzers zu ermöglichen.«[11]

Die deutsche Luftwaffe verfügte über eine halbe Million Gasbomben – von der 15-Kilogramm- gegen Einzelpersonen einsetzbaren Waffe bis zu der 750-Kilogramm-Phosgenbombe. Dadurch, daß sie die von den Russen erbeuteten Sprühtanks nachbauten, lernten die deutschen Piloten so gut, gegnerische Truppen zu besprühen, daß 50 Prozent der Soldaten vergiftet wurden, selbst wenn es diesen rechtzeitig gelang, ihre Gasmasken und Schutzumhänge anzulegen – »dies wurde sogar bei Truppenteilen festgestellt, die angegriffen worden waren und mit einem weiteren Angriff rechneten«.[12] Blausäure, Senfgas und Tabun gehörten zu den wirksamsten Kampfstoffen. Die Deutschen versuchten auch, konzentrierte Säuren und Alkalien zu versprühen: »Man nahm an, daß verdampfende Salpetersäure, aus niedriger Höhe versprüht, aufgrund der schmerzhaften Brandwunden, die sie verursachte, einigermaßen geeignet wäre.«[13]

Die Nazis führten eine Serie erfolgreicher Versuche aus, indem sie Bomben und Raketen mit Giftgas füllten. Hermann Ochsner, der General, der die deutschen Gaseinheiten befehligte, befürwortete 1939 die Gasanwendung »gegen Industriegebiete und Großstädte« als eine Waffe des Schreckens. »Es gibt keinen Zweifel, daß eine Stadt wie London in einen unerträglichen Aufruhr gestürzt werden würde, der einen enormen Druck auf die feindliche Regierung zur Folge hätte.«[14] Mit den V-Waffen besaßen die Wissenschaftler nun die Möglichkeit, den von Ochsner – und

Hitler – erwünschten Terror auszuüben. Den Wissenschaftlern von Proton zufolge »standen die Pläne bereits zur Verfügung, um die V 1 mit Phosgen anstatt mit der gewöhnlichen Hexa-TNT-Ladung zu füllen«.[15] Die Experten in Raubkammer hatten außerdem geplant, unter Verwendung der V-Waffen im Zentrum Londons Nervengase freizusetzen; die britischen Atemschutzgeräte der Zivilisten hätten gegen das Tabun nur wenig Schutz bieten können. Wenn man die Tatsache betrachtet, daß es den Nazis im Jahre 1944 an einigen Tagen möglich war, jeweils 200 Bomben gleichzeitig über der englischen Küste abzuwerfen, so verfügte Hitler hier über eine schreckliche Waffe von apokalyptischem Ausmaß.

Wie die Briten und Amerikaner machten auch die Deutschen in ihren Giftgasversuchen einen umfassenden Gebrauch von Tieren und menschlichen »Beobachtern«. Auf Händen und Füßen krochen Menschen über vergifteten Boden; andere trugen Badekleidung und Sauerstoffflaschen und saßen in Kammern, die mit Blausäuregas gefüllt waren. »Chemische Stoffe wurden in Wälder geschossen, und Versuchspersonen begaben sich in das Gebiet, um auszuprobieren, wie lange sie es dort aushalten konnten, ohne ihre Atemschutzgeräte aufzusetzen.« Für Senfgasversuche benutzte man Kaninchenohren und Hautstücke von Pferden; »die Haut zwischen den Zehen eines Hundes« wurde für besonders geeignet befunden, »um Vergleiche mit Menschen zu ziehen«.[16]

Der schauerlichste Fund der alliierten Ermittlungsbeamten in Raubkammer war ein Museum, zu dessen Ausstellungsstücken die Organe tabunvergifteter Tiere gehörten und »ungefähr 4000 Fotografien, die in Alben und Mappen eingeordnet waren«. Die Fotos zeigten Menschen, die bei Versuchen oder Unfällen durch Gas verwundet oder getötet worden waren. »Aufgrund des grauenhaften Aussehens von ungefähr einem halben Dutzend tödlicher Fälle«, berichteten die alliierten Wissenschaftler, »ist zu schließen, daß *politische Gefangene bei diesen Experimenten benutzt worden sind.*«[17]

In der Tat. Obwohl Tausende von Akten über die chemische Kriegführung von den Nazis in den Jahren 1944/45 vernichtet worden waren, fand man noch genug davon, die bewiesen, daß man mit Beginn des Massenvernichtungsprogramms in der Mitte des Krieges gleichzeitig angefangen hatte, drastische Versuche mit tödlichen Kampfstoffen bei Menschen durchzuführen. Im

Konzentrationslager Natzweiler vergiftete Professor Wimmer von der Straßburger Universität 1943 zum Beispiel »die Unterarme von zwölf Gewohnheitsverbrechern« mit Senfgas.

»Die Männer wurden daraufhin zu Bett gebracht. Am nächsten Tag hatte sich auf den Unterarmen Wundbrand gebildet, außerdem waren an den Körperstellen, die mit den vergifteten Armen in Berührung gekommen waren, Brandwunden zu sehen. Des weiteren erlitten die Männer eine ernste Bindehautentzündung und etwa drei Tage später Bronchitis, aus der sich eine Lungenentzündung entwickelte.«[18]

Alle Opfer wurden täglich fotografiert; drei von ihnen starben etwas später. Noch im gleichen Jahr führte ein anderer Straßburger Wissenschaftler, Professor Picker, in Natzweiler Versuche an weiteren zehn »Gewohnheitsverbrechern« aus; er setzte sie in Gaskammern für jeweils drei Minuten immer höheren Phosgenkonzentrationen aus.[19]

Drei »Wissenschaftler«, angeführt von SS-Oberführer Dr. Mrugowsky, erprobten Giftpatronen an »fünf Personen, die zum Tode verurteilt waren«. Bei dem Stoff handelte es sich um Aconitin, eine von der Wirkung her nervengasähnliche Substanz, die bereits von den Alliierten als möglicher Kampfstoff in Erwägung gezogen worden war. Mrugowskys Versuchsbericht, als streng geheim eingeordnet, datiert vom September 1944:

»Jede Versuchsperson erhielt, während sie sich in einer horizontalen Lage befand, einen Schuß in den oberen Teil des linken Oberschenkels. Bei zwei Personen passierten die Kugeln sauber den oberen Teil des Schenkels. Sogar später konnte keine Gifteinwirkung festgestellt werden. Diese Versuchspersonen wurden deshalb ausgeschieden ... Die Symptome, die bei den drei anderen verurteilten Personen auftraten, glichen sich erstaunlicherweise. Zuerst war nichts Besonderes zu bemerken. Nach 20 bis 25 Minuten begann eine Störung der Bewegungsnerven und ein leichter Speichelfluß, beides klang aber wieder ab. 40 bis 44 Minuten später zeigte sich ein starker Speichelfluß. Die vergifteten Personen schluckten ab und zu heftig: der Speichelfluß wurde so stark, daß er nicht länger durch Schlucken reguliert werden konnte. Schaumiger Speichel floß aus dem Mund. Dann begannen Erstickungs- und Brechanfälle ... Eine der Personen versuchte vergeblich, sich zu übergeben. Um es zu schaffen, steckte er vier Finger weit in den Rachen hinein. Doch trotzdem erlitt er keinen Brechanfall. Sein Gesicht lief feuerrot an. Die Gesichter der anderen zwei waren bereits in einem frühen Stadium blaß geworden. Die anderen Sym-

ptome glichen sich. Später verstärkte sich die Störung der Bewegungsnerven so sehr, daß sich die Personen andauernd hinwarfen und wieder aufstanden, wobei sie ihre Augen und Arme verdrehten. Allmählich ließ die Störung nach, die Pupillen waren bis zum Äußersten vergrößert, und die Verurteilten lagen ruhig da. Bei einem von ihnen war ein Kaumuskelkrampf und Urinverlust zu beobachten. Der Tod trat 121, 123 und 129 Minuten, nachdem auf sie geschossen worden war, ein.«[20]

Tabun und Sarin wurden mit ziemlicher Sicherheit an den Insassen der Konzentrationslager erprobt. Die britischen Ermittlungsbeamten drückten es folgendermaßen aus: Es wäre äußerst ungewöhnlich gewesen, wenn die Führerschaft der Nazis »unter erschwerten Umständen den beträchtlichen Anstrengungen, die bei der Herstellung eines chemischen Kampfstoffes erforderlich sind, zugestimmt hätte, wenn man nicht einmal genau wußte, ob dieser Menschen töten konnte.«[21]

Die Menschenversuche waren nicht die vereinzelten Taten einiger SS-Sadisten. Nach dem Krieg versicherte Baron Georg von Schnitzler, ein überzeugter NSDAP-Anhänger und führendes Mitglied des Aufsichtsrates der IG Farben, daß Ambros und andere Direktionsmitglieder über das, was geschah, Bescheid wußten. Der britische Geheimdienst berichtete, daß einer der IG-Farben-Direktoren angeblich »die Experimente gerechtfertigt hatte, nicht nur, weil die Insassen der Konzentrationslager sowieso von den Nazis getötet worden wären, sondern auch aus einem humanitären Gesichtspunkt heraus, nämlich daß die Leben unzähliger deutscher Arbeiter dadurch gerettet würden«.[22]

Die meisten Wissenschaftler, die an Giftgasen gearbeitet hatten, protestierten vehement, daß sie nichts von den Versuchen gewußt hätten. Ihr Abstreiten war oftmals wenig überzeugend: einigen wurde nachgewiesen, daß sie mit der SS in Verbindung gestanden hatten. Die alliierten Ermittlungsbeamten bemerkten dazu: »Die Beteuerung völliger Unkenntnis, die mit gänzlich unnötiger Heftigkeit vorgebracht wurde, rief in uns einige Zweifel an ihre Glaubwürdigkeit hervor.«[23]

In der beklemmenden Atmosphäre Hitler-Deutschlands, wo der leichteste Verdacht der Untreue zur Verhaftung durch die Gestapo führen konnte, waren anscheinend nur wenige Wissenschaftler bereit, gegen solchen Mißbrauch ihres Berufsstandes Widerstand zu leisten.

Ende 1944 verfügte Deutschland über gewaltige Nervengasvorräte, die über das ganze Land verteilt waren. Giftgasgranaten wurden im oberschlesischen Krappitz gelagert; andere sollten angeblich in alten Bergwerkschächten in der Lausitz und in Sachsen versteckt liegen. Alles in allem enthielten die verschiedenen, streng geheimen Munitionslager ungefähr 12 000 Tonnen Tabun – 2000 Tonnen davon in Granaten gefüllt, 10 000 Tonnen in Bomben.

Als immer größere Mengen an Nervengaswaffen zusammengetragen wurden, verstärkte sich natürlich auch die Versuchung, sie zu benutzen. Von Hitler selbst, der im Ersten Weltkrieg durch Senfgas vergiftet worden war, wußte man, daß er eine ausgesprochene Abneigung gegen die Anwendung chemischer Waffen hatte: Raubkammer war das einzige bedeutende Versuchsgelände, das er niemals besichtigte.[24] Als Deutschlands militärische Notlage immer auswegloser wurde, begann er dennoch zu hoffen, daß die Nervengase – genauso wie die V-Waffen und das prototypische Strahltriebwerk – den Krieg endgültig zu seinen Gunsten entscheiden könnten. 1944, kurz vor der Landung der Alliierten in der Normandie, rühmte er sich vor Mussolini mit geheimen Waffen, die »London in einen verfallenen Garten verwandeln würden«, und bezog sich dabei speziell auf einen neuen tödlichen Kampfstoff, den die deutschen Chemiker entwickelt hätten.[25] Zur gleichen Zeit wurden Tabunvorräte in den Süden, nach Bayern, geschafft, für den Fall – wie es einmal geplant worden war –, daß Hitler den Führerbunker in Berlin verlassen sollte, um in einem letzten verzweifelten Versuch eine Stellung inmitten der natürlichen Bollwerke der Alpen zu errichten.

Drei der fanatischsten Führer der Nazis – Bormann, Goebbels und Ley – forderten Hitler wiederholt auf, Nervengas freizusetzen. Goebbels wollte es als Vergeltung, wegen der Zerstörung von Dresden, gegen britische Großstädte einsetzen. Albert Speer, der Rüstungsminister im Dritten Reich, erinnerte sich an ein in einem Eisenbahnwagen geführtes Gespräch mit dem Führer der Deutschen Arbeitsfront, Robert Ley, der von Beruf Chemiker war. Leys »anwachsendes Gestammel verriet seine innere Unruhe: ›Sie wissen, wir besitzen dieses neue Giftgas – ich habe davon gehört. Der Führer muß es tun. Er muß es benutzen. Jetzt muß er es tun. Wann sonst! Dies ist die letzte Gelegenheit. Auch Sie müssen es ihm begreiflich machen.‹« Speer blieb schweigsam.

»Hitler hatte den Gaskrieg freilich immer abgelehnt; doch nun gab er während einer Lagebesprechung im Hauptquartier zu verstehen, daß die Anwendung von Gas den Vormarsch der sowjetischen Truppen aufhalten könnte. Er fuhr fort mit vagen Vermutungen, daß der Westen den Gaskrieg gegen den Osten akzeptieren würde, weil die Briten und die Amerikaner bei der gegenwärtigen Kriegslage ein Interesse daran hätten, den russischen Vorstoß zu stoppen. Wenn sich während der Lagebesprechung niemand deutlich dafür einsetzte, so wurde das Thema von Hitler nicht mehr angesprochen. Zweifellos fürchteten die Generäle die unvorhersehbaren Konsequenzen.«[26]

1945 wäre es für Hitler selbstmörderisch gewesen, wenn er sich noch auf einen Giftgaskrieg eingelassen hätte. Obwohl Unmengen von Tabun vorhanden waren, gab es nicht mehr genug Bomber, um es abzuwerfen. Falls er die notwendigen Befehle erteilt hätte, so wäre Speer, voraussehend, daß Deutschland damit massive Vergeltungsmaßnahmen herausfordern würde, darauf vorbereitet gewesen, sie zu sabotieren. Seiner Zeugenaussage in Nürnberg nach bemühte sich Speer bereits, Rohstoffe und Vorräte von Zwischenprodukten von den deutschen Kampfstoffabriken abzuziehen: eine Behauptung, die von Karl Brandt, dem Verantwortlichen für die deutsche Verteidigung gegen einen Giftgaskrieg, bestätigt wurde. Brandt zufolge kamen er, Speer und General Kennes (der stellvertretende Generalstabschef) darin überein, daß »falls ein Befehl erteilt werden sollte, den Gaskrieg gegen die Alliierten zu starten, sie selbst dafür sorgen würden, ihn zu verhindern, indem sie den Transport von Vorräten aufhielten«.[27]

Ein Jahr früher hätte jedoch noch alles anders laufen können. Die Briten waren so überzeugt, daß die Nazis keine neuen Kampfstoffe entwickelt hatten, daß Montgomery bei der alliierten Landung in der Normandie am 6. Juni 1944 die gesamte Schutzausrüstung seiner Einheiten in England zurückließ; seine Soldaten trugen nicht einmal Gasmasken.[28] Gegen die anfälligen Brückenköpfe angewendet, hätte das Tabun die Landung schon am gleichen Tag vereiteln können. »Als dieser Tag schließlich endete«, schrieb General Omar Bradley nach dem Krieg, »ohne daß auch nur der geringste Hauch von Gas spürbar wurde, war ich überaus erleichtert. Die leichtesten Spritzer schwerflüchtigen Gases auf dem Omaha-Strand hätten uns dort unsere Stellung kosten können.« Aus Bradleys Sicht *hätte das Gas »in einer der wichtigsten Schlachten der Geschichte die Entscheidung erzwingen« kön-*

nen.[29] In den durch einen derartigen erfolgreichen Angriff wahrscheinlich gewonnenen sechs Monaten hätten Hitlers V-Waffen die britische Kriegsbereitschaft ernsthaft gefährden und gleichzeitig hätte das Fehlen der lange versprochenen zweiten Front Stalin zum Abschluß eines separaten Friedensvertrages führen können. Durch Hitlers Befehl hätte das Tabun Deutschland möglicherweise vor der Niederlage bewahren können.

Weshalb er ihn nicht gegeben hat, hängt wahrscheinlich mit einem Gespräch zusammen, das er in seinem ostpreußischen Hauptquartier im Mai 1943 führte. Nach der Niederlage von Stalingrad wurden Speer und der Experte der chemischen Kriegführung, Otto Ambros, von Hitler zu einer Besprechung berufen, um die Anwendung von Gas zur Eindämmung des russischen Vorstoßes zu erörtern. Ambros bemerkte, daß ihnen die Alliierten in der Produktion von chemischen Waffen überlegen seien. Hitler unterbrach ihn und sagte, daß es für die herkömmlichen Gase zutreffen möge – »aber Deutschland verfügt über ein besonderes Gas: Tabun. Davon besitzen wir ein Monopol in Deutschland.« Ambros schüttelte seinen Kopf. »Ich habe berechtigte Gründe, anzunehmen, daß Tabun auch im Ausland bekannt ist.«[30] Nach Ambros war die wesentliche Beschaffenheit von Tabun und Sarin schon seit 1902 in Fachzeitschriften offenbart worden, und wie viele andere deutsche Wissenschaftler glaubte er nicht daran, daß die Kampfstoffexperten von Porton Down oder des Edgewood Arsenals es nicht geschafft hätten, diese Stoffe ebenfalls zu entwickeln. Ob Ambros nun wirklich glaubte, daß die Alliierten ihre eigenen Nervengase besaßen, oder ob er nur versuchte, Hitler davon abzubringen, das Ergebnis war das gleiche: Hitler drehte sich um und verließ plötzlich die Besprechung. Von da an, egal wie sehr es ihn reizte, seine geheimen Gase zu benutzen, hatte er immer die Überzeugung seiner Wissenschaftler vor Augen, daß die Alliierten diese Stoffe ebenfalls besaßen.

Hätte er gewußt, wie schwach die Anhaltspunkte waren, die diese Überzeugung unterstützten, so hätte er vielleicht noch einmal alles überdacht. Die Wissenschaftler der Nazis maßen beispielsweise der Tatsache große Bedeutung bei, daß in amerikanischen Fachzeitschriften seit Beginn des Krieges plötzlich keine Hinweise mehr auf nervengasähnliche Verbindungen gegeben wurden. Sie zogen die richtige Schlußfolgerung, daß dies das Ergebnis der US-amerikanischen Zensur war. Was sie nicht wußten, war, daß dies zur Geheimhaltung des Insektizids DDT geschah, das gerade entwickelt wurde, und nicht zur Geheimhaltung irgendeines neuen Kampfstoffes. Mit anderen Worten: Der Führer war irregeführt worden. *Weder die Amerikaner noch die Briten verfügten über eine chemische Waffe, die es mit Nervengas hätte aufnehmen können.*

Obwohl die Briten allgemein als Meister der Geheimhaltung und der Täuschung im Zweiten Weltkrieg angesehen wurden, gelang es den Deutschen vorzüglich, die Alliierten über das Nervengas irrezuleiten. Tabun und Sarin gehörten zu den bedeutendsten Geheimnissen des Dritten Reiches; sie waren nur wenigen bekannt und wurden durch verwirrende Sicherheitsvorkehrungen geschützt. Beiden Nervengasen gab man Decknamen. Tabun war anfangs als »Le 100« bekannt, dann als »Gelan« und als »Substanz 83«; Sarin nannte man »Stoff 146«. Schließlich waren die Nervengase als »Trilon 83« und »Trilon 146« geläufig – benannt nach gewöhnlichen deutschen Reinigungsmitteln.

Alle chemischen Stoffe, die zur Nervengasproduktion benötigt wurden, beförderte man unter falschen Bezeichnungen, die bis zum Erreichen ihres Bestimmungsortes oft noch ein zweites oder ein drittes Mal geändert wurden. Die Lieferungen trug man chiffriert in das sogenannte »Schwarze Buch« ein, das mit einer Dicke von fast vier Zentimetern die Ausmaße eines Warenhauskataloges besaß. Am Ende des Krieges wurde es heimlich vergraben.

Das Ergebnis waren Aufzeichnungen, die bei einem Einblick größtenteils unverständlich sein würden. Sogar ranghöhere Wissenschaftler wurden in Unkenntnis der verschiedenen Stadien bei der Nervengasherstellung gehalten; sie kannten sich nur in den Bereichen, in denen sie gerade arbeiteten, genau aus. Schrader selbst wurde von bestimmten wichtigen Forschungsabteilungen ferngehalten. Im nationalsozialistischen Deutschland fürchteten sich sogar die wißbegierigsten Geistesgrößen zu sehr, um Fragen zu stellen. »Es war«, so folgerte man in einem alliierten Bericht am Ende des Krieges, »sicherer, wenig zu wissen . . . Viele von den technisch ausgebildeten Angestellten der Fabrik trugen ›Scheuklappen‹ und trauten sich nur, ihre Blicke im eingeschränktesten Umfang umherschweifen zu lassen.«[31]

Durch solche Methoden konnten die Deutschen die Geheimhaltung ihrer Nervengase mehr als acht Jahre lang aufrechterhalten – einer der größten Triumphe der deutschen Spionageabwehr.

Die Sicherheitsvorkehrungen wurden nur einmal vollständig durchbrochen, doch die Nazis hatten die Existenz des Tabuns so erfolgreich verborgen, daß die Briten anscheinend nicht glauben konnten, was sie hörten.

Den ganzen Krieg hindurch kursierten allerdings zwischen Washington und London unbestätigte Gerüchte über ein neues deutsches Giftgas. 1941 hielten US-amerikanische und britische Chemiker auf höchster Ebene einige Unterredungen ab. Glaubten die Amerikaner, so fragten die Briten, den Gerüchten über einen neuen deutschen Kampfstoff? Die Amerikaner bejahten diese Frage. »Die Geschichten über deutsche Nervengase stammen aus so vielen Quellen, von denen einige zuverlässig zu sein scheinen, und haben eine dermaßen weite Verbreitung erreicht, daß man annehmen muß, daß die Deutschen über ein Gas verfügen, das man auf derartige Weise anwenden kann.«[32]

Die entscheidende Nachricht, die die Alliierten endgültig hätte überzeugen müssen, kam zwei Jahre später. Am 11. Mai 1943 machte die britische Armee in Tunesien einen wichtigen deutschen Gefangenen. Der Mann – dessen Name in den amtlichen Aufzeichnungen nicht erscheint – war ein Chemiker aus dem bedeutendsten Kampfstofflaboratorium der Nazis in Spandau. Er erzählte den Briten alles, was er über ein »Trilon 83« genanntes Supergas wußte. Die Informationen wurden vom MI 19 (eine Abteilung des britischen militärischen Geheimdienstes, die für die Verhöre von Gefangenen verantwortlich war) nach London weitergeleitet, wo sie für einen streng geheimen Bericht, datiert vom 3. Juli 1943, verwendet wurden.[33]

Der unbekannte Informant erzählte von einer »klaren, farblosen Flüssigkeit mit leichtem Geruch«, die »nicht mit all den anderen Giftgasen verglichen werden kann, da es sich um ein Nervengift handelt«, das ein Zusammenschrumpfen der Pupillen auf die Größe »eines Stecknadelkopfes und asthmatische Atemschwierigkeiten« verursacht. »Bei jeder höheren Konzentration tritt nach ungefähr einer Viertelstunde der Tod ein.« Der Gefangene, so hieß es in dem Bericht weiter,

». . . befand sich unter ständiger Behandlung, als er an der Erforschung dieser Stoffe arbeitete . . . Ein Chemiker verlor sein Leben, obwohl er andauernd Lobelininjektionen erhielt, um das Atmungszentrum anzuregen. Die Versuche mit diesem Gas sind extrem gefährlich, da es, wie es bei anderen Gasen der Fall ist, keine spürbare Reiz-

schwelle gibt . . . in dem Augenblick, in dem man das Gas durch seine physiologischen Auswirkungen bemerkt (die einzige Art der Feststellung), ist es schon zu spät, das Atemgerät aufzusetzen . . . Das Gas ist nicht zum Versprühen geeignet, kann aber mit Hilfe von Gasgranaten hauptsächlich gegen befestigte Anlagen und Städte eingesetzt werden. Im letzteren Fall wird es durch seine Blindheit hervorrufende Wirkung Panik verursachen, ohne daß die Konzentrationen tödlich sein müssen.«

Der Chemiker gab Einzelheiten über die Herstellung der chemischen Kampfstoffe und über mögliche Verteidigungsmaßnahmen weiter. All seine Informationen, teilte der Bericht mit, »können als glaubwürdig angesehen werden«. Fünfundzwanzig Kopien wurden erstellt und zwischen Whitehall und Porton verschickt. *Erstaunlicherweise geschah nichts!*

Der Fehler, auf diesen Bericht nicht zu reagieren, wird noch beträchtlicher, wenn man bedenkt, daß die Briten bei der Entwicklung des DDT tabunähnliche Verbindungen auf die Eignung als Kampfstoffe hin untersucht hatten. Sie besaßen eine kleine Produktionsanlage, in der ein Stoff namens »PF-3« hergestellt wurde, der auf den menschlichen Körper ähnlich wirkte wie Tabun. Nervengas sah man als nur theoretisch machbar an. Jetzt, konfrontiert mit der Tatsache, daß die Nazis sie in eine funktionsfähige Waffe verwandelt hatten, entschieden sich die Leute in Porton, darüber hinwegzugehen. Während sich die deutschen Tabunvorräte vergrößerten, konzentrierten sie ihre Bemühungen weiterhin auf zeitraubende und aussichtslose Versuche, eine wirkungsvollere Senfgasart herzustellen.

Der April 1945 war Portons Augenblick der Wahrheit. Ein deutsches Munitionslager wurde erbeutet, und man schickte eine merkwürdige Granate nach Porton. Ganz behutsam, mit Unterstützung aus einer nahe gelegenen Versuchsanstalt der Amerikaner, wurde sie von den Wissenschaftlern zerlegt, die somit Hitlers Geheimwaffe entdeckten. Es war ein fürchterlicher Schock. Fünfunddreißig Jahre später ist es noch immer eine Quelle der Verlegenheit. »In diesem Augenblick waren wir wirklich mit heruntergelassenen Hosen ertappt worden«, sagte ein leitender Angestellter Portons heute.

In klassischer, bürokratischer Manier versuchte Porton zunächst, andere dafür verantwortlich zu machen: Es wäre nicht ihr Verschulden gewesen, sondern das Ergebnis einer schlechten

Nachrichtenübermittlung. Die zerlegte Granate, so behauptete Portons interne Geschichtsschreibung, »war unsere erste Information darüber, daß die Deutschen dieses Gas besaßen . . . kein Bericht des Geheimdienstes hatte von 1937 an, als die Deutschen begannen, es als Kampfstoff herzustellen, irgendeinen handfesten Hinweis auf seine Existenz gegeben.«[34]

Bis heute ist dies Portons Entschuldigung geblieben. Der vergilbte, vom MI 19 erstellte Bericht – entdeckt unter einem Berg von kürzlich zur Veröffentlichung freigegebenen Regierungsdokumenten, mit dem Titel »Informationen über chemische Kriegführung, 1939–44« – ermöglicht es, zumindest diesen Teil der internen Geschichtsschreibung richtigzustellen. Die Briten waren fast zwei Jahre vor dem Kriegsende zuverlässig vor der Existenz von Nervengas gewarnt worden. Wenn Hitler sich 1944 zur Anwendung von Tabun entschlossen hätte, wäre die Entscheidung, den Bericht zu mißachten, wahrscheinlich als eine der folgenreichsten Fehlleistungen des Zweiten Weltkrieges in die Geschichte eingegangen.

4. Kapitel: Der Schwarze Tod vom Fließband

»Der Lärm von vierzehntausend Flugzeugen, die in Wellen angriffen. Doch auf dem Kurfürstendamm und im achten Arrondissement ist die Explosion der Milzbrandbomben kaum lauter als das Knallen einer Papiertüte.«

Aldous Huxley, »Schöne neue Welt« (1932)

Die Entwicklung der biologischen und chemischen Kriegführung hat einige seltsame Geschichten hervorgebracht, aber nur wenige sind so absonderlich wie diejenigen, die sich auf eine kleine Insel an der Nordwestküste Schottlands beziehen. Sie liegt geschützt in einer Bucht, in der Nähe des Fischerdorfes Aultbea – ein 90 Meter hoher Felsen, bedeckt mit Heide, zweieinhalb Kilometer lang und eineinhalb Kilometer breit.

Vom Festland aus braucht man ungefähr 20 Minuten mit dem Motorboot, um die Insel zu erreichen. Wenn man näher herankommt, kann man Hunderte von Seevögeln erkennen, die in der schroffen Felswand nisten. Ihre Schreie sind die einzigen Laute, die die Stille durchbrechen. Angeblich sollen auf der Insel einmal elf Familien gelebt haben. Heute sind die Überreste einer Bauernhütte die einzigen Anzeichen menschlicher Besiedlung.

Diese völlig verlassene Insel heißt *Gruinard.* Einer Reihe von während des Krieges durchgeführten Versuchen – die genauen Einzelheiten werden noch geheimgehalten – ist es zu verdanken, daß es niemandem erlaubt ist, dort zu leben; nicht einmal das Anlegen ist gestattet.

1942 war das bergige Gelände um Aultbea militärisches Sperrgebiet. Die Bewohner des Ortes – hauptsächlich Kleinbauern und Fischer – mußten Sonderausweise bei sich tragen. Sie gewöhnten sich an den Anblick der Uniformen und vermieden es, Fragen zu stellen. Daher überrascht es nicht, daß im Sommer 1942 nur wenige der Ankunft eines neuen Truppenkontingents in der Gruinard-Bucht irgendwelche Beachtung schenkten. An einem geschützten Ort auf dem Festland, gerade 800 Meter von der Insel entfernt, errichtete man einen Lagerplatz. Es wurden einige Wellblechbaracken gebaut. Lastwagen brachten Kraftstoff, Verpflegung und Kisten mit wissenschaftlichen Instrumenten. Schließlich wurden die Soldaten, insgesamt vielleicht 25, unter dem Kommando von Hauptmann Dalby von der Königlichen Artillerie, durch eine Gruppe von neun Zivilisten verstärkt. Sie trugen mehrere große Glasflaschen bei sich, die sie mit größter Vorsicht behandelten und sofort in eine der Baracken brachten.

Die Neuankömmlinge schienen sich in dieser einfachen Umgebung offensichtlich unbehaglich zu fühlen. Eine Fotografie aus dieser Zeit (siehe Abb. 8) zeigt einige von ihnen, wie sie steif vor dem Lager stehen. Einer, seine Hände tief in den Taschen vergraben, ist Dr. David Henderson, ein brillanter Bakteriologe und leitender Angestellter des Lister-Instituts. Links neben ihm steht Donald Woods, nun weit entfernt von seinem eigentlichen Arbeitsplatz, der Abteilung für bakterielle Chemie im Londoner Middlesex-Krankenhaus. Daneben sieht man einen weiteren führenden Bakteriologen, W. R. Lane. Der Kamera am nächsten, die Arme in die Seite gestemmt und eine Pfeife (wie immer) zwischen den Zähnen, steht das im wissenschaftlichen Bereich bekannteste und aus vielen Gründen wichtigste Mitglied der Gruppe – Graham Sutton, normalerweise der Aufsichtführende über die gesamte experimentelle Arbeit in Porton Down.

Der Leiter der Gruppe ist auf der Fotografie nicht zu sehen: Dr. Paul Fildes, Großbritanniens Spitzenbakteriologe. Er war ein Mitglied der Königlich Britischen Akademie der Naturwissenschaften, Begründer des *British Journal of Experimental Pathology* und Herausgeber des großen neunbändigen *System of Bacteriology*.

Die Anwesenheit dieser berühmten Wissenschaftler in der Gruinard-Bucht im Sommer 1942 war ein streng gehütetes Geheimnis. Sie hatten von der »Höchsten Autorität« – eine übertreibende Umschreibung für den Premierminister – Anordnungen erhalten, Ermittlungen über die Anwendungsmöglichkeiten einer biologischen Bombe anzustellen. Unter direkter Aufsicht eines streng geheimen Regierungskomitees, das von einem Mitglied des Kriegskabinetts, Lord Hankey, geleitet wurde, waren die Versuche, die diese kleine Gruppe durchführte, der Anfang eines gewaltigen Forschungsprojekts, das Millionen von Pfund kostete und Tausende von Leuten beschäftigte und das den Alliierten schließlich eine Waffe in die Hand gab, die eine gleichwertige vernichtende Wirkung besaß wie die Atombombe.

Ihre ersten Opfer sollten Schafe sein. Portons Beauftragte durchstreiften die umliegenden Gebiete und kauften den Kleinbauern zu guten Preisen ihre Hochlandschafe ab. Ungefähr 30 wurden herbeigeschafft und auf einem Feld in der Nähe des Lagers zum Grasen ausgesetzt. Als der Zeitpunkt für den Versuch herangekommen war, trieb man sie in ein Landungsboot und brachte sie zu der 800 Meter entfernten Insel Gruinard.

In einer der Wellblechbaracken bereitete Dr. Henderson die Waffe selbst vor. Es handelte sich um eine 11-Kilogramm-Bombe, 46 Zentimeter hoch, mit einem Durchmesser von 15 Zentimetern; normalerweise wurde dieser Bombentyp mit Senfgas gefüllt. Beim Laden half ihm der junge Sprengstoffexperte des Porton-Teams, Major Allan Younger. Beide trugen keine Gasmaske, als Henderson eine der Flaschen entkorkte. »Ich wurde gebeten, die Bombe zu halten«, erinnerte sich Younger, »während er diese Mixtur hineingoß. Es war eine braune, dicke Schleimsuppe, und mit großer Bestürzung hielt ich das Ding fest, wobei ich darauf achtete, daß er nichts verschüttete, während er diese dickflüssige Masse hineingoß.«[1]

Die »dickflüssige Masse« war ein Brei aus konzentrierten *Milzbrandsporen.*

Die gefüllte Bombe wurde ebenfalls nach Gruinard übergesetzt. Mit an Bord befanden sich Sutton, Henderson und Younger. Die Männer sahen nun aus wie Science-fiction-Monster; sie trugen Gummischutzkleidung, Gasmasken, hohe Gummistiefel und dicke Handschuhe. Die Milzbrandwaffe legte man auf einen kleinen Erdhügel. Darum herum waren die Schafe in konzentrischen Kreisen angebunden. Eine Sprengladung wurde vorsichtig an der Bombe angebracht und eine Zündschnur gelegt. Während die Schafe unbesorgt grasten, zogen sich die Wissenschaftler auf eine sichere Entfernung zurück. Sie hatten den Wind im Rücken.

Milzbrand wurde schon seit langem als geeignetste Ladung für eine biologische Bombe angesehen. Ein Jahrzehnt früher hatte Aldous Huxley schon einen Krieg, bei dem Milzbrandbomben eingesetzt wurden, prophezeit. Und sogar noch davor, 1925, schrieb Winston Churchill von »methodisch vorbereiteten und vorsätzlich auf Mensch und Tier losgelassenen Seuchen ... Mehltau, um die Ernten zu vernichten; Milzbrand, um Pferde und das Vieh zu töten; Pest, um nicht nur Armeen, sondern auch ganze Landstriche zu verseuchen – das allein sind die Bereiche, in denen die militärwissenschaftlichen Forschungen unbarmherzig vorangetrieben werden.«[2]

Milzbrand ist eine ansteckende und tödliche Krankheit. In der Natur befällt sie normalerweise Rinder oder Schafe, kann aber genauso tödlich auch auf Menschen wirken. Wenn man verseuchtes Fleisch berührt, können sich tiefschwarze, bösartige Hautgeschwüre bilden, die zur Blutvergiftung führen. Eingeatmet ist die Wirkung noch tödlicher. Die geringsten Dosierungen können nach einigen Stunden einen würgenden Husten, Atemschwierigkeiten und hohes Fieber verursachen; in neun von zehn Fällen tritt kurz danach der Tod ein.

Der andere Vorteil bei einer Anwendung als Waffe bestand in der außergewöhnlichen Zähigkeit der Milzbrandbazillen: Für zwei Stunden einer Temperatur von 20° Celsius ausgesetzt, bilden sie Sporen – praktisch unzerstörbare Organismen, die jahrelang ruhen können, um dann aber jedes lebende Gewebe, mit dem sie in Kontakt kommen, zu verseuchen. Wenn man die Technik für die Züchtung der Sporen einmal beherrscht, kann man sie für eine Massenproduktion nutzen. In Porton wurde der Milzbrand in Metallbehältern, die Milchkannen glichen, herangezogen.[3] Hendersons Entwicklung eines winzigen Staubsaugermodells, das die Sporen von den Kulturen, auf denen sie gewachsen waren, absaugte, war der Durchbruch, der den Versuch auf Gruinard ermöglichte. Der »geerntete« Milzbrand wurde in Flaschen gefüllt und nach Nordschottland transportiert.

Die Bombe explodierte. Milliarden von Sporen bildeten eine unsichtbare Wolke, die über die erschreckten Schafe wehte und sich allmählich über dem Versuchsgelände und dem Meer auflöste. Dann legte sich wieder das Schweigen über Gruinard. Nach Beendigung des Versuches gingen die Wissenschaftler zu einem nahe gelegenen Strand, wo sie sich auszogen (die verseuchten Kleidungsstücke verbrannte man) und gründlich duschten. Dann zogen sie wieder ihre Alltagskleidung an und wurden zurück zum Lager gerudert.

Einen Tag später starben die ersten Schafe. Der Leichenberg wuchs im Laufe der Woche stetig an. Er war der unbestreitbare

Beweis dafür, daß es sich beim Bakterienkrieg nicht länger nur um eine alptraumhafte Utopie handelte: man konnte ihn wirklich durchführen. Die Versuche auf Gruinard bewiesen, daß Bakterien gezüchtet, transportiert, in Munitionsbehälter gefüllt und über Zielbereichen gezündet werden können, ohne daß die anfälligen Lebewesen, die den Infektionsstoff verbreiten, auch vernichtet werden.

In weiteren Versuchen im gleichen Jahr und im Sommer 1943 wurden noch mehr Bomben gezündet. Der Höhepunkt war erreicht, als ein Wellington-Bomber im Tiefflug über die Insel die erste biologische Bombenladung der Welt auf das Zielgebiet abwarf. »Die Bomben explodierten«, erinnerte sich Younger, »mit einem scharfen Knacken, ganz anders als das ›Krachen‹ von Sprengstoff.«[4] Am Ende jeder Testreihe wurden die Schafe zu den nahe gelegenen Klippen gezerrt und hinuntergeworfen. Younger zog einen Graben, füllte ihn mit 230 Kilogramm Sprengstoff und ließ die Bergspitze krachend auf die Kadaver herabstürzen.

Es wurde nur wenig auf die Sicherheit geachtet. Am Ende eines Versuchsjahres wurde Younger die Aufgabe anvertraut, die Milzbrandflaschen zur Überwinterung von Gruinard nach Porton zu transportieren – eine Strecke von 1000 Kilometern. Man gab ihm einen Lieferwagen, einen Fahrer, eine Straßenkarte und Anweisungen, Hauptstraßen zu vermeiden und vor allen Dingen nicht anzuhalten, wenn ihm etwas verdächtig vorkommen sollte.

»Im Süden Schottlands fuhren wir um eine Kurve und sahen auf unserer Straßenseite, genau vor uns, eine Frau liegen, die anscheinend tot war. Man hatte sie wahrscheinlich überfahren. Es war eine fürchterliche moralische Zwangslage, aber ich fühlte, daß ich es mir nicht leisten konnte, anzuhalten. Ich wußte genau, wie gefährlich dieser Stoff war und daß er strengster Geheimhaltung unterlag. Ich war verantwortlich dafür, daß nichts passierte. Das war der Grund, weshalb ich weitergefahren bin. Seitdem muß ich immer daran denken.«[5]

Weiter südlich verhielt er sich weniger vorsichtig. Als sein Fahrer anregte, die Nacht über nicht weiterzufahren, willigte er ein. Sie wählten die große Industriestadt Leeds, fuhren zur Hauptwache der Polizei, und Younger übergab den Lieferwagen mitsamt der Ladung dem verwirrten Hauptwachtmeister zur Bewachung. »Ich sagte ihm, daß es sich um streng geheimes Kriegsmaterial handelte, das die Nacht über bewacht werden müßte. Er stellte keine Fragen.«[6] Von ihrer Verantwortung befreit, machten sich Younger und sein Fahrer auf den Weg, die nächste Kneipe aufzusuchen, während die biologische Bombe sich im hinteren Teil des Lieferwagens befand, im Zentrum einer der dichtbevölkertsten Städte Englands. Glücklicherweise gab es in dieser Nacht keinen Luftalarm für die Innenstadt von Leeds.

Youngers letzter Aufenthalt auf Gruinard war sehr ereignisreich. Nachdem ein totes Schaf bei heftigem Sturm an das schottische Festland geschwemmt worden war, brach dort Milzbrand aus. Younger nahm nun an, daß er eine zu starke Sprengladung benutzt hatte und daß durch die Wucht der Explosion, die den oberen Teil der Klippen hinuntergerissen hatte, einer der verseuchten Kadaver freigelegt worden war. Ein staatlicher Wissenschaftler wurde in einem Hotel in Aultbea untergebracht, um die Ansprüche auf Schadenersatz zu behandeln.

Der Milzbrandausbruch und die Möglichkeit, daß die Sicherheitsvorkehrungen nicht ausreichten, ließen den Mitgliedern des Bakteriologischen Kriegführungskomitees in London einen eisigen Schauer über den Rücken laufen. Younger und Fildes starteten in Porton sofort mit einem Beaufort-Torpedobomber, um nach Gruinard zu fliegen. Dort entschlossen sie sich zu dem Versuch, die Insel durch das Verbrennen der Heide, die an einigen Stellen brusthoch war, von der Verseuchung zu befreien. Gruinard brannte wie Zunder. Eine von Youngers lebhaftesten Kriegserinnerungen ist es, wie er an jenem Abend von seinem Hotel aus, das sich auf dem Festland befand, die Gruinard-Bucht überblickte und beobachtete, wie »eine Wand aus Feuer sich ihren Weg über die Insel fraß«. Die riesige Wolke, aus dichtem schwarzen Qualm und stark mit Milzbrand verseucht, trieb auf das offene Meer hinaus, während die Flammen in der dunklen Nacht ein imposantes Schauspiel boten.

Fildes' apokalyptischer Versuch, Gruinard von der Verseuchung zu befreien, schlug fehl. Die verkohlte Insel wurde abgeriegelt. Um ihre Strände herum, in Abständen von jeweils 600 Metern, stehen heute noch immer dramatische Warnschilder:

GRUINARD.
DIESE INSEL IST EIN
STAATLICHES
VERSUCHSGELÄNDE.

DER BODEN IST MIT MILZBRAND
VERSEUCHT UND GEFÄHRLICH.
ANLEGEN VERBOTEN!

Die Wissenschaftler von Porton unternehmen bis heute regelmäßig Reisen nach Gruinard, in der Hoffnung, daß sie die Insel eines Tages wieder der Öffentlichkeit zugänglich machen können. Es wäre ein Akt zur Verbesserung der öffentlichen Meinung, den Porton verzweifelt gerne vollziehen würde: »Die Milzbrand-Insel«, wie sie allgemein genannt wird, ist eine ernste Mahnung aus einer Vergangenheit, die die Wissenschaftler gerne herunterspielen würden.

Für Fildes' Nachfolger in Porton Down beginnt das Problem nun unlösbar zu werden. Rex Watson, derzeitiger Direktor von Porton Down, drückte es in einem 1981 gehaltenen Interview so aus: »Als der Milzbrand benutzt wurde, bestand sein Reiz darin, daß man ihn als Organismus ansah, der ausreichend widerstandsfähig war, um nicht von Munition vernichtet zu werden ... Ich glaube nicht, daß man damals soviel über seine sehr lang anhaltende Wirkungskraft wußte wie heute.«[7] Watson vermutet, *»daß das betreffende Gebiet die nächsten Jahrzehnte, wenn nicht sogar Jahrhunderte, verseucht bleiben wird.«* Um sicherzugehen, daß sie unversehrt bleiben, müssen die Angestellten aus Porton noch immer Schutzkleidung tragen und eine siebeneinhalb Monate andauernde Injektionsbehandlung durchlaufen haben, wenn sie die Insel betreten. »Ich bezweifle«, fügte Dr. Watson hinzu, »daß wir solch ein Experiment unter derartigen Bedingungen noch einmal durchführen würden.«

Projekte, um Gruinard zu entseuchen, schlossen Pläne ein, Tausende von Tonnen der obersten Erdschicht abzutragen, und sogar, sie mit Beton einzugießen. Inzwischen ist die Insel wieder zum Leben erwacht. Die Heide, die Fildes und Younger verbrannt hatten, ist wieder nachgewachsen und an einigen Stellen fast zwei Meter hoch. Die Kaninchen sind angeblich schwarz und durch genetische Änderungen gegen die Milzbrandsporen, die nun schätzungsweise 30 Zentimeter im Boden vergraben liegen, immun geworden.

Die Milzbrandversuche während der Kriegszeit endeten nicht mit dem Brand auf Gruinard. Das letzte Experiment auf der Insel – der Abwurf der Milzbrandbombe aus dem Flugzeug – mißlang;

die Bombe fiel, wie sich wenig später herausstellte, auf morastigen Boden, der es unmöglich machte, die Verbreitung der Sporen abzuschätzen. Der Versuch wurde anschließend auf einem Strand in Wales wiederholt. Die genaue Lage dieses Testgeländes wird noch geheimgehalten.[8]

Gruinard ist das erschreckendste Beispiel für die gewaltige Wirkung der biologischen Waffen und für die große Dringlichkeit, die ihrer Entwicklung in den vierziger Jahren beigemessen worden war. Die genaue Beschaffenheit und die Ausmaße dieses Projektes bleiben eines der letzten großen Geheimnisse des Zweiten Weltkrieges. Durch die kürzliche Freigabe einiger wichtiger amtlicher Dokumente und durch die wachsende Bereitschaft von mehreren Beteiligten, zumindestens ein wenig über ihre Arbeit zu verraten, kann man nun endlich anfangen, etwas über die Hintergründe dieses Geheimnisses zu sagen.

Die Menschheit hat schon *seit einigen Jahrtausenden einfache Formen der biologischen Kriegführung* angewendet: Die Vergiftung der vom Gegner benutzten Brunnen mit Soldaten- und Tierleichen, um eine Seuche zu verbreiten, ist eine Handlungsweise, die so alt ist wie der Krieg selbst. Im 14. Jahrhundert wurde die Stadt Kaffa auf der Krim-Halbinsel von der tartarischen Armee dadurch eingenommen, daß sie die Leichen von Pestopfern in die Stadt schleuderten; die Russen sollen im 18. Jahrhundert gegen die Schweden ähnliche Methoden benutzt haben. Briten versuchten in Nordamerika, mit pockenverseuchten Wolldecken ganze Indianervölker auszurotten.

Während des Ersten Weltkrieges tauchten zahlreiche Behauptungen über die bakteriologische Kriegführung auf. Die großen Fortschritte, die in den letzten 50 Jahren im medizinischen Bereich erzielt worden waren, ermöglichten es, einzelne Bakterienarten zu identifizieren und zu isolieren. Die Deutschen wurden beschuldigt, den Pferden und Eseln die Rotzkrankheit (eine äußerst ansteckende Tierseuche) und den Rindern Milzbrand eingeimpft zu haben; außerdem wurden in Rußland 1915 und 1916 deutsche Spione gefangengenommen, die anscheinend versucht hatten, Pestbakterien zu verbreiten. Hierbei handelt es sich nicht unbedingt um Propagandageschichten. Ein streng geheimer amerikanischer Bericht bezeichnet die Darstellungen der deutschen bakteriologischen Sabotageakte als »bestätigt und unzweifelhaft«.[9] Foulkes besichtigte 1915 das Lister Institut, als er sich nach Vergeltungsmaßnahmen für die deutschen Chlorgasangriffe umsah, verwarf die bakteriologische Kriegführung jedoch schnell, da sie ihm unbrauchbar zu sein schien. Die europäischen Staaten hatten auch ohne den vorsätzlichen Einsatz auf dem Schlachtfeld genug Schwierigkeiten, die natürlichen Verheerungen der Seuchen zu bekämpfen.

Trotzdem wurde 1925 das Verbot von »bakteriologischen Kriegführungsmethoden« in das Genfer Protokoll mit einbezogen. Von keinem Staat wurde damals angenommen, daß er eine biologische Waffe oder überhaupt nur ein einziges Laboratorium besaß, in dem die zur Entwicklung notwendige Forschung möglich gewesen wäre. Doch die Suche nach einem neuen Gas, das Senfgas ersetzen sollte, drängte die Wissenschaftler zwangsläufig zur Betrachtung der Möglichkeit, daß die nächste Generation von »wahllosen« Waffen eher biologischen als chemischen Ursprungs sein könnte. Zur gleichen Zeit bot die Entwicklung der Massenimmunisierungstechniken die Chance, den größten Nachteil, der beim Einsatz von Seuchen als Waffe auftrat, zu überwinden: der »Bumerangeffekt« auf die eigenen Truppen und die Zivilbevölkerung.

Der Begriff »CBW« – Militärjargon für chemische und biologische Waffen – begann allmählich im Kriegsvokabular aufzutauchen. Es wurde als selbstverständlich angesehen, daß die beiden Waffenarten zusammengefaßt wurden: sie waren »unkonventionell«, erforderten anspruchsvolle naturwissenschaftliche und medizinische Fähigkeiten, wurden von der Mehrheit der Bevölkerung verabscheut und mußten unter strengen Geheimhaltungsbedingungen entwickelt werden.

Ironischerweise war es die durch das Genfer Protokoll ausgesprochene Ächtung der biologischen Kriegführung, die zum Beginn des bakteriellen Wettrüstens führte. 1932 kehrte ein japanischer Major, Shiro Ishii, von einer Europareise in seine Heimat zurück, davon überzeugt, daß biologische Waffen wirksame Mittel waren, um einen Krieg zu führen: Mit einwandfreier Logik schloß er, daß dies so sein müßte, denn sonst hätten sich die Politiker in Genf nicht so darum bemüht, sie zu verbieten. Major Ishiis Überzeugung wurde zur Besessenheit. »Diese Person«, schrieben die Amerikaner 1946, »war die ganze Zeit hindurch, in der die Japaner den Bereich der biologischen Kriegführung erforschten, die vorantreibende Kraft im Hintergrund.«[10]

Obwohl Ishii von amtlicher Seite zunächst nur wenig Unterstützung erhielt, konnte er 1935 im Harbiner Militärkrankenhaus ein bakteriologisches Kriegsforschungszentrum gründen. Bomben wurden entwickelt und getestet, Bakterienkulturen gezüchtet und bestimmt. Im gleichen Jahr nahm die japanische Militärpolizei, die *Kempai*, in der Provinz Kwangtung in China fünf russische »Spione« fest. Sie hatten angeblich Glasflaschen und Ampullen bei sich getragen, die biologische Kampfstoffe enthielten – Ruhr, Cholera und Milzbrand –, um Sabotageaktionen auszuführen. Nach dem Krieg behauptete Ishii, daß die russischen Angriffe erfolgreich gewesen waren: der Kempai zufolge waren im Gebiet von Schanghai 6000 japanische Soldaten an Cholera gestorben, während 2000 Pferde der Armee durch Milzbrand umgekommen waren.

Ob es stimmte oder nicht, die Behauptungen veranlaßten das japanische Kriegsministerium, sich mehr für die biologische Kriegführung zu interessieren. Nachdem Ishii bei seiner Arbeit im Harbiner Militärkrankenhaus vielversprechende Ergebnisse erzielt hatte, gab man ihm 1937 die Erlaubnis, die *erste große biologische Kampfstoffanlage der Welt* zu errichten.

Das ausgewählte Gelände lag in der Nähe eines kleinen Ortes namens *Pingfan*, ungefähr 60 Kilometer südlich von Harbin, dicht bei der südmandschurischen Eisenbahnlinie. 1939, kurz vor der Fertigstellung, war Ishii bereits zum General befördert worden. Das »Pingfan-Institut«, wie es genannt wurde, bestand aus 3000 Wissenschaftlern, Technikern und Soldaten und versorgte sich vollkommen selbst. Es wurde Gemüse angebaut und Vieh gehalten. Hinter den streng bewachten Mauern des Instituts gab es eine Schule, ein Krankenhaus und einen separaten Bereich für die Pestforschung. Ein befestigter Luftstützpunkt stellte sowohl Transportmöglichkeiten für die ranghöheren Wissenschaftler als auch Flugzeuge für Versuchszwecke bereit.

»Wahrscheinlich kann kein entscheidenderer Hinweis auf das Ausmaß des Pingfan-Projektes gegeben werden«, schrieb der amerikanische Geheimdienst nach dem Krieg, »als die Tatsache, daß die Produktionskapazität der Anlage an Impfstoffen sich in der Größenordnung von zwanzig Millionen Dosierungen jährlich bewegte.«[11] Man experimentierte in Pingfan mit fast allen bekannten Seuchen: Fleckfieber, Unterleibstyphus, Milzbrand, Cholera, Pest (der altberühmte »Schwarze Tod«), Salmonellosen,

Wundstarrkrampf, Botulismus, Brucellosen, Gasbrand, Pocken, Gehirnhautentzündung, Tuberkulose, Tularämie und Rotzkrankheit. Unmengen von Bakterien wurden in von Ishii entworfenen Aluminiumtanks gezüchtet. Jede Art brauchte ihre eigene »Wachstumszeit«, an deren Ende sie »geerntet« wurde, und zwar wurde sie mit einem kleinen Metallrechen von der Oberfläche aus den Tanks geschabt (einige Monate nach Kriegsende führte Ishii diese Technik den Amerikanern vor). Darmkrankheiten wie Ruhr und Unterleibstyphus konnten nach einer Wachstumszeit von 24 Stunden geerntet werden; Pest, Milzbrand und die Rotzkrankheit benötigten 48 Stunden, Anaërobier (Bakterien, die ohne freien Sauerstoff leben können) eine Woche.

Im August 1945, als die russische Armee nur wenige Kilometer entfernt war, zerstörte man das Pingfan-Institut: jedes Maschinenteil wurde systematisch in Stücke geschlagen, jeder belastende Papierfetzen verbrannt. Daher gibt es keine genauen Angaben über die Mengen an biologischen Kampfstoffen, die in Pingfan produziert worden sind. Oberst Tomosada Masuda, der Leiter der »Sektion Drei« in Pingfan, behauptete nach dem Krieg, »keine Vorstellungen davon« zu haben. Die Mengen waren mit ziemlicher Sicherheit riesig. Seine amerikanischen Vernehmungsbeamten schätzten, daß für jede Reihe von Bombenversuchen 900 Tanks benutzt worden waren, von denen jeder eine abgeschabte Bakterienmasse von 40 Gramm ergeben hatte.[12] 1949 bezifferten russische Ermittlungsbeamte die Produktionskapzität Pingfans mit acht Tonnen Bakterien pro Monat. (Das amerikanische Hauptwerk für biologische Kampfstoffe in Vigo in Indiana wäre in der Lage gewesen, zwölfmal soviel herzustellen: 100 Tonnen Bakterien pro Monat.)

Wie die Briten ein Jahr später, kam Masuda schnell zu dem Schluß, daß Milzbrand die geeignetste Bombenladung war. Man fand heraus, daß seine Sporen drei Monate lang in Pingfans sorgfältig präparierten Vorrichtungen lebten; Cholera dagegen nur drei Tage, Ruhr und Pest eine Woche.

Die Japaner verbrachten mindestens sieben Jahre damit, die Milzbrandbombe zu vervollkommnen. Über 2000 »Uji-Bomben« wurden mit Milzbrand gefüllt und in Versuchen getestet. Die Uji-Bombe war eine von neun aus der Luft abzuwerfenden Bombenarten, die bis 1940 in Pingfan erprobt worden waren. Die tödlichste von ihnen war die »Ha-Bombe«, dazu bestimmt, in Tausende von Schrapnellstücken zu zersplittern, wobei die Milzbrandsporen mit einem mörderisch »guten« Erfolg verteilt wurden. Eine einzige Kratzwunde von einem verseuchten Schrapnellsplitter verursachte schätzungsweise bei 90 Prozent der Opfer Krankheit und Tod. Die Standardausführung der japanischen schweren Bomber konnte zwölf Ha-Bomben mit sich führen.

In nur zwei Jahren tötete man bei biologischen Versuchen mindestens 500 Schafe und 200 Pferde, außerdem mehrere tausend Meerschweinchen und Mäuse. Bis 1939 waren 4000 Bomben hergestellt worden. Zu den weiteren getesteten Waffen gehörten Granaten, aus der Luft anzuwendende Sprühmittel und Sabotageinstrumente, um Brunnen zu verseuchen.

Trotz aller Sicherheitsvorkehrungen[13] gab es Unfälle und Tote. Jährlich zogen sich mindestens 20 Personen bei der Arbeit in den Laboratorien Infektionen durch das Material, mit dem sie zu tun hatten, zu. 1937 starben zwei an der Rotzkrankheit. 1944 gab es zwei Pesttote. Milzbrand stellte eine ständige Gefahrenquelle dar. Masuda erinnerte sich an das Beispiel zweier Soldaten:

». . . eine der beiden Personen wurde angewiesen, auf dem Versuchsgelände, wo einen Tag vorher ein Milzbrandversuch durchgeführt worden war, das Gras zu mähen. Er zog sich pneumonischen Milzbrand zu und verschied nach einem kurzen Krankheitsverlauf. Beim zweiten Todesopfer handelte es sich um den Zimmergefährten des ersten; er starb an blutvergiftendem Milzbrand, das Ergebnis einer Ansteckung.«[14]

In Pingfan verbrachten die Japaner außerdem sehr viel Zeit mit der Vervollkommnung von Sabotagetechniken. Die Wissenschaftler entwickelten ein besonders unangenehmes Gift, um Nahrungsmittel zu verseuchen: es wurde *»Fungutoxin«* genannt und aus dem Leberextrakt des Kugelfisches gewonnen. Masuda selbst leitete die Versuche, bei denen in der Mandschurei das Wasser von über 1000 Brunnen mit Cholera, Typhus und Ruhr vergiftet wurde. Später von den Russen zusammengetragenes Beweismaterial ließ darauf schließen, daß die Japaner auch den Pest übertragenden *Rattenfloh* als eine biologische Waffe züchteten. In Pingfan konnten angeblich 500 Millionen Flöhe im Jahr erzeugt werden. 1941 wurden sie, in Porzellanbomben gefüllt, aus der Luft abgeworfen.

Die Geheimhaltung war perfekt. Trotz der hohen Kosten war nicht einmal der Kaiser über die Existenz des bakteriologischen

Kampfstoffprogramms informiert worden: »Die biologische Kriegführung«, sagte Ishii 1946 zu den Amerikanern, »ist unmenschlich; solch eine Kriegsmethode zu unterstützen würde die Rechtschaffenheit und die Mildtätigkeit des Kaisers beflecken.«

Im größeren Umkreis von Pingfan gab es 18 weitere Außenstationen für die biologische Kampfstofforschung, jede mit ungefähr 300 Personen besetzt; viele befanden sich auf dem Festland Chinas. »Ishii«, schrieben die Amerikaner, »baute eine biologische Kriegführungsorganisation auf, die sich auf ihrem Höhepunkt von Harbin bis Niederländisch-Ostindien und von der Insel Hokkaido bis nach Celebes erstreckte.«[15] Das gesamte Projekt wurde von einer Einrichtung verwaltet, die sich harmlos Boeki Kyusuibu nannte, was übersetzt soviel heißt wie »seuchenabwehrende Wasserversorgungsabteilung«.

Als die Amerikaner nach dem Krieg damit begannen, das bakteriologische Kriegführungsprojekt der Japaner zu rekonstruieren, stand Ishii an der Spitze der Liste von Wissenschaftlern, die sie verhören wollten. Der US-Geheimdienst benötigte beinahe fünf Monate, um ihn aufzuspüren; er lebte zurückgezogen in seinem Landhaus und litt an chronischer Ruhr – ein unangenehmes Vermächtnis seiner Karriere in der bakteriologischen Kampfstoffforschung. Man brachte ihn nach Tokio und unterzog ihn für einen Monat einem gründlichen Verhör.

Am Ende dieser Zeit bestritt er noch immer, irgend etwas darüber zu wissen, was die Amerikaner ihm als kriminellen Gesichtspunkt seiner Arbeit anlasteten: *die Benutzung menschlicher Versuchspersonen bei den biologischen Kampfstoffexperimenten.* Es dauerte beinahe zwei Jahre, bis die Wahrheit herauskam; die US-Regierung verheimlichte die Tatsachen sofort für das nächste Vierteljahrhundert. (Die Geschichte der strafrechtlichen Immunität, die Ishii gewährt worden ist, und der nachfolgenden Verschleierung durch die Amerikaner wird im 7. Kapitel behandelt.)

Den Amerikanern wurde pathologisches Material über 500 menschliche Opfer übergeben. Die tatsächliche Anzahl der Versuchspersonen lag viel höher; es handelte sich mit ziemlicher Sicherheit um eine vierstellige Zahl. Die Japaner verseuchten die Gefangenen – hauptsächlich Chinesen, aber möglicherweise auch amerikanische, britische und australische Kriegsgefangene – mit allen Krankheiten, die in Pingfan erforscht wurden. Ishii gab zu, daß er fünf Gefangenen eine zwei Tage alte Botulismuskultur zu essen gab; 20 anderen Personen wurden Brucellen eingespritzt. Bomben, die Gasbrand verursachen sollten, ließ man in der Nähe von gefesselten Gefangenen explodieren – ein Versuch, der zwei Jahre später von einem Zeugen während des Chabarowsker Kriegsverbrechensprozesses bestätigt wurde:

»Im Januar 1945 ... sah ich Experimente, bei denen Gasbrand hervorgerufen werden sollte, ausgeführt unter der Aufsicht des Leiters der 2. Division, Oberst Ikari, und des Forschers Futaki. Zehn Gefangene ... waren fünf bis zehn Meter voneinander entfernt angebunden ... Die Köpfe der Gefangenen waren mit Metallhelmen bedeckt, ihre Körper geschützt ... nur ihr Gesäß war bloßgestellt. In einer Entfernung von ungefähr hundert Metern wurde eine Splitterbombe elektrisch gezündet ... Alle zehn Personen wurden verwundet ... und zurück ins Gefängnis geschickt ... Später fragte ich Ikari und den Forscher Futaki, was sich daraus ergeben hatte. Sie erzählten mir, daß alle zehn Männer ... an Gasbrand gestorben waren.«

Es gab ähnliche Versuche mit Milzbrandbomben. Anderen Opfern spritzte man Wundstarrkrampf, Pocken, Pest und die Rotzkrankheit ein und setzte sie in Gaskammern Seuchen übertragenden Aerosolwolken aus. Nicht immer ließ man die Infektionen ihren ungestörten Verlauf nehmen: Die Opfer wurden durch eine Überdosis Morphium getötet und dann seziert, um das Fortschreiten der Krankheit bis zum Eintritt des Todes zu beobachten. Die Amerikaner stellten fest, daß von den Leichenteilen, die sie 1947 untersuchten, Milzbrand 31 Todesfälle verursachte, Cholera 50, Ruhr 12, die Rotzkrankheit 20, Senfgas 16, Wundstarrkrampf 14, Pest 106, Salmonellen 11, Tuberkulose 41, Unterleibstyphus 22 und Fleckfieber 9.[16]

Neben diesen Menschenversuchen muß man mit ziemlicher Sicherheit annehmen, daß die Japaner *gegen China auch einen Bakterienkrieg geführt haben.*

Dem chinesischen Botschafter in London zufolge flog am 4. Oktober 1940 ein japanisches Flugzeug über die Stadt Chuhsien in der Provinz Tschekiang. »Nachdem es für kurze Zeit über der Stadt gekreist war, verteilte es über dem westlichen Teil des Ortes Reis- und Weizenkörner, die mit Flöhen durchsetzt waren«;[17] die daraus entstehende Pestepidemie tötete 21 Einwohner. Drei Wochen später »überfielen japanische Flugzeuge Ningpo und streuten Weizenkörner über die Hafenstadt«. 99 Menschen wurden durch Pest getötet.[18]

»Am 4. November 1941 gegen fünf Uhr, es war ein recht nebliger Morgen, tauchte ein einzelnes, feindliches Flugzeug, das sehr tief flog, über Tschangteh in der Provinz Hunan auf. Anstatt Bomben wurden Weizen- und Reiskörner, Papierschnipsel, Baumwollfetzen und einige nicht identifizierbare Teilchen abgeworfen. Es gab viele Augenzeugen, unter ihnen Frau E. J. Bannon, die Leiterin des örtlichen presbyterianischen Krankenhauses, und viele andere ausländische Bewohner Tschangtehs. Nachdem um fünf Uhr nachmittags das Entwarnungssignal gegeben worden war, suchte man einige dieser seltsamen Gaben des Feindes zusammen und schickte sie durch die Polizei an das presbyterianische Krankenhaus; bei der Untersuchung stellte man Mikroorganismen fest, die den Pestbakterien ähnlich waren. Sieben Tage später, am 11. November, wurde der erste klinische Pestfall vermerkt, gefolgt von fünf weiteren im gleichen Monat, zwei Fällen im Dezember und dem letzten am 13. Januar 1942 . . . Tschangteh war, soweit es bekannt ist, vorher niemals von der Pest heimgesucht worden.«[19]

Bei einem weiteren Angriff, auf Kinhwa, fand man Anzeichen von Pestbakterien. In drei anderen chinesischen Provinzen traten schließlich noch 600 weitere Pestfälle auf, die die Chinesen auf einen »unmenschlichen Akt ihrer Feinde« zurückführten.

Im Juli 1942 wurden die chinesischen Darstellungen an Winston Churchill weitergeleitet. Zwei Tage später hatte er sie auf die Tagesordnung des Pazifischen Kriegsrates gesetzt. Die wachsende Besorgnis in London und Washington darüber, daß die Japaner nahe daran waren, einen Bakterienkrieg anzufangen, gaben den ersten Milzbrandbomben-Versuchen auf Gruinard in diesem Sommer eine erhöhte Dringlichkeit.

Am 12. Februar 1934, auf einer Sitzung der britischen Oberbefehlshaber, wurde das biologische Kriegführungsprogramm aus der Taufe gehoben. Zwei Jahre lang war auf der Abrüstungskonferenz in Genf über Maßnahmen verhandelt worden, die Welt endlich von den chemischen Waffen zu befreien. Die bakterielle Kriegführung hatte man ebenfalls eingeschlossen; und angesichts dieser Tatsache erklärte Sir Maurice Hankey den Stabschefs, daß er »sich fragte, ob es nicht angebracht wäre, die vielfältigen Möglichkeiten dieser Kriegsart zu untersuchen«.[20] Die Stabschefs stimmten Hankey zu und ermächtigten ihn, vorsichtige und »sehr geheime« Fühler zu dem Medizinischen Forschungsrat auszustrecken, um zu sehen, ob er ihnen behilflich sein würde. Wie die

Japaner, so wurden auch die Briten von einer Friedensbemühung, die eine Ächtung der bakteriologischen Waffen bewirken sollte, dazu angeregt, die Erforschung genau dieser Waffen in die Wege zu leiten.

Für Hankey war es der Anfang einer langwierigen Beschäftigung mit biologischen Waffen. Er war für diese Aufgabe außerordentlich geeignet. »Klein und mager von Gestalt . . . lebte und genoß er als hingebungsvoller Diätetiker und fast vollkommener Nichtraucher und Abstinenzler eine spartanische Existenz«, erinnerte sich einer seiner Untergebenen. Er hatte »nur wenig oder gar keinen Sinn für Humor«, war »zu angespannt und zu steif, um bei gesellschaftlichen Anlässen erfolgreich zu sein, und besaß nicht die Fähigkeit, unverbindlich zu plaudern«.[21] 1934 war er ein ungemein einflußreiches Mitglied der britischen Regierung, Mitglied des Kabinetts und des Verteidigungsausschusses; und »25 Jahre lang konnte es sich kein Premierminister und kein Oberbefehlshaber leisten, seine Empfehlungen zu Verteidigungsmaßnahmen außer acht zu lassen«.[22] Seine Laufbahn und sein Temperament sind in den vier Worten, die Stephen Roskill als Titel für seine offizielle Biographie gewählt hat, treffend zusammengefaßt: *»Hankey: Man of Secrets«*.

Unter der vorherrschenden Beschwichtigungspolitik der dreißiger Jahre hatte Hankey anfangs nur wenig Erfolg. Edward Mellanby, der Leiter des Medizinischen Forschungsrats, weigerte sich, irgend etwas mit einem Projekt zu tun zu haben, das neue medizinische Erkenntnisse für zerstörerische Zwecke benutzte. Erfolgreicher war Hankey mit Paul Fildes, dem kampflustigen Leiter der bakteriologisch-metabolischen Abteilung dieses Gremiums, der zur Mitarbeit bereit war. Im September 1936 schlug Hankey dem Verteidigungsausschuß vor, »ein aus Sachverständigen zusammengesetztes offizielles Gremium« zu gründen, um »über die Zweckmäßigkeit einer möglichen biologischen Kriegführung zu berichten und Empfehlungen darüber, sowie über Gegenmaßnahmen, zu geben«.[23] Im Oktober gab der Verteidigungsausschuß sein Einverständnis dazu; und Hankey wurde der Vorsitzende des neugegründeten mikrobiologischen Kriegführungsausschusses.

Im März 1937 legten die Mitglieder dieses Ausschusses ihren ersten Bericht vor, der sich hauptsächlich auf Pest, Milzbrand und die Maul- und Klauenseuche bezog. Obwohl sie feststellten, daß »unter den gegenwärtigen Umständen ... die praktischen Schwierigkeiten eines umfassenden Bakterienkrieges gegen dieses Land so groß sind, daß es einem aussichtslosen Versuch gleichkäme«, forderten sie, daß Serumlager angelegt werden sollten, um für jede mögliche Bedrohung gerüstet zu sein.[24] Von 1937 bis 1940 begann man in Großbritannien Vorräte an Impfstoffen, Fungiziden und Insektiziden gegen einen biologischen Angriff anzulegen.

Im April 1938 erstellte der Ausschuß einen zweiten Bericht, und im Juni machte Hankey »Vorschläge zum Aufbau einer bakteriologischen Hilfseinheit für den Kriegsfall«: die Betonung lag auf der Verteidigung, der Tonfall war noch verhalten. Erst im folgenden Jahr, mit Beginn des Krieges, beschleunigte sich die Entwicklung.

Im September 1939 wurde Hankey – mittlerweile mit einem Parlamentssitz im Oberhaus – Mitglied im Kriegskabinett, und zwar als Minister ohne besonderen Geschäftsbereich. Sein Einfluß auf Neville Chamberlain war niemals größer gewesen, und vom Premierminister wurde ihm die Leitung von Großbritanniens biologischer Kriegführung anvertraut, mit der Bedingung, erinnerte sich Hankey, »ohne seine Genehmigung keine Vorbereitungen für die offensive Anwendung von Bakterien zu treffen«.[25] Doch im Laufe von wenigen Tagen – als die Wehrmacht Polen überrollte und Hitler in Danzig vor seinen »Geheimwaffen« warnte – änderte sich der Auftrag. Die Oberbefehlshaber trafen sich am 25. September und hörten von Sir Cyril Newall, dem Stabschef der Luftwaffe, daß man aufmerksam geworden ist

»auf eine Angriffsart, die nicht ausgeschlossen werden kann – nämlich das vorsätzliche und uneingeschränkte Abwerfen von Bakterien, mit dem Ziel, Seuchen zu verbreiten. Die Tatsache, daß die deutsche Regierung uns mitgeteilt hat, daß sie das Genfer Protokoll einhalten will, ist natürlich kein Grund, anzunehmen, daß sie diese Bestimmungen tatsächlich länger als notwendig einhalten wird.«[26]

Ein Sabotageangriff durch feindliche Agenten unter der Verwendung von Bakterien war »in sehr naher Zukunft nicht unmöglich«. Der Sachverhalt wurde dem Kriegskabinett übermittelt, und innerhalb von wenigen Tagen wurde die bakteriologische Kampfstofforschung aufgenommen.

»Gegen Ende September«, schrieb Hankey 1941, *»gab Mr. Chamberlain seine Genehmigung zu ... Versuchsarbeiten ... um die Mög-*

lichkeiten einer Infektion – von verschiedenen Mikroorganismenarten auf dem Luftwege übertragen – zu erforschen und um genauere Kenntnisse darüber zu erlangen, wie wir uns selbst gegen solche Methoden schützen können. Die Arbeit sollte in diesem Sinne durchgeführt werden und nicht im Hinblick darauf, selbst auf solche Methoden zurückzugreifen.« [27]

Eine neue und streng geheime Versuchsanstalt wurde 1940 in Porton Down gegründet. Es war, sagte vor kurzem eines ihrer frühen Mitglieder, »eine primitive Angelegenheit – nur wenig mehr als eine alte, hölzerne Baracke«. Das kleine biologische Kriegführungsteam, dem immer nur wenige Dutzend Mitglieder angehörten, wurde von Paul Fildes geleitet. Man hatte ihn vom Medizinischen Forschungsrat abkommandiert, dem es »widerstrebte, an Arbeiten mitzuwirken – auch wenn es nur im defensiven Bereich war –, die als eine moralisch nicht zu rechtfertigende Perversion der medizinischen Kenntnisse angesehen wurden«;[28] »durch einen formlosen Kompromiß« wurde Fildes als Mitarbeiter Portons eingestellt. Sein ganzes Leben hindurch hatte er wegen seiner Arbeit keine Bedenken, wie auch *»The Times«* 1971 in einem erstaunlich unfreundlichen Nachruf feststellte.[29]

1940 war er 58 Jahre alt, ein eingefleischter Junggeselle. Allan Younger, der junge Sprengstoffexperte, der ihn 1942 nach Gruinard begleitete, erinnert sich an ihn als eine schmächtige Person, mit einer enormen Entschlossenheit und einem leidenschaftlichen Glauben an seine Arbeit.

Um sich herum versammelte er Menschen, die eine ähnliche Zielstrebigkeit besaßen. Der bedeutende britische Biologe Lord Stamp schloß sich dem Team beispielsweise 1941 an: vorher, im April dieses Jahres, wurde er zum Familienoberhaupt, da sein Vater, seine Mutter und sein Bruder bei den deutschen Luftangriffen auf London getötet worden waren. »Dort, wo ich arbeitete, im Labor des öffentlichen Gesundheitsdienstes, fühlte ich mich fehl am Platze«, erinnert er sich heute, »und ich war entschlossen, den Deutschen das, was sie getan hatten, heimzuzahlen, und ich wollte nicht, daß unser Land so verteidigungslos blieb wie London, als meine Familie getötet wurde.«[30]

Alle Mitglieder von Fildes' Team waren davon überzeugt – und wurden in Lagebesprechungen wiederholt daran erinnert –, daß sie sich in einem verzweifelten Wettlauf mit den Nazis befanden. Im November 1939 setzte R. V. Jones in einem Memorandum, das nach Hitlers stolzer Behauptung von Danzig erstellt wurde, die »bakterielle Kriegführung« auf den ersten, »neue Gase« auf den zweiten und Langstreckenraketen nur auf den fünften Platz seiner Liste der deutschen Geheimwaffen, »die ernst zu nehmen sind«.[31] Dem britischen Geheimdienst zufolge ». . . scheinen die Deutschen und die Russen beträchtliche Forschungen im Bereich bakteriologischer Angriffsmethoden ausgeführt zu haben. Auf das Versprühen von Maul- und Klauenseuche-Viren, die Verbreitung von Milzbrandsporen und die Verseuchung der Wasservorräte durch feindliche Agenten wird besonders hingewiesen.«[32]

1940/41 wurden diese Befürchtungen durch die Invasionsbedrohung noch erhöht. Hankey und der Bakteriologische Kriegführungsausschuß gingen tatsächlich so weit, die zwangsweise Pasteurisierung der Milch und die Chlorierung der gesamten Trinkwasservorräte zu empfehlen. Erst als das Ernährungsministerium auf die damit verbundenen beträchtlichen Kosten und die Verwaltungsschwierigkeiten hinwies, ließ man die Pläne fallen.[33] Im weiteren Verlauf des Krieges befürchteten die Alliierten, daß die Deutschen planten, die V-Waffen zu benutzen, um im Zentrum Londons biologische Kampfstoffe freizusetzen. Die Kanadier schickten den Briten 235 000 Dosierungen eines Mittels, das man gegen den gefürchtetsten biologischen Kampfstoff, Botulinustoxin, einsetzen konnte.

»Als im Juni 1944 der V-1-Angriff gestartet wurde«, erinnerte sich 1957 der kanadische General Brock Chisolm, »und die erste Flugbombe mit lautem Getöse explodierte, womit sie offenbarte, daß sie nur normalen Sprengstoff enthielt, stießen die Generalstäbler alle einen ungeheuren Seufzer der Erleichterung aus.«[34] 117 500 britische, amerikanische und kanadische Soldaten waren bei der Landung in der Normandie mit Spritzen ausgerüstet, damit sie sich im Falle eines biologischen Angriffs selbst impfen konnten.[35]

In dieser Hinsicht, wie in so vielen ihrer Einschätzungen über die chemische und biologische Kriegführung der Deutschen, lagen die Alliierten mit ihren Informationen hoffnungslos falsch. Nach Zeugenaussagen im Nürnberger Kriegsverbrecherprozeß wurde die deutsche Entscheidung, biologische Kampfstoffe zu erforschen, erst während einer geheimen Konferenz des Oberkommandos der Wehrmacht im Juli 1943 getroffen:

»Es wurde entschieden, daß ein Institut zur großangelegten Pro-

duktion von Bakterienkulturen aufgebaut und ... zur Erforschung von Seuchen benutzt werden sollte, die man gegen Haustiere und Ernten einsetzen konnte und die, wenn sie geeignet waren, herangezüchtet werden sollten ... Flugzeuge wollte man für Sprühversuche mit Bakterienemulsion benutzen, und mit pflanzenschädigenden Insekten, wie z. B. Käfern, sollte experimentiert werden ...«[36]

Das deutsche biologische Kriegführungsprogramm lag Jahre hinter dem der Alliierten zurück. Die Forschungen wurden hauptsächlich an der Militärakademie für Medizin in Posen unter der Leitung von Professor Blome angestellt. Die Versuche führte man an den Insassen der Konzentrationslager Natzweiler, Dachau und Buchenwald aus, wobei die Gefangenen vorsätzlich mit typhusinfizierten Läusen behandelt wurden.

Trotz der entsetzlichen Experimente kam das biologische Projekt der Nazis nicht sehr weit. Nichts deutet darauf hin, daß die Nazis es in den zwei Arbeitsjahren in Posen jemals schafften, eine geeignete Waffe herzustellen. Im März 1945 wurde die Militärakademie angesichts der herannahenden Roten Armee geräumt, und Blome versuchte, die gesamte Anlage durch einen Stuka-Angriff zerstören zu lassen. Alles, was er retten konnte, waren einige Pestkulturen, die sich in diesem Fall als unbrauchbar erwiesen: Die Russen befanden sich bereits auf deutschem Boden, und die Deutschen, von denen keiner geimpft worden war, wären genauso in Mitleidenschaft gezogen worden wie der Gegner.

Am Ende des Krieges forderte die Sowjetunion die Todesstrafe für einen der Nürnberger Angeklagten, Hans Fritzsche, weil er als erster vor dem deutschen Oberkommando auf die Möglichkeit eines Bakterienkrieges hingewiesen hatte. Für Großbritannien und die USA war es eine bedenkliche und unangenehme Situation. 1945 hatten sie bemerkt, daß sie beträchtlich viel mehr Zeit investiert und größere Anstrengungen unternommen hatten als die Nazis, um diese »verbotenen Waffen« herzustellen. Sie bestanden darauf, daß Fritzsche freigesprochen werden sollte, was den Zorn der Russen hervorrief. Um zu vermeiden, daß sie selbst in Verruf gerieten, verblieben alle amerikanischen, britischen und kanadischen Niederschriften über die biologischen Waffenprojekte, die sie während des Krieges durchgeführt hatten, in der Kategorie »streng geheim«; die Briten schlossen ihre Archive für die Geschichtsschreiber bis zum Ende des 20. Jahrhunderts.[37]

Seit dem Krieg hat man in Großbritannien kategorisch erklärt, daß man niemals irgendwelche biologische Waffen besessen habe. Und noch 1980, bei einer Sitzung des Ausschusses zur Kontrolle der Einhaltung der Konvention über B- und C-Waffen, behauptete die britische Delegation standhaft: »Das Vereinigte Königreich hat niemals mikrobische oder andere biologische Kampf- und Giftstoffe in solchen Mengen besessen oder erworben, daß sie für Waffenzwecke hätten benutzt werden können.«[38] Bei mindestens zwei weiteren Gelegenheiten – am 5. und am 11. März 1980 – wurde die gleiche Versicherung wiederholt.

Man kann diese Erklärung Großbritanniens schwer mit den Tatsachen in Einklang bringen.

Obwohl der Großteil der offiziellen Niederschriften nicht zugänglich ist, entgehen selbst einer Institution wie dem Verteidigungsministerium, das beim »Verschwindenlassen« von unbequemen Geheimnissen aus den öffentlichen Archiven recht gewandt ist, einzelne Papiere der Aufmerksamkeit. Solche Dokumente bringen es nun an den Tag, daß es die *Briten waren, die die erste biologische Waffe des Westens – wahrscheinlich sogar der Welt – in Massen hergestellt hatten.*

Im Herbst 1941 gelang Dr. Fildes und seinem Team nach einer Reihe von Versuchen unter freiem Himmel der Durchbruch. Die Information ging zuerst an einen sieben Mann starken »Unterausschuß« (dessen Aufzeichnungen man heute nirgendwo finden kann), der sich zusammensetzte aus dem Generalleutnant der Luftwaffe, Peck, sowie mehreren Repräsentanten der Armee, des Medizinischen Forschungsrates, des Landwirtschaftlichen Forschungsrates, des Lister-Instituts und des Ministeriums für Landwirtschaft und Fischerei. Die Zusammensetzung des Unterausschusses deutet darauf hin, daß sich die britischen Interessen zu diesem Zeitpunkt hauptsächlich auf ernte- und viehschädigende Waffen beschränkte; dies wird noch weiter untermauert durch ein streng geheimes Memorandum von Lord Hankey an Winston Churchill, datiert vom 6. Dezember 1941:[39] »Der größte Teil der Arbeiten«, schrieb er, »hat sich auf Tierseuchen bezogen und wird fortgesetzt.« Nach drei Absätzen, die Hintergrundinformationen für seine Beschäftigung mit der bakteriologischen Kriegführung geben, schrieb Hankey weiter:

»Der Unterausschuß berichtet, daß, falls wir jemals offensive Maßnahmen ergreifen wollten, z. B. aus Gründen der Vergeltung, die zur Zeit einzige technisch durchführbare Methode in der Anwendung von

Milzbrand gegen Vieh besteht, indem man infizierte Kekse vom Flugzeug aus abwirft. Die Versuche, die für den Unterausschuß durchgeführt worden sind, geben Berechtigung zur Annahme, daß eine beträchtliche Anzahl von Tieren getötet werden würde, wenn diese Methode in ausreichendem Umfang und in der Jahreszeit, wenn sich das Vieh im Freien befindet, angewendet wird . . .

5. Die Bereitschaft, Milzbrand als Waffe einzusetzen, würde die folgenden notwendigen Vorbereitungen beinhalten:

(a) Die Produktion von ausreichenden Bakterienmengen und ihre Lagerung im Laboratorium . . .

(b) Die Herstellung von zwei Millionen Keksen. Diese würden angeblich für normale landwirtschaftliche Zwecke erzeugt werden, somit besteht kein Risiko, daß Informationen nach außen dringen . . .

(c) Die Bereitstellung der Maschinen, um die Kekse mit Bakterien zu füllen . . .

(d) Festsetzung der Methode, um die Kekse aus dem Flugzeug abzuwerfen, und andere Einzelheiten, die zur Ausführung nötig sind. Dabei sind keine besonderen Schwierigkeiten zu erwarten.

6. Die obengenannten notwendigen Vorbereitungen würden von der Erteilung des Auftrags an ungefähr sechs Monate in Anspruch nehmen. Nach den sechs Monaten würde es möglich sein, sofort offensive Maßnahmen zu ergreifen . . .

7. Bei Ausbruch des Krieges versicherten die Alliierten (Franzosen und Briten) einerseits und die Deutschen andererseits wiederholt, daß sie die Absicht haben, sich an die Vertragsbedingungen des Genfer Protokolls von 1925 zu halten . . . Trotzdem würde ich es den Deutschen zutrauen, daß sie, wenn sie zur Verzweiflung getrieben werden, auf solche Methoden zurückgreifen. Es ist erwähnenswert, daß vor wenigen Monaten einige Exemplare des Kartoffelkäfers, der die Kartoffelpflanzen anfällt, in ungefähr sechs Bezirken der Gegend zwischen Weymouth und Swansea gefunden worden sind: obwohl es sich nicht um wichtige Kartoffelanbaugebiete handelt und keine Behälter oder andere verdächtige Dinge entdeckt worden sind, trug dieser Sachverhalt jedoch in mindestens einem Fall abnorme Züge, was darauf hindeutet, daß der Vorfall nicht auf natürliche Gründe zurückzuführen ist.«

»Ich bitte um die Erlaubnis«, schloß Hankey, *»als grundlegende Vorbereitung für eine mögliche Vergeltung die notwendigen Maßnahmen, die in den Paragraphen fünf und sechs genannt worden sind, auszuführen.«*

Churchill erhielt Hankeys Memorandum am Sonntag, dem 7. Dezember – dem Tag, an dem die Japaner Pearl Harbor angriffen. Zwei Wochen später flog er wegen der ersten Washingtoner Konferenz in die USA und überließ die ganze Angelegenheit den Generalstabschefs. Am 2. Januar 1942 traf sich der Verteidigungsausschuß in Churchills Abwesenheit und erörterte die Möglichkeiten biologischer Kriegführung. Das Protokoll darüber ist ein Paradebeispiel offizieller Zurückhaltung: »Lord Hankey wurde beauftragt, solche Maßnahmen zu ergreifen, wie er sie von Zeit zu Zeit als geeignet erachtet, um es uns ohne unnötige Verzögerung zu ermöglichen, im Falle, daß der Feind Zuflucht in der offensiven Anwendung von Bakterien sucht, zurückzuschlagen.« Der Verteidigungsausschuß stellte jedoch Bedingungen: »Es darf von dieser Kriegführungsmethode nur mit der ausdrücklichen Genehmigung des Kriegskabinetts oder des Verteidigungsausschusses Gebrauch gemacht werden.« Außerdem sollte Hankey dafür sorgen, daß die Lagerung biologischer Waffen »nicht auf uns selbst oder auf unsere Alliierten zurückfällt« oder »zu einer spürbaren Leistungsminderung in der Wissenschaft oder Industrie führt«. Der Verteidigungsausschuß ordnete ebenfalls an, daß »alle möglichen Vorkehrungen getroffen werden sollten, um in diesem Bereich Öffentlichkeit zu vermeiden«.[40]

Das Ausmaß des Projekts – es wurden fünf, nicht zwei Millionen Kekse produziert – war bestürzend.[41] Um dies zu ermöglichen, mußte Porton Milzbrand in riesigen Mengen produzieren. Man stellte ein halbes Dutzend Füllmaschinen auf, die von Munitionsarbeiterinnen bedient wurden. In jeden Keks bohrte man ein kleines Loch, das mit Milzbrandsporen gefüllt und dann verschlossen wurde; die Kekse lagerte man schließlich ebenfalls in Porton.

Es handelte sich allen Begriffen nach um eine barbarische Waffe. Sie reizte Fildes' Sinn für Humor, und einer seiner liebsten Späße war es, sich auszumalen, wie die britische Luftwaffe Millionen von Keksen über die mondbeschienene deutsche Landschaft ausstreute, wobei Tausende von ihnen in Gärten und auf Straßen landeten und »auf das Dach des Bürgermeisterhauses prasselten«.

So bizarr wie das Projekt auch war, es hätte sicherlich weitverbreitete Leiden verursacht, wenn es gegen die Deutschen eingesetzt worden wäre. Neben der ernsten Nahrungsmittelknappheit, die ein Milzbrandausbruch hervorrufen würde, gäbe es auch Ansteckungsfälle bei den Menschen. Hautmilzbrand, den man durch den Umgang mit verseuchten Tieren bekommen kann, bringt Geschwüre auf der Haut hervor und führt möglicherweise zu einer Blutvergiftung. Darmmilzbrand entsteht durch das Essen von verseuchtem Fleisch und endet bei 80 Prozent der Fälle tödlich.

Nach seiner eigenen Darstellung leistete Paul Fildes seinen imposantesten Beitrag zum Zweiten Weltkrieg am 27. Mai 1942 an einer Straßenecke in Prag.

Seitdem die Abteilung für biologische Kriegführung in Porton aufgebaut worden war, arbeitete Fildes an *»BTX« – den Botulinustoxinen*, von denen erst kürzlich in einem Bericht der Weltgesundheitsorganisation gesagt wurde, daß sie »zu den giftigsten Substanzen gehören, die dem Menschen bekannt sind«.[42] BTX, bekannter unter der Bezeichnung Botulismus, tritt meistens als besonders bösartige Form der Nahrungsmittelvergiftung auf, mit einer durchschnittlichen Sterblichkeitsrate von 60 Prozent. Obwohl es keine offizielle Bestätigung dafür gibt, hat es den Anschein, daß Fildes es 1941 geschafft hat, BTX in eine Waffe zu verwandeln; die Briten gaben ihr den Decknamen »X«.

Chemische und biologische Waffen sind schon seit langem bevorzugte Instrumente der Spionage gewesen: die Verbindungen zwischen Porton, Camp Detrick in den USA, dem Sondereinsatzkommando während der Kriegszeit (*Special Operations Executive;* SOE) und dem Amt für strategische Dienste waren außerordentlich stark (siehe 9. Kapitel). Polnische und russische Partisanen benutzten bei ihren Sabotageaktionen gegen die Deutschen biologische Waffen.[43] Im Dezember 1942 entdeckte die Gestapo beispielsweise in einer Warschauer Vierzimmerwohnung ein biologisches Kampfstofflager der polnischen Untergrundbewegung. Man berichtete Himmler von der Entdeckung »dreier mit Fleckfieberbakterien gefüllten Flaschen, siebzehn verschlossener Gummischläuche, die wahrscheinlich Bakterien enthielten, eines Federhalters mitsamt einer Gebrauchsanweisung für das Verbreiten von Bakterien« und außerdem neun Kilogramm Arsen.[44] Himmler zeigte Hitler einen erbeuteten Befehl der NKWD (Staatssicherheitsbehörde der UdSSR), der die russischen Partisanen anleitete, Arsen einzusetzen, um die deutschen Besatzer zu vergiften.[45] Die Razzia auf die Warschauer Wohnung bewirkte offensichtlich nicht, die Polen vom weiteren Einsatz der bakteriologischen Waffen abzuhalten. Der Gemeinsame Generalstab erfuhr vom polnischen Verbindungsoffizier in Washington, Oberst Mitkiewicz, daß 426 Deutsche in den ersten vier Monaten des Jahres 1943 durch die polnische Untergrundbewegung vergiftet, 77 »vergiftete Päckchen« nach Deutschland geschickt und »einige hundert« Nazis mit »Typhuserregern und Fleckfieberläusen« verseucht worden waren.[46]

Vor diesem Hintergrund ist es nicht weiter verwunderlich, daß der britische Geheimdienst Fildes um Hilfe bat, als im Oktober 1941 mit der Planung der *»Operation Anthropoid«* begonnen werden sollte. Das Ziel: *die Ermordung Reinhard Heydrichs.*

Es handelte sich um ein nahezu selbstmörderisches Unternehmen für diejenigen, die es ausführen sollten, aber für die Briten war es von überragender Bedeutung. Heydrich hatte bereits einen furchteinflößenden Ruf als kaltblütiger Leiter des Sicherheitsdienstes (SD) der Nazis erworben, mit dem er die Spionageabwehraktionen gegen die britischen Agenten im besetzten Europa durchführte. Hitler hatte ihn angeblich persönlich dazu bestimmt, sein Nachfolger zu werden, und im September 1941 ernannte er ihn zum Reichsprotektor von Böhmen und Mähren.

In seiner neuen Aufgabe war Heydrich außerordentlich erfolgreich. Mit Zuckerbrot und Peitsche machte er das Protektorat mit seiner ausgedehnten Rüstungsindustrie zu einem wichtigen Bestandteil der deutschen Kriegswirtschaft: mit der Peitsche brach er das Rückgrat der Widerstandsbewegung, indem er ihre Anhänger terrorisierte und ihre Anführer beseitigte; mit dem Zuckerbrot verlockte er die tschechischen Arbeiter zu höheren Produktionsleistungen, indem er ihre Tagesrationen erhöhte und ihre Arbeitszeit verkürzte. Wie General Frantisek Moravec, der Leiter des tschechischen Geheimdienstes in London, es ausdrückte, war der Herbst 1941 »ein Triumph für Heydrich: die Rüstungsindustrie war in Schwung, eine Rekordernte wurde eingebracht, und durch die Beseitigung der Widerstandshelden herrschten Frieden und Wohlstand in Böhmen und Mähren«.[47] Der britische Geheimdienst entschloß sich zusammen mit dem SOE und den Exiltschechoslowaken in London, Heydrich zu töten.

In der Nacht des 29. Dezember 1941 um 22 Uhr startete ein viermotoriger Halifax-Bomber vom Tempsforder Flughafen. Um den langen gefährlichen Flug über das besetzte Europa zu überstehen, unternahm die britische Luftwaffe zur Ablenkung der deutschen Radaranlagen und der Jagdgeschwader einen Bombenangriff. Viereinhalb Stunden nach dem Start sprangen sieben Tschechen im Licht des Halbmondes über den schneebedeckten Bergen in der Nähe des böhmischen Dorfes Lidice ab.

Die Männer waren alle im Schloß von Cholmondely in Cheshire (England) und in einer SOE-Sonderausbildungsstätte geschult worden. Sie waren mit Funkgeräten und britischen Waffen ausgerüstet, von denen zwei mit besonderer Vorsicht behandelt wurden: die britischen Handgranaten Nr. 73, die für die Panzerabwehr bestimmt waren. Normalerweise waren sie 24 Zentimeter lang und wogen 1,8 Kilogramm. Bei den Granaten, die die Tschechen mit sich führten, handelte es sich um Spezialanfertigungen, die nur aus dem oberen Drittel der Waffe bestanden, das offene Ende war jeweils dick mit Klebeband verschlossen worden. Eine Granate wog somit nur 0,5 Kilogramm. Vermutlich waren die Waffen von Fildes in Porton vorbereitet worden – jede enthielt eine tödliche X-Ladung.

Die »Anthropoiden«, angeführt von Jan Kubiš und Josef Gabčik, tauchten mit Hilfe der tschechischen Untergrundbewegung für fünf Monate unter und erstellten ein detailliertes Bild von Heydrichs Tagesablauf und seinen Gewohnheiten. Erstaunlich für einen so hochgestellten Naziführer war es, daß er selten mit einer bewaffneten Begleitung reiste. Am 23. Mai 1942 erfuhren die Attentäter durch Zufall, wo Heydrich sich in vier Tagen aufhalten würde. Am 27. Mai, vormittags um halb zehn, postierten sie sich an der vielbefahrenen Straße, die zu Heydrichs Hauptquartier in der Burg Hradschin führte, und zwar in einem Prager Vorort an einer Haarnadelkurve in der Nähe der Troja-Brücke. Die Beschreibungen der genauen Einzelheiten über das Folgende weichen voneinander ab, aber es handelte sich höchstwahrscheinlich um sechs Attentäter: vier Männer, bewaffnet mit Maschinenpistolen und Granaten; einer, der mit Hilfe eines Spiegels ein Zeichen geben sollte, wenn sich Heydrichs Wagen in der Kurve befand, und Rela Fafek, Gabčiks Freundin, die Heydrich voranfahren sollte: wenn er ohne Geleitschutz unterwegs war, würde sie einen Hut tragen.

Um 10 Uhr 31 fuhr sie, einen Hut auf dem Kopf, um die Kurve. Sekunden später folgte das Signal mit dem Spiegel. Gabčik stellte sich mitten auf die Straße, seine Maschinenpistole auf die Kurve gerichtet. Heydrichs offener grüner Mercedes kam um die Ecke gefahren, doch als Gabčik das Feuer eröffnen wollte, versagte die Maschinenpistole. Der Wagen verlangsamte sein Tempo, Heydrich schrie seinen Chauffeur an, Gas zu geben, doch der Fahrer, der in letzter Minute eingesetzt worden war, bremste weiter. In diesem Augenblick warf Kubiš eine von Fildes' Handgranaten.

Heydrich hatte sich in dem nun stehenden Wagen gerade erhoben, als die Granate mit einer solchen Wucht explodierte, daß sämtliche Fenster einer vorbeifahrenden Straßenbahn zersprangen. Obwohl der Mercedes verfehlt worden war, riß die Detonation eine Tür weg. Heydrich wurde von Granatsplittern getroffen. Wie »die Hauptperson in der Szene eines Western«[48] stürzte er sich laut schreiend auf die Straße und ließ dann plötzlich seinen Revolver fallen. Seine rechte Hüfte haltend taumelte er rückwärts und brach zusammen. Die Heckenschützen entkamen.

Heydrich, der starke Schmerzen hatte und am Rücken blutete, wurde bei völligem Bewußtsein in einem beschlagnahmten Lieferwagen zum nahe gelegenen Bulowka-Krankenhaus gefahren. Der diensthabende Arzt der chirurgischen Abteilung war Vladimir Snajdr.

»Heydrich«, erinnerte er sich, »befand sich allein in dem Raum, er saß mit entblößtem Oberkörper auf dem Tisch, in dem wir unsere Erstuntersuchung durchführen.

Ich begrüßte ihn auf tschechisch; er hob seine Hand, antwortete aber nicht. Ich nahm Pinzetten und einige Tupfer, um zu sehen, ob es sich um eine tiefe Wunde handelte. Er bewegte sich nicht und zuckte nicht zusammen, obwohl es ihm weh getan haben muß.

Auf den ersten Blick schien die Wunde nicht gefährlich zu sein . . . Professor Dick eilte herein. Er war ein deutscher Arzt, den die Nazis an unser Krankenhaus berufen hatten.

›Was ist los?‹ fragte er. Erst in diesem Augenblick bemerkte er Heydrich. Er rief ›Heil‹, schlug seine Hacken zusammen und begann ihn zu untersuchen. Er sah nach, ob die Niere in Mitleidenschaft gezogen worden war: nein, es schien alles in Ordnung zu sein, ebenfalls die Wirbelsäule. Dann wurde Heydrich in einen Rollstuhl gesetzt und in den Röntgenraum gebracht. Heydrich wollte sich selbstsicher zeigen und ging ohne Hilfe vom Stuhl zum Röntgengerät.

Die Röntgenstrahlen zeigten, daß sich etwas in der Wunde befand, vielleicht ein Bombensplitter. Oder ein Stückchen der Karosserie. Dr. Dick nahm an, daß sich der Splitter in der Brustwand befand und durch eine einfache örtliche Operation entfernt werden könnte. Dr. Dick versuchte es, doch ohne Erfolg. Die Verfassung des Patienten verlangte nach einem gründlichen chirurgischen Eingriff: eine Rippe war gebrochen, der Brustkorb offen, ein Bombensplitter befand sich in der Milz, das Zwerchfell war durchbohrt worden.

›Herr Reichsprotektor‹, sagte Dick zu Heydrich, ›wir müssen operieren.‹

Heydrich weigerte sich. Er verlangte, daß ein Chirurg aus Berlin geholt werden sollte.

›Aber Ihr Zustand verlangt eine sofortige Operation‹, sagte Dick. Sie unterhielten sich natürlich auf deutsch.

Heydrich überdachte es noch einmal und stimmte schließlich zu, daß Professor Hohlbaum von der deutschen chirurgischen Klinik in Prag herbeigeholt werden sollte. Er wurde in den keimfreien Saal gebracht: Ich selbst befand mich nicht dort; ich mußte in dem Raum bleiben, in dem die Instrumente sterilisiert wurden. Dr. Dick war der einzige, der Professor Hohlbaum bei der Operation half. Die Wunde war ungefähr sieben Zentimeter tief und enthielt ziemlich viel Schmutz und kleine Splitter . . .

Nach der Operation brachte man Heydrich in Dr. Dicks Büro, das sich im zweiten Stockwerk befand. Die Deutschen hatten die gesamte Etage geräumt, die Patienten waren woanders hin verlegt oder nach Hause geschickt worden; der Speisesaal wurde in eine SS-Kaserne umgewandelt. Auf dem Dach wurden Maschinengewehre aufgestellt, und Leute der SS, bis an die Zähne bewaffnet, postierten sich vor dem Eingang.

Kein tschechischer Arzt und kein tschechisches Personal durften die Etage betreten, in der sich Heydrich befand. Ich versuchte nach oben zu gehen, um zu fragen, wie es ihm ging; ich erzählte, daß ich im Dienst wäre und nach Dr. Puhala suchte, aber sie sagten mir unverhüllt, daß ich dort nichts verloren hätte.

So habe ich keine genauen Informationen über den Zustand Heydrichs nach der Operation. Vielleicht haben sie seine Milz entfernen müssen. Ich habe ihn nicht wieder gesehen. Aber Dr. Dick sagte, daß es ihm ganz gut ging. Sein Tod überraschte uns alle . . .«[49]

Heydrichs plötzlicher Zusammenbruch – von offensichtlich

leichteren Verletzungen bis zur Bewußtlosigkeit und anschließendem Tod – mag die Ärzte vielleicht verblüfft haben, doch im Rückblick entspricht alles den *Symptomen einer BTX-Vergiftung.* Nach einer anfänglichen Ruheperiode, die ungefähr einen Tag anhält, verfällt das Opfer einer fortschreitenden Lähmung, die sich jeder Behandlung widersetzt. Als sich das X auf Heydrichs Zentralnervensystem auswirkte, konnten die Ärzte nur noch hilflos zuschauen, wie ihr berühmter Patient den klassischen Symptomen einer Vergiftung durch BTX erlag:

»Eine Kombination von extremer Schwachheit, Unwohlsein, trokkener Haut, vergrößerten und reaktionslosen Pupillen, verschwommener Sichtweise, Austrocknung von Mund und Zunge und Schwindelgefühle bei aufrechter Haltung. Wenn es dem Patient schlechter geht, zeigt er eine fortschreitende Muskelschwäche mit Lähmungserscheinungen im Gesicht und Schwächung der Arm-, Bein- und Atmungsmuskulatur. Er kann durch das Aussetzen der Atmung sterben, wenn er nicht künstlich beatmet wird. Möglicherweise tritt Herzstillstand oder ein vollständiger Kollaps der Gefäßregulation ein.«[50]

Eine Woche nach dem Anschlag vom 4. Juni 1942 starb Heydrich. Dr. Snajdr erinnerte sich, daß offiziell Blutvergiftung als Todesursache angegeben wurde.

»Bluttransfusionen konnten nichts bewirken. Professor Hamperl, Leiter des deutschen pathologischen Instituts, und Professor Weyrich, Leiter des deutschen gerichtsmedizinischen Instituts, faßten einen gemeinsamen Bericht über ihre medizinischen Schlußfolgerungen ab. Unter anderem heißt es: ›Der Tod trat als Folge von Gewebeschädigungen der lebenswichtigen Organe ein, verursacht durch Bakterien und möglicherweise durch Gifte, die durch die Bombensplitter in den Körper gelangten und sich hauptsächlich im Brustfell, im Zwerchfell und im Gewebe nahe der Milz absetzten, wo sie sich anhäuften und vermehrten.‹«[51]

Die Deutschen begannen eine Zeit des Terrors. Das Dorf Lidice wurde als Vergeltungsmaßnahme vollkommen zerstört: die Männer wurden erschossen, Frauen und Kinder mit Lastwagen abtransportiert. Man verhaftete 10 000 Tschechen. Die Attentäter wurden gejagt und schließlich in der Gruft der Prager griechisch-orthodoxen Kirche gestellt. Kubiš und Gabčik wurden getötet. General Moravec, der an der Planung der Operation beteiligt gewesen war, schrieb: »Unsere Hoffnung, daß die Tschechen auf den Druck der Deutschen mit Gegendruck antworten würden, erfüllte sich nicht. Dies ist tatsächlich den ganzen Krieg über unser Problem gewesen, und wir waren nie in der Lage, es zu lösen.«[52]

Warum hatten die Briten die Anwendung einer biologischen Waffe gebilligt? Zum einen wollten sie sichergehen, daß das Attentat auf Heydrich, einmal darauf eingelassen, auch zum Erfolg führte. Was sie über X wußten, mußte sie davon überzeugt haben, daß es sich um eine perfekte, unfehlbare Waffe handelte. Sicherlich hat es kaum moralische Bedenken gegeben. Es gibt bis heute keine *schriftlichen* Beweise für Fildes' Beteiligung an Heydrichs Tod. Die relevanten offiziellen Dokumente befinden sich immer noch unter Verschluß. Wenn man um eine Stellungnahme bat, konnte Porton Down nur antworten, daß man keine Aufzeichnungen über diesen Vorfall besaß; im Falle, daß Fildes beteiligt gewesen wäre, wurde hinzugefügt, hielt man es für höchst unwahrscheinlich, daß irgend etwas aufgezeichnet worden wäre.[53]

Die Anwendung des X beim Attentat auf Heydrich wäre mit dem Tod der »Anthropoiden« vielleicht in Vergessenheit geraten, wenn Fildes selbst nicht gewesen wäre. *»The Times«* lag richtig, als sie bei ihm eine leichte Eitelkeit feststellte: Er legte Wert darauf, möglichst vielen Leuten zu erzählen, was er getan hatte. Zwei an der bakteriologischen Kriegführung beteiligte Wissenschaftler in leitender Stellung haben vertraulich bestätigt, daß Fildes ihnen erzählte, er hätte beim Tod Heydrichs »seine Hand mit im Spiel« gehabt. Einem jungen amerikanischen Biologen, Alvin Pappenheimer, der später als Professor für Mikrobiologie an der Harvard-Universität lehrte, gab Fildes sich noch melodramatischer. Heydrichs Ermordung, erzählte er Pappenheimer, »war die erste Kerbe auf meiner Pistole«.[54]

Bei der Entwicklung des X und seiner Anwendung bei der Operation Anthropoid handelte es sich nur um ein abenteuerliches Zwischenspiel in der Routine von Fildes' Arbeit. Das Hauptaugenmerk des britischen bakteriologischen Kriegführungsprogramms lag noch immer auf Milzbrand. Das ganze Frühjahr des Jahres 1942 hindurch wurden die Versuche in Porton fortgesetzt, und es war im darauffolgenden Sommer, daß sich Fildes und sein Team zum erstenmal auf die Insel Gruinard im Norden Schottlands begaben, um den Prototyp der Milzbrandbombe zu testen.

Andere Forschungsarbeiten wurden in Kanada durchgeführt. 1941 reiste der damalige Direktor von Porton zusammen mit drei

Wissenschaftlern dorthin, um die Errichtung eines Versuchsgeländes für C- und B-Waffen in die Wege zu leiten. Man entschied sich für die Gegend um Suffield in Alberta – eine weite, öde Prärielandschaft zwischen Medicine Hat und Calgary. Die Erschließungs- und Betriebskosten teilten sich die Briten und die Kanadier.

Die Forschungsarbeit der beiden Länder wurde durch die Kriegsteilnahme der USA Änderungen unterworfen. Seit Mitte der dreißiger Jahre beobachtete der amerikanische Geheimdienst das wachsende Interesse der Welt für die biologische Kriegführung. 1940 begann der Ausschuß für Gesundheit und Medizin des Nationalen Verteidigungsrates »die offensiven und die defensiven Möglichkeiten der biologischen Kriegführung« zu betrachten. Im August 1941 wurde im Edgewood Arsenal eine »Abteilung für Sonderaufgaben« gegründet, die weitergehende Forschungen betreiben sollte. Im November, weniger als einen Monat vor dem Angriff auf Pearl Harbor, bildete das Kriegsministerium den WBC-Ausschuß (Ausschuß für biologische und chemische Kriegführung) unter Dr. Jewett von der Nationalakademie der Naturwissenschaften. Der erste Bericht des Ausschusses, heute noch immer unter Verschluß, landete im Februar 1942 auf dem Schreibtisch des Kriegsministers Henry L. Stimson. Man war klar zu dem Ergebnis gekommen, daß sich die USA in der ernst zu nehmenden Gefahr eines biologischen Angriffs befanden. Stimson fühlte sich gezwungen, etwas zu unternehmen; am 29. April 1942 schrieb er Präsident Roosevelt:

»Dieser Ausschuß weist darauf hin, daß hinsichtlich der biologischen Kriegführung eine wirkliche Gefahr für die Menschen und die Tier- und Pflanzenwelt besteht. Der Ausschuß empfiehlt, sofortige Maßnahmen in verschiedenen Bereichen zu ergreifen, von denen sich einige auf die Entwicklung von Impfstoffen beziehen, andere auf wissenschaftliche Verteidigungstechniken; wieder andere betreffen Sicherheitsvorkehrungen, wie z. B. den Schutz der Wasserversorgung, und noch andere erfordern weitergehende Forschungen. Was dem Ausschuß nach die unmittelbarste Aufmerksamkeit verlangt, ist die große Gefahr von Angriffen auf unsere Viehbestände durch die »Rinderpest«, die auf den Philippinen zeitweise verheerende Auswirkungen verursachte.

Die biologische Kriegführung ist selbstverständlich ein ›schmutziges Geschäft‹, aber angesichts des Ausschußberichts denke ich, daß wir darauf vorbereitet sein müssen . . .

Einige der konsultierten Wissenschaftler glauben, daß es eine Angelegenheit für das Kriegsministerium ist, der Generalstab ist dagegen der Meinung, daß man eine zivile Dienststelle vorziehen sollte, unter der Voraussetzung, daß geeignete Repräsentanten der Armee und der Marine an der Arbeit beteiligt sind ... Durch die Übergabe der Angelegenheit an eine zivile Dienststelle würde man einer unnötigen Beunruhigung der Öffentlichkeit, daß das Kriegsministerium etwa die offensive Anwendung dieser Waffen in Erwägung ziehen könnte, vorbeugen. Freilich müssen Kenntnisse über die offensiven Möglichkeiten erarbeitet werden, weil ohne ein gründliches Studium der Angriffsmittel keine wirkungsvolle Verteidigung vorbereitet werden kann. Die offensiven Möglichkeiten sollten dem Kriegsministerium bekannt sein. Und Vergeltungsmaßnahmen durch uns liegen vielleicht im Bereich des Möglichen, wie es bei einem Gasangriff der Fall ist, auf den die Gasstreitkräfte des Kriegsministeriums vorbereitet sind ...«[55]

Zwei Wochen nach dem Erhalt von Stimsons Brief, am 15. Mai, gab Roosevelt seine Genehmigung für die Gründung einer biologischen Kriegsforschungsorganisation. Im folgenden Monat ernannte Stimson George W. Merck zum Direktor des Kriegsforschungsdienstes.

Von 1942 an arbeiteten Briten und Amerikaner im Bereich der biologischen Kriegführung fast genauso zusammen, wie sie es bei der Entwicklung der Atombombe taten. Im Frühjahr 1942 tauchte beispielsweise ein amerikanischer Verbindungsoffizier in Porton Down auf. Amerikanische Offiziere wohnten den Versuchen auf Gruinard bei und drehten sogar einen Film über das erfolgreiche Experiment. (Der Film befindet sich in Portons Archiven.)

Die vom Krieg strapazierte britische Wirtschaft hätte wahrscheinlich niemals die gewaltigen Investitionen an Rohstoffen und wissenschaftlichen Kenntnissen aufbringen können, die ein vollständiges biologisches Waffenprogramm erfordert. Die amerikanische Wirtschaft konnte es. Von 1942 bis zum März 1945 investierte die USA in die Anlagen und in die Einrichtungen über 40 Millionen Dollar. Fast 4000 Leute waren mit der biologischen Kriegführungsforschung, den Versuchen und der Herstellung beschäftigt.

Lord Stamp, der mit einer Amerikanerin verheiratet war, die er drei Jahre lang nicht mehr gesehen hatte, wurde von Fildes als Großbritanniens Repräsentant für bakteriologische Kriegführung in den Vereinigten Staaten ausgewählt. Stamp flog in Kanada ein und besuchte Wissenschaftler, die in Ottawa und Kingston an biologischen Waffen arbeiteten; danach reiste er südwärts und erreichte im März 1943 die USA. Er fuhr geradewegs zur Nationalakademie der Naturwissenschaften nach Washington und stieß dort zum engsten Kreis der bakteriologischen Kriegführung. Für die nächsten zwei Jahre hatte er die einzigartige Gelegenheit, die vier großen amerikanischen Zentren für biologische Kampfstoffherstellung zu bereisen: die Forschungs- und Versuchsanlage in Camp Detrick, Maryland (»Die Gesundheitsfarm« genannt); die Feldversuchsstation Horn Island, Pascagoula, Mississippi; die riesige Produktionsanlage in Vigo, in der Nähe von Terre Haute, Indiana, und die Feldversuchsstation Granite Peak, nahe bei Dugway, in Utah.

Churchill zitierte mit Vorliebe Edward Grey, einen ehemaligen britischen Außenminister, der die Vereinigten Staaten einmal als »gigantischen Dampfkessel« beschrieben hatte. »Wenn das Feuer darunter erst einmal entfacht ist, so gibt es keine Beschränkung der Kraft, die es erzeugen kann.« So war es auch mit den biologischen Waffen. Im Oktober 1943 begann ein Projekt in Camp Detrick, bei dem kleine Versuchstiere in Kammern Wolken ausgesetzt wurden, die einen konzentrierten biologischen Kampfstoff enthielten. Zum erstenmal erhielt man eine Menge Daten über die Verbreitung einer Krankheit, die durch Einatmen übertragen wurde: Wie ein Experte betonte, »wurde zu diesem Zeitpunkt im allgemeinen jedoch nicht angenommen, daß die Übermittlung von Krankheitsträgern durch die Luft einen wichtigen Faktor bei der Verbreitung der üblichen Infekte darstellte«.[56]

Zu den in Frage kommenden Kampfstoffen, die in Camp Detrick untersucht wurden, gehörten Milzbrand, die Rotzkrankheit, Brucellosen, Hasenpest, Melioidose (eine seltene südostasiatische Infektionskrankheit), Pest, Fleckfieber, die Papageienkrankheit, Gelbfieber, Gehirnentzündung und Rickettsiosen; außerdem erforschte man verschiedene Reis-, Kartoffel- und Getreidekrankheiten.[57] In großem Maßstab wurden gefriertrocknende Methoden eingeführt, um auf die weniger einfache Lagerungsform in einer Flüssigkeit verzichten zu können. An einer Stelle wird erwähnt, daß es eine blühende entomologische Kriegführungsabteilung gegeben hat, die Kartoffelkäfer, Flöhe und andere Insekten zur möglichen Anwendung als Waffe züchtete.

Die Vereinigten Staaten stellten das Geld und die Mittel zur Verfügung, Großbritannien die Denker. Eines der besten Beispiele dieser Partnerschaft ist die wenig bekannte Geschichte der Entwicklung einer *erntevernichtenden* Kriegführung.

1940 entdeckten Forscher des großen britischen Chemiekonzerns ICI zahlreiche Substanzen, die »starke wachstumshemmende Eigenschaften zeigten«.[58] Ausgedehnte Sprühversuche wurden vom Flugzeug aus über dem östlichen Teil Englands ausgeführt, und schließlich wählte man zwei chemische Substanzen als Erntevernichtungsmittel. Das eine, verschlüsselt »1313« genannt, griff Getreide an, das andere, »1414«, vernichtete Zuckerrüben und Wurzelgemüse. Sie verwüsteten alles, was sie berührten. »Etwas mehr als ein Kilogramm von jeder Substanz auf einen Hektar würde unter idealen Bedingungen eine fast vollkommene Vernichtung der anfälligen Feldfrüchte zur Folge haben«, berichteten die Wissenschaftler.

Einem nach dem Krieg geschriebenem, streng geheimen Dokument des Kabinetts zufolge »war ihre Verbreitung aus der Luft über Deutschland ins Auge gefaßt worden. Die Größenordnung einer solchen Unternehmung war von unseren Mitteln her zu dieser Zeit jedoch zu gewaltig, und aus diesem Grund wurde die aktive Forschung nicht weitergeführt.«[59] Churchill lehnte den Plan ab, weil die britische Luftwaffe 7000 Einsätze hätte fliegen müssen, »alle innerhalb eines Monats, um die deutschen Nahrungsmittelvorräte um ein Sechstel zu vermindern«.[60] Die britische chemische Industrie hätte drei Jahre gebraucht, derartige gegen Deutschland geführte Operationen zu ermöglichen.

Zwei Jahre später wurden die Vorzüge von 1313 und 1414 nochmals geprüft, und zwar von John Anderson, der Schatzkanzler und gleichzeitig der für die erntevernichtende Kriegführung verantwortliche Minister war. In dieser Zeit arbeiteten die Amerikaner ebenfalls an gleichartigen Präparaten; »aber«, schrieb Anderson im März 1944 an Churchill, »soweit es uns bekannt ist, bemerken sie nicht, daß sie unter normalen Anbaubedingungen ganze Ernten, wie z. B. Klee und Zuckerrüben (mit 1414), vernichten können«. Außerdem erkannten sie nicht voll und ganz, »daß Laborversuche darauf hinwiesen, daß 1313 Reispflanzen befallen kann«. Anderson empfahl, daß die britische chemische Industrie den Amerikanern ihre Konstruktionspläne der Fabriken und die Verfahrenstechniken übergeben sollte, um es ihnen zu ermöglichen, Erntevernichtungsmittel gegen die Japaner einzusetzen. Die britische Forschung sollte unterdessen fortgesetzt werden.[61]

Churchill war einverstanden. Im April 1944 übermittelte Großbritannien seine ganze Technologie den Vereinigten Staaten. Im folgenden Jahr ging man noch weiter und erlaubte den Amerikanern, zur Durchführung von umfassenden Versuchen Portons tropische Forschungsstationen in Australien und Indien zu benutzen.

Ein streng geheimes Dokument über »Erntevernichtung«, das im November 1945 für den Gemeinsamen Technischen Kriegführungsausschuß erstellt worden war, zeigt deutlich, wie weit das amerikanische Programm schließlich fortgeschritten war. »Neben den Stoffen, die man bereits (in Großbritannien) untersucht hatte, waren schätzungsweise weitere achthundert chemische Substanzen in Amerika geprüft worden.« Die Waffen, die schließlich aus der Zusammenarbeit der beiden Länder hervorgingen, erhielten jeweils die verschlüsselte Bezeichnung »LN« – LN 8, LN 14, LN 32 und LN 33. LN 32 war die einzige Verbindung, die in Großbritannien hergestellt wurde; später wurde sie, sehr schwach konzentriert, als Unkrautvernichter auf den Markt gebracht. Ein tieffliegendes mit LN beladenes Flugzeug konnte Feldfrüchte auf einer Fläche von zweieinhalb Hektar vernichten. Eine große Bombe war entwickelt worden, die in einer Höhe von 900 Metern explodierte, mit der Folge, daß auf eine Fläche von 4000 Quadratmetern ungefähr 5 Kilogramm Herbizide niedergingen. Innerhalb von zwölf Stunden würden alle verseuchten Pflanzen vernichtet sein. Mit 20000 Tonnen LN 8, so schätzten die Amerikaner, könnten sie die gesamte japanische Reisernte vernichten, mit 10000 Tonnen LN 33 die Getreideernte und mit 1000 Tonnen LN 32 sämtliche Wurzelgemüse.

»Die amerikanische Regierung hatte bereits ein umfangreiches Lager dieser Mittel aufgebaut und plante für den Anfang des Jahres 1946 einen Angriff auf die Hauptinseln Japans, wobei man schätzte, daß ungefähr 30 Prozent der gesamten Reisernte vernichtet werden würden. Sachverständige hatten versichert, daß eine derartige Anwendung dieser Substanzen im Krieg keiner völkerrechtlichen Beschränkung unterliegt und durch kein Abkommen verboten ist.«[62]

1945 verfügten die Amerikaner ebenfalls über eine Reihe von *biologischen Erntevernichtungsmitteln*, die sie in Massen produzieren konnten: Pilzarten, mit exotischen Bezeichnungen wie Sclerotium rolfsii, die Stengelfäule bei Tabakpflanzen, Sojabohnen, Zuckerrüben, Süßkartoffeln und Baumwolle verursacht; Phytophtora infestans (Mort) de Bary, die Krautfäule bei Kartoffelpflanzen hervorruft; Pyricularia oryzae, eine Pilzart, die Reispflanzen befällt, und Helminthosporium oryzae van Brede de Haan, die Braunfäule bei jungen Reispflanzen bewirkt.[63] Durch die Vorarbeiten der Briten dauerte es nur etwas länger als ein Jahr, bis die Amerikaner in der Lage waren, einen folgenschweren Angriff auf die gegnerischen Nahrungsmittelvorräte zu führen. Möglicherweise haben die Vereinigten Staaten bei mehreren Gelegenheiten einige der Erntevernichtungsmittel eingesetzt. Im Herbst 1944 traten in Deutschland Kartoffelkäfer in solchen Mengen auf, daß Schrader, der Entdecker des Nervengases, von der Kriegsarbeit abließ und ein Projekt startete, um nach einem Schädlingsvernichtungsmittel zu forschen, damit die deutsche Kartoffelernte gerettet werden konnte. Von der Anklagebank in Nürnberg aus beschuldigte Göring die Alliierten, diese Insekten vorsätzlich über Deutschland abgeworfen zu haben. 1945 wurden die japanischen Reispflanzen nach Angriffen amerikanischer Flugzeuge von einer Krankheit befallen, die die Japaner zwang, ein raffiniertes Verpflanzungssystem zu entwerfen, um wenigstens einen Teil der Ernte zu retten.

Der Plan, ein Land durch Auslösung einer Hungersnot in die Knie zu zwingen, ist nicht neu. Die Briten hatten beispielsweise die gleiche Absicht, als sie im Ersten Weltkrieg gegen die Deutschen eine Seeblockade errichteten. Aber, worauf die Autoren des Nachkriegsdokuments hinwiesen, hier gab es eine Waffe, »die schneller als eine Blockade wirken würde und weniger abstoßend sei als die Atombombe«.[64]

Im Winter 1943, eineinhalb Jahre nachdem die ersten Schafe auf Gruinard gestorben waren, begannen die Alliierten mit der *Produktion einer biologischen Bombe.* Sie wog 1,8 Kilogramm und wurde mit Milzbrandsporen gefüllt, die den Decknamen »N« erhielten. Der Entwurf war größtenteils britisch, die Herstellung ausschließlich amerikanisch.

Zu dieser Zeit war N nach der Atombombe wahrscheinlich das größte alliierte Kriegsgeheimnis. Alle Dokumente, die sich darauf bezogen, gehörten der höchsten Geheimhaltungsstufe an: »Streng geheim: Vorsicht« (was die Amerikaner spaßhaft als »Vor dem

Lesen vernichten« übersetzten). Als Lord Cherwell, der wissenschaftliche Berater Churchills, im Februar 1944 dem Premierminister einen Bericht über N schrieb, ließ die beamtete Bürokraft freie Stellen im maschinengeschriebenen Text, den Cherwell durchging und mit der Hand ergänzte:

»N-Sporen können monatelang oder vielleicht sogar jahrelang ruhig auf dem Boden liegen, werden aber durch Explosionen, Fahrzeuge und sogar durch vorbeigehende Leute wie sehr feiner Staub aufgewirbelt ... Ein halbes Dutzend Lancaster-Bomber könnten offensichtlich genug mit sich führen, um, im Falle einer gleichmäßigen Verteilung, jeden zu töten, der sich in einem Umkreis von zweieinhalb Quadratkilometern aufhält, und um dieses Gebiet danach unbewohnbar zu machen ... Es scheint sich um eine Waffe mit beängstigendem Wirkungsvermögen zu handeln; beinahe gewaltiger, da sie unendlich viel einfacher herzustellen ist als »tube alloy« [der Deckname für die Atombombe]. *Es scheint dringend notwendig zu sein, Gegenmaßnahmen, falls es welche gibt, zu erforschen und sie sogar vorzubereiten, doch in der Zwischenzeit hat es den Anschein, als ob wir es uns nicht leisten können, keine N-Bomben in unserem Waffenlager zu haben.«*[65]

Begonnen hatte es mit den Bemühungen in einer kleinen Holzhütte in Porton, nun versprach das biologische Kriegführungsprogramm – nach lediglich vier Jahren – die wirkungsvollste Massenvernichtungswaffe, die jemals erdacht worden ist, herstellen zu können. Anstatt die Angelegenheit mit dem gesamten Verteidigungsausschuß zu besprechen, unterzeichnete der Premierminister Cherwells Bericht und übergab ihn dann seinem vertrauten Verbindungsoffizier General Ismay, den er anwies, die Angelegenheit persönlich mit den drei Generalstabschefs zu erörtern.

Einen Tag später, am Vormittag des 28. Februar, verlas Ismay Cherwells Bericht vor diesem Gemium, das zu einer geheimen Sitzung einberufen worden war. »Sie glauben«, teilte er Churchill am Nachmittag mit, »daß Hitler nicht zögern würde, diese Art der Kriegführung anzuwenden, wenn er meinte, daß es sich für ihn lohnen würde. Das einzige Abschreckungsmittel wäre unsere Fähigkeit, zurückzuschlagen. Die Generalstabschefs stimmen folglich mit Lord Cherwell darin überein, *daß wir es uns nicht leisten können, keine N-Bomben in unserem Waffenlager zu haben.«*[66]

Am 8. März gab Churchill nach einer »streng geheimen Rücksprache mit meinen militärischen Beratern« Ernest Brown, dem neuen Vorsitzenden des Bakteriologischen Kriegführungsausschusses, die Anordnung, bei den Amerikanern eine Bestellung über eine halbe Million Milzbrandbomben aufzugeben:

»Lassen Sie es mich unbedingt wissen, wenn sie zur Verfügung stehen. Wir sollten es als eine erste Lieferung betrachten. Außerdem würde ich gerne einen baldigen Bericht von Ihnen erhalten, der untersucht, was erforderlich sein würde, um das Material in großem Maßstab in diesem Land herzustellen. Es wäre wünschenswert, unsere Bomben hier zu füllen.« [67]

Für den Premierminister war es verständlicherweise sehr ärgerlich, mit anzusehen, wie ein ehemals britisches Projekt langsam von dem größeren amerikanischen geschluckt wurde. Aber es gab keine andere Möglichkeit. Im Mai schrieb Brown an ihn zurück, daß ein großangelegtes biologisches Programm bei der gegenwärtigen Lage der britischen Wirtschaft ganz einfach nicht durchzuführen wäre:

»Die bestehende kleine Versuchsanlage in Amerika benötigt fünfhundert Personen (Bakteriologen, Laborassistenten, Chemotechniker und Facharbeiter), d. h., daß wir sogar für eine Anlage mittlerer Größe nicht weniger als tausend Personen brauchen würden. Auch wenn man genug Fachkräfte, die in der Lage wären, die überaus gefährlichen Arbeiten auszuführen, bekommen könnte, würde es einen ernsten Leistungsabfall in der medizinischen und der mikrobiologischen Industrie nach sich ziehen. Außerdem würde jede Anlage, die in diesem Land errichtet wird, durch Luftangriffe gefährdet sein, was mit den besonderen Risiken, die sich aus einer Verstreuung dieses Erzeugnisses ergeben, verbunden ist.« [68]

Die Briten mußten das nehmen, was die Amerikaner ihnen geben wollten.

Im Mai 1944 kam aus dem versuchsmäßigen Produktionsbereich von Camp Detrick eine erste Lieferung von 5000 milzbrandgefüllten Bomben. Es wird angenommen, daß im Juli die erste großangelegte Produktion in einer Fabrik aufgenommen wurde, deren genaue Lage bisher nicht bekannt ist. Sie konnte monatlich 50000 der 1,8 Kilogramm wiegenden »Typ-F«-Bomben herstellen; die gesamte Produktion wurde an die Briten geliefert. Das würde bedeuten, schätzte Brown, »daß bis zum Ende des Jahres ungefähr eine Viertelmillion Bomben in unserem Auftrag hergestellt und gefüllt werden«.[69] Die Bomben sollten zur Lagerung nach Großbritannien geschafft werden, falls sie einmal schnell für einen »Einsatz« auf dem europäischen Schauplatz benötigt werden sollten. Es handelte sich um ein Projekt, das offensichtlich Gefahren in sich barg. »Sorgfältig bedenken«, schrieb Brown an Churchill, »muß man die Fragen, welche Informationen man den Leitern des Transports in bezug auf den Inhalt der Bombe geben sollte; welche Anweisungen diejenigen erhalten sollten, die direkt mit den Bomben zu tun haben; und ebenso, welche Informationen man bestimmten Geheimdienstoffizieren und den Sanitätseinheiten geben sollte.«[70]

Das Hauptzentrum für die Herstellung der amerikanischen biologischen Bomben befand sich in Vigo, Indiana, 500 Personen waren dort beschäftigt. Die Krankheitserreger sollten jeweils vier Tage lang in zwölf 76000-Liter-Tanks gezüchtet, dann geerntet und schließlich in das abgewandelte amerikanische Modell der Portoner »Typ-F«-Bombe, die »E48R2«, gefüllt werden. »Beide Wirkstoffe«, schrieb ein US-amerikanischer Sachverständiger, »lassen sich gut und in großen Mengen lagern.« An Ausgangsstoffen benötigte man in Vigo monatlich unter anderem 140 Tonnen Glukose, 280 Tonnen Maismaische, 450 Tonnen Hefe, 23 Tonnen Kasein, neun Tonnen Pepton und 86 Tonnen Phosphate. Es war außerordentlich gefährlich, die Anlage in Vigo zu betreiben, und obwohl sie Anfang 1945 betriebsbereit war, wurde sie nie richtig genutzt.[71]

Die biologische Kriegführung hätte nur ein einziges Ziel gehabt: einen so erheblichen Teil der gegnerischen Bevölkerung auszulöschen, daß die Kriegsmaschinerie des Feindes nicht mehr funktionstüchtig wäre. Demgemäß war N, wie Paul Fildes es nach dem Krieg in einer streng geheimen Notiz ausdrückte, »für die *strategische* Bombardierung bestimmt«.[72] Die einzelnen 1,8-Kilogramm-Milzbrandbomben wurden – jeweils 106 von ihnen – in 225-Kilogramm-Bombenpakete geladen, die in der Luft explodieren und die Sporen so weit wie möglich ausstreuen sollten.

Ein Bereitschaftsplan zur Anwendung von N gegen Deutschland wurde von den Briten während des Krieges aufgestellt. Grobe Schätzungen, die sich auf »Ergebnisse aus durchgeführten Geländeversuchen und Experimenten an Affen« stützten, ließen darauf schließen, daß, wenn sechs deutsche Großstädte – ausgewählt hatte man Berlin, Hamburg, Stuttgart, Frankfurt, Wilhelmshaven und Aachen – gleichzeitig von schweren Bombern, die 40000 225-Kilogramm-Bomben mit sich führten, angegriffen werden würden, »50 Prozent der Einwohner, die der Milzbrandwolke ausgesetzt wären, durch Einatmung getötet werden und viele andere durch die nachfolgende Verseuchung der Haut sterben würden«.

»Das Gebiet wird jahrelang verseucht bleiben, und die Gefahr einer Hautinfektion sollte groß genug sein, um die Evakuierung zu erzwingen ... Es gibt keine zufriedenstellende Entseuchungsmethode. Es gibt keine Schutzimpfung ...«[73]

Die Amerikaner hätten acht Monate gebraucht, um den Vorrat von 4250000 1,8-Kilogramm-Bomben aufzubauen, der für die Durchführung eines solchen Angriffs nötig war; bei diesem Unternehmen hätte man 2700 schwere Bomber einsetzen müssen. Die Zahl der Toten würde bei drei Millionen gelegen haben.

Wir wissen nicht genau, wann dieser Plan aufgestellt worden war. Da einer der Zielorte – Aachen – im Oktober 1944 von den Alliierten eingenommen wurde, ist anzunehmen, daß man den Plan vorher entworfen hatte, möglicherweise im Sommer 1944. Wir wissen nun, daß man, wenn der Krieg für die Alliierten schlecht verlaufen wäre, N eingesetzt hätte.

Die Entwicklung der biologischen Waffen beschleunigte sich zum Ende des Krieges hin. Es wurden Versuche unternommen,*Milzbrand* vom Flugzeug aus zu versprühen. Man entwarf gegen Einzelpersonen gerichtete Minen. »Die Minen würden«, laut Fildes, »vorgefertigte Kügelchen enthalten, die mit einem geeigneten biologischen Kampfstoff überzogen sind.«[74] Für die Zukunft sah er voraus, daß die Bakterienwaffen im Raketenzeitalter eine Rolle spielen würden. Einem anderen britischen Experten zufolge, dem Brigadekommandeur Owen Wansbrough-Jones, der nach dem Krieg vor einem streng geheimen Unterausschuß des Generalstabes aussagte, war Milzbrand »300000mal giftiger als Phosgen«.

Vom heutigen Standpunkt aus gesehen, handelt es sich bei Milzbrand um eine rücksichtslose Waffe. Sie vernichtet nicht nur einen großen Teil der Bevölkerung, sondern macht auch die Städte generationenlang unbewohnbar. Die Sieger würden lediglich eine verseuchte Einöde gewinnen. Der Direktor von Porton Down sagte 1981, daß, wenn während des Krieges Milzbrand gegen Berlin eingesetzt worden wäre, die Stadt heute noch immer verseucht sein würde.[75]

Nach primitiven Anfängen hatte das alliierte biologische Kriegführungsprogramm innerhalb von drei Jahren einen Stellenwert erreicht, der mit der Bedeutung der Atombombe verglichen wurde. Als Wansbrough-Jones vor dem Technischen Kriegführungsausschuß des Generalstabes aussagte, beschrieb er die zwei Formen der Kriegführung als »sich einander ergänzend« und äußerte die Ansicht, daß *die Bakterienwaffen zukünftig »in kleineren Kriegen, in denen es nicht nötig wäre, Atombomben zu benutzen«, eingesetzt werden können.* Besonders die Entwicklung von Brucellosen deutete darauf hin, daß die bakteriologische Kriegführung in der Zukunft eine Rolle spielen könnte.

»Die biologische Kriegführung braucht keine Kriegführungsmethode zu bleiben, die im Widerspruch zur zivilisierten Welt steht. Die weitere Entwicklung von Wirkstoffen, verbunden mit einem gewissen Maß an informativer Orientierung der Öffentlichkeit kann gut dazu führen, daß sie im Vergleich mit den Atombomben in der Tat als sehr menschlich angesehen wird.«[76]

Es war nun nicht länger die Rede von einer Waffe, die »ausschließlich für defensive Zwecke« entwickelt worden war. Bei Kriegsende hatte sich das Programm zur Entwicklung der bakteriologischen Kriegführung verselbständigt: Die Arbeiten wurden noch lange, nachdem es offensichtlich war, daß Hitler und die Japaner einen derartigen Angriff überhaupt nicht durchführen konnten, weiter fortgesetzt. Das Ergebnis war ein verstecktes Arsenal an erntevernichtenden Sprays, Giftgas- und Bakterienwaffen, was die Briten und die Amerikaner seitdem, unter großen Anstrengungen, immer heruntergespielt haben. Bei mindestens einer Gelegenheit, im Jahre 1944, überlegten die Briten jedoch sehr ernsthaft, sie einzusetzen. Weit entfernt, ein »Muster der Zurückhaltung zu sein«, wie ein Verfasser sie beschrieb,[77] ist die Geschichte der chemischen und biologischen Kriegführung während des Zweiten Weltkrieges gezeichnet von der Anlegung gewaltiger Vorräte, von Vorwänden, Fehleinschätzungen, Täuschungen und geheimen Vorbereitungen zu ihrem Einsatz. Der Welt wurden die Schrecken des Bakterien- und Gaskrieges nicht durch irgendein großmütiges Bestreben, das Völkerrecht zu befolgen, erspart, sondern nur durch das Zusammenwirken von historischen Zufällen.

5. Kapitel: Der Krieg, den es nie gab

»... es kann einige Wochen oder sogar Monate dauern, bis ich Sie bitten werde, Deutschland mit Giftgas zu durchtränken; und wenn wir es tun sollten, dann sollte es hundertprozentig sein. Ich wünsche, daß die Angelegenheit in der Zwischenzeit von vernünftigen Leuten kaltblütig durchdacht wird, und nicht von diesen psalmensingenden uniformierten Miesmachern, die einem hin und wieder über den Weg laufen.«

Aus einer streng geheimen Notiz von Winston Churchill an die Generalstabschefs, 6. Juli 1944[1]

Nur wenige Stunden, nachdem im September 1939 der Krieg zwischen Deutschland und Großbritannien erklärt worden war, stattete der britische Botschafter in Bern dem schweizerischen Außenministerium einen Besuch ab. Er übergab eine kurze von der britischen und der französischen Regierung verfaßte Nachricht, die an Hitler weitergeleitet werden sollte. Die beiden Staaten versprachen, sich an das Genfer Protokoll zu halten und die Anwendung von Giftgas- und Bakterienwaffen zu unterlassen, sofern die Nazis sich dazu verpflichten würden, dasselbe zu tun. Wenige Tage später signalisierte der deutsche Botschafter das Einverständnis seines Landes.

Keine der beiden Parteien setzte großes Vertrauen auf diese Abmachung. Die Erwähnung des Wortes »Gas« gegenüber einem Briten oder einer Britin, die über 50 Jahre alt sind, ruft bei ihnen wahrscheinlich eine ganze Reihe von bösen Erinnerungen hervor: den Anblick von Kindern und Säuglingen mit aufgesetzten Atemschutzgeräten; das Erstickungsgefühl beim ersten Anprobieren der Standardmasken für Zivilisten; die Unannehmlichkeit, andauernd dieses merkwürdige Ding aus Metall und Gummi in einer unstabilen Pappschachtel mit sich herumzutragen. Während unzähliger Luftangriffe warteten sie, im Dunkeln zusammengekauert, auf einen Gasangriff, der schließlich nie kam. Am Ende des Krieges hatten die Briten allein 70 Millionen Gasmasken sowie 40 Millionen Dosen, die eine Schutzsalbe enthielten, hergestellt und außerdem einen Vorrat von 40000 Tonnen Chlorkalk zur Entgiftung angelegt; zehn Millionen Merkblätter lagen bereit, um im Falle eines chemischen Angriffs sofort ausgeteilt zu werden; und infolge einer getroffenen Abmachung hätte die BBC ihre Sendungen unterbrochen, um bereits vorbereitete Gaswarnungen sofort durchzugeben.[2] Die Vorausplanung ging bis in die kleinsten Einzelheiten. Die »durch versprühtes Gas oder Senfgasbomben leicht verseuchten« Zivilisten hätte man angewiesen, »nach Hause zu gehen, ihre Kleider abzulegen, ein Bad zu nehmen und etwas anderes anzuziehen«. Ernstere Fälle wären in besondere Säuberungsstationen geschickt worden, wo sie ausgezogen werden und »ein einfaches Kleidungsstück erhalten sollten, damit sie nach Hause kommen konnten; außerdem sollte ihnen eine Tasche für ihre persönlichen Wertsachen gegeben werden«. Ihre verseuchten Kleidungsstücke hätte man in chemische Reinigungen gebracht, entseucht und zurückgegeben.[3]

Mehr als 40 Jahre später ist es schwierig nachzuvollziehen, wie groß die Furcht vor dem Gas gewesen ist. Es handelte sich um keine *eingebildete* Terrorwaffe – praktisch kannte jeder britische Staatsbürger jemanden, der im Ersten Weltkrieg Gasopfer geworden war, und wußte außerdem, daß die modernen Bomber es nun ermöglichten, das Grauen von Ypern direkt ins eigene Wohnzimmer zu befördern. Während der ersten Monate der feindlichen Bombardierungen, als niemand wußte, was zu erwarten war, fürchtete man sich am allermeisten vor Gas.

Die chemische Kriegführung war für die Militärs von großer Bedeutung. Von Anfang an arbeitete jede Seite mit der Annahme, daß die anderen mit einem Gaskrieg beginnen würden. Als die britischen Expeditionsstreitkräfte sich am Anfang des Krieges nach Frankreich begaben, rechnete der Generalstab damit, daß die Deutschen 160 schwere Bomber einsetzen würden, um alle 24 Stunden 82 000 Liter Senfgas freizusetzen; man nahm an, daß ein Drittel der gesamten Streitkräfte *täglich* verseucht werden würde.[4] Den ganzen Krieg hindurch wurden chemische Waffen und Vorräte an Schutzausrüstung zu den wichtigsten Kampfplätzen transportiert: 1940 gab es Gaslager in Frankreich, dann in Nordafrika, in Ostasien, im Nahen Osten, in Italien, an der russischen Front und 1944 schließlich wieder in Frankreich. Sechs Jahre lang hielten es beide Seiten für möglich, daß im nächsten Augenblick Gaswaffen eingesetzt werden könnten, was zur Folge hatte, daß die Giftgasfabriken die Kriegsanstrengungen Zehntausender Wissenschaftler, Techniker und Facharbeiter verschlangen. Die Produktion wurde niemals verlangsamt, und *bis 1945 hatten die Großmächte ungefähr eine halbe Million Tonnen chemische Waffen angesammelt, fünfmal soviel, wie im gesamten Ersten Weltkrieg benutzt worden war.*

Die Frage, warum diese gewaltigen Vorräte niemals eingesetzt worden sind, hat die Soldaten und die Historiker seitdem immer beschäftigt. Im Gegensatz zu den meisten Erwartungen gelang es der Welt – manchmal mit knapper Not –, diese Form der Kriegführung zu vermeiden.

Der Erfolg des deutschen Blitzkrieges bis nach Nordfrankreich im Mai 1940 beseitigte zunächst einmal die Befürchtungen über einen Gaskrieg. Er paßte nicht zu der von den Deutschen angewandten Strategie schneller bewaffneter Vorstöße, die von Luftangriffen unterstützt wurden, um die Schlacht um Frankreich zu gewinnen: Gas verlangsamt die Truppen, indem es sie dazu zwingt, Atemschutzgeräte aufzusetzen und ständig ihre Fahrzeuge zu entseuchen. Die Anwendung chemischer Waffen wäre dagegen den Briten und den Franzosen dienlich gewesen, aber es gibt keinen Anlaß zu der Annahme, daß sie es jemals in Betracht gezogen haben. Ihre Vorräte hätten nur für einige Tage ausgereicht, und ihre Befehlshaber, die sich noch nicht ganz vom Schock der umfassenden Erfolge der Wehrmacht erholt hatten, waren nicht geneigt, das Chaos durch einen Gaseinsatz noch zu vergrößern. Der Feldzug endete nach vier Wochen, ohne daß eine der Parteien Gas benutzt hatte. Nur gegen die geschlagene britische Armee auf dem Strand von Dünkirchen wäre ein Luftangriff unter Verwendung von Lost sinnvoll gewesen, aber zu der Zeit war Hitler bestrebt, einen Friedensvertrag abzuschließen; das Vergasen von hilflosen Soldaten hätte schon von Beginn an alle Chancen bei den Verhandlungen zerstört.

Die Briten waren die ersten, die im Sommer des Jahres 1940 ernsthafte Pläne zur Gasanwendung ausarbeiteten. Am 15. Juni 1940, nur zwei Tage nach Dünkirchen, brachte der Chef des britischen Generalstabes, Sir John Dill, eine der heikelsten Aufzeichnungen des Krieges in Umlauf, die nur wenigen der wichtigsten militärischen Befehlshaber des Landes zugänglich gemacht und über 30 Jahre lang geheimgehalten wurde, mit dem Titel »Die Gasanwendung bei der Verteidigung der Heimat«.[5] »In diesem Feldzug«, begann Dill, »hat Deutschland bis jetzt noch kein Gas eingesetzt. Wir können wohl davon ausgehen, daß diese Unterlassung nicht aus humanitären Gründen geschieht, sondern weil sie bis jetzt keinen Vorteil gebracht hätte ...« Im Falle eines Einmarsches könnte sich dies ändern, und Dill schlug vor, daß man das Kriegskabinett bitten sollte, den Streitkräften zu erlauben, *»der Gasanwendung durch den Feind zuvorzukommen, indem wir bei unserer Verteidigung gegen einen Einmarsch die Initiative ergreifen, auch wenn Deutschland oder Italien bis dahin noch nicht mit der chemischen Kriegführung begonnen haben sollten ... Es gibt überzeugende militärische Argumente für eine derartige Aktion. Auf den Stränden zusammengedrängte feindliche Streitkräfte würden bei dem Durcheinander, das bei der ersten Landung unvermeidlich ist, ein glänzendes Ziel bieten ... Außerdem würden das Versprühen von Gas und die Verseuchung von Stränden durch flüssiges Senfgas eine stark verzögernde Wirkung haben.«*

Obwohl die britische Situation im Juni 1940 verzweifelt war, stieß Dills Vorschlag bei den Militärs auf heftigen Widerstand. Der Leiter der Heimatverteidigung schrieb am gleichen Tag, an dem er diese Aufzeichnung erhielt, eine kurze handgeschriebene Notiz an Dill:

»Ich bin nicht der Meinung, daß dies ein vernünftiger Vorschlag ist. Wir würden den unermeßlichen moralischen Vorteil, unsere Versprechen zu halten, wegwerfen, und das für eine geringfügige taktische Überraschung; und die folgenden Auswirkungen eines feindlichen Vergeltungsschlages würden auf dieser überbevölkerten kleinen Insel sehr ernst sein.«[6]

Eine noch stärkere Mißbilligung kam aus Dills eigenem Kommandostab, nämlich von Generalmajor Henderson, der es als »gefährlichen« Vorschlag bezeichnete: *»Solch eine Entfernung von unseren Prinzipien und Traditionen würde nicht nur für unsere eigene Bevölkerung die bedauerlichsten Folgen haben, sondern sogar für die kämpfenden Truppen. Einige von uns würden dann anfangen, sich zu fragen, ob es wirklich von Bedeutung war, welche Seite gewonnen hat.«*[7]

Angesichts eines derartig starken Widerstandes zog Dill seinen Vorschlag zurück. Aber zwei Wochen später, am 30. Juni, erhielten seine Ansichten plötzlich die Unterstützung der mächtigsten Person des Landes – des Premierministers Winston Churchill. In Anbetracht dessen, was bei einem Einmarsch der Deutschen geschehen wäre, schrieb Churchill nach dem Krieg: »Sie hätten Terror verbreitet, und wir waren darauf vorbereitet, aufs Ganze zu gehen.«[8] Das »Ganze« hätte, wie kürzlich freigegebene Dokumente belegen, auch den Beginn des Gaskrieges beinhaltet:

»*Erstellen Sie mir* [beauftragte er General Ismay] *einen Bericht über die Mengen an Senfgas ... die wir gelagert haben, und ob sie in Bomben verwendet und ebenso aus Geschützen abgefeuert werden können. Wie hoch ist unsere monatliche Produktion? Sie sollte auf jeden Fall erhöht werden ... Angenommen, es würden Verschanzungen an unserer Küste angelegt werden – es könnte keine besseren Punkte für die Senfgasanwendung geben als diese Strände und Verschanzungen. Meiner Ansicht nach brauchte man nicht so lange zu warten, bis der Gegner solche Methoden ergreift. Er wird sie sicherlich ergreifen, wenn er glaubt, daß sie ihm nützen werden. Die Heimatverteidigung sollte so eingeplant werden, daß die sofortige Durchtränkung der Verschanzungen eine große Hilfe bedeuten würde. Alles soll auf den höchsten Bereitschaftsstand gebracht werden, doch die Frage eines tatsächlichen Einsatzes muß vom Kabinett entschieden werden.*«[9]

Von nun an wurden die Gegner eines Gaseinsatzes nicht mehr beachtet. Innerhalb einer Woche hatten die Briten ihre mageren Gasvorräte zusammengekratzt und sie von Schottland bis zur Südküste auf Stützpunkten der Luftwaffe in Sprühtanks und Bomben gefüllt: am Ende der ersten Juliwoche stand alles für einen chemischen Angriff bereit.[10] Großbritannien verfügte nur über 450 Tonnen Senfgas (weniger als ein Zwanzigstel der deutschen Vorräte), und man hätte sich daher auf den Versuch konzentriert, die gesamte Menge an einem einzigen Tag freizusetzen, um die einmarschierenden Deutschen wieder zurück ins Meer zu treiben. Es wurde angenommen, daß die Deutschen ohne irgendwelche Ersatzbekleidung an Land kommen würden: »Bei wiederholten Sprühangriffen im Tiefflug werden sie schutzlos der Blasenbildung ausgesetzt sein.«[11]

Neben dem Versprühen wären 15- und 110-Kilogramm-Gasbomben gegen »Anlegeplätze und andere Stellen, an denen Vorratslager aufgebaut werden sollten«, eingesetzt worden. Obwohl man daneben auch einen Beschuß unter Verwendung von Gas plante, wozu 6000 Livens-Granaten bereitlagen, wäre der Haupteinsatz von der Luftwaffe ausgegangen. »Ich halte die Ergebnisse, die durch Luftangriffe erreicht werden, für viel bedeutungsvoller als alles andere, so daß bei den begrenzten Gasmengen, die zur Zeit vorrätig sind, jeder Liter an die Luftstreitkräfte gehen sollte.«[12]

Dill sah das Frühjahr 1941 als den frühesten Zeitpunkt an, zu dem Großbritannien einen chemischen Krieg unter Verwendung von Landwaffen führen könnte.[13] Für Churchill war dies eine unerträgliche Situation. Schon 1938 hatte das Kabinett eine wöchentliche Produktionsleistung von 300 Tonnen Senfgas und eine Reserve von 2000 Tonnen gefordert. Am 13. September 1939 war dieses Soll noch einmal vom Kriegskabinett, dem auch Churchill angehörte, bestätigt worden. Nun erzählte man ihm, daß die Vorräte der Royal Air Force nur für die Einsätze von ein oder zwei Tagen ausreichen würden. Er schrieb, daß ihn die Situation mit einer »tiefen Besorgnis« erfüllte: »Welche Erklärung findet sich für das Versäumnis, diese Anordnungen auszuführen, und wer ist dafür verantwortlich?«[14] Die Oberbefehlshaber machten das Versorgungsministerium dafür verantwortlich, und Churchill ordnete sofort eine Untersuchung an. »Ich glaube, daß es sich hierbei um eine große Gefahr handelt . . . Ich bin entschlossen, gegen jeden vorzugehen, der für die Nichtbefolgung der Kriegskabinettsbefehle, ohne darüber überhaupt Bericht erstattet zu haben, verantwortlich ist.«[15]

Die Ermittlungen wurden unter der Leitung von Clement Attlee durchgeführt, dem Vorsitzenden der Labour-Partei und Lordsiegelbewahrer der Koalitionsregierung. Er verfolgte den Fehler bis zu Sir William Brown, dem ständigen Staatssekretär des Versorgungsministeriums, schrieb aber gleichzeitig, daß »es nicht richtig wäre, irgendeine Einzelperson für diese Fehlleistung verantwortlich zu machen«. Brown behielt seinen Posten.[16]

Statt dessen forderte der Premierminister – eine Maßnahme, die auf die Wichtigkeit hinwies, die Churchill einem bereitstehenden Giftgasvorrat beimaß – wöchentliche Berichte über die Gasproduktion an, die ihm persönlich vorgelegt werden sollten. Jeden Freitag übergab der Staatssekretär des Kabinetts dem Premierminister einige maschinengeschriebene Zahlen. Mehr als zwei Jahre lang prüfte Churchill sie besorgt und kritzelte meistens eine Bemerkung auf die Blätter: »Weitermachen« (15. November 1940); »Wir brauchen einen großen Vorrat. Sie werden es sicherlich gegen uns anwenden« (20. November); »Die daran Beteiligten sollten verprügelt werden« (5. April).[17] Im Januar 1941 belief sich die Senfgasproduktion noch immer nur auf 130 Tonnen pro Woche, was ein Drittel der geforderten Leistung ausmachte. Im Juli 1941, nach einem weiteren Abfall der Produktion, schrieb Churchill gereizt: »Absolut *alle* Anstrengungen müssen mit *äußerster* Dringlichkeit unternommen werden, um die *größtmöglichen* Gasmengen herzustellen, zu lagern und in Behälter zu füllen. Jeden Augenblick kann die drohende Gefahr über uns kommen.«[18]

Obwohl die Gefahr einer Invasion nicht mehr akut war, begann die Produktion von chemischen Waffen unter Churchills erbarmungslosem Druck im Herbst 1941 anzusteigen. Bis zum 31. Oktober hatte Großbritannien einen Vorrat von 13000 Tonnen Giftgas aufgebaut. Um die Produktion weiter in die Höhe zu treiben, genehmigte der neue Leiter des Programms, Lord Beaverbrook, zusätzliche Kosten von dreieinhalb Millionen Pfund für weitere Einrichtungen.[19] In Großbritannien sollten bald nahezu 6000 Leute in der Erforschung und der Herstellung von chemischen Waffen tätig sein.

Sie arbeiteten in vier Hauptzentren, die von militärischen Posten und einer bewaffneten Betriebspolizei geschützt wurden. Die wichtigste Senfgasfabrik befand sich in Randle, in der Nähe von Runcorn, in Cheshire – Hunderte von Tonnen Senfgas wurden in fünf Tonnen schweren Stahlbehältern, die man mit Beton umgossen hatte, gelagert. Phosgen wurde in den nahe gelegenen Rocksavage-Werken hergestellt und »in trommelförmigen Behältern in splittergeschützten Gräben« aufbewahrt. Runcorn und Rocksavage liegen in dichtbevölkerten Gebieten und waren somit durch Luftangriffe gefährdet. Die Regierung rüstete sogar die Anwohner mit den speziellen Gasmasken der Armee aus. Um die Gefahr zu vermindern, wurde ein drittes großes Vorratslager in der Grafschaft Flint in die walisischen Berge gegraben: diese Einrichtung erhielt den Decknamen »Valley«.

Eine zweite walisische Anlage befand sich in Rhydymwyn, in der Nähe von Mold, in Clwyd. Dort ließ der Versorgungsminister eine Gasfabrik bauen, der 1942 eine noch geheimere Einrichtung angeschlossen wurde: eine Isotopentrennungsanlage, die zum britischen Projekt, eine Atombombe zu bauen, gehörte. Die atomare Anlage beschäftigte über 100 Leute unter der Anleitung von 20 Oxforder Wissenschaftlern. Die Angestellten einer Seite durften die andere nicht betreten, aber da die Arbeitskräfte beider Anlagen Gasmasken tragen mußten, glaubte die örtliche Bevölkerung, daß sie alle am gleichen Projekt arbeiteten; und dies war Gerüchten zufolge der Versuch, synthetisches Gummi herzustellen.

Während sich Tausende von Munitionsarbeitern in den Fabriken abmühten, entwickelte man in Porton Down neue Waffen: ». . . es gab die »Fliegende Kuh«, eine gleitende Bombe, die während ihres Fluges verdicktes Senfgas auf den Boden prasseln ließ (eine andere Version mit unverdicktem Senfgas wurde »Fliegende Toilette« genannt); den »Frankfurter«, eine verlängerte Mörsergranate zur Rauchentwicklung; die »Spritze«, ein tragbares Gerät, das unter hohem Druck einen Strahl von neun Litern flüssiger Blausäure über zwanzig Meter weit herausschleudern konnte . . . Die vielleicht genialste all der offensiven Erfindungen war ein Panzerabwehrgeschoß, das durch eine Explosivladung zuerst ein kleines Loch in die Metallwand sprengte und dann durch die Öffnung genug flüssige Blausäure in den Panzer hineinspritzte, um die ganze Mannschaft zu töten.«[20]

Die ganze Zeit hindurch bearbeitete Churchill den Versorgungsminister fortwährend mit Drohungen, Anweisungen, Ermahnungen und Ratschlägen. Am Ende des Jahres 1941 hatte er die Situation verändert. Den Generalstabschefs wurde am 28. Dezember mitgeteilt, daß Großbritannien nun innerhalb von fünf Stunden Angriffsaktionen mit Senfgas unternehmen konnte.[21] Vier Blenheim- und drei Wellington-Bomberstaffeln (pro Staffel 10 bis 18 Flugzeuge) wurden im Sprüheinsatz ausgebildet. Fünfzehn Prozent der britischen Bomber konnten bei der chemischen Kriegführung eingesetzt werden. Im Frühjahr 1942 besaßen die Briten beinahe 20 000 Tonnen Giftgas. Churchill realisierte das Produktionsprogramm, und Churchill änderte die Gaspolitik des Landes. Im Januar 1941, während der Anti-Invasions-Übung »Victor«, billigte das Kriegskabinett die Gasanwendung.[22] Im März 1942 wurde der britische Standpunkt in einer Notiz an die Generalstabschefs ziemlich klar dargestellt: »Es ist akzeptiert worden, daß wir nicht mit der Gasanwendung beginnen sollten, außer wenn es während des Einmarsches vorteilhaft für uns wäre.«[23]

Die Ereignisse von 1940 und 1941 zeigten deutlich, daß ein Staat, der in Bedrängnis gerät, Verpflichtungen wie das Genfer Protokoll kaum vor die militärische Zweckdienlichkeit stellt. Steht das Überleben einer Nation auf dem Spiel, so mag dies vielleicht noch verständlich sein. Doch als sich Großbritanniens militärische Situation verbesserte, verminderte sich Churchills Bereitschaft, Gas anzuwenden, nicht. Im Gegenteil – nach zwei Jahren würde er tatsächlich dazu *drängen, mit dem Gaskrieg zu beginnen.*

Wie auf allen anderen Gebieten bestand auch bei der chemischen Kriegführung eine enge Zusammenarbeit zwischen Großbritannien und den USA. Im Winter 1940, lange bevor die Amerikaner in den Krieg eingriffen, hatten sie begonnen, heimlich Giftgas nach Großbritannien zu liefern. Um das Bild ihrer Neutralität zu wahren, wurde das Gas in privaten amerikanischen Werken (die von den Briten finanziert wurden) hergestellt und in ausländischen Schiffen nach Europa transportiert; die einzige offizielle Beteiligung der amerikanischen Regierung lag praktisch nur in der Erteilung der Ausfuhrgenehmigungen. Durch diesen Trick erhielten die Briten bis zum Sommer 1941 mindestens 200 Tonnen Phosgen pro Monat.[24]

Es handelte sich um ein bemerkenswertes Wagnis der Amerikaner, denn dieses Geschäft wäre ein Geschenk für die Propaganda der Deutschen gewesen, wenn sie entdeckt hätten, was da vor sich ging. Die Amerikaner hatten eine andere Einstellung zur chemischen Kriegführung als die Briten. Jede Stadt Europas war durch einen Gasangriff gefährdet, und Millionen von Zivilisten lernten, mit der Angst zu leben, daß die feindlichen Bomber eines Tages keinen Sprengstoff mitbringen würden, sondern Senfgas, Phosgen oder irgendein neues »Supergas«. Die USA befand sich außerhalb des Angriffsbereiches der Bomber – ohne die Furcht vor aus der Luft unternommenen chemischen Vergeltungsmaßnahmen gegen ihre Städte konnten sie sich nüchterner mit dem Einsatz von Gas befassen. Im Gegensatz zu Großbritannien, Deutschland und Rußland gab es für sie keine rechtlichen Beschränkungen: der Senat hatte das Genfer Protokoll noch nicht ratifiziert.

1940 wendeten die USA zwei Millionen Dollar für ihre Chemischen Dienste auf; 1941, als man mit dem chemischen Wiederaufrüstungsprogramm begann, wurden die Mittel um mehr als das Dreißigfache auf über 60 Millionen Dollar erhöht; 1942 erreichten die Aufwendungen die schwindelerregende Summe von einer Milliarde Dollar. Die Personalstärke vergrößerte sich entsprechend – von 2000 auf 6000 und 1942 schließlich auf 20000. Da das Heer, die Marine und die Luftwaffe mehr Geld erhielten, überzeugte das Argument, daß auch die Gasstreitkräfte mehr bekommen sollten. Das Ergebnis war, daß die USA bald über eine Gasproduktionskapazität verfügten, die ihren Bedarf bei weitem überstieg.

Innerhalb von drei Jahren, von 1942 bis 1945, nahmen die Vereinigten Staaten 13 neue chemische Kampfstoffanlagen in Betrieb. Die anspruchvollste war das 60 Millionen Dollar teure *Pine Bluff Arsenal* in Arkansas. Die Bauarbeiten begannen am 2. Dezember 1941, fünf Tage vor Pearl Harbor, auf einem Gelände, das eine Fläche von 60 Quadratkilometern umfaßte. Innerhalb von acht Monaten hatte eine Armee von Arbeitern und Bauingenieuren ein kilometerlanges Straßen- und Schienennetz gelegt und Fabriken, Lagerhallen, Laboratorien, Geschäfte, Büroräume, ein Krankenhaus, eine Feuerwehrstation, ein Polizeigebäude, die Wasser-, Gas- und Energieversorgung und eine Fernsprechzentrale fertiggestellt.

Im Jahr 1942 nahmen die Amerikaner ein Versuchsgelände in Betrieb, das den enormen Investitionen in die chemische Kriegführung angemessen war – eines der größten Testgebiete für Gaswaffen überhaupt, mit einer Ausdehnung von mehr als 1000 Quadratkilometern am Rande der Einöde des Großen Salzsees im Bundesstaat Utah. Bekannt als das Versuchsgelände *Dugway* hatte es die vierzigfache Größe von Porton Down und verfügte über Testmöglichkeiten, die den Männern der Gasstreitkräfte geradezu traumhaft erschienen. Deutsche und japanische Häuser wurden originalgetreu nachgebaut, um zu erforschen, wie gut sie chemischen Angriffen widerstehen konnten. Höhlen wurden in die Berge geschlagen, um herauszufinden, wie ein gut verschanzter Gegner ein Sperrfeuer mit Gasgranaten und -bomben überstehen würde. Die Amerikaner gewannen durch die Briten auch ein Interesse daran, Senfgas aus der Luft zu versprühen; Dugway war so riesig, daß es für die amerikanische Luftwaffe genug Platz gab, um Experimente mit dem Versprühen von Gas aus großer Höhe durchzuführen. Die Tests erwiesen sich als erfolgreich, und die Vereinigten Staaten, die am Anfang des Krieges 1500 Sprühtanks besaßen, beendeten ihn mit 113 000.

Trotz der Opposition des Präsidenten vergrößerte sich der Einfluß der Gasstreitkräfte zusehends. Ganz im Gegensatz zu Churchill besaß Roosevelt eine besondere Abneigung gegen Giftgase, die er als barbarisch und unmenschlich betrachtete. Seine Einstellung wurde von Admiral Leahy, seinem Marineberater und späteren Generalstabschef Präsident Trumans, gut zum Ausdruck gebracht. Die Anwendung von Gas, sagte Leahy, würde »jeder christlichen Ethik, von der ich jemals gehört habe, und allen bekannten Grundsätzen des Krieges Gewalt antun«.[25] Bis zu Roosevelts Tod beklagten sich die Gasstreitkräfte darüber, daß all ihre Vorschläge, Giftgas einzusetzen, nicht »ernsthaft in Betracht gezogen«, sondern »sofort wegen persönlicher Vorurteile« vom Präsidenten verworfen wurden.[26]

Roosevelt billigte das gigantische amerikanische Programm nur wegen der weitverbreiteten Furcht, daß Japan darauf vorbereitet war, einen Gaskrieg zu beginnen. Wie die USA hatte auch Japan das Genfer Protokoll nicht ratifiziert, und Berichte aus China deuteten fortgesetzt darauf hin, daß die Japaner Gas gegen chinesische Soldaten und Zivilisten einsetzten. Geschichten über die Greuel der Gegner waren eine gute Propaganda, und den gesamten Krieg hindurch gab es Aufrufe der amerikanischen Presse, daß die USA zur Vergeltung ebenfalls Gas einsetzen sollten. Öffentliche Meinungsumfragen ergaben, daß ungefähr 40 Prozent der Bevölkerung die Gasanwendung gegen Japan befürworteten, und die Schlagzeilen der Zeitungen feuerten sie an: »Mit Gas kann man sie besser erledigen« (1944); »Sollen wir die Japse vergasen?« (1945).[27]

Roosevelt widerstand dem Druck, obwohl er Japan eine Reihe von strengen Warnungen übermittelte. »Ich wünsche es unmißverständlich klarzumachen«, erklärte er im Juni 1942, »daß, wenn Japan weiterhin diese unmenschliche Kriegführung gegen China oder gegen irgendeine andere der Vereinten Nationen fortsetzt, solche Tat von dieser Regierung genauso angesehen wird, als ob sie gegen die Vereinigten Staaten unternommen wird, und daß dann gleichartige und umfassende Vergeltungsmaßnahmen erteilt werden.«[28] Die Warnung wurde im folgenden Jahr wiederholt, wobei sie Deutschland mit einschloß; diesmal in einer düstereren Sprache abgefaßt:

»Ich bin nicht geneigt, zu glauben, daß irgendeine Nation, nicht einmal unsere gegenwärtigen Feinde, willens sein könnten oder würden, auf die Menschheit solche schrecklichen und unmenschlichen Waffen loszulassen . . . Wir versichern, daß wir es allen Tätern solcher Verbrechen vollständig und unverzüglich vergelten werden, und ich sehe mich nun genötigt, die Armeen und die Menschen der Achsenmächte in Europa und Asien davor zu warnen, daß die furchtbaren Konsequenzen irgendeiner Anwendung dieser unmenschlichen Methoden ihrerseits schnell und sicher auf sie selbst zurückfallen werden.«[29]

Erst am Ende des Krieges entdeckten die Amerikaner, wie übertrieben ihre Furcht vor japanischen Gasvorräten gewesen war. Die Offensivanstrengungen der Japaner hatten ihren Höhepunkt 1935 erreicht. Danach waren sie zurückgegangen, bis sie 1941 praktisch eingestellt worden waren. 1942 hatte man die Angriffsausbildung in Naraschino beendet. 1944 waren sämtliche Vorräte vom japanischen Oberkommando zurückberufen worden. US-amerikanische Ermittlungsbeamte berichteten, daß die Japaner keine anderen Gase als diejenigen, »die der Welt seit zwanzig Jahren bekannt gewesen waren«, entwickelt hatten, daß die von ihnen benutzten Forschungsmethoden eher zufällig gewesen waren – von den Deutschen hatten sie keine Hilfe bekommen – und daß die Vorräte des Landes, sowohl in offensiver als auch in defensiver Hinsicht, »für das Führen eines Gaskrieges mit neuzeitlichen Ausmaßen unzureichend« gewesen waren.[30]

Anfang November 1943 erhielt Oberleutnant Howard D. Beckstrom von der 701. chemischen Instandhaltungskompanie, die in Baltimore stationiert war, Anordnungen, sich auf eine Auslandsreise vorzubereiten. Er gehörte einer Elitegruppe chemischer Kriegführungsexperten an. Geschult in einer Ausbildungsstätte in Camp Sibert, Alabama, war es eine von Beckstroms Aufgaben, den Transport chemischer Munition zu überwachen. Er wurde informiert, daß sein Bestimmungsort bei diesem Unternehmen das Hauptnachschublager für die alliierten Truppen in Italien war: die adriatische Hafenstadt Bari. Bei der Landung, die er mitführen sollte, handelte es sich nur um einen winzigen Teil des riesigen chemischen Kampfstoffvorrats der USA: 100 Tonnen Senfgas.

Beckstroms Mission war nicht ungewöhnlich. Den ganzen Krieg hindurch transportierten die Briten und die Amerikaner Giftgasvorräte hin und her, so daß sie in der Nähe der verschiedenen Fronten immer große Lager bereitstehen hatten. Die Achsenmächte taten dasselbe. Jede Seite hielt die Existenz dieser Vorräte strengstens geheim, aus Furcht, daß der Gegner diese entdekken und sie zum Vorwand nehmen könnte, einen Gaskrieg zu beginnen. So wurde der örtliche Befehlshaber, als die Briten 1942 Singapur verloren, vom Kriegsministerium in London telegraphisch benachrichtigt, daß es »äußerst wichtig« war, »daß keine (Wiederholung: keine) chemische Artilleriemunition oder Ausrüstungsgegenstände der Royal Air Force in japanische Hände fallen«.[31] Mit Gasbomben beladene Versorgungsschiffe, die sich in

Singapur oder auf dem Weg dorthin befanden, kippten ihre Fracht ins Meer; Vorräte an Land wurden verbrannt oder in nahe gelegenen Sümpfen versenkt.

Nur der oberste Befehlshaber und einige Mitglieder seines Stabes wußten jeweils etwas über die Existenz von Gasvorräten in ihrem eigenen Bereich. Diese Politik der strikten Geheimhaltung war es dann auch, die zur *Katastrophe von Bari* führte.

Beckstrom überwachte in Baltimore das Beladen der *John Harvey* mit Senfgas, einem 10000-Tonnen-Handelsschiff unter dem Kommando von Elvin Knowles, der schon bei den Geleitzügen nach Murmansk dabeigewesen war. Die *John Harvey* hatte insgesamt 2000 Bomben an Bord; 1,3 Meter lang und 20 Zentimeter im Durchmesser, enthielt jede von ihnen ungefähr eine Menge von 30 Kilogramm Senfgas, genug, um eine Fläche von 33 Quadratmetern zu verseuchen. Neben Beckstrom unternahmen noch fünf weitere Angehörige der Gasstreitkräfte diese Reise. Es gab genug zu tun. Das amerikanische Senfgas, das durch das billige und schnelle Levinstein-H-Verfahren gewonnen wurde, war bekannt für seine Unbeständigkeit. Jede Bombe enthielt 30 Prozent Verunreinigungen – Gase, die sich aufbauen und eine Explosion verursachen konnten. Diese Gase mußten regelmäßig abgelassen und die Umhüllungen der Bomben auf Rost überprüft werden.

Von Sizilien aus erreichte die *John Harvey* am 28. November Bari. Der Hafen war mit alliierten Schiffen überfüllt. Offiziell wurde angenommen, daß nicht einmal Kapitän Knowles etwas über die Beschaffenheit der Ladung, die er mit sich führte, wußte; daher war es ihm nicht möglich, die Hafenverwaltung darum zu bitten, sein Schiff sofort löschen zu lassen. Statt dessen wurde ihm angeordnet, am Pier 29 festzumachen und darauf zu warten, bis er an der Reihe sein würde.

Vier Tage später, am Abend des 2. Dezember 1943, fingen die Luftalarmsirenen an zu heulen. An diesem Nachmittag hatte der britische Generalleutnant der Luftwaffe, Sir Arthur Coningham, eine Pressekonferenz einberufen, um bekanntzugeben, daß die Alliierten seiner Meinung nach die vollständige Luftherrschaft über Süditalien besaßen. »Ich würde es als eine persönliche Beleidigung und als Unverschämtheit betrachten«, erklärte er den Journalisten, »wenn die deutsche Luftwaffe irgendeine größere Unternehmung in diesem Gebiet starten würde.«[32] Jetzt, um 19 Uhr 30, dröhnten 100 deutsche Ju-88-Bomber heran . . .

Der Angriff dauerte 20 Minuten. Danach waren 17 Schiffe, die ungefähr 90000 Tonnen an Nachschubmaterialien geladen hatten, untergegangen oder sanken gerade; weitere acht waren schwer beschädigt. Das Krachen von Explosionen erfüllte den überfüllten Hafen, und kurz nach 20 Uhr detonierte ein mit Treibstoff beladenes Schiff mit solcher Wucht, daß die Fensterscheiben von elf Kilometer entfernten Häusern zersprangen. Eine weitere Explosion erschütterte wenige Minuten später die *John Harvey.* Das Schiff krängte und begann zu sinken.

Ein Teil des Gases fing an zu brennen, einiges sackte sogleich auf den Meeresgrund. Der Rest strömte aus dem zerrissenen Laderaum und breitete sich in dem mit Trümmern übersäten Hafen aus. Es vermischte sich mit den gewaltigen Ölmengen, die auf der Wasseroberfläche trieben, wodurch eine tödliche Mixtur entstand. Über die ganze Szenerie legte sich der charakteristische Knoblauchgeruch – so stark, daß die Soldaten eines Schiffes für eine halbe Stunde ihre Gasmasken aufsetzten. Eine dichte, schwarze Rauchwolke, mit Gas durchsetzt, wälzte sich über den Hafen und über die Stadt Bari.

Die Soldaten, die zu den schwersten Opfern gehören sollten, waren nicht diejenigen, die in die Rauchschwaden gerieten, sondern diejenigen, die im Wasser umherschwammen, in den Rettungsbooten in Ölpfützen standen oder sich an Rettungsflößen festklammerten: ihre Körper wurden vollständig in eine todbringende Senfgaslösung getaucht.

Weder die Rettungsmannschaften, die im Hafen und in den Krankenhäusern Baris im Einsatz waren, noch die Soldaten selbst ahnten, daß sie Senfgas ausgesetzt gewesen waren. Abgesehen von Beckstrom und seinen Leuten wußte niemand, welche Fracht die *John Harvey* mitgeführt hatte, und sie waren zusammen mit Kapitän Knowles bei dem verzweifelten Versuch, das Schiff selbst zu versenken, getötet worden. In den Krankenhäusern versuchte man den Andrang von 800 Verwundeten zu bewältigen (mehr als 1000 Soldaten waren bereits gestorben) und nahm dabei an, daß die meisten nur an den Folgeerscheinungen der kalten Witterung litten. Noch immer naß, mit Rohöl bedeckt, wurden sie in Dekken gehüllt und mit warmem Tee versorgt. Die meisten saßen bis zum Ende der Nacht ruhig auf ihren Plätzen, während das Senfgas unmerklich an die Arbeit ging. Ein für das alliierte Oberkommando erstellter Bericht drückte es zwei Wochen später folgendermaßen aus: »Die Gelegenheit für die Absorption und die Bildung von Brandwunden muß enorm gewesen sein. Die Personen gerieten ohne Ausnahme in ein Gemisch aus Senfgas und Öl und wurden dann in Decken gehüllt, mit warmem Tee versorgt und somit für längere Zeit einer Absorption ausgesetzt.«[33]

Am Morgen nach der Katastrophe begannen die ersten von ungefähr 630 Senfgasopfern über Erblindungserscheinungen zu klagen. Im Krankenhaus entwickelte sich eine Panik, und die Ärzte mußten »sie dazu zwingen, ihre Augen zu öffnen, um zu beweisen, daß sie immer noch sehen konnten«. Beängstigende Brandwunden entwickelten sich, verschiedentlich als »bronzefarben, rötlichbraun oder gelbbraun« beschrieben, die ganze Hautstücke vom Körper lösten. Einige Soldaten verloren 90 Prozent ihrer Haut. Dem Bericht zufolge »lösten sich die oberen Schichten in breiten Streifen«, die »häufig die Haare mitrissen«. Die Brandwunden waren »im Bereich der Genitalien am schlimmsten und schmerzhaftesten. Bei einigen Fällen war der Penis auf die drei- oder vierfache Größe angeschwollen, und der Hodensack hatte sich sehr ausgedehnt.«

Auf offener See befand sich der amerikanische Zerstörer *Bisteria*, der im Hafen von Bari 30 Verletzte aufgenommen hatte, ebenfalls in ernsten Schwierigkeiten. Bei Morgengrauen waren die Offiziere und die Mannschaft beinahe vollständig erblindet, bei vielen zeigten sich schwere Verbrennungen; und das 18 Stunden, bevor sie schließlich den Hafen von Tarent erreichten. Als sich die *Bisteria* in den Hafen schleppte, starben die ersten Opfer im Krankenhaus von Bari. Nach zwei Wochen waren 70 Todesfälle zu verzeichnen. Vorläufige Obduktionen zeigen die klassischen Anzeichen einer Senfgasvergiftung: eine verbrannte und mit Blasen bedeckte Haut, die Lösung der Schleimhäute in der Lunge und in den Atmungswegen, eine mit Schleimabsonderungen verstopfte Luftröhre. Die einzige Abweichung bestand in der Deutlichkeit der Symptome. Es schien so, als ob unter Versuchsbedingungen die schlimmsten überhaupt möglichen Senfgasverbrennungen vorsätzlich hervorgerufen worden waren. Die Leichen von 40 »repräsentativen« Opfern – bestehend aus Soldaten »mindestens zwölf verschiedener Nationalitäten oder Rassen« – wurden »zwecks mikroskopischer Untersuchung« nach Porton Down und Edgewood Arsenal gebracht.

In der Stadt Bari selbst waren ähnliche Bilder des Elends zu beobachten. Über 1000 Zivilisten wurden in Bari getötet – viele von ihnen durch die große Senfgaswolke, die über die Stadt hinwegzog, andere durch die mit Senfgas und Öl durchsetzten Wellen, die die Seeseite überfluteten. Noch Wochen danach siechten vorher gesunde Stadtbewohner in ihren Betten dahin. Für die Zivilisten wie für die Soldaten war es eine schreckliche Vision, welche Folgen ein offener Gaskrieg haben könnte.

Als die verwirrenden Einzelheiten der Katastrophe das alliierte Oberkommando erreichten, wurde es mehrmals in Panik versetzt – zuerst glaubte man, daß die Deutschen selbst mit dem Gaskrieg begonnen hätten; dann, als die vorläufigen Ermittlungen ergaben, daß das Chaos durch amerikanisches Gas verursacht worden war, mußte man damit rechnen, daß der Gegner dies als Vorwand nehmen könnte, um den totalen Gaskrieg zu entfesseln. Da sich die alliierten Armeen in Italien nun in der Offensive befanden und hofften, bald an der französischen Küste landen zu können, war es wahrscheinlich, daß der Einsatz von Gas für Hitler sehr vorteilhaft sein würde. Churchill, über diese Situation von General Alexander informiert, drückte »sein Erstaunen« darüber aus, »daß ein Schiff mit einer derartigen Fracht nach Bari geschickt worden sein sollte«; er sagte, daß er dem Ergebnis einer Untersuchung »mit größtem Interesse« entgegensah.[34]

Zuerst versuchte General Eisenhower die ganze Affäre geheimzuhalten. Die Angehörigen von den Soldaten, deren Leichen in England und Amerika genau analysiert werden sollten, erhielten die Nachricht, daß ihr Sohn oder der Ehemann an »Schockwirkung, Blutsturz usw. infolge Feindeinwirkung« gestorben war. Eisenhower schlug vor, »Hautleiden und Verbrennungen« sowie »Augenverletzungen« in sämtlichen Aufzeichnungen einfach als Folgen einer »Feindeinwirkung« zu beschreiben; »Lungen- und andere Komplikationen« sollten als Bronchitis vermerkt werden. Per Telegramm benachrichtigte er den Gemeinsamen Generalstab, daß »diese Bezeichnungen seiner Ansicht nach für zukünftige Ansprüche der Verwundeten auf eine Invalidenrente geeignet sein werden.«[35] Als weitere Sicherheitsmaßnahme wurde in jedem britischen und amerikanischen Militärstützpunkt eine vollständige postalische Zensur eingeführt. Roosevelt und das britische Kriegskabinett billigten diese Politik der Geheimhaltung.

Dennoch wurde es bald offensichtlich, daß Eisenhower keine Möglichkeit hatte, die Geschehnisse in Bari geheimzuhalten. Tausende von Zivilisten waren aus der Stadt geflüchtet und verbreiteten wilde Geschichten über tödliche neue Waffen. Gasopfer, die an unbestimmten Verletzungen litten, waren in anderen Häfen an Land gebracht worden. Im Januar hatten sich die Hoffnungen der Alliierten, die Befehlshaber und Ärzte heimlich mit den Einzelheiten der Geschehnisse vertraut zu machen, in einem Wirrwarr von Gerüchten und Halbwahrheiten aufgelöst: »Es ist anzunehmen, daß die Kenntnisse der verschiedenen Gruppen einschließlich der Zivilbevölkerung nun so weit in der Gegend von Bari verstreut sind, daß keine wirkungsvollen Instruktionen mehr gegeben werden können.«[36] Nachdem den Generalstabschefs mitgeteilt worden war, daß wahrscheinlich jeden Augenblick Informationen über den Vorfall durchsickern könnten, bereiteten sie eine Stellungnahme vor, die auf Vorschlägen Eisenhowers basierte, in der sie wiederholten, daß »es zur alliierten Politik gehört, kein (Wiederholung: kein) Gas anzuwenden, ausgenommen wenn oder bis der Feind damit beginnt; daß wir aber völlig darauf vorbereitet sind zurückzuschlagen und den Unfall nicht abstreiten, bei dem es sich um ein einkalkuliertes Risiko handelte«.[37]

Bari zeigte sehr deutlich, wie umstritten die chemische Kriegführung bei den alliierten Befehlshabern gewesen ist. Obwohl es weder in der offiziellen Geschichte der Generalstäbe, noch in persönlichen Erinnerungen erwähnt wurde, verbrachten die Männer, die den Verlauf des Zweiten Weltkrieges lenkten, unzählige Stunden damit, über Gas zu diskutieren: wann und ob es eingesetzt werden sollte, welche neuen Entwicklungen es gegeben hatte, wie die Politik der anderen Seite aussah, über welche Waffen sie verfügten und wie man sich am besten auf einen chemischen Angriff vorbereiten konnte, ohne gleichzeitig den Eindruck zu vermitteln, selbst einen durchführen zu wollen. Für einen Krieg, den es nie gab, verlangte es viel Zeit und genaue Überlegungen, genauso wie Sachkenntnis, Geld und Rohstoffe.[38]

Dies traf besonders auf die Zeit nach Bari bis zur alliierten Landung in der Normandie zu. Der Leiter der amerikanischen Gasstreitkräfte schrieb 1946, daß Gas, eingesetzt gegen die Brükkenköpfe in der Normandie, »unsere Invasion um sechs Monate hätte verzögern können«.[39] Diese bedrohliche Situation wollten die Briten vermeiden. Sie waren besorgt über Roosevelts Gelöbnis, mit dem offenen Gaskrieg zu beginnen, falls Japan chemische Kampfstoffe gegen China einsetzen sollte – die britischen Generalstabschefs befürchteten, daß die Amerikaner wegen »eines einzigen japanischen Soldaten«, der Gas benutzte, den Erfolg des Einmarsches in Europa riskieren könnten. Aus ähnlichen Gründen widersetzten sie sich der Entscheidung Eisenhowers, der eine mögliche Anwendung von weißem Phosphor durch die alliierten Luftstreitkräfte für zulässig erklärt hatte. Phosphor, das normalerweise zur Rauchentwicklung benutzt wurde, konnte – wie Napalm – schreckliche Brandwunden verursachen, wenn es mit der Haut in Berührung kam. Nach Meinung der Briten verstieß dies gegen das Genfer Protokoll. Eisenhower weigerte sich, den britischen Vorstellungen zu entsprechen, wobei er darauf hinwies, daß die USA nicht durch das Protokoll gebunden waren, und die Briten fanden sich damit ab.[40]

Sechs Tage nach der Landung in der Normandie, am späten Abend des 12. Juni 1944, war über den südlichen Grafschaften Englands ein seltsam abgehacktes, mechanisches Heulen zu hören; plötzlich hörte der Lärm auf, und einige Sekunden blieb es ruhig; darauf folgte eine riesige Stichflamme und das Krachen einer Explosion. Bei diesen schreckenerregenden Waffen handelte es sich um *»Crossbow«* (alliierter Deckname für Hitlers *V-Waffen).* Die Offensive, die schon so lange vom Geheimdienst vorausgesagt worden war, hatte begonnen.

Innerhalb von zwei Wochen hatten die Deutschen über 2000 V 1 auf Großbritannien abgeschossen. Am 27. Juni berichtete der Innenminister Herbert Morrison dem Kriegskabinett, daß 1600 Menschen getötet und 4500 schwer verwundet worden waren; 200 000 Wohnungen waren beschädigt worden. Morrison warnte vor einer »ernsten Verschlechterung« der zivilen Moral. »Eine beträchtliche Anzahl von Menschen war obdachlos. Die Angriffe hatten zu einem ernst zu nehmenden Schlafverlust geführt, und die Tatsache, daß sie ununterbrochen weitermachten, bedeutete, daß keine Erholung von den Strapazen möglich war.«[41] Die Deutschen schossen nun täglich 50 Tonnen hochexplosiven Sprengstoff auf London ab, weshalb nahezu 50 Prozent der Einsatzkraft der britischen Luftstreitkräfte abgezweigt werden mußte für den Versuch, die fliegenden Bomben abzuschießen, bevor sie die Hauptstadt erreichten.

Das Kriegskabinett und die Stabschefs waren sich im klaren darüber, daß sie zurückschlagen mußten – aber wie? Churchill befahl, daß am 21. Juni mit 2500 Bombern der bisher schwerste

Luftangriff des Krieges gegen Berlin geflogen werden sollte. Dann, am 4. Juli 1944, richteten die Briten ihre Aufmerksamkeit auf das Giftgas. Die Generalstabschefs forderten einen Bericht aus ihrer »Denkfabrik«, dem Gemeinsamen Planungsstab, an, und zwar über *»die Erwünschtheit und die Durchführbarkeit eines Gaseinsatzes als Vergeltungsmaßnahme für die Crossbow-Angriffe.* Der Bericht sollte die Gasanwendung behandeln a) gegen den Bereich der Abschußbasen, b) als generelle Maßnahme gegen Deutschland.«[42] Der Gemeinsame Planungsstab erstellte den Bericht innerhalb von 24 Stunden. Aus einleuchtenden militärischen Gründen lehnte er die Gasanwendung ab und argumentierte:[43] sie würde die V-1-Angriffe nicht beenden; ein allgemeiner Gaskrieg würde unvorteilhaft für die Alliierten sein, die sich in Nordfrankreich noch immer in einer unsicheren Lage befanden, und der Einsatz chemischer Waffen würde vorher das Einverständnis der Vereinigten Staaten, Rußlands und der Dominion-Regierungen erfordern. Die Stabschefs akzeptierten die Schlußfolgerungen des Gemeinsamen Planungsstabes und übermittelten Churchill die *dringende Empfehlung, kein Gas einzusetzen.*

Doch Churchill war nicht so leicht davon abzubringen. Im Mai 1942 noch hatte er öffentlich erklärt, daß die Briten »fest entschlossen« waren, »diese abscheulichen Waffen nicht zu benutzen, sofern sie nicht zuerst von den Deutschen eingesetzt werden«.[44] Nun hatte sich seine Meinung geändert. Die Angriffe der fliegenden Bomben, unter denen in London ohne Ausnahme alle leiden mußten, hatten ihn aufgebracht. Das Unterhaus mußte wieder einmal geräumt werden; nach Monaten relativer Ruhe waren er und seine Militärberater gezwungen, in ihre unterirdischen Bunker zurückzukehren. Eine Bombe hatte das Zentrum der Stadt getroffen und in der Wellington-Kaserne die Kapelle des Garderegiments mitten in der Sonntagsandacht in die Luft gesprengt: 80 Gardesoldaten und Verwandte von ihnen wurden getötet und weitere 120 schwer verletzt. Man erstellte Pläne, um fast eine Million Menschen aus London zu evakuieren, da die Hauptstadt von einer solchen Furcht ergriffen wurde, wie nie vorher, nicht einmal während der schlimmsten Stunden von 1940.

Unzufrieden mit dem ersten Bericht des Gemeinsamen Planungsstabes, setzte Churchill seine Hoffnungen auf einen zweiten. Am 6. Juli, einen Tag nach der Empfehlung der Generalstabschefs, kein Gas anzuwenden, setzte er den Oberbefehlshabern der Streitkräfte ein eindeutiges Memorandum vor. Es zählt sicherlich zu den außergewöhnlichsten Aufzeichnungen, die er jemals geschrieben hat:

»Ich wünsche von Ihnen, daß Sie sehr ernsthaft über das Problem, Gas anzuwenden, nachdenken. Ich würde es nicht einsetzen, sofern es nicht nachgewiesen werden kann, a) daß es für uns um Leben oder Tod geht oder b) daß es den Krieg um ein Jahr verkürzen könnte.

Es ist absurd, dieses Thema von der moralischen Seite her zu betrachten, da es im letzten Krieg jeder, ohne irgendeinen Einspruch der Moralisten oder der Kirche, benutzt hat. Andererseits sah man die Bombardierung ungeschützter Städte im letzten Krieg als verboten an. Jetzt tut es jeder, als ob es sich um eine Selbstverständlichkeit handeln würde. Es ist ganz einfach eine Frage der Mode, die hier genauso wechselt wie zwischen langen und kurzen Frauenkleidern.

Ich wünsche, daß eine kaltblütige Einschätzung darüber vorgenommen wird, ob es günstig für uns wäre, Giftgas einzusetzen, wobei ich mich hauptsächlich auf Senfgas beziehe. Wir wollen in der Normandie an Boden gewinnen und nicht in die Enge getrieben werden. Wir könnten gegenüber ihrer einen Tonne wahrscheinlich zwanzig Tonnen freisetzen, und wegen ihrer einen Tonne würden sie bei unserer Luftüberlegenheit ihre Bomberstreitkräfte in dieses Gebiet schicken, womit sie einen hohen Preis zahlen würden.

Warum haben die Deutschen es nicht eingesetzt? Bestimmt nicht wegen moralischer Bedenken oder aus Liebe zu uns. Sie haben es nicht benutzt, weil es sich für sie nicht lohnt. Die größte Versuchung, der sie jemals unterlagen, sind die Strände der Normandie gewesen. Diese hätten sie zur Behinderung unserer Truppen in hohem Maße durchtränken können. Daß sie daran gedacht haben, ist sicher, und daß sie sich auf die Gasanwendung unsererseits vorbereitet haben, ist ebenfalls sicher. Der einzige Grund, daß sie es nicht gegen uns eingesetzt haben, besteht nämlich in ihrer Furcht vor den Vergeltungsmaßnahmen. Was ihnen zum Nachteil gereicht, ist unser Vorteil.

Obwohl man weiß, wie unangenehm es ist, Gasangriffen ausgesetzt zu sein, von denen sich fast jeder wieder erholt, erübrigt es sich, zu beteuern, daß eine gleiche Menge an hochexplosiven Sprengstoff den Soldaten und Zivilisten keine schlimmeren Grausamkeiten und Leiden zufügt. Man muß nun wirklich nicht an dumme Konventionen des Denkens gefesselt sein, ganz gleich, ob es diejenigen sind, die im letzten Krieg vorherrschten, oder die entgegengesetzten, die jetzt vorherrschen.

Falls die Bombardierungen Londons wirklich zu einer ernsten Plage werden und Raketen mit weitreichenden und verheerenden Auswirkungen auf viele Regierungs- und Arbeitszentren niedergehen sollten, so müßte ich darauf vorbereitet sein, alles (Hervorhebung von Churchill) zu unternehmen, was den Feind am empfindlichsten treffen würde. Ich muß Sie natürlich darum bitten, mich bei der Anwendung von Gas zu unterstützen. Wir könnten die Städte an der Ruhr und viele andere Städte Deutschlands derart überschütten, daß der größte Teil der Bevölkerung eine ständige medizinische Betreuung benötigt. Wir könnten sämtliche Aktivitäten an den Abschußbasen der fliegenden Bomben zum Erliegen bringen. Ich sehe nicht ein, warum wir immer die ganzen Nachteile des Gentleman in Kauf nehmen sollen, während sie sich der ganzen Vorteile des Schurken erfreuen. Es gibt Zeiten, in denen es so sein darf, aber nicht jetzt.

Ich bin völlig damit einverstanden, daß es einige Wochen oder sogar Monate dauern kann, bis ich Sie bitten werde, Deutschland mit Giftgas zu durchtränken; und wenn wir es tun sollten, dann sollte es hundertprozentig sein. Ich wünsche, daß die Angelegenheit in der Zwischenzeit von vernünftigen Leuten kaltblütig durchdacht wird, und nicht von diesen psalmensingenden uniformierten Miesmachern, die einem hin und wieder über den Weg laufen.«[45]

Achtundvierzig Stunden später trafen sich die Generalstabschefs, um Churchills dramatischen Vorschlag zu besprechen. Sir Charles Portal, der Chef der Luftwaffe, war skeptisch: dem Protokoll der Sitzung zufolge »war er nicht davon überzeugt, daß die Gasanwendung die Ergebnisse erzielen würde, die der Premierminister in seiner Aufzeichnung beschrieben hat. Es wäre sehr schwierig, eine hohe Gaskonzentration über einem ausgedehnten Gebiet zu erzeugen.«[46]

Es gab natürlich eine andere Waffe, die dieses Problem möglicherweise lösen könnte: Milzbrand. Im Juni 1944 war das gesamte biologische Kriegführungsprogramm unter die Aufsicht des Generalstabes gestellt worden. In einem Schreiben wurde darauf hingewiesen, daß die Bakterienwaffen vom Forschungsstadium in die Produktion gegangen waren. Nach einer Besprechung ersuchten die Generalstabschefs »die stellvertretenden Stabschefs darum, eine umfassende Untersuchung der Punkte, die im Memorandum des Premierministers genannt waren, vorzunehmen und in ihrer Untersuchung Überlegungen über die Möglichkeiten der biologischen Kriegführung und über die Form, die

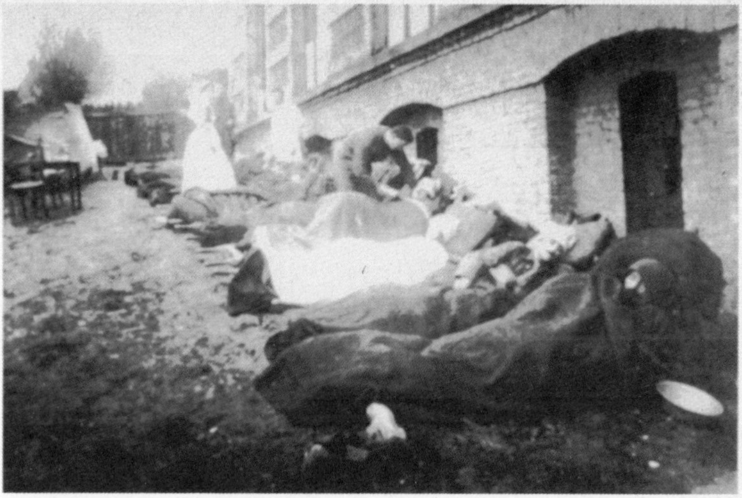

1. Opfer eines der ersten deutschen Chlorgasangriffe an der Westfront, April 1915.

2. Deutsche Munitionskolonne im 1. Weltkrieg. Mannschaften und Pferde müssen Gasmasken tragen, da sie durch ein vergastes Waldgebiet reiten.

3. und 4. Britische Livens-Granatwerfer im Einsatz bei der Schlacht von Arras, 1917.

5. Maschinengewehrschützen während der Schlacht an der Somme, Juli 1916.

6. Britische Sanitätseinheit mit der standardisierten Gasmaske »P«, die insbesondere gegen deutsche Phosgenangriffe schützen sollte.

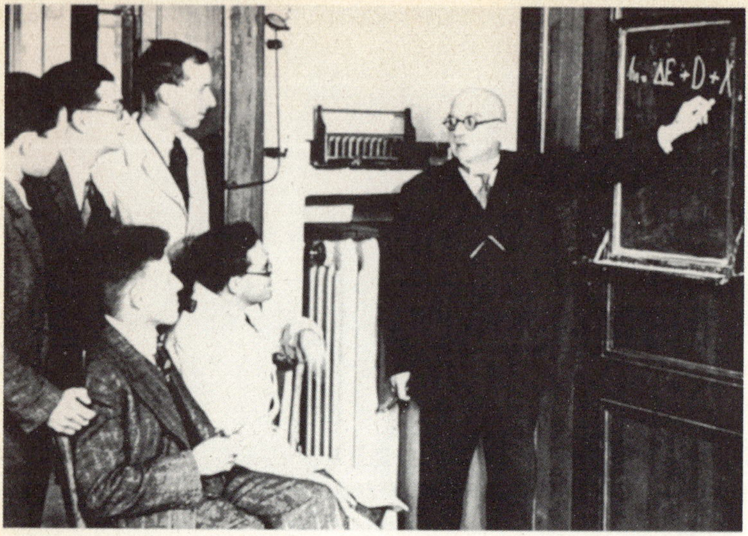

7. Prof. Fritz Haber (1868–1934), Nobelpreisträger für Chemie, Wegbereiter und Verteidiger des Gaskrieges.

8. Das britische Forscherteam, das auf der bis heute vergifteten schottischen Insel Gruinard umfangreiche Versuche mit Milzbrand durchführte. Von links nach rechts: David Henderson, Donald Woods, O. G. Sutton und W. R. Lane.

9. Arbeiterinnen in der Munitionsfabrik von Porton Down, England, 1942.

10. Eine Anlage, mit der im Massenherstellungsverfahren Viehfutter, das mit Milzbrand verseucht war, produziert wurde. Porton Down, 1942.

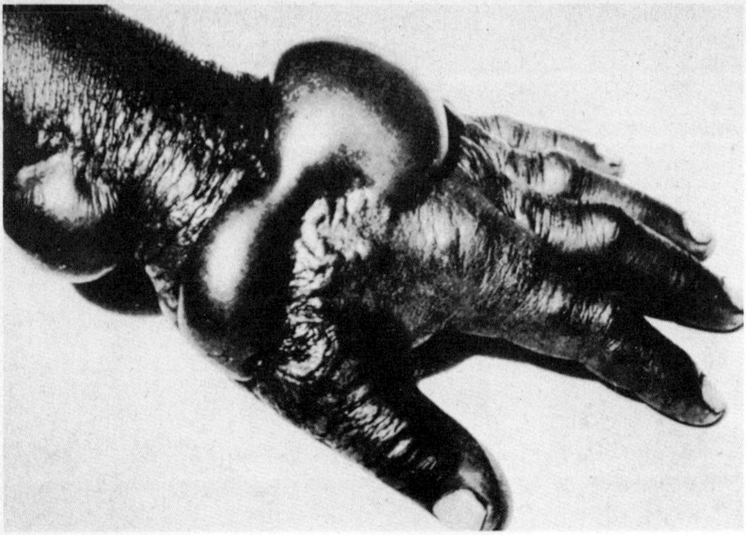

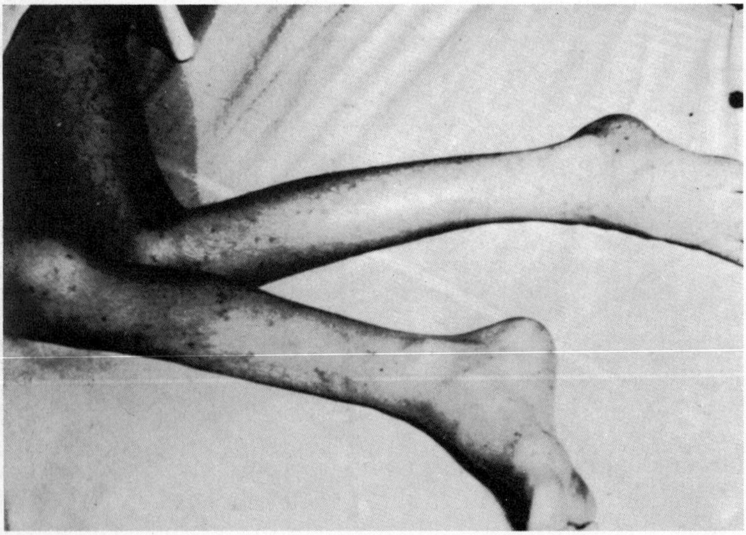

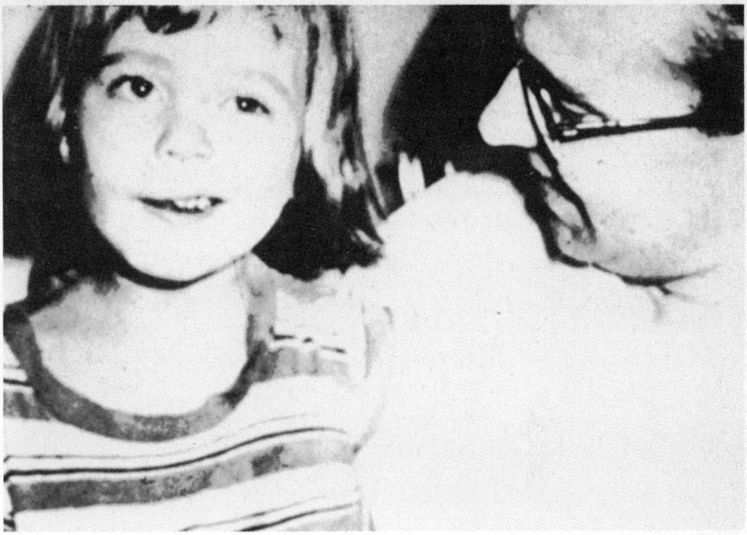

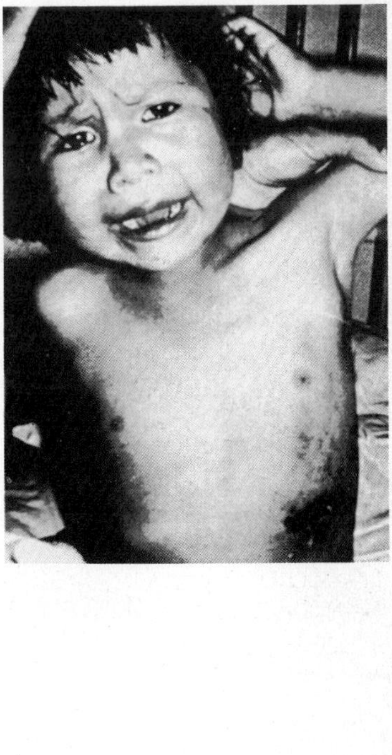

11.–14. Vier Wirkungen von Plagen aus dem großen Arsenal der B- und C-Waffen: Verbrennungen und Zerstörungen der Haut und des Gewebes, halbseitige Lähmungserscheinungen und Rückenmarkserkrankungen als Folge der Pest.

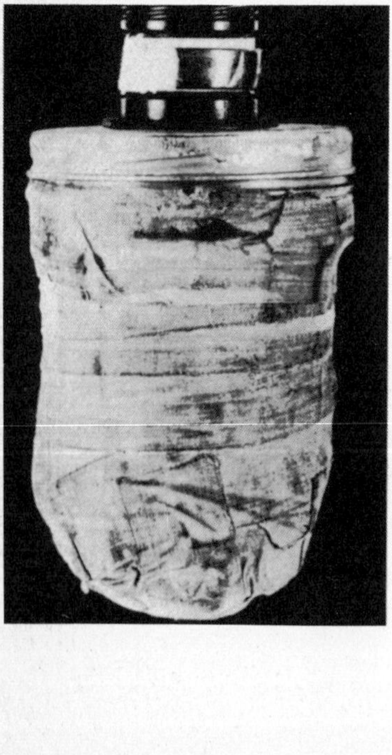

15. Der Wagen von Reinhard Heydrich nach dem Attentat vom 27. Mai 1942.

16. Eine der Handgranaten, mit denen das Attentat ausgeführt wurde.

17.–18. Tiere und Menschen als Versuchsobjekte, an denen neue Waffen und mögliche Schutzmaßnahmen gegen diese erprobt werden.

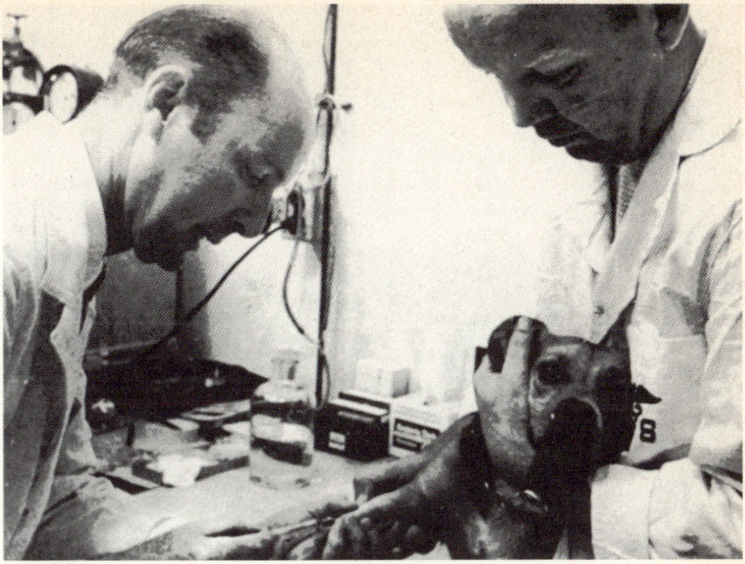

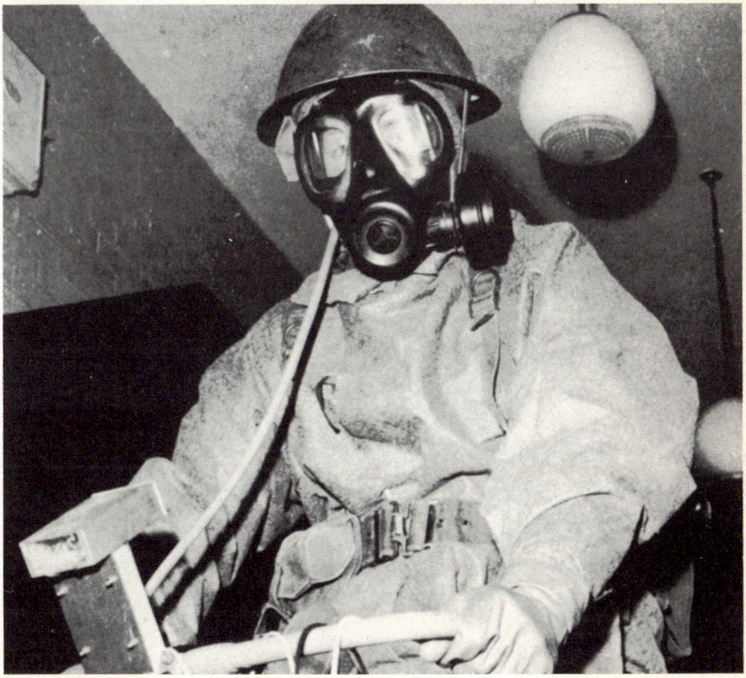

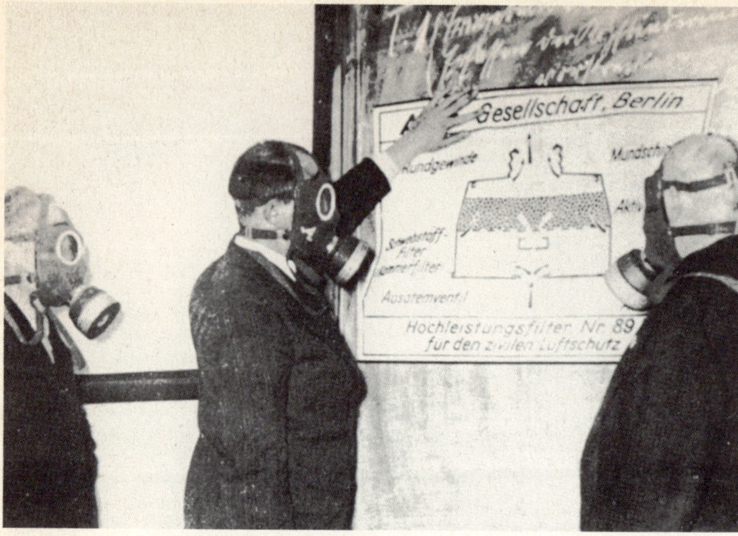
Gesellschaft, Berlin
Rundgewinde
Ausatemventil
Hochleistungsfilter Nr. 89

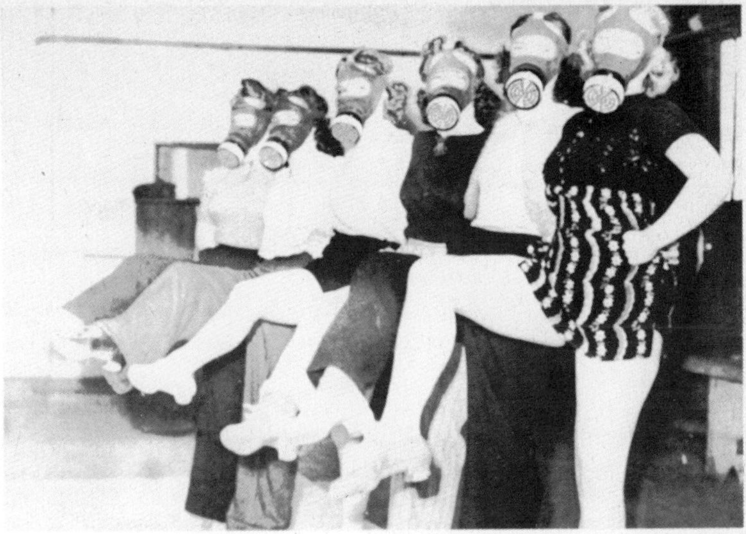

19.–22. Die psychologische Vorbereitung der Zivilbevölkerung auf einen Gaskrieg. Bilder aus dem Jahre 1941.

23. 1968 starben etwa 6000 Schafe nach einem mißglückten Test mit Nervenkampfstoff im Skull Valley, Utah (USA).

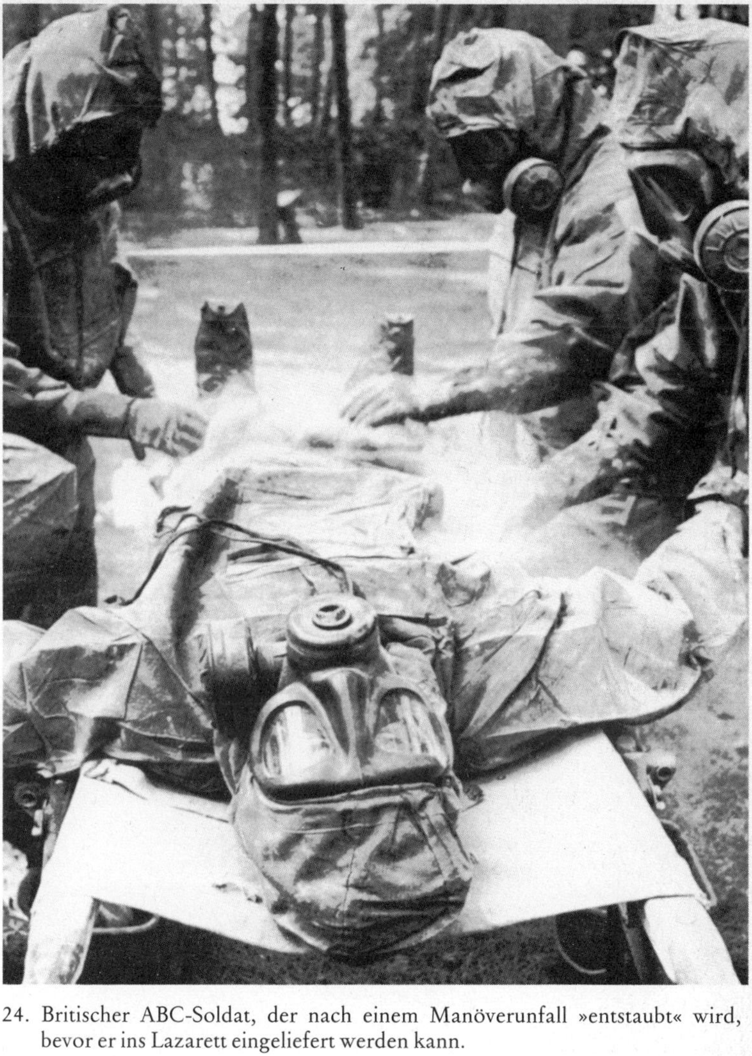

24. Britischer ABC-Soldat, der nach einem Manöverunfall »entstaubt« wird, bevor er ins Lazarett eingeliefert werden kann.

25.–26. Chemische Kriegführung in Vietnam durch die USA: im großen Maßstab durch die Entlaubung ganzer Wälder, im kleinen durch das Aufstöbern des Vietcong in Erdlöchern.

27. Während einer Anhörung im amerikanischen Senat wird 1975 eine Waffe des Geheimdienstes CIA vorgeführt, mit der winzige Giftpfeile in den Körper des Feindes geschossen werden können.

28. Nach fünfzig Jahren das gleiche Bild (siehe Abb. 5): MG-Schützen mit Gasmasken in den 70er Jahren.

29. Sowjetischer Soldat der chemischen Kampftruppen im Gelände.

feindliche Vergeltungsmaßnahmen annehmen könnten, einzuschließen«. Die stellvertretenden Stabschefs leiteten die Angelegenheit wiederum an den Gemeinsamen Planungsstab weiter. Ihre Anleitungen waren deutlich:

»Der Premierminister hat angeordnet, daß eine umfassende Untersuchung durchgeführt werden soll über die militärischen Folgen unserer Entscheidung einer totalen Anwendung von Gas, hauptsächlich Senfgas, oder jeder anderen Kriegführungsmethode, die wir bisher unterlassen haben, gegen die Deutschen einzusetzen . . . Es sollte eine gründliche und praxisbezogene Untersuchung werden, die die militärischen Faktoren einschließen und die moralischen und politischen Betrachtungen außer acht lassen sollte.«[47]

Diese Anordnungen wurden am 16. Juli erteilt, zehn Tage nach Churchills Memorandum über die Gasanwendung. In der Zwischenzeit hatte der Premierminister offenbar selbst die Bereiche der Untersuchung erweitert, die nun – neben Gas – die Anwendung »jeder anderen Kriegführungsmethode«, die bisher nicht gegen die Deutschen eingesetzt worden war, umfaßte. Der Gemeinsame Planungsstab wurde besonders darum gebeten, »einen *uneingeschränkten* Einsatz von chemischen *und* biologischen Waffen« in Betracht zu ziehen. Seine Aufgabe war so geheim, daß man ihn anwies, nur *britische* Militärs und Wissenschaftler zu konsultieren: die Amerikaner durften nicht über die Überprüfung der bisherigen Politik informiert werden.

Am späten Abend des 27. Juli wurde dem Premierminister während einer Sitzung des Kriegskabinetts eine Kopie des langerwarteten Planungsstabsberichts[48] übergeben. Es handelte sich um einen 14 Seiten langen vollständigen und rein sachlichen Überblick darüber, auf welche Weise der Einsatz von chemischen und biologischen Waffen den Kriegsverlauf beeinflussen würde.

Die britischen und amerikanischen Gasvorräte in Großbritannien hielt man für ausreichend, »um einen großangelegten Gasangriff gegen Deutschland zu führen«. Für den Fall, daß der Gaskrieg begonnen werden sollte, empfahl der Gemeinsame Planungsstab keinen »ununterbrochenen Einsatz«, sondern einen massiven Großangriff unter Verwendung der gesamten britischen und amerikanischen Bomberstreitkräfte. Fünfundzwanzig Prozent der Bombenlast sollte aus hochexplosivem Sprengstoff bestehen, um Gebäude zu zerstören und Panik zu verbreiten; darauf sollte der Hauptangriff mit Gasbomben erfolgen.

Phosgen sollte, »in einer Größenordnung von sechzehn Tonnen pro zweieinhalb Quadratkilometer«, entweder über 1000 taktischen Zielen oder über 20 deutschen Städten abgeworfen werden. Das Ergebnis wären »schwere Verluste, die bei den Zivilisten und Angehörigen der zivilen Verteidigung fünf bis zehn Prozent Todesfälle ausmachen würden«. Senfgas sollte verwendet werden, um 1500 taktische Ziele oder wahlweise 60 Städte anzugreifen.

»Großangelegte Gasangriffe auf Städte würden Hautverletzungen in solchen Ausmaßen verursachen, daß eine Massenevakuierung notwendig wäre, die den Weg für einen nachfolgenden Brandbombenangriff ebnet. Es kann gut sein, daß eine Massenevakuierung aber unmöglich ist, was weitere schwere Verluste zur Folge haben würde ... Die Anwendung der chemischen Kriegführung gegen deutsche Bevölkerungszentren würde eine große Verwirrung hervorrufen, die sich in den unmittelbar betroffenen Gebieten wahrscheinlich zu einer Panik ausweiten würde.«

In einem Anhang listeten die Autoren des Berichts 60 deutsche Städte auf, die bei einem Angriff, »der einen Zusammenbruch der deutschen Moral bewirken« sollte, »vielversprechende Ziele« sein würden.[49]

Der Gemeinsame Planungsstab zweifelte nicht daran, daß, »wenn die Alliierten einen Gaskrieg beginnen, *die Deutschen sofort* – sowohl auf dem Schlachtfeld als auch gegen Großbritannien – *zurückschlagen würden*«. London würde als Hauptziel angegriffen werden, wahrscheinlich von gasgefüllten fliegenden Bomben und von bis zu 120 Langstreckenbombern, die mit chemischen Kampfstoffen beladen wären. Die Instandsetzungsarbeiten an beschädigten Gebäuden würden aufgehalten werden, man müßte Evakuierungen vornehmen, und die Verluste würden – im Falle einer Phosgenanwendung – die durch Sprengstoff verursachten »um ein Vielfaches« übersteigen.

»Welche Auswirkungen eine feindliche Gasanwendung auf die Moral der britischen Bevölkerung haben wird, ist schwer zu beurteilen ... Als die Raketenbombenangriffe begannen, fürchteten sich einige Teile der Bevölkerung besonders davor, daß die Bomben mit Gas gefüllt sein könnten ... Der Schock würde abgeschwächt werden, wenn die Wirksamkeit der Schutz- und Abhilfemaßnahmen ersichtlich wird. Der Großteil der Bevölkerung würde jedoch aufgebracht sein, Gasangriffen ausgesetzt zu werden, wenn sie wahrnehmen, daß es hätte vermieden werden können ... Wir nehmen an, daß die

Deutschen sich an alliierten Kriegsgefangenen rächen würden, möglicherweise indem sie sie zwingen, in verseuchten Gebieten zu arbeiten. Dies würde unzweifelhaft eine erhebliche Beunruhigung der gesamten Öffentlichkeit verursachen.«

Insgesamt gesehen riet der Gemeinsame Planungsstab von der Anwendung chemischer Waffen ab. Doch die biologische Kriegführung wurde anders bewertet. Zum erstenmal während des Krieges *wurde der Einsatz von Bakterienwaffen gegen deutsche Städte ernsthaft ins Auge gefaßt.* Die erwogene Krankheit – Milzbrand – wird niemals erwähnt, den ganzen Bericht hindurch wird ihr Deckname, »N«, benutzt.

Die 1,8 Kilogramm schweren, mit »N« geladenen Bomben wurden jeweils zu 106 gebündelt. Zwanzig Bombenpakete dieser Art betrachtete man als ausreichend, um eine V-1-Abschußrampe außer Betrieb zu setzen, 1000 würden eine »kleine Insel« verseuchen, 2000 eine Großstadt mit einer Ausdehnung von 65 Quadratkilometern. Sowohl die britische als auch die deutsche Zivilbevölkerung war wehrlos dem Milzbrand ausgeliefert, gegen den es »keine bekannte Schutzmaßnahme« gab. »Es scheint kaum bezweifelt zu werden, daß die Anwendung der biologischen Kriegführung in den betreffenden Gebieten schwere Verluste, Panik und Verwirrung hervorrufen würde. Dies könnte zu einem Zusammenbruch der Verwaltung führen, der einen entscheidenden Einfluß auf den Ausgang des Krieges haben würde.«

Der Gemeinsame Planungsstab lehnte die Anwendung biologischer Waffen *lediglich aus Zeitgründen* ab. Wenn das alliierte Programm ein Jahr weiter gewesen wäre, hätte er gut zu einer anderen Entscheidung kommen können.

Am späten Abend des 27. Juli erhielt Churchill eine Kopie dieses Berichts. Am Vormittag des 28. Juli trafen sich die Generalstabschefs und stimmten den Schlußfolgerungen des Gemeinsamen Planungsstabes zu. Sie waren entschieden gegen die Anwendung von Giftgas und Bakterienwaffen und führten als weiteren bedeutsamen Einwand an: »Es gibt keinen Grund anzunehmen, daß die deutsche Obrigkeit bei Gasangriffen größere Schwierigkeiten bekommen würde, die eingeschüchterte deutsche Bevölkerung ruhigzuhalten, als bei den heftigen Bombardierungen mit Sprengstoff- und Brandbomben während der vergangenen Monate. Dasselbe gilt *nicht* für unsere eigene Bevölkerung, die sich nicht in einem derartigen unartikulierten Zustand befindet.«[50]

Am 29. Juli gestand Churchill – der angeblich auch von Eisenhower harte Kritik gegen die Entfesselung eines Gas- und Bakterienkrieges erhalten hatte – seine Niederlage ein: *»Durch diesen negativen Bericht bin ich keineswegs überzeugt worden. Aber ich kann natürlich nicht gegen Pfarrer und Krieger gleichzeitig vorgehen. Die Angelegenheit soll weiterhin überprüft und dann wieder zur Sprache gebracht werden, wenn sich die Lage verschlechtert.«*[51]

Die Lage verschlechterte sich nicht. Die von den V-Waffen ausgehende Bedrohung hielt sich in Grenzen, und die alliierte Position in der Normandie wurde zusehends stärker; die Gefahr eines festgefahrenen Stellungskrieges, bei dem Millionen ihr Leben lassen müßten, der Alptraum, der Churchill so verfolgte, wurde abgewendet. Die Alliierten konnten den Krieg beenden, ohne das Versprechen, sich an das Genfer Protokoll zu halten, zu brechen. Aber man war kurz davor gewesen. Obwohl Churchills Absicht, Gas einzusetzen, scheinbar keine Unterstützung bei den alliierten Befehlshabern gefunden hatte, stand die Waffe bereit, und wäre der Krieg anders verlaufen, so hätte sich die Politik schnell ändern können.

Und wie stand es mit der biologischen Kriegführung? Angesichts der Tatsache, daß Milzbrand beinahe eingesetzt worden wäre – eine Massenvernichtungswaffe mit der Fähigkeit, fast ebenso große Gebiete wie die modernen Nuklearwaffen zu verseuchen –, haben die Deutschen möglicherweise Glück gehabt, so schnell gescheitert zu sein. Im Februar 1945 waren die Briten vom nahenden Kriegsende überzeugt und stoppten die gesamte Giftgasproduktion: Die Stabschefs baten um die Erlaubnis, die Produktion einzustellen und die Munitionsarbeiter zu entlassen. Es wurde Churchill überlassen, dem Mann, der mehr als jeder andere dazu beigetragen hatte, das Giftgasprogramm zu entwickeln, und der kurz davor gestanden hatte, Gas einzusetzen, die notwendige Anordnung zu erteilen: *»Zur Veranlassung. Dem Personal soll gedankt werden. W. S. C. 1. 3. 45.«*[52]

Die Welt entging der chemischen Kriegführung im Zweiten Weltkrieg um Haaresbreite. So sagt man beispielsweise, daß nur das persönliche Einschreiten Präsident Roosevelts den Gaseinsatz gegen Japan kurz vor dem Kriegsende verhinderte.[53] Der für das amerikanische Oberkommando erstellte sogenannte »Lethbridge-Bericht« empfahl 1944, die Insel Iwoschima mit Giftgas zu durchtränken. Man folgerte, daß »der Einsatz der chemischen Kriegführung, mit völliger Unbarmherzigkeit und in großem Maßstab« durchgeführt, einen entscheidenden Erfolg gegen die Japaner erzielen würde.[54] Der Gemeinsame Generalstab und Admiral Chester Nimitz, der Befehlshaber des betreffenden Gebietes, stimmten dem Bericht zu, doch als der Plan zum Weißen Haus gelangte, wurde er zurückgegeben mit dem Kommentar: »Alle vorausgehenden Billigungen abgelehnt – Franklin D. Roosevelt, Oberbefehlshaber.« Nach Roosevelts Tod bedeutete die Entwicklung der Atombombe, daß die Pläne, bei einem Einmarsch in Japan Gas einzusetzen, zu den Akten gelegt wurden.

Es ist unmöglich, aus der Nichtanwendung von Gas im Zweiten Weltkrieg irgendwelche Lehren für die Zukunft zu ziehen – man braucht sich keine Hoffnungen zu machen. Es wurde beinahe eingesetzt, doch nur aufgrund der militärischen Umstände, die zu dieser Zeit vorherrschten, geschah es nicht. Sie bestanden nur kurzfristig und werden sich wahrscheinlich nicht wiederholen. Alle Seiten waren sich 1945 dessen bewußt; *es wurden keine Maßnahmen für eine chemische Abrüstung ergriffen, wie es nach dem Ersten Weltkrieg der Fall gewesen war.* Die Briten und die Amerikaner sahen der Zukunft der chemischen und biologischen Kriegführung mit wachsender Angst entgegen. Nun mußte nämlich ein neuer und unbekannter Faktor in jede Überlegung ihrer zukünftigen Militärpolitik einbezogen werden: Rußland.

6. Kapitel: Neue Feinde

Am Ende des Krieges beluden britische Seeleute 20 ältere Handelsschiffe mit erbeuteten deutschen Gasgranaten und fuhren mit ihnen in die Ostsee. Vor der norwegischen Küste setzten sie Gasmasken auf, brachten an Bord Sprengladungen an und beobachteten dann, wie ein Schiff nach dem anderen explodierte. Von Stützpunkten in Schottland aus wurden 100 000 Tonnen britische Gaswaffen aufs Meer hinausgefahren und versenkt. In Südostasien warfen amerikanische Seeleute erbeutete japanische Waffen in den Pazifik. Senfgasvorräte, die den vorrückenden russischen Truppen in die Hände gefallen waren, wurden in Holzkisten in die Ostsee befördert, während Maschinengewehrschützen das Feuer eröffneten und sie auf den Meeresgrund schickten.[1]

Aber trotz dieser Anstrengungen, die vorhandenen Gasvorräte zu vernichten, begannen die Alliierten bereits untereinander zu diskutieren, wer über die Geheimnisse des deutschen Nervengases verfügen sollte. Es war unvermeidlich, daß die vorrückenden alliierten Armeen auf Nervengaslager und natürlich auf die Fabriken, in denen es produziert worden war, stoßen würden.

Für die Briten bestand kein Zweifel darüber, daß einige Senf- und Nervengasbestände »für einen möglichen Einsatz im Fernen Osten zurückbehalten« werden sollten. »Aus Sicherheitsgründen wäre es wünschenswert gewesen«, bemerkte man in einem Bericht an die Generalstabschefs trocken, »wenn man verhindert hätte, daß solche Vorräte in die Hände der Russen *und Franzosen* (vom Autor hervorgehoben) fallen.«[2]

Neben all den anderen Problemen, die Hitler und seinem Generalstab gegenüberstanden, als sich die Schlinge um Deutschland zuzog, tauchte die Frage auf, wie man über 1200 Tonnen der noch immer geheimen Nervengase beseitigen sollte. Bereits im August 1944 begannen die Chemiker, alle Dokumente, die über die Erforschung und die Herstellung von Tabun und Sarin berichteten, zu vernichten. Am 23. Januar 1945 verließ Wilhelm Kleinhans schließlich die Fabrik Dyhernfurth, die für die vorausgegangenen dreieinhalb Jahre sein Zuhause gewesen war. Sämtliche Bomben und Granaten waren aus der unter der Erde befindlichen Füllanlage geschafft worden, flüssiges Nervengas hatte man einfach tonnenweise in die Oder gekippt. Als man hörte, wie die russische Armee stetig näher herankam, brachten Sprengstoffexperten unter allen wichtigen Werkgebäuden Sprengladungen an. Doch bevor sie gezündet werden konnten, hatten die Russen die Fabrik bereits umstellt. In einem letzten verzweifelten Versuch, die Entdeckung der Geheimnisse von Tabun und Sarin durch die Sowjets zu verhindern, wurde der Luftwaffe angeordnet, die Anlage zu bombardieren. Aus unerklärlichen Gründen gelang das Unternehmen nicht. In einem amerikanischen Geheimdienstbericht schrieb man später: »Es ist anzunehmen, daß die gesamten Versuchsanlagen in Dyhernfurth bei Breslau völlig intakt in die Hände der sowjetischen Armee gefallen sind.«[3] Die Russen erbeuteten sogar noch mehr, als die Einschätzung des Geheimdienstes angibt: Sie nahmen auch die fast fertiggestellte Fabrik in Falkenhagen ein, wo die Nazis geplant hatten, monatlich mindestens 50 Tonnen Sarin zu produzieren.

Und es gab noch ernstere Anlässe zur Beunruhigung. Außer den beiden Fabriken, in denen die Nazis Tabun und Sarin hergestellt hatten, entdeckten die Russen ein noch giftigeres Nervengas, das die deutschen Wissenschaftler entwickelt, aber bisher nicht in Mengen produziert hatten. Die Chemiker hatten die Substanz, die sie *Soman* nannten, was später unter der Bezeichnung *GD* bekannt war, erstmalig im Frühjahr 1944 erzeugt. Versuche hatten gezeigt, daß das neue Nervengas noch giftiger war als die beiden anderen Wirkstoffe, die von den Deutschen bereits für den Waffengebrauch nutzbar gemacht worden waren.

Man kann sich die Reaktion der alliierten Geheimdienste vorstellen, als sie entdeckten, daß die Deutschen ein noch wirkungsvolleres Nervengas entwickelt hatten. Aber es kam noch schlimmer. Während des Verhörs eines deutschen Chemikers, Professor Richard Kuhn, im April 1946 offenbarte er dem britischen Geheimdienst, daß auf Anordnungen des deutschen Oberkommandos hin alle Dokumente, die sich auf das Soman bezogen, zusammengetragen und in einem stillgelegten Bergwerksschacht 16 Kilometer östlich von Berlin vergraben worden waren. Professor Kuhn teilte seinen Befragern auch mit, daß die Dokumente aus dem Bergwerksschacht geholt worden waren, und zwar vom Professor Oberst Kargin von der Roten Armee, der sie zum Karpow-Institut nach Moskau gebracht hatte.[4]

Die britischen, amerikanischen und kanadischen Spezialisten, die die aus Deutschland geschickten Proben untersuchten, arbeiteten daher unter einem beträchtlichen Druck. Während sie noch mit der Analyse der Nervengase beschäftigt waren und versuchten, die spezifischen Mechanismen des Nervensystems, die durch sie in Mitleidenschaft gezogen wurden, zu bestimmen, verfügten die Russen bereits über ganze Fabriken, die innerhalb von einigen Monaten betriebsfähig gemacht werden konnten. Während die westlichen Wissenschaftler herauszufinden versuchten, was man unternehmen könnte – falls es überhaupt etwas gab –, um den schrecklichen Auswirkungen der Nervengase zu begegnen, demontierten die Russen die Fabrik, die sie während der Befreiung Polens eingenommen hatten. Geheimdienstberichte wiesen darauf hin, daß sie 1946 an den Ufern der Wolga wieder zusammengebaut und in Betrieb genommen worden war.

Die westlichen Alliierten waren nur erleichtert über die Tatsache, daß sie, wenn man das Personal miteinbezog, besser dastanden: Bei Kriegsende befanden sich mehr führende deutsche Chemiker in der britischen und der amerikanischen Zone als in den von den Russen besetzten Gebieten. Doch kurzfristig bestand ein offensichtliches Ungleichgewicht. Das westliche Unbehagen verstärkte sich, als im Juni 1947 bekannt wurde, daß dem Mitglied der Akademie Alexander Arbusow der höchste Stalin-Preis zuerkannt worden war, und zwar für seine »Forschungen im Bereich der organischen Phosphorverbindungen«, den aktiven Bestandteilen der Nervengase.[5]

Obwohl die Informationsquellen über das sowjetische Leistungsvermögen hinsichtlich der chemischen Kriegführung begrenzt waren, kamen die Amerikaner am Ende des Krieges zu dem Ergebnis, daß die Sowjetunion eine beachtliche Anzahl verschiedener Gase besaß. Sie vermuteten, daß diese – neben den Nervengasen – über insgesamt 13 oder 14 Arten verfügte. Der Glaube an dieses umfangreiche chemische Waffenlager der Russen reichte aus, um den Fortbestand der chemischen Einrichtungen in den Vereinigten Staaten, Großbritannien und Kanada sicherzustellen. Aber wie beunruhigend das chemische Ungleichgewicht zwischen West und Ost auch gewesen sein mag, die westlichen Generäle interessierten sich mehr für biologische Waffen.

Als am 6. August 1945 der Atompilz über Hiroshima aufstieg, mag es so ausgesehen haben, als ob die Bevorzugung der biologischen Kriegführung mit ihrer gewaltigen Vernichtungskraft ihr Ende erreicht hatte. Da die westlichen Alliierten nun eine enorme atomare Überlegenheit besaßen, meinten viele, daß das widerliche Geschäft der Kriegführung mit Seuchen vergessen werden könnte. Doch das bestehende Ungleichgewicht verlieh der biologischen Kriegführungsforschung einen außerordentlichen Auftrieb: Da die Sowjetunion derzeitig über keine Atomwaffen verfügte, nahm man an, daß sie biologische Waffen als vorübergehenden Ersatz betrachtete. In der mißtrauischen und argwöhnischen Atmosphäre des »kalten Krieges« nahmen die biologischen Forschungsanstrengungen und propagandistischen Unterstellungen ständig zu.

Am Weihnachtsabend des Jahres 1949 verkündete Radio Moskau, daß zwölf japanische Kriegsgefangene wegen biologischer Kriegführung in China angeklagt werden sollten. Die Russen behaupteten, daß die Japaner große Mengen von Bakterien gezüchtet hatten, um einen biologischen Krieg gegen die Alliierten zu führen. In der folgenden Woche wurden die Behauptungen detaillierter. Radio Moskau berichtete, daß das Kommando 731 der Kwantung-Armee Kriegsgefangene für entsetzliche biologische Kampfstoffversuche benutzt und daß einer der Gefangenen seinen Befragern gestanden hatte, daß die Anlage auf persönliche Befehle des Kaisers hin aufgebaut worden war. Am 29. Dezember kam die *»Prawda«* endlich zur Sache: Die USA schützten weitere japanische Kriegsverbrecher und führten selbst Forschungen in diesem Bereich durch.

Einem 1950 in Moskau veröffentlichten Prozeßbericht zufolge wurden alle japanischen Gefangenen zu Gefängnisstrafen von zwei bis 25 Jahren verurteilt. Sie hatten angeblich zugegeben, grauenhafte Experimente ausgeführt zu haben. Die Aussage von Major Karasaw Tomio war deutlich:

»Ungefähr zehn Personen wurden auf das Versuchsgelände gebracht und an Pfähle in Abständen von jeweils fünf Metern gebunden; dann wurde fünfzig Meter von ihnen entfernt eine Splitterbombe elektrisch gezündet. Einige der Versuchspersonen erlitten Verletzungen durch die Bombensplitter und wurden gleichzeitig, wie ich später erfuhr, mit Milzbrand infiziert, da die Bombe mit diesen Bakterien geladen war.«[6]

Bei dem Chabarowsker Kriegsverbrechensprozeß handelte es sich um mehr, als nur um antiamerikanische und antijapanische Propaganda. Neues Beweismaterial offenbart, daß die Vereinigten Staaten tatsächlich japanische Bakteriologen vor Anklagen wegen Kriegsverbrechen schützten. Als Gegenleistung übermittelten die Japaner Daten über Menschenversuche. Aber die harten sowjetischen Anschuldigungen hinsichtlich der Grausamkeit von Bakterienwaffen waren hohl. Hinter dem Schleier von Chabarowsk bereiteten sich die Russen selbst auf einen biologischen Krieg vor.

Am Ende des Zweiten Weltkrieges fielen einige Dokumente des deutschen Geheimdienstes in die Hände der westlichen Alliierten. Darunter befanden sich auch die Einschätzungen des sowjetischen Leistungsvermögens zu einer bakteriologischen Kriegführung. Aus diesen Aufzeichnungen ging hervor, daß die Russen in den dreißiger Jahren begonnen hatten, sich mit der biologischen Verteidigung zu befassen. Von den Deutschen befragte russische Gefangene und Überläufer sagten aus, daß die Forschung anfangs vom Volkskommissariat für Gesundheit geleitet wurde, später übertrug man sie dem Biochemischen Institut der Roten Armee. Bakterienzüchtungen hatte man im Sommer 1935 in einer Versuchsstation an der Wolga durchgeführt; danach folgten »außerordentlich gefährliche Arbeiten« in einer neuen Anlage auf einer Insel im Seliger-See, in der Nähe der Stadt Ostaschkow, nordwestlich von Moskau.[7] 1940 berichtete ein deutscher Agent von der Existenz einer weiteren bakteriologischen Kampfstoffanlage, die sich in der südlichen Sowjetrepublik Turkmenistan, einige hundert Kilometer nördlich der iranischen Grenze, befand.[8] Dieser Quelle nach wurde eine Gruppe Kulaken, die von Stalin auf die Insel Vozroždenija im Aral-See verbannt worden war, 1936 aufgefordert, die Insel binnen sechs Stunden zu verlassen.

Im folgenden Sommer erschienen einige hundert Fremde, und ein Schiff des Biotechnischen Instituts tauchte auf dem See auf. Unbefugte Zivilisten wurden angewiesen, sich mindestens 80 Kilometer entfernt zu halten. Man wußte wenig über die Arbeiten, die auf der Insel ausgeführt wurden, obwohl das dorthin versetzte Personal, einer zweiten Informationsquelle zufolge, Physiker, Mikrobiologen, Chemiker und Bauingenieure einschloß. Man erzählte, daß Tausende von Eichhörnchen einer Art, deren Flöhe Pest übertragen konnten, auf die Insel gebracht wurden. Bei anderen Experimenten hatte man angeblich mit Hasenpest, Lepra, Cholera, Ruhr, Typhus, Parathyphus und Wundstarrkrampf gearbeitet.

Die sensationellste Behauptung, die in den deutschen Berichten auftauchte, war die Aussage eines russischen Deserteurs namens von Apen.[9] Es handelte sich um einen Luftwaffenhauptmann deutscher Abstammung, der seine Frau an Bord seines Flugzeuges geschmuggelt hatte und auf einem vorgezogenen deutschen Luftstützpunkt gelandet war. Von Apen behauptete, daß er einer Gruppe angehört hatte, die speziell für den Umgang mit bakteriologischen Kampfstoffen ausgebildet wurde. Er versicherte, daß sich die Russen entschlossen hatten, im Grenzgebiet zwischen der Sowjetunion und der Mongolei mit bakteriologischen Kampfstoffen zu experimentierten. Drei Krankheiten hatte man ausgewählt: *Pest, Milzbrand und Cholera,* unter dem gemeinsamen Decknamen *»Goldenes Dreieck«*. Von Apen sagte aus, an Versuchen, bei denen Pestbakterien vom Flugzeug aus versprüht worden waren, teilgenommen zu haben. Bei anderen Tests hatte man eine besonders gezüchtete und äußerst aggressive Wanderrattenart in an Fallschirmen befestigten Käfigen, die gläserne Bakterienfläschchen enthielten, abgeworfen. Beim Aufprall zerbrachen die Käfige mitsamt den Glasfläschchen, und die befreiten Ratten konnten die Seuche im gesamten Zielgebiet verbreiten. Des weiteren gab er an, mit einer Bakterienbrühe gefüllte Glasbomben und Artilleriegranaten gesehen zu haben.

Von Apen behauptete außerdem, daß sowjetische Wissenschaftler in der Mongolei Menschenversuche durchgeführt hatten, so 1941 Experimente mit Pest, Milzbrand und der Rotzkrankheit. Bei den Opfern hatte es sich um politische Gefangene gehandelt, aber auch japanische Kriegsgefangene waren wahrscheinlich benutzt worden. Von Apen beschrieb, wie in Ketten gelegte Gefangene in ein Zelt gebracht wurden, in dem sich Verschläge mit pestbefallenen Ratten befanden. Die Gefangenen mußten so lange im Zelt bleiben, bis sie von den pesttragenden Flöhen der Ratten angefallen worden waren. Im Sommer 1941 konnte ein Gefangener, der diesem makabren Experiment ausgesetzt worden war, seinen Wächtern entkommen.

Kurz nach dem Zweiten Weltkrieg war es äußerst schwierig für die Briten und die Amerikaner, viele der erstaunlichen Behauptungen, auf die sie in den erbeuteten deutschen Dokumenten stießen, zu überprüfen. Sie folgerten jedoch, daß es ausreichende Beweise dafür gab, daß die Sowjetunion im Bereich der biologischen Kriegführung Forschungen durchgeführt hatte und sie weiterhin fortsetzte. Obwohl man nur wenig über die Art der laufenden Arbeiten wußte, nahm man an, daß die Russen ungefähr sechs Anlagen zur Erforschung biologischer Kampfstoffe unterhielten, von denen sich die meisten im Ural befanden. Die Briten und die Amerikaner erkannten zwar, daß ihre Informationen unzulänglich waren. Doch das vorhandene Beweismaterial sah man als ausreichend an, um die Fortsetzung ähnlicher Arbeiten im Westen zu rechtfertigen. Bei der Einschätzung der Verwundbarkeit Großbritanniens durch einen möglichen Bakterienangriff wurde erschreckend deutlich, daß London, wo mehr als 12 Prozent der Bevölkerung lebten, nur 800 Kilometer von Luftstützpunkten im sowjetisch besetzten Teil Deutschlands entfernt lag. Zumindest glaubte man ein großes Forschungsprogramm notwendig zu haben, um Verteidigungsmaßnahmen zu entwickeln.

Man gab zwar offen zu, daß man nur ungenügende Informationen besaß, doch von dieser Zurückhaltung war in den Artikeln, die nun in der Presse auftauchten, nichts zu spüren.

»Rußland züchtet Krankheitserreger für Kriegszwecke! In acht ›militärischen Bakterienstationen‹, eine davon auf einem Schiff im Nordpolarmeer, züchtet die Sowjetunion in riesigen Mengen Krankheitserreger für den Angriff gegen Soldaten und Zivilisten der freien Welt. Die Rote Armee ist dabei, Vorräte von zwei speziellen ›biologischen Waffen‹ anzulegen, mit denen sie hofft, einen strategischen Schlag führen und jeden zukünftigen Krieg, bevor er überhaupt offiziell begonnen wird, endgültig gewinnen zu können.«[10]

Dieser sensationelle Artikel erschien im *»San Francisco Examiner«*, die Nachrichtenquelle war scheinbar untadelig: der stellvertretende Leiter des amerikanischen Marinegeheimdienstes.

Doch trotz des bestimmten Tonfalls, der diesen und viele andere Berichte beherrschte, waren die Informationen über die sowjetischen Arbeiten erbärmlich unvollkommen. Viele der Informationen über die sowjetischen Pläne gewann man aus Anhaltspunkten, die man in der sowjetischen wissenschaftlichen Literatur gefunden hatte. Durch das Registrieren der Verleihung akademischer Preise und von offensichtlichen Lücken bei den veröffentlichten Zeitschriften konnte der westliche Geheimdienst abschätzen, in welche chemische und biologische Forschungsbereiche die sowjetischen Militärwissenschaftler eingedrungen waren. Das Bild wurde langsam und mühselig zusammengesetzt bis zu dem Punkt, wo die jeweilige Angelegenheit von Überläufern oder Agenten endgültig erhellt werden konnte. Die Informationen waren zwangsläufig uneinheitlich, manchmal widersprüchlich und immer unzureichend.

Es scheint wenig Zweifel zu geben, daß die Sowjetunion in den späten dreißiger und in den frühen vierziger Jahren umfassende bakteriologische Kriegführungsforschungen betrieben hatte. Man fühlte sich berechtigt zu der Schlußfolgerung, daß derartige Forschungen nach dem Zweiten Weltkrieg nicht einfach eingestellt worden waren. Aber es gab einen bemerkenswerten Mangel an sicheren Informationen, die den Charakter der Forschungsarbeiten betrafen.

Die Russen selbst hatten so gut wie nichts über ihre chemischen und biologischen Kriegführungsvorbereitungen verlauten lassen. Die tatsächlich einzige offizielle Erklärung, daß die Sowjetunion auch chemische Waffen besaß, wurde vor Beginn des Zweiten Weltkrieges abgegeben, als man einen sowjetischen General zitierte:

»Vor zehn oder mehreren Jahren unterzeichnete die Sowjetunion eine Konvention, die den Giftgaseinsatz und die bakteriologische Kriegführung abschaffte. Daran halten wir uns weiterhin, doch sollten unsere Feinde derartige Methoden gegen uns anwenden, so kann ich Ihnen versichern, daß wir darauf vorbereitet – bestens vorbereitet – sind, sie ebenfalls zu benutzen und sie gegen Angreifer in ihrem eigenen Land einzusetzen.«[11]

Nach dieser Erklärung, 1938, bewahrte die Sowjetunion absolutes Schweigen über ihr Leistungsvermögen im Bereich der chemischen und biologischen Kriegführung. Diejenigen, die daran zweifelten, daß die Russen ernsthaft an der chemischen und biologischen Kriegführung interessiert waren, wurden von den Spezialisten auf die Existenz der C-(chemischen)Truppen der Sowjetarmee hingewiesen, die in den zwanziger Jahren aufgebaut, in den dreißigern verstärkt und in den vierzigern reorganisiert worden waren.

Ein ehemaliger Oberst der Roten Armee, der in den Westen geflüchtet war, erklärte, daß von den Russen im Zweiten Weltkrieg hauptsächlich deshalb kein Gas eingesetzt worden war, weil sich das sowjetische Oberkommando vor deutschen Vergeltungsmaßnahmen gefürchtet habe. Er sagte aus, daß die Bedeutung der chemischen Kriegführungsausbildung seit dem Kriegsende enorm angestiegen sei. Der Besatzungsarmee in Deutschland gehörten chemische Einheiten an. Die Ausbildung war intensiviert worden. 1953 erhielt das 290. Gardeinfanterieregiment zweimal wöchentlich jeweils vier Schulungsstunden. »Normalerweise«, sagte der Überläufer, »wurde einmal pro Woche ein C-Alarm ausgelöst, und dann mußten alle Befehle – marschieren, laufen, Auto fahren usw. – ausgeführt werden, während man eine Gasmaske trug.«[12] Für viele westliche »Falken« reichte dies aus. Warum sollte die sowjetische Armee ihre Soldaten darin ausbilden, einem Gasangriff zu widerstehen, wenn sie nicht selbst derartige Angriffe plante?

In den fünfziger Jahren rechneten die Russen damit, daß der Westen chemische und biologische Waffen gegen sie einsetzen würde. 1956 erklärte Marschall Schukow vor dem 20. Parteitag: »Der zukünftige Krieg wird, falls sie ihn entfesseln sollten, charakterisiert sein durch den massiven Einsatz der Luftstreitkräfte, Raketenwaffen und verschiedene Massenvernichtungsmittel wie atomare, thermonukleare, chemische und bakteriologische Waffen.«[13] Schukow sagte *nicht*, daß die Sowjetunion plante, diese Waffen selbst zu benutzen. 1960 beantwortete der Leiter der amerikanischen Militärforschung eine Anfrage des Kongresses so: »Wir wissen, daß die Sowjets der Entwicklung von tödlichen und nichttödlichen Waffen eine hohe Dringlichkeit einräumen und daß diese Waffenvorräte zu ungefähr einem Sechstel aus chemischer Munition bestehen.«[14] Wenn es stimmte, daß chemische Bomben und Granaten ein Sechstel der gesamten Waffenmenge, die der Sowjetunion zur Verfügung standen, ausmachten, so stellte es eine alarmierende Bedrohung für die Vereinigten Staaten und ihre NATO-Verbündeten dar. Einige Jahre, nachdem der Kongreß diese Einschätzung angenommen hatte, entdeckte der amerikanische Journalist Seymour Hersh jedoch die Grundlage, von der man zu dem Wert von »einem Sechstel« gekommen war.

Die US-Armee war darauf versessen, eigene chemische Waffen in die vorgezogenen Stützpunkte in Westdeutschland zu verfrachten, sagte Hersh. Man wußte, daß dieses Vorhaben politisch brisant sein würde, und brachte daher Argumente vor, um seine Notwendigkeit zu rechtfertigen. Der Beweis bestand aus Auswertungen von Luftaufnahmen, auf denen große Lagerhallen in der Sowjetunion abgebildet waren. Die Hallen ähnelten denjenigen, die sich auf den Gaswaffen-Stützpunkten der amerikanischen Armee befanden, und so nahm das chemische Korps einige Kalkulationen vor. »Die Militärs ermittelten die Dachfläche der russischen Hallen, berechneten, wieviel Liter Nervengas in einer vergleichbaren großen Halle in Utah gelagert werden konnten, fügten dann einen Unsicherheitsfaktor, der 20 Prozent ausmachte, hinzu und präsentierten diese Schätzung der Öffentlichkeit.«[15]

In der Zeit des kalten Krieges glaubten die Geheimdienste jeder Information, die man bekommen konnte, egal, aus welcher Quelle. Aber auch wenn die Schlußfolgerungen, die man aus den Fotografien der Agenten gezogen hatte, falsch waren, gab es doch noch weitere beunruhigende Informationen.

Am 11. Mai 1963 wurde Oleg Penkowski, ein Offizier der sowjetischen Armee, wegen Verrat zum Tode durch Erschießen verurteilt, und nur fünf Tage später hingerichtet. Sein Prozeß war nur vier Tage lang öffentlich gewesen, doch während dieser Zeit hatten die Beobachter eine atemberaubende Aufzählung seiner angeblichen Verbrechen vernommen. Der Staatsanwalt teilte dem Gericht mit, daß Penkowski dem britischen und dem amerikanischen Geheimdienst ungefähr 5000 Fotokopien geheimer politischer, militärischer und wirtschaftlicher Dokumente ausgehändigt habe. Schon aus den wenigen erwähnten Einzelheiten wurde ersichtlich, daß Penkowski zu den erfolgreichsten Agenten gehörte, die für den Westen gearbeitet hatten.

Trotz seiner Stellung als Oberst des Geheimdienstes hatte Penkowski nicht viel gemein mit seinen Mitarbeitern, von denen viele überzeugte Mitglieder der Partei waren. Geboren wurde er als Sohn eines Offiziers der Weißen Armee, der 1919 im Bürgerkrieg gegen die Bolschewisten gefallen war. Penkowski überwand diesen Makel seiner Herkunft, begann eine Laufbahn im Geheimdienst und wurde mit 33 Jahren zum Oberst befördert. Er war ein gutaussehender Mann von introvertierter Geistesart, mit einem offenen Gesichtsausdruck und einer Schwäche für gutes Essen und Wein. Alles deutete darauf hin, daß Penkowski seine militärische Karriere als zuverlässiger und fleißig arbeitender Offizier weiterverfolgen würde.

Aber 1960 ordnete Staats- und Parteichef Chruschtschow eine Revision der sowjetischen Militärstrategie an. Penkowski kam zu der Überzeugung, der Kreml habe beschlossen, daß die Sowjetunion in jedem zukünftigen Krieg erst zuschlagen und danach Fragen stellen würde. Er hielt es für eine fürchterliche Entscheidung, die gefällt worden war, und entschloß sich, Spion zu werden. Einer seiner Aufträge war, sich um einen britischen Geschäftsmann zu kümmern, der sich in Moskau befand, um Vorbereitungen für eine in Kürze eintreffende Handelsdelegation zu treffen. Bei dem britischen »Geschäftsmann«, Greville Wynne, handelte es sich tatsächlich aber um einen Spion der anderen Seite. Er empfing Penkowski in einem Zimmer seines Hotels in Moskau, wo ihm der Russe zu verstehen gab, daß er Informationen weitergeben wolle. Als Penkowski im April 1961 als Mitglied einer sowjetischen Handelsmission in London ankam, arrangierte Wynne ein Treffen im Mount Royal Hotel. Dort wurde der sowjetische Offizier zwei Angehörigen des britischen Geheimdienstes, mit den Namen Grille und Miles, und zwei Amerikanern, die sich Alexander und Oslap nannten, vorgestellt. Penkowski teilte den vier Agenten mit, daß er seine Arbeit beim sowjetischen Geheimdienst fortsetzen und gleichzeitig als Spion für den Westen tätig sein würde. Er war zum Doppelagenten geworden. In den folgenden 15 Monaten gab er gewaltige Mengen an Informationsmaterial weiter, wovon sich vieles auf die chemischen Kriegführungspläne bezog.

Penkowski nahm an, daß die Sowjetunion darauf vorbereitet war, sowohl einen biologischen als auch einen chemischen Krieg gegen den Westen zu führen. Was er den Agenten im einzelnen über die sowjetischen Pläne über eine derartige Kriegführung mitgeteilt hatte, ist bis heute nicht bekannt. In der Mitte der sechziger Jahre finanzierte der CIA ein Buch mit dem Titel *»The Penkovsky Papers«*, das angeblich aus Tagebuchauszügen und anderen persönlichen Aufzeichnungen des Spions bestand. In diesem Bericht schilderte er auch die angebliche Existenz des *»Siebenten*

Sonderdirektoriums des Generalstabes, das damit beschäftigt ist, chemische und bakteriologische Kriegführungsmethoden zu erarbeiten«.[16] Er beschrieb ein Versuchsgelände in der Nähe von Moskau, wo gerade ein neues Gas entwickelt wurde, das geruchlos, farblos und außerordentlich giftig sein sollte. Die dortigen Wissenschaftler nannten es *»American«*: warum, konnte Penkowski nur vermuten.

Was die »autorisierte Ausgabe« von Penkowskis Geheimdienstberichten nicht erwähnte, war, daß die Vereinigten Staaten, die zur Zeit der Buchveröffentlichung über das größte Giftgaslager der Welt verfügten, *ebenfalls beabsichtigten, die allgemeine Ächtung der Erstanwendung von Gasen zu ignorieren.* Denn genau in der Zeit, als Penkowski angeblich seine Bestürzung über die sowjetischen Pläne, möglicherweise einen Erstanschlag mit chemischen oder biologischen Waffen zu führen, zum Ausdruck brachte, hatten auch die Vereinigten Staaten die Entscheidung getroffen, daß sie sich nicht darauf beschränken konnten, die Waffen nur bei Vergeltungsmaßnahmen einzusetzen. Die neue Politik der USA gestattete es den amerikanischen Streitkräften, zuerst anzugreifen, die Genehmigung des Präsidenten vorausgesetzt.

Zweifellos stellten Penkowskis Informationen nur einen kleinen Teil des gesamten Materials über die chemischen und biologischen Kriegführungspläne der Sowjetunion dar. Ihr Wert besteht darin, daß sie direkt aus einer sowjetischen Quelle stammen. Ganz im Gegensatz zu der nuklearen Bewaffnung der Weltmächte, von der Einzelheiten verhältnismäßig leicht erhältlich sind, wurden die genauen Ausmaße der chemischen und biologischen Waffenlager mit Beginn des kalten Krieges geheimgehalten.

Viele westliche Sachverständige gingen davon aus, daß die Sowjetunion in den fünfziger Jahren schwerpunktmäßig chemische Waffen – als billige Alternative für die taktischen Nuklearwaffen, die die Vereinigten Staaten entwickelt hatten und mit deren Entwicklung die Russen nicht mithalten konnten – baute. Sogar in den sechziger Jahren gab es wenig Grund anzunehmen, daß man die Vorräte an Senfgas und anderen Gasen, die während des Zweiten Weltkrieges produziert worden waren, vernichtet hatte. Außerdem war bekannt, daß die Russen die Möglichkeiten und die Sachkenntnis besaßen, Nervengase herzustellen: Als sie mit Tabun begannen, glaubte man, daß sie bald in Massen Soman erzeugen würden, den Wirkstoff, den die Nazis zwar entwickelt hatten, aber nicht mehr in die Produktion bringen konnten. Man nimmt an, daß Soman, der bei weitem wirkungsvollste der G-Kampfstoffe, das bevorzugte sowjetische Nervengas ist. Ende der sechziger Jahre erstreckte sich das russische Aufgebot an chemischen Waffen angeblich von mit Lewisit und Senfgas gefüllten Landminen über Granaten und Bomben, die mit Blutwirkstoffen wie Blausäure geladen waren, bis zu Raketen, deren Gefechtsköpfe Nervengas enthielten.[17]

Als Antwort auf diese angenommene Bedrohung entwickelte der Westen eine Reihe von Waffen, die Moskau ebenso furchteinflößend vorgekommen sein müssen.

7. Kapitel: Die Suche nach dem patriotischen Bakterium

Noch bevor der Zweite Weltkrieg beendet worden war, hatte ein kleiner Ausschuß in Großbritannien begonnen, Pläne für *zukünftige* Kriege zu erstellen. Dem Generalstab und somit letztlich dem Kabinett unterstellt, war er unter der Leitung von Sir Henry Tizard beauftragt, einen Bericht über »Die zukünftigen Möglichkeiten der Kriegswaffen« zu erstellen. Der schriftliche Auftrag des Ausschusses war so unbestimmt, daß jeder Aspekt betrachtenswert zu sein schien. Konnten Atombomben eingesetzt werden, um Flutwellen hervorzurufen? Konnten chemische Substanzen Beton auflösen? Konnte mit Hochspannung »geworfen« werden, um eine vorrückende Kriegsflotte außer Gefecht zu setzen?

Tizard untersuchte die verschiedenen vorgegebenen Vorschläge und fügte eine Anzahl weiterer über die zukünftige Anwendung biologischer Waffen hinzu. Aber in seinem Schlußbericht[1] folgerte er, daß, während die Atomwaffen den Charakter des Krieges für alle Zeiten ändern würden, die biologischen Waffen von sehr geringem Wert sein würden. Er empfahl ein Programm, das lediglich defensive Forschungen umfassen sollte, darauf ausgerichtet, die Bevölkerung gegen Krankheiten, die wahrscheinlich von einem Feind eingesetzt werden würden, zu impfen.

Tizards Bericht, der eine Grundlage für die zukünftige britische Verteidigungsplanung bilden sollte, wurde im Juni 1945 dem Kabinett vorgelegt. Im August warf ein amerikanischer B-29-Bomber die erste Atombombe auf Hiroshima ab. Der Gemeinsame Technische Kriegführungsausschuß veranlaßte sofort, daß

Tizards Bericht überarbeitet werden sollte, um die schrecklichen Auswirkungen von Atomwaffen mit aufzunehmen.

Als die Mitglieder des Ausschusses mit dem neuen Entwurf begannen, erhielten sie eine Reihe von Aufzeichnungen und Besuche des Mannes, der während des Krieges die britische biologische Kriegführungsforschung geleitet hatte, und der nun aufgebracht war, weil man seine Arbeiten nicht berücksichtigt hatte. Während einer Sitzung im November 1945 verwarf Dr. Paul Fildes die Ansicht, daß man ein Land lediglich mit einem Forschungs- und Schutzimpfungsprogramm gegen einen biologischen Angriff verteidigen konnte. Es konnte Jahre dauern, bis man die Impfstoffe entdeckt hatte, und ein Massenimmunisierungsprogramm würde so offensichtlich sein, daß es geradezu als Einladung wirkte, um mit einer anderen Krankheit anzugreifen.

Von anderer Seite führte man an, daß der Einsatz von Seuchen gegen Feldfrüchte in zukünftigen Kriegen nicht außer acht gelassen werden konnte. Doch der wirkungsvollste Beitrag kam vom Brigadekommandeur Wansbrough-Jones, der darauf hinwies, daß die biologische Kriegführungsforschung ungefähr 20 Jahre jünger war – sie begann erst 1940 – als die Atomwaffenforschung. »Es ist sicherlich berechtigt, die Schlußfolgerung zu ziehen«, schrieb er, »daß die biologische Kriegführung in zehn Jahren hundertmal wirkungsvoller sein kann . . . als heute.«[2] Schließlich folgte der Hinweis, daß Bakterienwaffen geeigneter waren, in Kriegen eingesetzt zu werden, »in denen es nicht nötig wäre, Atombomben zu benutzen«.

Die starken Argumente der bakteriologischen Kriegführungsexperten Großbritanniens trugen den Sieg davon. In der neuen Fassung des Berichts über zukünftige Kriege wurden im Juli 1946 sowohl atomare als auch *biologische Waffen* behandelt, wobei die letztgenannten häufig für *vorteilhafter* gehalten wurden; während es beispielsweise »schwierig sein würde, die Atombombenproduktion auf Abruf schnell zu erhöhen, hätte man verhältnismäßig viel weniger Schwierigkeiten mit einer schnellen Erhöhung der Produktion von biologischen Waffen«.[3] Verteidigungswissenschaftler in den Vereinigten Staaten waren übrigens unabhängig von den Briten zum gleichen Ergebnis gekommen – nämlich daß in jedem zukünftigen Krieg der Einsatz biologischer Waffen ebenso wahrscheinlich war wie der von Atombomben.[4]

Genauso wie die Alliierten während des Krieges zu dem Schluß gekommen waren, daß, weil sie biologische Waffen erforschten, Hitler wahrscheinlich dasselbe tat, waren die Briten und die Amerikaner nun aufgrund ihrer Schlußfolgerung eines möglichen Einsatzes von biologischen Waffen davon überzeugt, daß die Russen, sogar in dem schrecklichen neuen Zeitalter, das sich in Hiroshima offenbart hatte, zum gleichen Ergebnis gekommen sein mußten. Begrenztes Informationsmaterial, unterstützt durch öffentliche »Panikmache«, schien diese Situation zu bekräftigen. Als die Amerikaner ihre Verwundbarkeit in einem Bakterienkrieg beurteilten, kamen sie zu düsteren Ergebnissen:

»Die Eigenart der nationalen Wirtschaft und der Lebensweise bewirkt für die Zivilbevölkerung ebenso wie für den Viehbestand und die Kulturpflanzen der Vereinigten Staaten eine außerordentliche Anfälligkeit gegenüber einem biologischen Angriff... Es muß klar erkannt werden, daß Verteidigungsmaßnahmen gegen einen großangelegten biologischen Angriff bestenfalls von geringer Wirksamkeit sein würden«,[5] teilte ein hoher Offizier des US-amerikanischen chemischen Korps dem Pentagon mit.

Die Briten wollten sich nur auf die Verteidigung gegen Bakterienangriffe konzentrieren, merkten jedoch, daß es »unentbehrlich« war, »Forschungen im Offensivbereich der biologischen Kriegführung aufzunehmen, da ohne eine ausreichende Forschung in diesem Bereich die eigentlichen Probleme bei den Verteidigungsmaßnahmen nicht vollständig eingeschätzt werden könnten«.[6] Diese Einstellung führte die Briten dazu, mit einer energischen Anwerbungspolitik zu beginnen, in deren Verlauf sich die Anzahl der Mikrobiologen, die am Ende des Zweiten Weltkrieges in der bakteriologischen Kriegführungsforschung beschäftigt gewesen waren, verdreifachte. 1947 gründeten sie eine unabhängige mikrobiologische Forschungsstation. Die neue bakteriologische Kriegführungsanlage, auf der sich dann auch das größte Backsteingebäude Großbritanniens befand, wurde neben das chemische Kampfstoffwerk in Porton gebaut.

Es ist ein Zeichen für die Brisanz, die die Briten der biologischen Kriegführungsforschung nach dem Krieg zumaßen, daß beinahe sämtliche Aufzeichnungen, die sich auf diesen Bereich beziehen, für die Öffentlichkeit noch immer nicht zugänglich sind. Während einer Sitzung beschäftigten sich die Stabschefs selbst mit dem Problem der ungewollten öffentlichen Aufmerksamkeit. Die Leiter der Streitkräfte waren darüber besorgt, daß durch die Rechtfertigung der Notwendigkeit für eine biologische Kriegführungsforschung der Eindruck entstehen konnte, daß ein Bakterienangriff eine wirkliche Gefahr darstellte *(wovon sie überzeugt waren).* Im Februar 1950 vereinbarten sie, daß eine Erklärung *»als letzter Ausweg, um einer unwillkommenen Öffentlichkeit zuvorzukommen«*, herausgegeben werden sollte:

»Die Königliche Regierung ist der Ansicht, daß die aggressive Natur dieser Kriegführungsart überbewertet worden ist. Doch sie kann nicht außer acht gelassen werden, und es ist die Pflicht der Regierung, alles zu tun, was in ihren Kräften steht, um dieses Land vor derartigen möglichen Angriffen zu schützen.«[7]

Diese beruhigende Erklärung war von der generalstabseigenen Einschätzung der Gefahren eines biologischen Angriffs weit entfernt.

In den Vereinigten Staaten, wo am Ende des Krieges fast 4000 Personen in den vier biologischen Kampfstoffanlagen gearbeitet hatten, wurde die Personenzahl zunächst vermindert. Doch der Mann, der die Entwicklung von Bakterienwaffen während des Zweiten Weltkrieges geleitet hatte, der Arzneimittelhersteller George W. Merck, empfahl, daß die Forschungsarbeiten fortgesetzt werden sollten.[8] *Camp Detrick,* der ehemalige Flugplatz der Nationalgarde, eine Autostunde von Washington entfernt, wurde für diesen Zweck ausgewählt. Welche Arbeiten in Camp Detrick während des Krieges ausgeführt worden waren, hatte man so perfekt verschleiert, daß die örtliche Bevölkerung nur sehr wenig oder überhaupt nichts darüber wußte.

In den folgenden Jahren untersuchten die Wissenschaftler in Camp Detrick und in Porton Down nahezu jede bekannte tödliche Krankheit. Die meisten davon wurden zwar nicht an Menschen erprobt, doch die Forscher waren dennoch in der Lage, anhand von angeblich »fiktiven« Fallstudien Schlußfolgerungen zu ziehen.

Die Besessenheit, die sich in den Nachkriegsjahren um die bakteriologische Kriegführung entwickelte, hatte zur Folge, daß man sich über rechtliche Bedenken hinwegsetzte. Wie wir gesehen haben, versuchten die sowjetischen Behörden, die japanischen Offiziere, die verantwortlich für die in Versuchsstationen im besetzten China durchgeführten schrecklichen Menschenversuche waren, vor Gericht zu bringen. Es wäre zu erwarten gewesen, daß die von den Amerikanern gefangengenommenen japanischen Militärbiologen ebenfalls angeklagt werden würden. Doch in einer außergewöhnlichen Entscheidung, die 30 Jahre lang geheimgehalten wurde, boten die Amerikaner den Japanern Straffreiheit an, wenn diese als Gegenleistung über Einzelheiten ihrer Versuche an Kriegsgefangenen aussagen würden.

Anfangs hatten die Amerikaner die Nachrichten, daß die Japaner ihre biologischen Waffen angeblich an Menschen erprobt hatten, bezweifelt. Frühe Berichte aus dem Hauptquartier im Fernen Osten wiesen darauf hin, daß diese Meldungen zu unzuverlässig wären, um ernst genommen zu werden. Als Mitglieder des MacArthur-Stabes General Shiro Ishii, den Begründer der berüchtigten Abteilung 731 und Leiter des japanischen biogischen Kriegführungsprogramms, verhörten, gab er die Standardantwort aller Militärbiologen: Man hatte tatsächlich Forschungen betrieben, doch nur zu Verteidigungszwecken gegen mögliche feindliche Angriffe. Da Ishiis Personal wenige Tage vor der sowjetischen Besetzung der Mandschurei die biologischen Kampfstoffanlagen zerstört und noch lebende Versuchspersonen ermordet hatte, verfügten die amerikanischen Ermittlungsbeamten über keine ausreichenden Nachweise, um diese Behauptung zu widerlegen.

Doch die Russen zogen aus dem Beweismaterial, das sie während ihres Vorstoßes in die Mandschurei ans Tageslicht gebracht hatten, die Schlußfolgerung, daß Ishii log. Sie baten die Amerikaner um die Erlaubnis, ihn und andere in den USA festgehaltene Militärbakteriologen zu befragen. Rechtsberater in Washington vertraten die Ansicht, daß es für das Gesuch der Russen keine rechtliche Grundlage gab, daß es jedoch als freundschaftliche Geste betrachtet werden konnte, ihnen die Erlaubnis zu geben. Zuvor sollten die Japaner aber noch einmal von amerikanischen biologischen Kriegführungsspezialisten verhört werden. Diesmal brachten die Ermittlungen Ergebnisse hervor.

Ishii – verängstigt durch die Möglichkeit, an die Russen ausgeliefert zu werden – änderte im Mai 1947 seine Aussagen auf dramatische Weise und gab vor den Vernehmungsbeamten zu, daß die Japaner »Feldversuche«, bei denen Milzbrandwaffen gegen Chinesen eingesetzt worden waren, durchgeführt hatten. Aber trotzdem konnten sich die Beschuldigungen gegen Ishii und seine ehemaligen Mitarbeiter auch weiterhin nur auf Annahmen und Gerüchte stützen, die nach Meinung mehrerer Rechtsberater nicht für eine Anklage wegen Kriegsverbrechen ausreichten. Natürlich beeinflußte die Frage, ob das Belastungsmaterial einer gerichtlichen Prüfung standhalten konnte, die Entscheidung Washingtons, ob der Japaner angeklagt werden sollte oder nicht. Als man darüber nachdachte, befanden sich die Ermittlungen in einem Bereich, in dem man das Gebot nach Gerechtigkeit gegen mögliche Propaganda- und Informationsvorteile abwog. Das Pentagon wünschte nämlich, daß ein Vorschlag General Ishiis überdacht werden sollte. Am 6. Mai 1947 wurde dieses Angebot in einer streng geheimen Notiz nach Washington übermittelt: »Ishii erklärt, daß, wenn ihm, seinen Untergebenen und Vorgesetzten Immunität garantiert wird, er das bakteriologische Programm genauestens beschreiben wird.«

Um die Brauchbarkeit von Ishiis Informationen zu beurteilen, schickte das Pentagon zwei führende Biologen aus Camp Detrick nach Japan. Dr. Edwin V. Hill und Dr. Joseph Victor kamen am 28. Oktober in Tokio an und begannen sofort mit ihren Ermittlungen. Am 12. Dezember 1947 berichteten sie, daß sie nicht weniger als 19 japanische Kriegführungsspezialisten über Biowaffen befragt hätten. Sie hatten entdeckt, daß die Japaner mit einer enormen Anzahl von Krankheiten, unter anderem Milzbrand, Pest, Tuberkulose, Pocken, Unterleibstyphus und Cholera, experimentiert hatten. Einige Japaner hatten zugegeben, potentielle Bakterienwaffen an Menschen erprobt zu haben.

Die amerikanischen Biologen waren über diese Informationen verständlicherweise überrascht. Das Ausmaß der Forschungen übertraf bei weitem die Versuche, die während des Krieges von den Alliierten ausgeführt worden waren, und zwar nicht nur von der Anzahl der Krankheiten her, sondern auch hinsichtlich der Genauigkeit der Berichte über die Auswirkungen auf die Opfer. Die Versuche waren genauso grausam wie die von den Nazis durchgeführten, doch am 12. Dezember 1947 folgerten die Spezialisten von Camp Detrick in ihrer Zusammenfassung des Ermittlungsberichts nüchtern, daß die möglichen Vorteile für die westliche biologische Kriegführungsforschung weitaus gewichtiger waren als das Gebot nach Gerechtigkeit. Wenn die Japaner von den Russen befragt werden sollten, so würden diese, und nicht die Amerikaner, den Nutzen aus der im Krieg betriebenen Forschung ziehen. Die abschließende Empfehlung lautete logischerweise:

»Es geht um Daten, die von japanischen Wissenschaftlern unter

Aufbringung von mehreren Millionen Dollar und in vielen Arbeitsjahren gewonnen worden sind. Es handelt sich um Informationsmaterial über die Anfälligkeit von Menschen gegenüber Krankheiten, ausgelöst durch bestimmte infektiöse Bakteriendosierungen. Derartige Informationen können wir wegen der Bedenken, mit denen Menschenversuche verbunden sind, nicht in unseren eigenen Laboratorien erhalten ... Es ist zu hoffen, daß den Personen, die diese Informationen freiwillig übermittelt haben, Schwierigkeiten wegen ihnen erspart werden und daß jede Anstrengung unternommen wird, um zu verhindern, daß dieses Informationsmaterial in fremde Hände gerät.«

Die Hoffnung, den japanischen Wissenschaftlern mögliche »Schwierigkeiten« zu ersparen, fand eine bereitwillige Antwort in Washington, wo man, um den Vorsprung vor der sowjetischen bakteriologischen Kriegführungsforschung zu bewahren, auf diesen Vorschlag einging und die gesamten amerikanischen Kenntnisse über die japanischen Pläne aus der Kriegszeit für die nächsten 30 Jahre geheimhielt.

Der ungewöhnlich heimtückische Aspekt der bakteriologischen Kriegführung – die Möglichkeit, einen Angriff auszuführen, den der Gegner erst bemerkt, wenn es für eine Verteidigung zu spät ist – fand bei den Amerikanern besonderen Anklang. Man begann Untersuchungen darüber anzustellen, wie einfach bakteriologische Waffen gegen große Regierungsgebäude, in denen sich Tausende von wichtigen Beamten aufhielten, eingesetzt werden konnten. Es wurde beschlossen, einen Scheinangriff auf das größte Bürogebäude der Welt, auf das Pentagon, das Hauptquartier der US-Streitkräfte, zu inszenieren. Angehörige der in Camp Detrick neu gegründeten Sondereinsatzdivision gingen in das riesige Gebäude und warfen einen knappen Liter harmloser Bakterien in die Klimaanlage. Sie berichteten später, daß er ausreichend gewesen war, um zu beweisen, daß ein biologischer Kampfstoff im gesamten Gebäude verteilt werden konnte. Andere Möglichkeiten, die sie erprobten, bestanden in der Verseuchung von Nahrungsmitteln, Papier und vor allem der Wasservorräte. *»Saboteure«*, stellten sie fest, *»die mit kleinen Mengen an Botulinustoxin, Cholera, Ruhr oder Unterleibstyphuserregern ausgerüstet sind, könnten wirksame Mengen davon in das Wasserversorgungssystem einer Stadt einleiten, indem sie den Wirkstoff durch einen in der Nähe einer Hauptleitung befindlichen Absperrhahn pumpen.«*[9]

Aber es gab die Möglichkeit eines noch umfassenderen Angriffs. Seuchen konnten vom Schiff oder vom Flugzeug aus in die Luft gesprüht werden, damit sie über das Land trieben. Um herauszufinden, ob derartige Angriffe – der Theorie nach möglich – auch praktisch durchführbar waren, unternahmen die Briten, die Kanadier und die Amerikaner eine Reihe von Experimenten. Nach vorausgehenden meteorologischen Untersuchungen zur Feststellung des Verhaltens von Bakterienwolken in großer Höhe begannen sie mehrere Scheinangriffe auszuführen.

Die Einzelheiten vieler dieser *Versuche, von denen Millionen von Menschen betroffen waren,* werden noch immer geheimgehalten. Es ist jedoch bekannt, daß das britische Kriegsministerium Übungen durchgeführt hat, um die Verwundbarkeit Großbritanniens gegenüber »Massenvernichtungswaffen« – die nun allgemein verwendete Bezeichnung für atomare und biologische Waffen – festzustellen. Im Winter des gleichen Jahres 1948 wurden Schiffe der britischen Marine, auf denen sich britische, kanadische und amerikanische Mikrobiologen befanden, zur *»Operation Harness«* in die Karibik geschickt. Über 30 Jahre danach werden die Ergebnisse noch immer zurückgehalten, da sie »Informationen« beinhalten, »von deren Bekanntgabe man annimmt, daß sie eine unverkennbare Beeinträchtigung der nationalen Sicherheit verursachen würde.«[10] Allgemein wird angenommen, daß es sich dabei um eine Übung gehandelt hat, in der ungefährliche Bakterien freigesetzt worden sind, um einen biologischen Angriff zu simulieren. *In Wirklichkeit wurden aber echte Bakterienwaffen eingesetzt. »Operation Harness«* war auch nicht einzigartig. In der Karibik hielt man mindestens zwei weitere Übungen ab, bei denen wirkliche Seuchen getestet wurden. Diese Unternehmen erhielten die Decknamen *»Operation Ozone«* und *»Operation Negation«* und fanden jeweils im Winter 1953 und 1954 statt. Mehrere tausend Tiere wurden aus Porton Down herbeigeschafft und einige Kilometer von den Bahamas entfernt auf Flößen angebunden. Mit Feldstechern beobachteten die Mikrobiologen, wie im Aufwind Bakterienwolken freigesetzt wurden, die dann über die Tiere hinwegzogen. Zu den getesteten Krankheiten gehörten wahrscheinlich Milzbrand, Brucellosen und die Hasenpest. Die Kadaver der infizierten Tiere wurden auf See verbrannt.

Während diese Versuche die Ansteckungsfähigkeit der eingesetzten Krankheiten nachwiesen, lösten sie nicht die zentrale

Frage, wie leicht es sein würde, eine Großstadt oder einen militärischen Stützpunkt anzugreifen. Kurz nach dem Krieg durchgeführte Experimente mit harmlosen Bakterien hatten gezeigt, wie einfach es für diese Organismen war, in das Innere eines verschlossenen Schiffes einzudringen, doch was nun gebraucht wurde, waren Angriffe gegen zivile Ziele. Die nächsten zwei Jahrzehnte hindurch wurden allein in den Vereinigten Staaten über 200 Versuche durchgeführt, bei denen man sogar ganze Städte mit unechten biologischen Waffen angriff. Die Experimente wurden unter völliger Geheimhaltung ausgeführt. Wenn wißbegierige Beamte Fragen stellten, erzählte man ihnen, daß die Armee Versuche zur Erzeugung von Nebelschleiern unternahm, um die Stadt vor Radaraufklärung zu schützen.

Einer der ersten Versuche fand 1950 in San Francisco statt. Das Pentagon nahm an, daß es für ein sowjetisches U-Boot möglich wäre, unbemerkt in einen amerikanischen Hafen zu gelangen, eine Bakterienwolke freizusetzen und wieder zu verschwinden, lange bevor die ersten Opfer des Angriffs ins Krankenhaus eingeliefert würden. San Francisco, das Hauptquartier der 6. Armee und großer Teile der Pazifikflotte, schien ein mögliches Ziel für einen derartigen Angriff zu sein. Vom 20. bis zum 26. September 1950 wurde diese Theorie von zwei Minensuchbooten der US-Marine, die vor der Golden Gate Bridge auf und ab fuhren, untersucht. Auf den Schiffen versprühten die Besatzungen Wolken, die mit *Bacillus globigii* und *Serratia marcescens*, zwei angeblich harmlosen Bakterienarten, durchsetzt waren. Letztere war während des Zweiten Weltkrieges in Porton Down entwickelt worden. Man unternahm sechs Scheinangriffe auf die Stadt. In ihrem Bericht schrieben die Wissenschaftler später, daß in dem Gebiet von San Francisco eine Fläche von 300 Quadratkilometern verseucht worden war. »Fast jeder der 800000 Menschen in San Francisco, der der Wolke ausgesetzt war . . . inhalierte 5000 oder mehr Teilchen. Jedes andere Gebiet, in dem ein stetiger Wind und eine ähnlich stabile Wetterlage wie in San Francisco vorherrschen, ist durch einen gleichartigen Angriff gefährdet, und es gibt viele solcher Gebiete in den USA und anderswo.«[11]

Aber der Versuch von San Francisco war nur einer von vielen. 1951 verseuchten Angehörige der amerikanischen Marine zehn Holzkisten, die von einem Nachschublager in Pennsylvanien zum Marinestützpunkt in Norfolk, Virginia, transportiert werden sollten, vorsätzlich mit *Serratia marcescens, Bacillus globigii* und *Aspergillus fumigatus.* Durch diesen Test wollte man herausfinden, wie leicht sich eine Krankheit unter den Leuten verbreiten würde, die mit dem Verladen der Kisten im Nachschublager beschäftigt waren. Die letztgenannte der drei Bakterienarten hatte man deshalb ausgewählt, weil im Versuchsgebiet viele Arbeiter dunkler Hautfarbe arbeiteten, die besonders anfällig für sie sein würden.

Durch die extreme Geheimhaltung, die bezeichnend ist für alle britischen Verteidigungsangelegenheiten, ist es zum gegenwärtigen Zeitpunkt unmöglich, sich ein vollständiges Bild über die Versuche zu machen, da die entsprechenden Dokumente noch immer unter Verschluß gehalten werden. Es ist jedoch bekannt, daß 1952 vor der Westküste Schottlands von Schiffen der britischen Marine aus Bakterienwolken freigegesetzt worden sind. In einer 1954 veröffentlichten Presseverlautbarung des Verteidigungsministeriums, von offizieller Seite her noch immer die bisher umfassendste Erklärung zu den Versuchen, wird nur erwähnt, daß »in den vergangenen Jahren vor der schottischen Küste Versuche durchgeführt worden sind, um technische Daten zu erhalten, auf die . . . sich Vorsichtsmaßnahmen stützen sollen«.[12] Aber diese Experimente waren nicht so harmlos gewesen, wie es in der milden Erklärung des Verteidigungsministeriums behauptet wurde. Im Sommer 1952 und 1953 lief die *Ben Lomond*, ein für den Panzertransport vorgesehenes Schiff der britischen Marine, das im Hafen von Stornoway auf der Insel Lewis stationiert war, regelmäßig aus, um einen bestimmten Punkt, ungefähr zehn Kilometer von der Küste entfernt, zu erreichen.

Doch im Gegensatz zu den Versuchen von San Francisco, bei denen angeblich ungefährliche Bakterien eingesetzt worden waren, hatte die *Ben Lomond* Kanister an Bord, die Seuchen enthielten. Die schottischen Versuche, *»Operation Cauldron«* und *»Operation Hesperus«* genannt, glichen denjenigen, die in der Nähe der Bahamas durchgeführt worden waren. Ungefähr 16 Kilometer von der Küste entfernt wurden an der Seite des Schiffes Flöße heruntergelassen, auf die man Käfige, in denen sich Tiere befanden, absetzte. Die *Ben Lomond* entfernte sich dann gegen den Wind von den Flößen, und die Wissenschaftler aus Porton setzten Bakterienwolken frei. Mehrere tausend Meerschweinchen, Mäuse, Kaninchen und ungefähr 100 Affen wurden im Verlauf dieser Experimente, die jeweils mehrere Wochen andauerten, getötet. Am Ende jeden Versuchstages wurden die Tiere an Land gebracht, wo man ihre Kadaver, bevor sie zu einem behelfsmäßigen Verbrennungsofen transportiert wurden, untersuchte.[13]

Die Einzelheiten dieser Experimente sind der Öffentlichkeit noch nicht zugänglich, deshalb ist nichts über die eingesetzten Krankheiten bekannt. Der Grund, weshalb die Versuche auf See durchgeführt wurden, war offensichtlich, denn die Erfahrung während des Krieges auf Gruinard hatte gezeigt, wie langfristig die Folgen einer Landverseuchung sein konnten. Obwohl Porton es vorgezogen hätte, die Tests vor der schottischen Küste fortzusetzen, wurde das Wetter im Sommer 1953, im zweiten Versuchsjahr, für die weitere Arbeit als zu unbeständig angesehen. Im folgenden Jahr kehrten die Wissenschaftler zu den Bahamas zurück. Im wärmeren Klima der Karibik wurden die Tests mindestens zwei Jahre lang fortgeführt.

Die Experimente vor der schottischen Küste und bei den Bahamas stellen den Höhepunkt der britischen biologischen Kriegführungsforschung nach dem Krieg dar. Neben den Bakterienwaffenversuchen auf See unternahmen die Briten eine Reihe von Experimenten über Großbritannien, bei denen sie ungefährliche chemische Stoffe verwandten. Vom Frühjahr 1957 an wurden Flugzeuge der britischen Luftwaffe regelmäßig über der Küste Großbritanniens eingesetzt. Aus speziell angefertigten Tanks, die an den Flugzeugen befestigt waren, wurde Zink-Cadmium-Sulfid in die Luft abgegeben, ein sogar in geringen Mengen leicht nachweisbarer chemischer Stoff. Auf den Britischen Inseln errichtete man Überwachungsstationen, wo Portons Wissenschaftler die Konzentration des chemischen Stoffes in der Luft feststellten. Als die Versuche im Herbst 1959 abgeschlossen wurden, war nahezu das ganze Land mit Zink-Cadmium-Sulfid besprüht worden. Weitere Experimente wurden gelegentlich durchgeführt (wie zum Beispiel 1961, als unechte Seuchenwolken aus einem Schornstein in Harwell, Großbritanniens Atomenergie-Hauptquartier, freigesetzt wurden), doch die Zink-Cadmium-Sulfid-Versuche hatten Porton Down den Beweis erbracht, daß Großbritannien gegen einen heimlichen Bakterienangriff praktisch wehrlos war.

In den Vereinigten Staaten wurden auch in den sechziger Jahren ähnliche Versuche durchgeführt. Der vielleicht imposanteste Scheinangriff fand 1966 statt, als die Sondereinsatzdivision des Chemischen Korps' beschloß, einen *biologischen Anschlag auf die*

Stadt New York auszuführen. Der Angriff lief unter strikter Geheimhaltung ab, die Durchführenden verfügten über Schreiben, die bescheinigten, daß sie einer industriellen Forschungsorganisation angehörten. Man wollte ermitteln, wie leicht man eine Stadt durch das Freisetzen von Bakterien in den U-Bahn-Schächten verseuchen konnte. Agenten der Armee postierten sich auf den Bürgersteigen, die sich über den Dachvergitterungen der New Yorker Untergrundbahn befanden, und versprühten »harmlose Bakterien« in die Bahnhöfe. Hin und wieder fielen die Wolken auf Fahrgäste, die auf die Züge warteten, doch »wenn die Wolke die Personen einhüllte, strichen sie über ihre Kleidung, sahen kurz zur Vergitterung hoch und gingen weiter«, erinnerte sich einer der Agenten.[14]

Die Agenten konzentrierten sich auf die Bahnlinien der Siebenten und der Achten Avenue, während andere Mitglieder des Teams mit Prüfgeräten zu den Endbahnhöfen des U-Bahn-Netzes geschickt wurden. Innerhalb von wenigen Minuten trugen die von den Zügen verursachten Wirbelbewegungen die Bakterien durch das gesamte Tunnelsystem. Eine weitere Technik, die von den Männern der Sondereinsatzdivision benutzt wurde, bestand darin, in der U-Bahn mitzufahren, wobei sie eine anscheinend normale Glühbirne bei sich hatten, die jedoch mit Bakterien gefüllt war. Wenn sie gerade nicht beobachtet wurden, ließen sie die Glühbirne mitten in einem verdunkelnden Tunnel auf die Schienen fallen. Sie berichteten später, daß es sich um »eine leichte und wirksame Methode für die heimliche Verseuchung eines Streckenabschnittes der U-Bahn« handelte.[15] Das Forschungsteam zog die Schlußfolgerung, daß, falls irgend jemand einen Angriff auf New York oder auf irgendeine der sowjetischen, europäischen oder südamerikanischen Städte, die über ein U-Bahn-Netz verfügen, durchführt, Tausende, möglicherweise Millionen von Menschen Gefahr laufen, sich anzustecken. Sogar in einem hochentwickelten westlichen Land wie den USA würde eine ernste Krankheit, die 30 Prozent der Einwohner einer Großstadt befällt, die Krankenhäuser überschwemmen und die Gesundheitsversorgung praktisch zum Stillstand bringen.

Die letzten derartigen Tests fanden im November 1969 statt. Zwanzig Jahre lang war nichts oder nur sehr wenig über die wirklichen Versuchszwecke gesagt worden. In den Vereinigten Staaten hatten die Befürworter des Chemischen Korps' versucht, die Experimente durch die Erklärung zu rechtfertigen, daß man mit ihnen in einer Zeit starker internationaler Unsicherheit begonnen hatte, die verbunden war mit »unserer Furcht vor der Beherrschung der Welt durch die Sowjetunion«.[16]

Schon bevor viele dieser Tests stattgefunden hatten, war vom Chemischen Korps die Schlußfolgerung gezogen worden, daß die Vereinigten Staaten für einen Bakterienangriff »äußerst anfällig« waren. Man wies darauf hin, daß seit dem Ende des Krieges kaum neue Anstrengungen unternommen worden waren, um eine biologische Bombe herzustellen. Es würde, nahm man an, »schätzungsweise ein Jahr intensiver Arbeit« erfordern, bis die USA die biologische Kriegführung anwenden könnten.[17] Es gab natürlich keinen handfesten Beweis dafür, daß irgendein möglicher Feind eine biologische Waffe entwickelt hatte, doch konnten es sich die Vereinigten Staaten leisten, das Risiko einzugehen, selbst keine zu haben?

Das Argument überzeugte. Im Oktober 1950 akzeptierte der Verteidigungsminister den Vorschlag, eine Anlage zur »Züchtung von Krankheiten« zu errichten. Der Kongreß bewilligte heimlich 90 Millionen Dollar, um das Werk in der Nähe der kleinen Baumwollstadt *Pine Bluff* im Bundesstaat Arkansas zu bauen. Die Anlage bestand aus zehn Stockwerken, von denen sich drei unter der Erde befanden. Sie war mit zehn Fermentationsanlagen für die unverzügliche Massenproduktion von Bakterien ausgestattet, obwohl sie niemals voll ausgelastet gewesen ist. Einige Bewohner von Pine Bluff ahnten, weshalb die neue Fabrik der Armee dort gebaut worden war, doch im allgemeinen spürte man, wie das Pentagon es später ausdrückte, »eine Abneigung, das Programm an die Öffentlichkeit zu bringen«.[18]

Die erste biologische Waffe gegen Pflanzen, die sogenannte *»Traubenbombe«*, wurde 1950 von Wissenschaftlern aus Camp Detrick dem Gemeinsamen Generalstab in einem streng geheimen Bericht vorgestellt. In dem Versuch, eine Technik zur Vernichtung gegnerischer Nahrungsmittelvorräte zu entwickeln, hatten sie die Federn von Brieftauben mit den Sporen des Getreiderostes, einer Krankheit, die das Getreide befällt, bestreut. Die Forscher stellten fest, daß selbst nach einem Flug von 160 Kilometern noch genug Sporen auf den Federn der Vögel verblieben, um den Hafer, der sich in ihren Käfigen befand, zu infizieren. Denn hatten sie bei Versuchen vom Flugzeug aus Tauben über den Jungferninseln abgeworfen. Schließlich verzichteten sie ganz auf lebende Vögel und füllten einfach Bomben mit verseuchten Truthahnfedern. Aus jedem dieser seltsamen Experimente schlossen die Männer aus Camp Detrick, daß ein ausreichender Teil der Krankheitserreger die Reise überlebte, um das Getreide zu infizieren. 1951 wurde die Produktion der ersten *Erntevernichtungsbomben* für die US-amerikanische Luftwaffe aufgenommen.

Doch das Hauptziel war die Entwicklung einer Waffe, die Menschen töten sollte.

Seit der alliierten Forschung während des Zweiten Weltkrieges hatte sich der ideale biologische Kampfstoff wenig geändert: Es mußte eine Krankheit sein, gegen die es keine natürliche Immunität gab. Sie sollte äußerst ansteckend sein, und der Feind durfte keinen Impfstoff dagegen herstellen oder die Krankheit mit Hilfe der medizinischen Möglichkeiten, die ihm zur Verfügung standen, heilen können. Und vom militärischen Standpunkt aus sollten es Krankheitserreger sein, die leicht zu züchten, jedoch gleichzeitig robust genug waren, um zu überleben und sich außerhalb des Laboratoriums selbst fortzupflanzen. Die folgenden vier Krankheiten schienen diesen Voraussetzungen am besten zu genügen:

Milzbrand: Die von Briten und Amerikanern durchgeführten Versuche hatten gezeigt, daß es sich bei Milzbrand um einen äußerst widerstandsfähigen Kampfstoff handelte; die Insel Gruinard wird voraussichtlich für mindestens dieses Jahrhundert verseucht bleiben. Zwar wirkte er *nicht unbedingt tödlich*, doch es gab immer noch keine effektive Immunisierungsmöglichkeit.

Brucellose: Die Brucellose, auch *Maltafieber* genannt, hatte sich am Ende des Krieges in einem fortgeschrittenen Entwicklungsstadium befunden. Da sie *selten tödlich* wirkte, wurde sie als eine mögliche »humane« Waffe betrachtet.

Tularämie: Wie die Brucellose, die hauptsächlich das Vieh befällt, wirkt Tularämie (auch *Hasenpest* genannt) bei Menschen *normalerweise nicht tödlich.* Man nahm jedoch an, daß die Schüttelfröste, das Fieber und die allgemeine Schwachheit, die von der Krankheit hervorgerufen wurden, einen Feind für zwei bis drei Wochen außer Gefecht setzen würden.

Psittakose: Diese Krankheit, manchmal auch *Papageienkrankheit* genannt, wurde als wirkungsvollste der kampfunfähig machenden Waffen betrachtet, da sie hohes, typhusähnliches Fieber verursachte, woraus sich später eine Lungenentzündung entwickeln konnte. Man rechnete mit einer *Todesrate von 20 Prozent.*[19]

Später sollten noch weitere Krankheiten für den Waffengebrauch entwickelt werden, unter anderem Pest, Felsengebirgs-Fieber, Rifttal-Fieber, Queensland-Fieber und verschiedene Formen von Hirn- und Rückenmarksentzündungen. Doch im Jahre 1950 stellten diese vier die vielversprechendsten möglichen Bakterienwaffen dar. In den nächsten zwei Jahrzehnten sollten allein in den Vereinigten Staaten für die Entwicklung derartiger Waffen über 700 Millionen Dollar ausgegeben werden.

An erster Stelle der Einsatzziele für diese Waffen standen Großstädte. »Die Moral der Menschen in diesen Zielgebieten ist ein sehr bedeutsamer Faktor, der sicherlich den Kampfwillen einer Nation beeinflussen wird. Die Angriffe auf diese Ziele sollten dahingehend ausgeführt werden, *den größten Effekt gegen Personen mit dem geringsten Ausmaß an Zerstörung zu erzielen.«*[20] Die Angriffe sollten so massiv sein, daß die medizinische Versorgung des Gegners überfordert werden würde.

Es sah so aus, als ob diese beunruhigenden Pläne bei der Intervention der Vereinigten Staaten gegen die kommunistischen Kräfte, die in Südkorea eingedrungen waren, Wirklichkeit werden konnten. In allen Bereichen der US-Streitkräfte gab es starke Erhöhungen der Verteidigungsausgaben, einschließlich der biologischen Kriegführung. Das Pentagon befürchtete, daß die nordkoreanischen und die chinesischen Kommunisten unter der Führung General Lin Piaos bakteriologische Angriffe gegen sie starten könnten. Die Amerikaner beschlossen, eine Waffe für Vergeltungszwecke herzustellen. Aber nicht die Kommunisten, sondern die Amerikaner wurden mit Erfolg angeklagt, als erste Bakterienwaffen eingesetzt zu haben. Im Februar 1952 behaupteten die Nordkoreaner und die Chinesen, Offiziere der amerikanischen Luftwaffe hätten zugegeben, daß sie *»Bakterienbomben« auf Nordkorea abgeworfen hatten.* Die Chinesen unterstützten ihre Aussagen durch die Veröffentlichung von Fotografien, auf denen man angeblich »amerikanische biologische Bomben« erkennen konnte. Die Vereinigten Staaten bezeichneten die Behauptungen als Unsinn; die Piloten, sagten sie, wären einer Gehirnwäsche unterzogen worden. Die Chinesen antworteten mit einer Offensive, indem sie eine »Internationale Wissenschaftliche Kommission« einberiefen, die sich, unter anderem, aus Wissenschaftlern der

Sowjetunion, Italiens, Frankreichs, Schwedens, Brasiliens und Großbritanniens zusammensetzte.

Die internationalen Wissenschaftler, die die koreanischen Behauptungen untersuchten, erstellten im Oktober 1952 einen gewichtigen, 700 Seiten starken Bericht, aus dem hervorging, daß »die Menschen Koreas und Chinas tatsächlich als Ziele für bakteriologische Waffen dienten«.[21] Er listete die verschiedenen angewandten Techniken auf, die von Füllfederhaltern, die infizierte Tinte enthielten, über milzbranddurchsetzte Federn bis zu Flöhen, Läusen und Stechmücken, die Pest und Gelbfieber übertrugen, reichten. Von der Propaganda her stellte die »Internationale Wissenschaftliche Kommission« eine Meisterleistung dar, obwohl die Vereinigten Staaten die Behauptungen wiederum dementierten. Gegen das amerikanische Gesuch, daß die Vereinten Nationen ihre eigene Untersuchung durchführen sollten, legten die Chinesen und Koreaner erfolgreich ihr Veto ein.

Dr. Needham, der britische Experte in diesem Gremium, blieb davon überzeugt, daß die USA tatsächlich die biologische Kriegführung in Korea erprobt hatten. »Soweit wir es beurteilen konnten, handelte es sich zum größten Teil um *experimentelle* Unternehmungen«, sagte er fast 30 Jahre später in Cambridge.[22] Needham nahm an, daß Korea für Versuche mit »Bakterienüberträgern« – Insekten wie die Stechmücke, die Gelbfieber von einer Person zur anderen übertragen konnte – benutzt worden war. »Die Experimente schienen nicht sehr erfolgreich gewesen zu sein«, sagte er, »doch in unseren Schlußfolgerungen waren wir uns einig.«

Jahre danach gab die amerikanische Regierung zu, daß sie zur Zeit des Koreakrieges die Mittel für die Durchführung eines biologischen Angriffs besessen hatte, behauptete jedoch, daß sich ihr »bakteriologisches Kriegführungsvermögen auf Hilfsmittel stützte, die nur für das Festland der Vereinigten Staaten zur Verfügung standen und dort auch zurückbehalten wurden«.[23] Ob die Behauptungen stimmten oder nicht, ihre breite Veröffentlichung hatte den Vereinigten Staaten sehr geschadet. Was am Ende blieb, waren »ein eindeutiger Bericht und ein einseitiges Dementi«.[24]

Die koreanischen Behauptungen schreckten das Chemische Korps nicht ab, sondern spornten es eher noch mehr zum bakteriologischen Wettrüsten an. Im Herbst 1953 gründete man eine *unabhängige bakteriologische Kriegführungsabteilung.* Im Frühjahr des folgenden Jahres wurden Vorräte an *Brucella suis* hervorgebracht, eine der Bakterienarten, die Brucellosen verursachte. Ein Jahr später züchtete man in der Anlage von Pine Bluff in Arkansas *Tularämiebakterien.* Das angeblich provisorische »*Camp*« Detrick wurde in »*Fort*« Detrick umbenannt – ein Hinweis auf seinen dauerhaften Status. Obwohl man dort noch weitere Laboratorien gebaut hatte, führte man derartig umfassende Forschungen durch, daß Wissenschaftlern der Universität von Ohio ein Teil der Arbeiten übergeben werden mußten, und zwar wurden diese beauftragt, gegen die Krankheiten, die von den Wissenschaftlern in Fort Detrick kultiviert wurden, Impfstoffe herzustellen.

Als sich die Kosten für die bakteriologische Kriegführung ständig erhöhten, begann das Verteidigungsministerium seine Politik zu überdenken. 1943 hatte Roosevelt erklärt, daß die Vereinigten Staaten diese »geächteten« Waffen niemals benutzen würden, »wenn sie nicht zuerst von unseren Feinden eingesetzt werden«.[25] Diese eindeutige Stellungnahme brachte die USA in die gleiche Position wie die vielen Staaten, die das Genfer Protokoll ratifiziert hatten. Doch nun betrachtete man sie als unzureichend. 1956 änderten die Vereinigten Staaten heimlich ihre Politik.

Die folgende, stark zensierte Abschrift einer Aussage vor dem Kongreß kommt einem öffentlichen Zugeständnis dieser Änderung am nächsten. Zwischen dem Kommandeur des Chemischen Korps', Generalmajor William M. Creasy, und dem Abgeordneten (und späteren Präsidenten) Gerald Ford fand folgender Dialog statt:

»Creasy: *Ich werde zunächst mit der nationalen Politik beginnen* ... (Erörterung nicht für die Öffentlichkeit bestimmt)

Ford: *Darf ich fragen, wie lange diese Politik betrieben worden ist?*

Creasy: *Ungefähr seit Oktober 1956, vor etwa eineinhalb Jahren. Die nationale Politik ist durch eine Anweisung des Verteidigungsministeriums ergänzt worden* ... (Erörterung nicht für die Öffentlichkeit bestimmt)«[26]

Da die nationale Politik 1943 von Roosevelt öffentlich erläutert worden war, konnte man die Notwendigkeit, der Öffentlichkeit etwas *nicht* zugänglich zu machen, als einen klaren (wenn auch unbeabsichtigten) Hinweis auf eine bedeutende Änderung ansehen.

Die USA hatten das Prinzip, biologische und chemische Waffen nur zu Vergeltungszwecken einzusetzen, tatsächlich aufgegeben. Die Dienstvorschriften der US-Armee, in denen vorher erklärt worden war, daß die »chemische und biologische Kriegführung von den Vereinigten Staaten nur zu Vergeltungszwecken gegen Feinde angewendet wird«,[27] wurden umgeschrieben. Nun sagten sie aus, daß *»die Entscheidung für die US-Streitkräfte, chemische und biologische Waffen einzusetzen, beim Präsidenten der Vereinigten Staaten liegt«*.[28] Durch die Ablehnung einer bloßen Vergeltungspolitik hatten die amerikanischen Militärs so ihre stärkste Behinderung überwunden.

Doch obwohl die USA nun eine Politik betrieben, die sie dazu berechtigte, bakteriologische und chemische Waffen einzusetzen, wenn der Präsident es für angebracht hielt, und große Mengen an Bakterien zu züchten, gab es noch immer Probleme. Die größte Schwierigkeit war die Frage, *wie man die Ausbreitung einer Krankheit kontrollieren konnte.*

Die geheimen Sprühunternehmen in den Vereinigten Staaten, Großbritannien und Kanada hatten wichtige Informationen darüber erbracht, wie dicht eine Bakterienwolke sein mußte, um eine Krankheit erfolgreich zu verbreiten. In Fort Detrick und in Porton Down durchgeführte Tests hatten gezeigt, wie lange in der Luft schwebende Mikroorganismen am Leben blieben. Tierversuche hatten unschätzbare Informationen darüber geliefert, wie groß die einzelnen Teilchen sein mußten, um das natürliche Abwehrsystem des Körpers zu durchbrechen. Mit diesem Informationsmaterial ausgerüstet, begannen sich die Generäle des chemischen Korps' erstaunliche Unternehmen auszudenken.

»Die biologische Kriegführung könnte eine wichtige Rolle als Abschreckungsmittel spielen, um das kommunistische China davon abzuhalten, einen Krieg zu beginnen. Wie wir gesehen haben, ist China gegensätzlichen Phänomenen ausgesetzt. Von Oktober bis März fließt in bestimmten Abständen kühle Luft aus Sibirien bis über die dichtbevölkerten Gebiete an der Küste. Außerdem fließt die Luft während des Sommermonsuns, von Mai bis August, in einer Schicht, die möglicherweise drei Kilometer tief ist, vom Südchinesischen Meer und vom Pazifischen Ozean her über die Küstenregionen. Beide Luftschichten könnten aus der Luft oder vom Wasser her mit biologischen Kampfstoffen durchsetzt werden. Um als Abschreckung wirkungsvoll zu sein, wären tödliche Kampfstoffe erforderlich. Milzbrand oder Gelbfieber könnten für diesen Zweck geeignet sein.«[29]

Der Mann, der sich dieses »Abschreckungsmittel« einfallen ließ, der Brigadegeneral J. H. Rothschild, hatte als Leiter der Forschungsabteilung des Chemischen Korps' und des Entwicklungskommandos sowie als Offizier für chemische Kampfstoffe im US-Fernostkommando gedient. Sein Plan war sehr einfach, tatsächlich die grundlegendste Art der modernen biologischen Kriegführung, da er lediglich vom Wetter abhing. Er hatte jedoch den Nachteil, daß er unkontrollierbar war: Die strategische Entscheidung darüber, wer nun genau vom Milzbrand getötet werden sollte, wurde dem Wind überlassen.

Man stellte sich beispielhaft folgende Situation vor: Eine große chinesische Armee war tief in Vietnam eingedrungen und rückte auf die kambodschanische Hauptstadt Phnom Penh vor. Den in Thailand stationierten amerikanischen Truppen war es nicht möglich, durchzubrechen, um den chinesischen Vorstoß aufzuhalten. Der Präsident ordnete einen biologischen Angriff an. Die Spezialisten des Chemischen Korps' zogen, als sie ihre Analyse dieses theoretischen Angriffs beendet hatten, die Schlußfolgerung, daß außer schätzungsweise drei Viertel der feindlichen Armee auch 600 000 vermutlich freundlich gesinnte oder neutrale Zivilisten getötet oder in Mitleidenschaft gezogen werden würden.

Dieses Problem – wie man eine Krankheit kontrolliert verbreiten konnte – beschäftigte die Amerikaner in den fünfziger und sechziger Jahren. Die Tatsache, daß niemals eine wirkliche Lösung gefunden werden konnte, war kein Hindernis für die weitere offensive Forschung. Das Chemische Korps arbeitete trotz der offensichtlichen Hindernisse mit ungebrochenem Elan weiter.

Es bestand ein großes Interesse an der Übertragung von Krankheiten durch Insekten. Moskitos boten eine attraktive Möglichkeit, da sie ihre Opfer stachen. Ein Soldat mit aufgesetzter Gasmaske war also nicht geschützt. Man interessierte sich besonders für die als *Gelbfiebermücke* bekannte Spezies *Aedes aegypti.* 1801 vernichtete sie eine ganze Armee, die von Napoleon nach Haiti geschickt worden war. 1878 veranlaßte ein kleiner Ausbruch dieser Krankheit in Memphis, Tennessee, 25 000 Menschen dazu, aus der Stadt zu flüchten, infizierte weitere 18 000 und tötete 5000.

Die sonderbare Ironie der Erforschung des Gelbfiebers als einer möglichen Waffe bestand darin, daß amerikanische Ärzte 50 Jahre lang eine Kampagne geführt hatten, um Nord- und Südamerika von dieser Krankheit zu befreien. 1947 hatten die Vereinigten Staaten tatsächlich eine neue Initiative tatkräftig unterstützt, um das Gelbfieber durch die Ausrottung der krankheitsübertragenden Stechmücke für immer aus dem amerikanischen Kontinent zu verbannen. Nun begannen die Militärwissenschaftler, sie als mögliche Waffe zu betrachten.

In Fort Detrick wurden Labors gebaut, in denen Kolonien der Stechmücken mit einer aus Sirup und Blut bestehenden Lösung ernährt wurden. Sie legten ihre Eier auf feuchte Papierhandtücher. Später verwandelten sich die Eier in Larven und schließlich in eine neue Generation von Stechmücken. Die Labors in Fort Detrick konnten monatlich eine halbe Million Moskitos heranzüchten, und Ende der fünfziger Jahre war ein Plan für eine Anlage aufgestellt worden, um monatlich 130 Millionen Moskitos zu erzeugen. Nachdem die Stechmücken mit Gelbfieber infiziert worden waren, plante das Chemische Korps, sie in »Bombenpaketen«, die vom Flugzeug aus abgeworfen werden sollten, oder im Gefechtskopf der »Sergeant-Flugkörper« einzusetzen.

Um die Eignung dieser außergewöhnlichen Waffe festzustellen, mußten die Militärs wissen, ob sie sich auch darauf verlassen konnten, daß die Moskitos Menschen stachen. 1956 unternahmen sie Versuche, in denen nicht infizierte weibliche Stechmücken in einem Wohnviertel von Savannah, im Bundesstaat Georgia, freigelassen und vom Flugzeug aus über einem Übungsplatz abgeworfen wurden. »Innerhalb eines Tages«, lautet es in einem Bericht des Chemischen Korps', »hatten die Moskitos eine Strecke von zwei bis drei Kilometern zurückgelegt und dabei viele Personen gestochen.«[30] Die Stechmücken waren nicht die einzigen Insekten, die von den Militärs benutzt wurden. 1956 unternahm man den Versuch, wöchentlich 50 Millionen Flöhe zu züchten, vermutlich zur Verbreitung von *Pest.*[31] Ende der fünfziger Jahre soll es in den Laboratorien von Fort Detrick angeblich Moskitos gegeben haben, die mit *Gelbfieber, Malaria und Dengue-Fieber* (eine akute Viruskrankheit – auch Siebentagefieber genannt –, gegen die es kein Heilmittel gibt) infiziert waren, außerdem mit Pest infizierte Flöhe, mit *Hasenpest* verseuchte Zecken und Fliegen, die *Cholera, Milzbrand* und *Ruhr* übertragen konnten.

Die US-Wissenschaftler hatten die Versuche an Tieren ausgeführt, doch bald wollten sie wissen, ob die Krankheiten, die für Mäuse und Affen tödlich wirkten, auch Menschen töten würden.

Viele von ihnen nahmen an, *daß die Russen ihre biologischen Waffen bereits an Menschen erprobten, und das Chemische Korps war darauf aus, dasselbe zu tun.*

Ihre Versuchspersonen fanden die Forscher von Fort Detrick während des Vietnamkrieges in den *»Siebenten-Tags-Adventisten«*, die wegen ihrer religiösen Einstellung zwar in der US-Armee dienten, sich jedoch nicht am Kampf beteiligten. In einer Reihe von Versuchen wurden sie in der Luft befindlichen Hasenpesterregern ausgesetzt. Einem Bericht zufolge »zogen sich die Kontrollpersonen zwei bis sieben Tage nach dem Ausgesetztsein akute Tularämie zu«, wovon sich später alle wieder erholt haben sollen.[32] Das ungewöhnliche bei diesem Experiment war, daß es für die Öffentlichkeit ausführlich aufgezeichnet worden war. Denn über die Bereitschaft zum mindesten der Adventisten, an derartigen Versuchen teilzunehmen, bestand kein Zweifel. »Wir betrachten uns selbst als gewissenhafte Mitarbeiter, nicht als Gewissensverweigerer«, erklärte einer ihrer Pfarrer 1967.[33] Weitere zahlreiche Experimente mit Freiwilligen betrafen eher die Entwicklung wirksamer Impfstoffe als die Erprobung der bakteriologischen Waffen selbst.

Von 1960 bis 1966 nahmen jedoch Wissenschaftler aus der Mikrobiologischen Forschungsstation von Porton Down an einer Reihe von Versuchen teil, in deren Verlauf Patienten, die an Krebs in fortgeschrittenem Stadium litten, mit zwei seltenen Virusarten, von denen man mindestens eine als mögliche biologische Waffe in Betracht zog, behandelt wurden. Die Experimente fanden im St.-Thomas-Krankenhaus statt, eine der bedeutendsten medizinischen Ausbildungsstätten Londons.

Einem Bericht zufolge, der später im *British Medical Journal* erschien,[34] wurden diese *Krebspatienten von zwei Ärzten des St.-Thomas-Krankenhauses und zwei Wissenschaftlern aus Porton Down mit dem Langat- und dem Kyasanurwaldfieber-Virus infiziert.* Ihr Interesse schien es gewesen zu sein, einen wirksamen Impfstoff gegen andere, durch Zecken übertragene Krankheiten zu entwickeln. Die Wissenschaftler berichteten, daß alle 33 Patienten starben, zwei von ihnen, nachdem sie sich eine Gehirnentzündung, eine Infektionskrankheit, die eine Entzündung und das Anschwellen des Gehirns verursacht, zugezogen hatten. »Eine vorübergehende therapeutische Besserung konnte nur bei vier Patienten beobachtet werden.«[35]

Der Großteil der britischen biologischen Kriegführungsforschung scheint sich auf rein defensive Gesichtspunkte konzentriert zu haben – auf die Entwicklung von Impfstoffen und auf Methoden zur Feststellung bakteriologischer Angriffe. Forschungen im offensiven Bereich waren in Großbritannien und in Kanada unnötig, da sie nicht mit dem riesigen biologischen Waffenprogramm der USA mithalten konnten. Die Forschung in Porton wurde in einem kleineren, spezielleren Rahmen betrieben. Dennoch »verbrauchte« die Mikrobiologische Forschungsstation von 1952 bis 1970 über 1000 Affen, fast 200000 Meerschweinchen und 1,75 Millionen Mäuse.[36]

Der hohe Verbrauch an Tieren in den bakteriologischen Kriegführungslaboratorien stellte das größte Problem in den Beziehungen zur Öffentlichkeit dar. Man ging auf verschiedene Art und Weise zum Gegenangriff über. Gelegentlich rühmte man sich, daß die gewaltigen Einrichtungen zur Züchtung von Mikroorganismen für Gesundheitszwecke benützt worden waren. Während der Asiatischen-Grippe-Epidemie von 1957 produzierte Porton Down über 600000 Dosierungen eines Impfstoffes dagegen, eine sozial wertvolle Übung, die man begeistert veröffentlichte. Beobachter wiesen darauf hin, daß eine Anlage, die 600000 Dosierungen eines Impfstoffes produzierte, ebensogut die gleiche Menge an biologischen Kampfstoffen herstellen konnte.[37]

Die Versuche mit ungefährlichen Bakterien in den fünfziger Jahren hatten gezeigt, daß, sollte Großbritannien das Opfer eines biologischen Angriffs werden, nichts oder nur sehr wenig getan werden konnte, um das Land zu schützen. Ein stetiger Wind würde die Bakterien, vor der britischen Küste von einem Schiff aus freigesetzt, innerhalb von zehn Stunden über das ganze Land wehen. Als elementarste Schutzmaßnahme mußte jeder Einwohner mit einer Gasmaske ausgerüstet sein, was jedoch, wie das Verteidigungsministerium bereits festgestellt hatte, sinnlos war. Selbst wenn man ausreichende Mittel bereitstellen konnte, um alle mit Gasmasken zu versorgen, stellte sich ein weiteres, scheinbar unüberwindliches Problem. In der Dunkelheit blieben die Bakterien länger am Leben, somit würde ein biologischer Angriff wahrscheinlich nachts erfolgen. Selbst wenn ein derartiger Angriff entdeckt werden konnte und jeder über eine Gasmaske verfügte, wie konnte man 50 Millionen Menschen nachts um drei Uhr warnen?[38]

In den Vereinigten Staaten wurde die biologische Kriegführungsforschung unvermindert fortgesetzt. Genau die Argumente, die darauf hinwiesen, daß ein Schutz der Bevölkerung nicht möglich ist, bewirkten, daß die Bakterien für viele amerikanische Militärwissenschaftler als Waffe, die man gegen einen Feind einsetzen konnte, immer attraktiver wurden.

Zu Beginn der sogenannten »Camelot-Ära« während der Präsidentschaft John F. Kennedys wurde eine gründliche Überprüfung von 150 US-amerikanischen Verteidigungsbereichen angeordnet. Das Projekt 112 tauchte im Mai 1961 in der Dienststelle des Gemeinsamen Generalstabes auf: Es wurde um eine Beurteilung der biologischen und chemischen Kriegführungsvorbereitungen gebeten.[39] Die Gemeinsamen Generalstabschefs ersuchten das Chemische Korps, deren Angehörige das stärkste Interesse hatten, auf eine Ausweitung des Programms hinzuarbeiten, die Untersuchung für sie durchzuführen. Somit überraschte die Schlußfolgerung ihres Berichts nicht, daß die amerikanischen Vorbereitungen unzulänglich wären, jedoch mit Aufwendungen von vier Milliarden Dollar verbessert werden könnten. Das Gesuch stieß nicht auf taube Ohren.

Die ersten 20 Millionen Dollar wurden sogleich für den Ausbau der biologischen Waffenfabrik in Arkansas bereitgestellt. Dann wurde ein neues Versuchszentrum errichtet.[40] Weitere Gelder verbrauchte man für die Entwicklung neuer pflanzenvernichtender Waffen. Und zwei neue entkräftende Krankheiten, das *Queensland-Fieber* und *Tularämie,* wurden in den Bestand der biologischen Waffen aufgenommen. Der Vietnamkrieg wäre das perfekte Versuchsfeld für die Militärs gewesen, um ihre Theorien, Wolken mit Milzbrand zu verseuchen, zu überprüfen. Doch es war nun so offensichtlich, daß amerikanische und südvietnamesische Soldaten genauso in Mitleidenschaft gezogen werden würden, daß die Pläne durchkreuzt wurden. Statt dessen konzentrierte man die Anstrengungen in den bakteriologischen Kriegführungslaboratorien auf die Entwicklung von Krankheiten, die einen Feind durch starkes Unwohlsein für Tage oder Wochen außer Gefecht setzen würden. Einige Jahre lang hatte man in den Labors von Fort Detrick Darmgifte untersucht, die eine Nahrungsmittelvergiftung verursachen. 1964 nahm man an, eine solche Waffe gefunden zu haben. Doch dann schien eine andere, Übelkeit hervorrufende Krankheit vielversprechender zu sein.

Die neue »Wunderwaffe« war die *amerikanische Pferde-Enzephalomyelitis.* Dabei handelt es sich um eine sehr ansteckende Krankheit, die Übelkeit, Erbrechen, Schüttelfrost, Kopf-, Muskel- und Knochenschmerzen, die bis zu acht Tage anhalten können, verursacht. Ein Gegner, der von einer derartigen Krankheit befallen war, konnte natürlich nicht mehr weiterkämpfen. Es wurde argumentiert, daß es sich um eine »humane« Waffe handelte: Indem man den Vietkong den Kampfwillen nahm, würden Schlachten verhindert, und somit Leben gerettet werden. Mit dieser und ähnlichen Krankheiten wurde in Vietnam experimentiert, doch man stieß immer wieder auf das alte Problem: Es gab keine Möglichkeit, dafür zu sorgen, daß nur der Feind von der Krankheit angesteckt wurde. Widerstrebend legte man alle Pläne beiseite.

Die Forschung wurde jedoch fortgesetzt. Es kommt einem widersinnig vor, daß die Bakterienwaffen-Projekte die Erkenntnis, daß es nur wenig Hoffnung gab, die Auswirkung auf eine feindliche Armee zu beschränken, überdauern sollten. Die Rechtfertigung, daß es sich um »defensive« Forschungen handelte, konnte man offensichtlich nicht mehr anbringen. Aber die Biologen der Armee hofften auf die Entdeckung einer Krankheit, die nur die feindlichen Streitkräfte befallen und die alliierten Soldaten unversehrt lassen würde: Es war während des Vietnamkrieges, daß der Gedanke an eine solche *»ethnische Waffe«* zum erstenmal aufkam.

Die Ergebnisse der weiteren Forschung konnte man von den Karten des Versuchsgeländes *Dugway* im Bundesstaat Utah ablesen, auf denen man ein Gebiet nach Milzbrandversuchen, die Mitte der sechziger Jahre durchgeführt worden waren, mit der Kennzeichnung »dauerhaft biologisch verseuchter Bereich« versehen hatte. Auf einigen unbewohnten Inseln im Pazifik wurden weitere Tests mit *heißen* Kampfstoffen – eine Bezeichnung für echte biologische Waffen – durchgeführt. Die Ergebnisse dieser Versuche werden mit der Begründung, daß sie Schwachpunkte in der amerikanischen Verteidigung offenbaren, immer noch unter Verschluß gehalten. Im März 1967 hatte man in Fort Detrick einen bakteriologischen Gefechtskopf für den Sergeant-Flugkörper entwickelt, der Krankheiten bis zu 160 Kilometer weit hinter die feindlichen Linien befördern konnte.

Das Verteidigungsministerium hatte die beschleunigte Entwicklung von biologischen Waffen in den frühen sechziger Jahren damit gerechtfertigt, daß es keine Aussicht auf irgendeinen Vertrag gab, der für die USA akzeptabel sein würde.[41] Da eine Debatte zur Ächtung von biologischen Waffen derzeit nicht in Aussicht stand, erklärte man, mußten die Vereinigten Staaten ihre Forschung fortsetzen.

Sie hatten unrecht. 1968 wurde das Thema der chemischen und biologischen Kriegführung auf der *Ständigen Genfer Abrüstungskonferenz* erörtert. Frühere Versuche, einen internationalen Vertrag zur Ächtung der Waffen zu vereinbaren, waren deshalb gescheitert, weil man darauf beharrt hatte, daß sowohl chemische als auch biologische Waffen im gleichen Vertrag einbezogen werden sollten. Da Gaswaffen im Krieg bereits eingesetzt worden waren, sich als wirksam erwiesen hatten und in großem Umfang gelagert wurden, war es schwieriger, sie zu verbieten als die Bakterienwaffen, die, soweit man es hinreichend beweisen konnte, niemals im Krieg benutzt worden waren. Die Briten schlugen vor, die beiden Bereiche zu trennen, und stellten den *Entwurf einer Biologischen Waffenkonvention* vor, die alle vertragsschließenden Staaten dazu verpflichten würde, sich für immer von diesen Waffen loszusagen.

Die Reaktionen darauf waren eine anfangs starke Opposition der Russen und ihrer europäischen Verbündeten und eine wenig offenkundige Begeisterung aus Washington. Die Briten und die Kanadier, die ihre Sachkenntnisse in der bakteriologischen Kriegführung gemeinsam mit den Amerikanern erarbeitet hatten, wiesen Präsident Nixon dennoch darauf hin, daß ein internationaler Vertrag tatsächlich im Bereich des Möglichen lag. Was nun benötigt wurde, sagten sie, wäre ein Zeichen des guten Willens.

Wegen der chemischen und biologischen Waffen stand Nixon bereits unter Druck und sah sich einer wachsenden innenpolitischen Opposition gegenüber (siehe 10. Kapitel). Am 25. November 1969 gab er eine Erklärung ab. *»Die Menschheit«*, sagte er, *»trägt bereits zu viele Keime ihrer eigenen Zerstörung in den Händen ... Die Vereinigten Staaten werden deshalb auf die Anwendung von tödlichen biologischen Kampfstoffen und Waffen und aller anderen Methoden der biologischen Kriegführung verzichten.«*[42] Es war eine mutige Geste, die Unterstützung, auf die die Briten gehofft hatten.

Die schwerfälligen Verhandlungen im Genfer Palast der Nationen erhielten durch Nixons Bekanntmachung einen beträchtlichen Auftrieb. Innerhalb von zwei Jahren hatte die Sowjetunion ihre Opposition gegenüber einer Bakterienwaffen-Konvention aufgegeben. Am 4. April 1972 unterzeichneten Repräsentanten der beiden Staaten die Verpflichtung, *daß sie irgendwelche biologischen Waffen »niemals und unter keinen Umständen entwickeln, herstellen, lagern oder auf andere Weise erwerben oder einbehalten« würden.* Über 80 weitere Nationen schlossen sich an. Die Biologische Waffenkonvention war ein Triumph, denn im Gegensatz zu vielen anderen Abkommen zur Waffenkontrolle, die die Entwicklung und Stationierung neuer Waffen lediglich einschränkten, entfernte sie eine Waffengattung vollständig aus den Arsenalen der Welt.

Im Pine Bluff Arsenal in Arkansas wurden die Anlagen, mit denen 20 Jahre lang Krankheiten auf Massenbasis gezüchtet worden waren, benutzt, um die Bakterien in einen ungefährlichen Matsch zu verwandeln, den man auf dem Boden verteilte. Ein Public-Relations-Offizier erklärte dazu, daß es sich um ein gutes Düngemittel handeln würde.

Und auf einer kleinen, trostlosen Insel vor der schottischen Küste mußten die Warnschilder wieder einmal mit frischer Farbe übergemalt werden ...

8. Kapitel: Der unaufhaltsame Aufstieg der chemischen Waffen

Präsident Nixons Erklärung beendete das biologische Wettrüsten. Doch im Bereich der chemischen Kriegführung bewirkte es nur, daß man zunächst einmal abwartete. Viele der Wissenschaftler, die in den chemischen Waffenfabriken angestellt waren, betrachteten Nixons Entscheidung, gegenwärtig keine *weiteren* Gaswaffen herstellen zu lassen, einfach als eine erneute zeitliche Unterbrechung, wie sie sie schon gewöhnt waren.

Die Gebäude, in denen sich die chemischen Kriegführungslaboratorien Großbritanniens und der USA befinden, bezeugen die wechselnden Einstellungen der Nachkriegsregierungen zu diesem Thema. Viele von ihnen hätten vor Jahren abgerissen werden können; statt dessen erweckte man sie durch das Auftragen einer weiteren Farb- oder Lackschicht zu neuem Leben.

Trotz des beinahe verhängnisvollen Fehlers von Porton Down und des britischen Geheimdienstes, nicht vor der Existenz der deutschen Nervengase zu warnen, verdankte die chemische Forschung ihr Überleben am Ende des Krieges gerade dieser früheren Fehlleistung. Denn in den folgenden zehn Jahren setzten die Wissenschaftler von Porton Down und dem Edgewood Arsenal, die mit ihren Kollegen der Forschungsstation Suffield in Kanada zusammenarbeiteten, ihre Untersuchungen des aus dem besetzten Deutschland stammenden »G-Kampfstoffs« fort. Die außerordentlichen Wirkungen der Gase verstärkten die Schlußfolgerung, die man am Ende des Zweiten Weltkrieges ungern gezogen hatte, nämlich: daß »das Fehlen einer umfassenden chemischen Kriegführung in diesem Krieg uns nicht dazu veranlassen sollte, die Forschung in diesem Bereich aufzugeben. Sie sollte aus nationalen Sicherheitsgründen fortgesetzt werden.«[1] Diese Abmachung der britischen, amerikanischen und kanadischen Regierungen nahm drei Formen an:

Die drei Länder begannen sofort an neuen Gasmasken und Nachweisverfahren für die Nervengase der Nazis zu arbeiten. In Großbritannien bat die Armee dringend um neue Schutzkleidung. Das Innenministerium ordnete die Produktion von Millionen neuer Gasmasken für die Zivilbevölkerung an. Die Wissenschaftler forschten zusätzlich in allen drei Ländern nach einem wirksamen Mittel, das einen Schutz gegen die Nervenkampfstoffe bieten konnte.

Die zweite Form der Zusammenarbeit bestand in der Entscheidung, die G-Kampfstoffe selbst herzustellen, zuerst nur in Laboratorien, später dann in großen Produktionsanlagen, die die tödliche Flüssigkeit tonnenweise produzieren sollten.

Obwohl die Kanadier niemals selbst Nervengase hergestellt hatten, wurde ihr Anspruch, nicht an offensiven Vorhaben der chemischen Kriegführung beteiligt zu sein, hinfällig. Denn am Ende des Krieges waren die Forschungsprogramme der Briten, Amerikaner und Kanadier so eng miteinander verknüpft, daß sie praktisch nicht mehr zu trennen waren. Die britischen Wissenschaftler verfügten wahrscheinlich noch immer über die größte Sachkenntnis, doch die amerikanische Wirtschaft und somit die zur Herstellung verfügbaren Mittel hatten durch den Krieg weniger Schaden genommen. Die Kanadier wiederum hatten das 2600 Quadratkilometer große Gelände in *Suffield, Alberta*, bereitgestellt, wo die alliierten Waffen getestet werden konnten. Die drei Staaten entschlossen sich in einer Reihe von Konferenzen, die 1945 und 1946 stattfanden, dazu, ihrer Zusammenarbeit eine feste Form zu geben.

1947 schlossen sie ein Dreimächteabkommen. Ein ehemaliger Leiter des amerikanischen Chemischen Korps' drückte es folgendermaßen aus: »*Wir erzählten uns alles. Dinge, die die Portoner besser auszuführen glaubten, übernahmen sie. Dinge, die wir besser machen konnten, übernahmen wir. Jedes Land sollte sich einen bestimmten Forschungsbereich, beispielsweise ein Nervengas, vornehmen, daran arbeiten und darüber im nächsten Jahr berichten.*«[2] Die Vereinbarung war attraktiv, da sie jedem Land ohne weitere Kosten den Zugang zu einem umfassenderen Forschungssystem ermöglichte. Für Kanada war das Abkommen besonders günstig, weil die kanadische Regierung, nur für die Bereitstellung der weiten Präriefiächen in der Nähe von *Medicine Hat*, wo die Briten und die Amerikaner ihre Waffen testeten, einen Einblick in diesen großen Forschungsbereich erhielt. Wie in einer offiziellen Geschichte Kanadas zu lesen ist, war es 1950 tatsächlich so, daß »die meisten Außenversuche mit chemischen Kampfstoffen, die man in der freien Welt unternahm, in Suffield durchgeführt wurden«.[3]

Die Repräsentanten der drei Staaten sollten einmal im Jahr zu einer Konferenz zusammenkommen, in der jeder über die Forschungsarbeiten berichten würde, die man ihm in der vorhergehenden Konferenz zugeteilt hatte. Dieser Informationsaustausch wurde durch einen regelmäßigen Personenaustausch verstärkt. Wissenschaftler aus dem Edgewood Arsenal und aus Porton Down wechselten für ein Jahr oder länger ihre Posten, eine Übereinkunft, die man bis in die achtziger Jahre fortsetzte.

Doch hatte das Dreimächteabkommen für die drei Staaten auch ernste politische Konsequenzen. Die Kanadier hatten kein Interesse daran, selbst Nervengase herzustellen, und erklärten, daß sie lediglich im Verteidigungsbereich forschen wollten. Mitte der fünfziger Jahre hatten die Briten eine ähnliche Entscheidung getroffen und setzten die Nervengasproduktion nicht fort. Beide Länder behaupteten dann, daß sie nur Forschungen betrieben, um ihre Soldaten und die Bevölkerung besser gegen Gas zu schützen. Für die Öffentlichkeit war es eine begrüßenswerte Haltung, die durch das Dreimächteabkommen jedoch faktisch bedeutungslos wurde. Kanada und Großbritannien waren durch die jährlichen Konferenzen und den regelmäßigen Informations- und Personalaustausch nicht nur vollkommen vertraut mit den Ergebnissen der amerikanischen *offensiven* Forschung, sondern beteiligten sich auch *aktiv* an der Suche nach *neuen* chemischen Waffen.

Im Juli 1965 nahm die Interessengemeinschaft *Australien* mit auf, dessen Regierung ein technisches Kooperationsprogramm mit den anderen drei Staaten vereinbarte. Über die Art des australischen Beitrages zum chemischen Kriegführungsabkommen ist wenig bekannt. Es gibt bis heute Gerüchte – von den australischen Regierungen energisch abgestritten –, daß ihr Hauptbeitrag in der Bereitstellung von tropischem Versuchsgelände für chemisches Kriegführungsmaterial besteht.[4] Während des Zweiten Weltkrieges hatten die Briten neue Gase in Australien getestet, doch der Vertrag lief 1945 aus. Trotz der Behauptung der australischen Regierung, daß es im Lande kein Versuchsgelände für die chemische Kriegführung gab, erklärte der Direktor von Porton Down 1980, daß der Hauptbeitrag Australiens und Neuseelands zum Abkommen darin bestand, Material, das in Großbritannien und den Vereinigten Staaten entwickelt worden war, zu testen.[5]

Die Vereinbarungen, die nach dem Zweiten Weltkrieg zwischen den westlichen Alliierten getroffen worden sind, haben bis zum heutigen Tag angedauert. Die Verteidigungsplaner antworteten denjenigen, die für die Einstellung der chemischen Kriegführungsforschung eintraten, daß es, nachdem man so viele Sachkenntnisse angesammelt hatte, verwegen wäre, die weitere Forschung aufzugeben, gerade zu einem Zeitpunkt, zu dem »ein eiserner Vorhang mitten durch den Kontinent« verlief, der das, was der mögliche Feind eventuell vorhatte, verbarg. Das Argument, daß die Wissenschaftler die Erforschung immer wirksamerer Methoden, um Menschen zu töten, fortsetzen *mußten*, weil sie nicht wissen konnten, ob ein möglicher Feind nicht dasselbe tun würde, war schon nach dem Ende des Ersten Weltkrieges als Rechtfertigung für die chemische Kriegsforschung vorgebracht worden und wird seitdem ständig wiederholt.

Vielleicht gab es noch einen weiteren Grund. Während des Krieges hatten Tausende von Männern und Frauen ihr Leben dem Konzept, Kriege mit Bakterien und Gas zu führen, verschrieben. Ihre Bestrebungen, ihre Karriere und ihre materielle Sicherheit waren mit der Zukunft der chemischen und der biologischen Kriegführung verbunden. Sie argumentierten, daß die Zukunft unsicher und das Informationsmaterial über mögliche Feinde unzureichend war und man so dicht vor bedeutsamen Entdeckungen stand, daß es Wahnsinn wäre, die Forschung aufzugeben. Es handelte sich um ein Argument, das in der Unsicherheit des »kalten Krieges« sehr sinnvoll zu sein schien, und es war eine Ansicht, die schließlich den Sieg davontrug.

Die drei deutschen Nervenkampfstoffe Tabun, Sarin und Soman erhielten von den Briten die Bezeichnungen GA, GB und GD. Zwar hatten sich die Nazis auf die Herstellung von Tabun konzentriert, doch in Versuchen war festgestellt worden, daß Sarin viel giftiger war und nur noch vom Soman übertroffen wurde. Die Russen richteten ihre Bemühungen auf die Produktion von Soman, während die Briten zu der Überzeugung kamen, daß es zu schwierig war, den für seine Erzeugung notwendigen Alkohol in so großen Mengen zu gewinnen. Sie starteten deshalb Versuche, um die Wirksamkeit der Waffen, die mit dem mittelstarken Kampfstoff GB gefüllt waren, zu untersuchen.

Sie begannen mit Tieren. 1949 baute man in Porton Down eine Farm auf, die einzig für die Zucht von Tieren, die für die Forschung benötigt wurden, bestimmt war. Anfangs benutzte man Ratten, die auf dem Gelände von Porton mit GB vergast wurden. Später sperrte man in den Portoner Laboratorien Affen in Käfige und ließ Nervengaswolken über sie hinwegziehen.[6] Hauptmann William Cockayne, ein junger Offizier der britischen Luftwaffe, der offiziell auf dem nahe gelegenen Luftstützpunkt Boscombe Down stationiert war, jedoch in Porton arbeitete, berichtete später, daß er 1952 beobachtet hatte, wie Schimpansen, Ziegen, Hunde und andere Tiere auf dem Gelände von Porton an Pflöcke angebunden und mit Nervengasgranaten, die man aus Deutschland hergebracht hatte, beschossen wurden.

Der junge RAF-Offizier mußte, als angenommen wurde, daß sich die Nervengaswolken aufgelöst hatten, die Kadaver einsammeln. Obwohl Cockayne eine Gasmaske und Schutzkleidung trug, brach er zusammen. Es war das Ende seiner Karriere bei der Royal Air Force. Während er sich im Krankenhaus von dem Angriff des Gases auf sein Nervensystem erholte, wurde er aus der Armee entlassen und später als »psychiatrischer Fall« eingestuft. In seinem weiteren Leben als Zivilist litt Cockayne an unkontrollierbaren Muskelkrämpfen, schwerer Depression und unerklärlichen Verwirrungs- und Angstzuständen. Erst nach 14 Jahren gab das Verteidigungsministerium zu, daß Cockayne in Porton beschäftigt gewesen war. Dann teilte man dem für ihn zuständigen Abgeordneten mit – wobei man die Standardrechtfertigung für die chemischen Kriegführungsarbeiten benutzte –, daß Cockayne nicht an der Erforschung neuer Nervengase beteiligt gewesen war, sondern an »Versuchen, um die Verwundbarkeit unserer Ausrüstung gegenüber Nervengaswaffen einzuschätzen«.[7] Diese Unterscheidung, wichtig für ein »seriöses« Image der chemischen Kriegführungsforschung, war zu der Zeit, als Cockayne den Unfall erlitt, bedeutungslos, da man in Porton Down aktiv neue

Waffen, die sich auf die Nervengase der Nazis stützten, für die britische Armee entwickelte. Die Waffenabteilung von Porton Down testete Dutzende möglicher Waffen-Mörsermunition, Artilleriegranaten, Bomben –, die mit ungefährlichen Ersatzstoffen gefüllt waren. Es gab starke Beschränkungen für die Versuche, die man in Großbritannien unter freiem Himmel durchführte – der Stoff war einfach zu gefährlich für das Risiko, daß eine Wolke vom Gelände weg auf Wohnhäuser und Fabriken zutreiben könnte. Diese Beschränkungen schienen für die *afrikanischen Kolonien* Großbritanniens nicht zu gelten.

Vom Ende 1951 bis Anfang 1955 reisten Experten aus Porton Down regelmäßig nach Westafrika.[8] In Zeitabschnitten von jeweils drei Monaten führten sie dort eine Reihe von Versuchen durch, die auch nach 30 Jahren noch immer als »geheim« eingestuft sind. Außer auf den alliierten Versuchsgeländen in den Vereinigten Staaten hatten die Briten ihre chemischen Waffen in Kanada, Australien und Indien getestet. Obwohl die Versuchsmöglichkeiten in Kanada Porton Down weiterhin zur Verfügung standen, benötigte man nun ein weiteres Gelände, auf dem Waffen unter tropischen Bedingungen erprobt werden konnten, da Indien keine Kolonie mehr war. Die Briten wählten *Obanakoro* in Nigeria, weil man dort sowohl Dschungel als auch trockenen, sandigen Boden vorfand.

Es wird allgemein angenommen, daß die Briten es nicht geschafft haben, wirkungsvolle Nervengaswaffen herzustellen. Doch die Versuche in Nigeria zeigen, wie weit ihre Entwicklung fortgeschritten war. Unter den Waffen befanden sich Elf-Kilogramm-Artilleriegranaten, 14-Zentimeter-Granaten für die Marine, Mörsermunition und kleinere Bomben, die zu »Bombenpaketen« zusammengestellt und von Flugzeugen aus abgeworfen wurden.

Mittlerweile führte man in Porton Down *Experimente an Menschen* durch, um die Auswirkungen der Nervengase festzustellen. Bis 1953 hatten sich nicht weniger als 1500 britische Soldaten freiwillig für die Versuche in Porton Down zur Verfügung gestellt. Doch im Mai desselben Jahres hatte eines der Experimente verheerende Folgen.

Der amtliche Leichenbeschauer aus Wiltshire unternahm den ungewöhnlichen Schritt, eine gerichtliche Verhandlung zur Feststellung der Todesursache *unter Ausschluß der Öffentlichkeit* abzuhalten. In den Gerichtssaal ließ man nur Angestellte aus Porton Down und die Eltern des Luftwaffengefreiten Ronald Maddison, einem zwanzigjährigen Soldaten aus Consett in der Grafschaft Durham. Man veröffentlichte keine Einzelheiten der Verhandlung und wies Maddisons Vater an, nicht über den Tod seines Sohnes zu sprechen, nicht einmal mit seiner Ehefrau. Es erwies sich jedoch als unmöglich, die Informationen auf dem Totenschein des Luftwaffensoldaten zu verheimlichen. Das Dokument offenbarte, daß Maddison infolge einer Blockade der Bronchien gestorben war – ein klassisches Symptom der Nervengasvergiftung.

Maddison war als Versuchsperson für das Nervengas, das man in Porton Down weiterentwickelt hatte, benutzt worden. Wahrscheinlich hatte man Experimente durchgeführt, bei denen die Wissenschaftler einen Tropfen verflüssigtes GB auf den Arm eines Freiwilligen träufelten, um zu untersuchen, ob es verdampfen würde, bevor es durch Kleidung und Haut drang und das Nervensystem angriff. Maddison hatte das Pech, für einen Versuch ausgewählt worden zu sein, bei dem ein Tropfen dieser Flüssigkeit auf seinen Unterarm aufgetragen und dann bedeckt wurde, um so die Verdampfung zu verhindern. Die Folge war, daß die Flüssigkeit durch die Haut dringen konnte und ihm so eine weitaus größere Dosis verabreichte, als frühere Freiwillige jemals bekommen hatten. Er starb, umgeben von den kenntnisreichsten chemischen Waffenexperten der Welt, die nichts tun konnten, um ihn zu retten.

Porton Down behauptete, daß Maddison »ungewöhnlich empfindlich« gegen Nervengas gewesen war, doch auch so wurden die Forschungsarbeiten mit den Freiwilligen für sechs Monate eingestellt, während man in einer Ermittlung der Regierung genau untersuchte, wie die jungen Freiwilligen in Porton eingesetzt wurden. Die Überprüfung ergab, daß es sich bei Maddisons Tod *um einen unglücklichen Unfall handelte und daß die Versuche fortgesetzt werden sollten.* Die Ermittlungsbeamten waren beeindruckt gewesen, festzustellen, daß die Soldaten, die sich freiwillig für das Testen von Nervengas zur Verfügung stellten, keine Zulage oder eine anderweitige Entlohnung dafür erhielten.

1953 gab es eine weitere gerichtliche Untersuchung, die mit Porton zusammenhing. Der Leiter der Chemischen Verteidigungsabteilung hatte Selbstmord begangen. Niemand war der

Ansicht, daß seine Ausgeglichenheit durch seine Arbeit mit den Nervengasen beeinflußt worden war, doch seine Ehefrau teilte dem amtlichen Leichenbeschauer aus Wiltshire mit, daß ihr Mann an schrecklichen Depressionen gelitten hatte. Manchmal, sagte sie, kam er spät nach Hause und erklärte, er wäre draußen in der Abendluft umhergegangen, »bis er sich wieder zivilisiert fühlte«.[9]

Um mit der Herstellung von Nervengas zu beginnen, benötigten die Briten eine neue Fabrik. Man nahm an, daß sich die Senfgasanlage in Sutton Oak in Lancashire zu dicht an Wohngebieten befand, um sie sicher für die Produktion von hochgiftigen Nervenkampfstoffen einsetzen zu können. Sie wurde dem Erdboden gleichgemacht, später wohnten Zigeuner auf dem Gelände.

Als neuen Standort wählten die Briten eine entlegene Klippe an der Nordküste Cornwalls, auf der sich bereits ein Luftstützpunkt der Royal Air Force befand. *Nancekuke* schien der ideale Ort zu sein, weit entfernt von Wohngebieten. Durch einen Unfall freigesetzte Gaswolken würden wahrscheinlich auf das Meer hinaus treiben. Ähnliche Betrachtungen machten diese Gegend zu einem populären Urlaubsgebiet, doch neugierige Touristen wurden durch zweieinhalb Meter hohe Zäune von dem Platz ferngehalten. Das Verteidigungsministerium bezeichnete die Anlage in Nancekuke später als »Musterbeispiel für den Fall, daß Großbritannien eine Vergeltungskapazität zur Abschreckung benötigen sollte«.[10] 1953 produzierte dieses »Musterbeispiel« stündlich sechs Kilogramm des Nervenkampfstoffs GB.

Obwohl Nancekuke auch später nur 15 Tonnen Nervengas herstellte (kriegszeitlichen Maßstäben nach eine sehr geringe Menge), forderte es dennoch Opfer. In der Gegend um Nancekuke war es sehr schwer, einen sicheren Arbeitsplatz zu finden. Unter denjenigen, die von der neuen Fabrik, die das Verteidigungsministerium erbauen ließ, mit der Garantie, für die nächste Zeit beschäftigt zu sein, angezogen wurden, befand sich Tom Griffiths, ein junger ehemaliger Soldat der britischen Luftwaffe. Er hatte Glück: sie stellten ihn als Schlosser ein.

Am 31. März 1958 wurden Griffiths und einer seiner Mitarbeiter angewiesen, ein absackendes Rohr instand zu setzen.[11] Obwohl das betreffende Rohr zum komplizierten System gehörte, das zur Nervengaserzeugung diente, war ihnen versichert worden, daß der Bereich »sauber« war, und so betraten sie den Raum ohne Gasmaske und Schutzkleidung. Griffiths stellte eine Leiter an die Wand und kletterte hinauf, um das Rohr zu untersuchen. Er war überrascht, als er einen Tropfen einer klaren Flüssigkeit entdeckte, der an einem der Rohrflansche hing: Es konnte sich nur um GB handeln. Er rief seinem Kollegen eine Warnung hinunter und sprang von der Leiter. Die beiden Männer liefen zur Tür, wobei sie schwer atmeten und ihr Sehvermögen abnahm.

Draußen an der frischen Luft, als sich ihre Atmung wieder normalisierte und nicht mehr alles vor ihren Augen verschwamm, beglückwünschten sich die beiden Männer in der sorglosen Art, die sich in Nancekuke breitgemacht hatte, daß sie gerade noch entkommen waren. Griffiths war ein sehr patriotischer und normalerweise auch sehr ehrlicher Mensch. Aber gerade an diesem Abend belog er seine Frau, als er nach Hause kam, und erzählte ihr, daß er an einem Migräneanfall litt. Obwohl er sich in der Nacht mehrmals übergeben mußte, verbot er ihr, den Arzt zu rufen, und gab ihr eine Karte, auf der Name und Telefonnummer des Sanitätsoffiziers von Nancekuke standen. Falls irgend jemand herbeigerufen werden sollte, sagte er, dann nur dieser Arzt. Wie er später erklärte, hatte er eine Verordnung unterzeichnet, die ihn anwies, nicht mit Fremden über seine Arbeit zu sprechen, ein Gebot, in das er seine Frau einbezog.

Obwohl sich sein Zustand in den nächsten Monaten verbesserte, erholte sich Tom Griffiths niemals wieder ganz von den Folgen seines Unfalls. Sein Arbeitskollege kam bei einem Autounfall ums Leben, und Griffiths zog sich immer mehr in sich selbst zurück, anfällig für Depressionen und Anwandlungen von Einsamkeit, wenn er stundenlang in den Kamin des kleinen, grauen Mietshauses starrte. Er wurde vergeßlich und nervös. Manchmal plagten ihn Schwindelgefühle, und er konnte nicht richtig atmen. Schließlich war er nicht mehr in der Lage weiterzuarbeiten: arbeitsunfähig im Alter von 39 Jahren!

Dies geschah zehn Jahre, bevor die wirkliche Funktion Nancekukes offenbart wurde und Griffiths seiner Frau schließlich eingestand, was er für die Ursache seines Zustandes hielt. Bis dahin hatte das Verteidigungsministerium jede Entschädigung verweigert, und es dauerte noch weitere zehn Jahre, bis ihm eine Invalidenrente gewährt wurde. Es war nicht der einzige Unfall in Nancekuke. Sechzehn Jahre nach dem Krieg lagerte man dort noch immer die Trophäen, die die Alliierten von den Deutschen erbeutet hatten. 1961 wurde ein weiterer Schlosser angewiesen, einen riesigen Verflüssiger zu zerlegen, der aus einer deutschen Nervengasfabrik stammte. Der Schlosser, Trevor Martin, erinnert sich, daß der Verflüssiger einen Durchmesser von 60 Zentimetern hatte, ungefähr eineinhalb Meter lang und »so rostig wie ein alter Anker« war.[12] Man hatte ein Etikett mit der Aufschrift »wahrscheinlich sauber« angebracht, und so trug er keine Gasmaske. Er schraubte die Abschlußflansche des Behälters auseinander und fand zwischen den Verbindungsstücken eine Asbestmasse. Überall befand sich viel Rost und Schmutz.

Doch mittlerweile war der Arbeitstag zu Ende. Martin zog sich um und fuhr nach Hause zum Abendessen. Danach begann er an seinem Wagen zu arbeiten – es mußten einige Einstellungen vorgenommen werden, weshalb er unter das Auto kroch. Als er wieder aufstand, war er benommen, irgendwie aufgewühlt und kurzatmig. Den Rest des Abends fühlte er sich besser, und die nächsten fünf Tage arbeitete er wie gewöhnlich. Doch am sechsten Tag begann sein rechtes Bein unkontrolliert zu zucken. Seine rechte Gesichtshälfte wurde gelähmt. Er schaffte es, die noch notwendigen drei Monate zu arbeiten, um eine wöchentliche Rente von vier Pfund zu erhalten, doch im Sommer 1962 wurde er im Alter von 37 Jahren für arbeitsunfähig erklärt.

Seitdem verbrachte er einen großen Teil seines Lebens in Krankenhäusern und unterzog sich mehreren chirurgischen Behandlungen. Man teilte ihm mit, daß er an einem nicht operierbaren Gehirntumor, einer Entzündung des Gehirns, Psychoneurose, Bindegewebsentzündung und Epilepsie litt. Neunzehn Jahre nach dem Unfall, den er für seinen Zustand verantwortlich macht, setzt Trevor Martin immer noch seine einsame Kampagne fort, um zu beweisen, daß er tatsächlich das Opfer einer Nervengasvergiftung ist. Er leidet noch immer an permanenten Kopfschmerzen, Muskelkrämpfen, starker Erschöpfung, Stichen im rechten Arm, verschwommenem Sehvermögen und einer Atemlosigkeit, die so stark ist, daß er nicht weiter als einige hundert Meter gehen kann. Am qualvollsten sind vielleicht seine psychischen Symptome: das, was er als »Verwirrung« bezeichnet, Depressionen und die Neigung, sich hinzusetzen und aus unerklärlichen Gründen unkontrolliert zu weinen.

Während die Briten ihre *Forschungen* fortsetzten, entschlossen sich die Amerikaner dazu, sobald wie möglich die *Produktion* von GB-Granaten und -Bomben aufzunehmen.

Die ersten Versuchsarbeiten waren im Edgewood Arsenal in Maryland durchgeführt worden, doch bald wurde offensichtlich, daß das Chemische Korps weitaus mehr Platz benötigte. Man richtete sich auf dem Versuchsgelände *Dugway* ein, dem im Zweiten Weltkrieg benutzten Testgebiet in einer entlegenen Gegend der Cañons von Utah, in der Nähe der Indianerreservation Skull Valley. Genau hier hatten amerikanische Munitionsspezialisten ganze japanische und deutsche Dörfer aufgebaut, um die neuen Bomben der Alliierten zu testen, doch nach dem Krieg hatte man die Anlage außer Betrieb gesetzt. Nun, im Jahre 1950, wurde das Gelände wieder eröffnet, Bauunternehmer tauchten auf, und es wurde noch mehr Land gekauft oder gepachtet. Neue Verwaltungsgebäude und ein Wohngebiet für Tausende von Wissenschaftlern und Soldaten wurde errichtet.

Weitere Forschungsstationen wurden in der Panamakanalzone, um das Nervengas unter tropischen Bedingungen zu testen, und – für Versuche in der Arktis – in Alaska und auf Grönland in Betrieb genommen.[13]

Als man versuchte, flüssiges GB zu produzieren, gab es ein Problem. Das Chemische Korps stellte fest, daß der für die Sarinherstellung notwendige chemische Grundstoff, Dichlorid, von der zivilen Chemieindustrie nicht in ausreichenden Mengen geliefert werden konnte. Das Problem wurde gelöst, indem man auf einem Grundstück von 180 000 Quadratmetern, das man von der Tennessee Valley Authority in Alabama erwarb, eine eigene Dichlorid-Fabrik errichtete.[14] 1953 produzierte das Werk Dichlorid in ausreichenden Mengen, die das Chemische Korps dann zum Rocky Mountain Arsenal fuhr, einer harmlos aussehenden Ansammlung von Gebäuden, 16 Kilometer nordöstlich von Denver, Colorado. Dort wurde der chemische Prozeß abgeschlossen und das fertige Nervengas produziert. Die Herstellung eines Kilogramms kostete, alles einberechnet, nur drei Dollar, und während des kalten Krieges in den fünfziger Jahren stellte die Fabrik zwischen 15 000 und 20 000 Tonnen her.[15]

Es dauerte nicht lange, bis Waffen mit Sarin gefüllt wurden. Mitte der sechziger Jahre waren die amerikanischen Streitkräfte dann mit zahlreichen Nervengaswaffen ausgerüstet: Artilleriegranaten, Raketensprengköpfe, Flugkörpersprengköpfe und eine ganze Reihe von Bomben, von kleineren bis zu 225 Kilogramm schweren »Weteye-Bomben«.[16]

Während die USA weiterhin neue Gaswaffen entwickelte, überdachte Großbritannien seine Interessen an der chemischen Kriegführung. 1956 traf das Verteidigungsministerium die Entscheidung, sich nach einer vierzigjährigen Entwicklung neuer Gaswaffen aus diesem Bereich zurückzuziehen. Diese Maßnahme, auf chemische Waffen zu verzichten, wurde, obwohl sie zum großen Teil durch wirtschaftliche Überlegungen zustande kam, als eine moralische Geste angesehen. Die Entscheidung als Beispiel »moralischer Größe« der Nation herauszustellen ist jedoch bestenfalls eine Halbwahrheit, auch wenn es natürlich stimmt, daß die verbliebenen britischen Phosgen- und Senfgasvorräte aus dem Zweiten Weltkrieg zusammen mit Tausenden von Tonnen an erbeuteten deutschen Nervengaswaffen auf Schiffe geladen und zu einer Stelle in der Nähe der Inneren Hebriden transportiert wurden. Als die Gaswaffen dort ins Meer versenkt wurden, verzichteten die Briten auf ihre Möglichkeit, einen chemischen Krieg zu führen. Die Erforschung neuer Nervengaswaffen wurde aufgegeben.[17]

Im September 1958, zwei Jahre nach dem britischen Regierungsbeschluß, trafen sich die Repräsentanten von Porton Down bei der 13. Dreimächtekonferenz über toxikologische Kriegführung, die in Kanada abgehalten wurde, mit ihren amerikanischen und kanadischen Kollegen. Das Protokoll berichtet, daß *»die drei Nationen in mehreren Hauptpunkten miteinander übereinstimmten, einschließlich der folgenden: a) die Erforschung von organischen Phosphorverbindungen (Nervenkampfstoffen) sollte, besonders in Bereichen, in denen es eine Möglichkeit einer deutlichen Steigerung der Wirkungsgeschwindigkeit und der Widerstandskraft gegen eine Behandlung gab, fortgesetzt werden; b) alle drei Länder sollten sich auf die Suche nach stark schwächenden und neuen tödlichen Wirkstoffen konzentrieren.«*[18]

Mit anderen Worten erklärten sich Großbritannien und Kanada, obwohl sie sich offiziell nur mit Forschungsarbeiten im Verteidigungsbereich beschäftigten, damit einverstanden, die Entwicklung neuer Waffen fortzusetzen. Porton Down würde seine Forschung mit dem Argument rechtfertigen, wie schon in den dreißiger Jahren, daß neue »Waffen, gegen die eine Verteidigung erforderlich ist«, zunächst entwickelt werden müssen.

1952 versuchten Chemiker in den Pflanzenschutzlaboratorien des riesigen britischen Chemiekonzerns ICI, ein neues Schädlingsbekämpfungsmittel zu entwickeln. Einer der Chemiker, Dr. Ranajit Ghosh, entdeckte eine Substanz, die so giftig zu sein schien, daß sie nicht nur Insekten vernichten, sondern möglicherweise auch Menschen töten würde. Er schickte eine Probe, zusammen mit der chemischen Formel, nach Porton Down.[19]

Dr. Ghoshs neue Flüssigkeit war schwerer und dickflüssiger als die deutschen G-Kampfstoffe, am ehesten noch mit der Konsistenz von Maschinenöl vergleichbar. Im Stadium ihrer Herstellung hatte sie das Aussehen von gefrorener Milch und war so gut wie geruchlos. Die Wissenschaftler aus Porton stellten fest, daß sie genauso wie die deutschen Nervenkampfstoffe wirkte, nämlich durch die Verbindung mit einem lebenswichtigen Ferment, das notwendig war, um die Muskelbewegungen zu kontrollieren. Es schien sich um eine äußerst starke Waffe zu handeln. Durch das Dreimächteabkommen waren die Briten dazu verpflichtet, die Informationen über diesen neuen Nervenwirkstoff an die Vereinigten Staaten und Kanada zu übermitteln. Die Kanadier waren nicht an der Entwicklung einer neuen Waffe interessiert, doch das US-amerikanische Chemische Korps hielt die Flüssigkeit für vielversprechend. Sie konnte durch die Haut dringen, war viel wirkungsvoller als Sarin (wenige Milligramm der neuen Substanz wirkten tödlich), und während die G-Kampfstoffe allmächlich verdampften, bildete die schwere, zähe Flüssigkeit aus Porton Down giftige Pfützen, die sich wochenlang hielten. Ganze Flächen des Schlachtfeldes konnten unbegehbar gemacht werden. Schon bald hatten Chemiker im Edgewood Arsenal eine Variante der Portoner Flüssigkeit entwickelt. Sie wurde *»VX«* genannt.

Die beiden Länder versuchten in einer Testreihe gemeinsam herauszufinden, wie man das VX herstellen konnte. Es waren wieder einmal die Briten, die als erste in der Anlage von Nancekuke in Cornwall einen zuverlässigen Produktionsprozeß entwikkelten. Doch als das Verfahren 1956 vervollkommnet worden war, hatte die britische Regierung bereits beschlossen, daß Großbritannien auf chemische Waffen verzichten würde. Die Materialien über den Produktionsprozeß wurden aufgrund des Dreimächteabkommens den Amerikanern übermittelt.

Zur Herstellung von VX wählten die Amerikaner eine alte Fabrik zur Herstellung von Schwerem Wasser. Sie befand sich in *Newport*, nördlich von Terre Haute, Indiana, wo die Alliierten geplant hatten, Milzbrandbomben für den Einsatz im Zweiten Weltkrieg serienmäßig herzustellen. Von außen sah die neue Fabrik in Newport nicht außergewöhnlich aus, ihr Hauptmerkmal war ein zehnstöckiger Turm, in dem das 60 Kilometer lange Rohrsystem für die Endproduktion des VX untergebracht war. In einem niedrigen Gebäude wurde die ölige Flüssigkeit in Raketen, Granaten und Bomben gefüllt.

Die Newporter Fabrik, deren Baukosten sich auf acht Millionen Dollar beliefen, wurde von der Food Machinery and Chemical Corporation aus New York für das Pentagon betrieben. Bis 1967 hatte sie zwischen 4000 und 5000 Tonnen VX produziert; eine neue Generation chemischer Waffen war in die Streitkräfte der USA aufgenommen worden. Man hatte das VX in Landminen, Artilleriegranaten, Sprühtanks und sogar in die Gefechtsköpfe der Flugkörper geladen.[20] In weniger als zehn Jahren war ein potentielles britisches Schädlingsbekämpfungsmittel zur *giftigsten Waffe* der US-amerikanischen Streitkräfte geworden.

In den späten fünfziger Jahren, als zwei Nervenkampfstoffe für den Einsatz auf dem Schlachtfeld vorbereitet wurden, nahm sich das amerikanische Chemische Korps vor, den Bürgern beizubringen, *»das Gas zu lieben«*. Die Aufgabe, der man sich gegenübersah, wurde nicht unterschätzt. Für die Bevölkerung war das Gas neben den Atomwaffen noch immer die meistgefürchtete und schrecklichste Waffe. Damals wie heute beschwor das Wort »Gas« sofort Bilder herauf, auf denen erblindete Soldaten zu sehen waren, die in erbärmliche Feldlazarette geführt wurden, um dort ihren schleichenden Tod zu erwarten. In Anbetracht dessen nahm das Chemische Korps sich vor, die öffentliche Meinung dahingehend zu manipulieren, daß die chemischen Waffen akzeptiert wurden. Grundlage war der bestehende Druck, dem man sich ausgesetzt glaubte: die Sowjetunion besaß riesige Vorräte an chemischen Waffen, der Westen weitaus weniger. Zu den gewählten Propagandatechniken gehörten Vorträge, die von hohen Offizieren des Chemischen Korps' vor ausgewählten Interessengruppen gehalten wurden, Artikel von gerade pensionierten Angehörigen des Chemischen Korps' und inoffizielle Instruktionen für wohlwollend berichtende Journalisten. Zuvor geheimgehaltene Dokumente leitete man an ausgewählte Zeitungen.

Ein beliebtes Beispiel der Propagandisten war die Schlacht von Iwoschima im Zweiten Weltkrieg, in der 6000 Marinesoldaten gefallen und weitere 19000 verwundet worden waren. Das Chemische Korps suggerierte nun der amerikanischen Öffentlichkeit, daß man das Leben der amerikanischen Soldaten, die auf Iwoschima umgekommen waren, hätte retten können, wenn die Entscheidung getroffen worden wäre, Gas einzusetzen.

Einige gingen, auf den Rat von Werbefachleuten hin, die vom Pentagon angestellt worden waren, noch weiter. *»Der Mensch wird nun mit der Möglichkeit konfrontiert, den Tod aus dem Krieg zu verbannen«*, behauptete man in einem der Artikel, der in den Zeitungen auftauchte.[21] Diese seltsame Werbung für Gas verstärkte sich. In den amerikanischen Zeitungen und Zeitschriften, später auch in den britischen, begannen Artikel zu erscheinen, in denen behauptet wurde, daß die Kriege bald ohne Blutvergießen ausgetragen werden würden.

Ein von der Regierung angestellter Wissenschaftler drückte es folgendermaßen aus: *»Was wir uns am meisten wünschen, ist etwas, was man aus einem kleinen Zerstäuber sprühen kann, das den Feind dazu bringt, die Hände auf dem Rücken und die amerikanische Nationalhymne pfeifend, zu unseren Linien zu kommen. Ich glaube nicht, daß wir diese Wirkung erzielen werden, doch wir können nahe herankommen.«*[22]

Ob das Chemische Korps wirklich an diese wissenschaftliche Vision glaubte, weiß man nicht genau; auf jeden Fall brachte die Werbekampagne Ergebnisse hervor. So erklärte die Kennedy-Regierung, daß die Vereinigten Staaten sich nicht länger allein auf den Grundsatz einer massiven nuklearen Vergeltung zur Abschreckung ihrer Feinde verlassen würden. Von 1961 bis 1964 wurde der Etat für die chemische und die biologische Kriegführung folgerichtig nahezu verdreifacht. Um welche Waffen handelte es sich eigentlich, die in der Kampagne, Gas als *human* darzustellen, einen derartig hohen Stellenwert einnahmen?

»Man legte mich ins Bett, und das letzte, was ich sah, war der junge Soldat, der mit mir in der Gaskammer gewesen war, der Fallschirmjäger. Ich werde nie vergessen, was er für ein Bild bot, als er überhaupt nichts mehr zustande brachte. Er konnte sein Federbett nicht hochnehmen, er konnte sich nicht hinlegen, er konnte nichts sehen. Seine Augen bewegten sich, wie meine, ruckweise hin und her. Allein konnte er nichts mehr zustande bringen . . . Das letztemal, als ich ihn sah, saß er in voller Uniform, mit Stiefeln und allem, in einer Badewanne, rauchte eine Zigarre und badete. Und ein Kamerad, der bei ihm war, kicherte ständig darüber.«[23]

Ende der fünfziger und Anfang der sechziger Jahre unterzogen sich Hunderte von amerikanischen Soldaten und Zivilisten Versuchen, bei denen ihnen sogenannte *»Psychopharmaka«* verabreicht wurden, Drogen, die, wie die Militärs hofften, beweisen würden, daß ein Krieg ohne Tote tatsächlich möglich war. In Großbritannien bestand eine ähnliche, nur kleinere Versuchsreihe aus über 140 Experimenten, in denen Porton Down *LSD* testete, die wirkungsvollste der in Frage kommenden Waffen.[24]

Die Forschung daran hatte man schon kurz nach dem Zweiten Weltkrieg aufgenommen.

Im April 1943 hatte ein Chemiker im schweizerischen Hauptsitz des Arzneimittelkonzerns Sandoz eine außerordentliche Entdeckung gemacht. Albert Hoffmann versuchte auf synthetischem Wege ein Medikament aus Mutterkorn, einer Pilzart, die Getreide befällt, herzustellen. Er bekam Schwindelgefühle, wurde angeheitert und unruhig. Hoffmann legte sich hin, in der Hoffnung, daß die Wirkungen abklingen würden, was sie jedoch nicht taten. Als eine Folge von Farben und Mustern an ihm vorbeizog, befand er sich auf dem ersten »LSD-Trip«.[25]

Seine Entdeckung begann bald die Psychiater zu interessieren, die sich fragten, ob eine Droge, die offensichtlich das Wahrnehmungsvermögen erweiterte, bei der Behandlung von Geisteskrankheiten nützlich sein könnte. Die Ergebnisse ihrer Versuche waren schon bald den chemischen Kriegführungswissenschaftlern der drei Länder, die das Dreimächteabkommen abgeschlossen hatten, bekannt; sie schätzten die Droge als mögliche Waffe ein.

»Im akuten LSD-Rausch stellt die betroffene Person eine potentielle Gefahr für sich und andere dar; in einigen Fällen kann sich eine verspätete und außergewöhnlich heftige Reaktion einstellen, gefolgt von ernsten Nachwirkungen, die mehrere Tage anhalten.«[26]

Die Briten vertraten jedoch nach einer Reihe von Experimenten den Standpunkt, daß Psychopharmaka wie LSD in ihren Wirkungen einfach zu wenig voraussagbar waren, um als Kriegswaffen brauchbar zu sein. Außerdem war man über die hohen Herstellungskosten beunruhigt, und so wurde LSD bald nicht mehr in die militärischen Betrachtungen einbezogen.[27] Die Forschungen in Großbritannien wurden nur noch am Rande fortgesetzt. Doch andere zeigten sich unbeeindruckt.

In den USA blieb das Chemische Korps davon überzeugt, daß LSD oder ein ähnliches Rauschmittel eine mächtige Waffe sein könnte. Man unternahm eine Reihe von geheimen Versuchen, um die Wirkungen der in Frage kommenden Drogen festzustellen.

Am Vormittag des 8. Januar 1953, kurz vor zehn Uhr, gab man Harold Blauer, einem Tennisprofi, der sich im Psychiatrischen Institut des Bundesstaates New York einer Behandlung unterzog, eine Injektion. Sechs Minuten später hatte er, seinem Krankenbericht zufolge, »den Kontakt mit der Realität verloren«. Um eine Minute nach 10 Uhr vermerkte der Bericht, daß sich die Augäpfel schnell hin und her bewegten. Zehn Minuten später war Blauers Körper »vollkommen steif«. Nach weiteren zehn Minuten fiel er in eine tiefe Bewußtlosigkeit, aus der er niemals wieder erwachte.[28]

Harold Blauer hatte angenommen, daß er sich einer normalen psychiatrischen Behandlung in einer normalen Nervenklinik unterzog. Doch in Wirklichkeit war er, ohne es zu wissen, eine Versuchsperson für Experimente der US-Armee, um eine Technik für den »Krieg ohne Tote« ausfindig zu machen. Blauer war eine Droge verabreicht worden, über die der diensthabende Arzt so gut wie nichts wußte, da sie lediglich mit ihrer Edgewood-Arsenal-Nummer, EA 1298, gekennzeichnet war. Zu den Ermittlungsbeamten sagte der Arzt später: »Wir wußten nicht, ob es Hundepisse oder was auch immer war, was wir ihm gegeben haben.«[29] Bei EA 1298 handelte es sich um ein *Derivat des Meskalin*, eines von vielen Rauschmitteln, die die Wissenschaftler des Edgewood Arsenals bei ihrer langwierigen Suche nach Methoden, einen Feind »die amerikanische Nationalhymne singend herauskommen« zu lassen, untersuchten. Man wußte so wenig über diese Droge, daß die enorme Dosis, die in Blauers Körper eingespritzt worden war, ihm den Tod brachte.

Zwar ist Harold Blauer die einzige Person, von der man konkret weiß, daß sie als Folge der geheimen Experimente ums Leben gekommen ist, doch es wurden Hunderttausende von Dollar für begleitende Forschungsarbeiten an angesehenen Universitäten und Krankenhäusern aufgewendet. Von 1953 bis 1957 stellte die US-Armee so Blauers Klinik, dem Psychiatrischen Institut des Bundesstaates New York, 140 000 Dollar zur Verfügung, um festzustellen, welche Wirkungen bestimmte Rauschmittel auf die Patienten haben würden.

Es wurden noch andere Versuche durchgeführt, an denen fast 600 amerikanische Soldaten und 900 freiwillige Zivilisten beteiligt waren.[30] Einige dieser Experimente wurden für eine breitere Öffentlichkeit in allen Einzelheiten aufgezeichnet. Zu den zahlreichen Wirkungen dreier ausgewählter Rauschmittel auf eine Gruppe von 159 Soldaten im Edgewood Arsenal gehörten *»die Unfähigkeit, zwischen Gegenständen und Personen zu unterscheiden ... eine Testperson versuchte beiläufig den Unterarm des Arztes anzubeißen, während sich eine andere beim Trinkbrunnen entschuldigte, nachdem er dagegen gelaufen war ... Einer versuchte mit einem Kugelschreiber seinen Namen auf ein Stück Hühnerfleisch zu schreiben, ein anderer wollte den Raum durch den Arzneimittelschrank verlassen.«*[31]

Eine weitere Versuchsreihe wurde vom Chemischen Korps gefilmt und später den Einheiten der Armee vorgeführt. Der Film zeigt amerikanische Soldaten an einem Flakgeschütz, die Inspektionsarbeiten durchführen und Angriffseinstellungen vornehmen. Dann wird jedem eine Tablette gegeben. Später sieht man, wie die Soldaten die ihnen zugeteilten Aufgaben nicht mehr ausführen können. Sie lungern herum und sind ständig am Kichern. Einige Offiziere stellen Fragen, doch die Männer sind nicht mehr in der Lage, zu antworten. Sie können nicht mehr gerade stehen und torkeln nur noch herum.

Vom militärischen Gesichtspunkt aus waren die Psychopharmaka äußerst attraktiv.[32] Sie schienen alle Vorteile der chemischen oder radiologischen Waffen ohne deren Nachteile anzubieten: Gegenstände wurden nicht beschädigt, es gab keine Leichen, und es bestand nicht die Gefahr einer Infektion.

Die Militärs konzentrierten sich bei ihren Versuchen auf eine Substanz, der sie den Decknamen *BZ* gaben. Sie besaß ähnliche Eigenschaften wie das LSD, hatte jedoch im Gegensatz zu vielen der getesteten Rauschmittel den Vorteil, daß sie leicht als Wolke in die Luft abgegeben werden konnte. Es dauerte ungefähr eine halbe Stunde, bis sich das BZ beim Opfer bemerkbar machte, doch die Nachwirkungen hielten mindestens zwei Wochen lang an. In den ersten vier Stunden würden Mund und Rachen des Opfers ausgetrocknet sein, seine Haut wäre erhitzt und gerötet. Es könnte sein, daß sich der Betroffene übergibt, außerdem wäre sein Sehvermögen beeinträchtigt. Umhertaumelnd würde er wie ein Betrunkener nuscheln oder Unsinn vor sich hinmurmeln. Später wäre es möglich, daß er sein Gedächtnis verlor, und wahrscheinlich würde er Halluzinationen bekommen.[33]

Die US-Armee beauftragte eine private Firma mit der Massenproduktion von BZ und wählte die biologische und chemische Waffenanlage eines Stützpunktes aus dem Zweiten Weltkrieg in Arkansas aus, um dort das BZ in Bomben zu laden. 1962 wurden zwei Millionen Dollar für die BZ-Anlage im *Pine Bluff Arsenal* aufgewendet, und in den beiden folgenden Jahren produzierte man 45 Tonnen dieser Substanz. Mit einer Testreihe auf dem Versuchsgelände Dugway in Utah und, unter extremen Sicherheitsbedingungen, in einem Gebiet auf Hawaii setzten die Militärs ihre Versuche mit diesem Psychopharmakon fort.[34]

Schließlich mußten die Militärs die Schlußfolgerung ziehen, daß, obwohl das BZ produziert und in Bomben gefüllt worden war, es sich um keine zuverlässige Waffe handelte. Ein feindlicher General konnte in seinem gefährlichen Delirium ebensogut einen Atomkrieg auslösen wie sich hinlegen und totstellen oder aufstehen und die amerikanische Nationalhymne singen. Die Suche nach dem humanen Gas war beendet.

Im November 1961 starteten drei C-123-»Provider«-Transportflugzeuge der US-Luftstreitkräfte von ihrem Stützpunkt auf den Philippinen, um nach *Südvietnam* zu fliegen. Alle drei waren mit riesigen Tanks ausgerüstet, die 4000 Liter Flüssigkeit fassen konnten. Unter den Tragflächen und den Höhenflossen hatte man Hochdruckdüsen angebracht. Dies sollten die Vorrichtungen für den *größten chemischen Kampfstoffeinsatz seit dem Ersten Weltkrieg* sein.[35]

Das Unternehmen dieser Flugzeuge und vieler anderer, die später folgten, wurde *»Operation Ranch Hand«* genannt und war nicht gegen Menschen gerichtet, sondern gegen die Vegetation Vietnams. Doch trotzdem wird es noch immer für tragische Auswirkungen auf Menschen verantwortlich gemacht. Die Grundidee der Operation war einfach. Der Hauptvorteil des Vietkong im Krieg gegen die Südvietnamesen und die Amerikaner bestand in der Überraschung, der Fähigkeit, einen Hinterhalt zu legen und dann im Schutze des dichten Dschungels wieder zu verschwinden. Der Einsatz der US-Maschinen zielte darauf ab, den Dschungel zu entlauben.

Die Idee, die hinter dem amerikanischen Plan steckte, war nicht neu. Wie in so vielen Bereichen der chemischen Kriegführung hatten die Briten die dafür notwendigen Entdeckungen gemacht. 1940 waren britische Wissenschaftler auf zahlreiche chemische Stoffe gestoßen, die, natürlichen Pflanzenhormonen offensichtlich sehr ähnlich, mit überraschender Wirksamkeit Feldfrüchte vernichten konnten. Während die Briten nicht über eine ausreichende Anzahl von Flugzeugen verfügten, um Angriffe gegen landwirtschaftliche Höfe in Deutschland zu unternehmen, wurde die Erforschung von biologischen und chemischen Kampfstoffen, die Pflanzen befallen sollten, in den Vereinigten Staaten in großem Maßstab fortgesetzt. Bis zum Ende des Krieges hatten amerikanische Wissenschaftler über 1000 chemische Substanzen auf ihre Auswirkungen auf die Vegetation untersucht und schließlich drei Hauptkampfstoffe entwickelt.[36] Hätte der Krieg noch länger angedauert, so wären die Chemikalien zur Vernichtung der japanischen Reisernte eingesetzt worden, um das Land durch Hunger zur Kapitulation zu zwingen.[37]

Da der Zweite Weltkrieg beendet worden war, bevor der Plan ausgeführt werden konnte, waren es die Briten, die in einem ihrer letzten Kolonialkriege erstmals chemische Waffen gegen Pflanzen einsetzten. In ihrem Kampf gegen chinesische Partisanen in *West-Malaysia* Ende der vierziger und Anfang der fünfziger Jahre versprühten die Briten *Trichlorphenoxyessigsäure*, bekannter unter der Bezeichnung 245 T, auf vermutete Pflanzungen der Gegner, um sie durch Hunger zum Aufgeben zu zwingen.. Bei anderen Angriffen benutzten sie ein Herbizid, um den Dschungel zu entlauben. Über die Auswirkungen der britischen Sprühangriffe informierte man die kleine Gruppe von amerikanischen Wissenschaftlern, die die Erntevernichtungsforschung in den fünfziger Jahren planlos fortsetzte. Doch mit Beginn der Verwicklung der Amerikaner in ihren eigenen Krieg gegen Partisanen in Südostasien wurden die Untersuchungen in Fort Detrick sofort intensiviert. In acht Jahren, von 1961 an, untersuchten die Wissenschaftler die mögliche Verwendungsfähigkeit von nicht weniger als 26 000 chemischen Substanzen.

Sechs wurden zur Entlaubung des Dschungels ausgewählt, man bezeichnete sie nach den Farben der trommelförmigen Behälter, in denen sie zu den südvietnamesischen Flugplätzen transportiert wurden, als *Agent Green, Pink, Purple, White, Blue* und *Orange.* Die Soldaten, in deren Flugzeuge sie geladen wurden, erfanden den Wahlspruch: »Nur wir können vor Wäldern schützen.« Sie rühmten sich damit, daß sie »die meistgehaßte Einheit in Vietnam« waren.[38]

Die schwerfälligen Flugzeuge boten ein leichtes Ziel für die Flakgeschütze der Vietkong, doch die Sprühangriffe wurden schon bald als erfolgreich angesehen. 1964 luden die Flugzeuge im Verlauf der Operation den giftigen Regen über ganz Vietnam ab, vom Mekong-Delta bis zur entmilitarisierten Zone und später auch über Laos und Kambodscha. Bald wurden die Sprühangriffe ausgeweitet. Die Flugzeuge starteten nun, um die Pflanzungen der Vietkong zu vernichten. Schließlich war ein Gebiet von der Größe Israels besprüht worden, weite Flächen davon mehr als einmal. Ein Sprecher des Verteidigungsministeriums erklärte 1966 naiv, daß die Chemikalien »ungefährlich für Menschen, Tiere, Boden und Wasser sind«.[39]

Agent Orange, für den Einsatz auf besonders dichte Waldgebiete verwendet, rief von den chemischen Stoffen, die zur Entlaubung des Dschungels benutzt wurden, die größte Verbitterung hervor. Seine »imposante« Wirkung bestand darin, daß die Vegetation zum schnellen und selbstzerstörerischen Wachstum angeregt wurde. Die Pflanzen explodierten regelrecht und hinterließen eine surrealistische Landschaft, in der das Unkraut zu Büschen herangewachsen war und die Bäume, durch das Gewicht ihrer Früchte nach unten gezogen, verwesend in dem nach Fäulnis riechenden Dschungel lagen. Die vietnamesischen Bauern nannten die Gebiete, die davon befallen waren, »das Land des Todes«. Amerikanische Offiziere hingegen wiesen darauf hin, daß die Anzahl der Hinterhalte in einigen Gebieten nach dem Einsatz dieser Waffe um 90 Prozent zurückgegangen war.[40] Die Nachfragen der Kommandeure kamen so schnell, daß die Luftwaffe Schwierigkeiten hatte, mit den Lieferungen des Stoffes aus den Vereinigten Staaten nachzukommen.

Bei dem Agent Orange handelte es sich um ein Gemisch aus zwei Chemikalien, wovon die eine, 245 T, das von den Briten in West-Malaysia eingesetzte Entlaubungsmittel war. 245 T enthält geringe Mengen an Dioxin, eine der giftigsten Substanzen, die jemals hergestellt worden sind, mindestens ebenso wirkungsvoll wie Nervengas. Bei Versuchen hatte man festgestellt, daß sie Mißbildungen bei Tierföten verursachte. Der Anteil von Dioxin im Agent Orange war verschwindend klein; so gering, daß er, so sagte man, sicherlich keinen Schaden bei Menschen bewirken könnte.

Doch die Mengen, die man freisetzte, waren gewaltig! Jede

C 123 konnte in fünf Minuten die mitgeführten 4000 Liter ablassen und kehrte dann zurück, um für einen weiteren Einsatz über dem Dschungel aufzutanken. Der Bedarf der US-Armee in Vietnam war so groß, daß die gebräuchlichen Unkrautvernichter, in denen die Bestandteile des Agent Orange enthalten waren, 1968 vom amerikanischen Markt verschwanden.

Mit den gewaltigen Mengen an Unkrautvernichtungsmitteln, die von den amerikanischen Flugzeugen aus auf den vietnamesischen Dschungel geschüttet wurden, summierten sich auch die kleinen Dioxinmengen. Als man die Sprühangriffe eingestellt hatte, waren ungefähr 110 Kilogramm dieser Substanz auf Vietnam abgeworfen worden.[41] Ungefähr 200 Gramm davon im Wasserversorgungssystem können ausreichen, um die Bewohner Londons oder New Yorks zu vernichten.

Schon bald begannen sich die Auswirkungen zu zeigen. In einem Krankenhaus, das sich in dem Gebiet befand, das am schwersten mit Agent Orange besprüht wurde, verdoppelte sich während des Höhepunktes der Angriffe die Anzahl der totgeborenen Babys. In der Zeit der schwersten Besprühungen stellten die Ärzte im Saigoner Kinderkrankenhaus fest, daß sich die Zahl der Kinder, die mit Spaltwirbel oder Wolfsrachen zur Welt kamen, verdreifacht hatte.[42]

Die Folgen beschränkten sich aber nicht nur auf die Vietnamesen: An einem Septemberwochenende, fünf Jahre nach Beendigung des Krieges, krümmte sich Paul Reutershan, ein Amerikaner, der in Vietnam als Bordwart gedient hatte, vor Schmerzen, was er zunächst auf eine Lebensmittelvergiftung zurückführte. Eine Reihe von Untersuchungen in einem örtlichen Krankenhaus ergab jedoch, daß es sich um Unterleibskrebs handelte, der so weit fortgeschritten war, daß die Ärzte nicht mehr operieren konnten. Man hatte nachgewiesen, daß 245 T bei einigen Versuchstieren Krebs hervorrufen konnte. Reutershan war davon überzeugt, daß Agent Orange seinen Krebs verursacht hatte. Er begann eine nationale Kampagne zu organisieren: 7000 ehemalige Soldaten, die glaubten, daß ihre Krebsleiden und andere Krankheiten oder die Mißbildungen, die ihre Kinder seit der Geburt hatten, vom Agent Orange hervorgerufen worden waren, traten an die Öffentlichkeit. Doch bevor sie sich richtig organisieren konnten, starb Reutershan.

In den Jahren nach dem amerikanischen Zusammenbruch in

Vietnam wuchs die Zahl der ehemaligen Soldaten, die durch Agent Orange offensichtlich Schäden erlitten hatten, ständig an. Ende 1981 waren es bereits 17000 ehemalige amerikanische, 4000 australische und 1700 neuseeländische und koreanische Soldaten, die die fünf Chemieunternehmen, die das Entlaubungsmittel hergestellt hatten, verklagt hatten. Während die Unternehmen sich bemühten, die Gerichtsverhandlung über diese Fälle hinauszuzögern, starben weitere ehemalige Soldaten an Krankheiten, die man der Anwendung von Agent Orange zuschrieb. Selbst unter denjenigen, die scheinbar unversehrt geblieben waren, fordert es immer weitere Opfer: Angeblich leiden 40000 der Kinder, die von Soldaten, die dem Entlaubungsmittel ausgesetzt gewesen waren, gezeugt wurden, an schweren Geburtsschäden.

Obwohl die Vereinigten Staaten das Genfer Protokoll von 1925 noch immer nicht unterzeichnet hatten, weil sie sonst bei Krawallen auf die »humane« Anwendung von Wirkstoffen, wie zum Beispiel Tränengas, hätten verzichten müssen, wurde allgemein angenommen, daß sich ihre Haltung hinsichtlich chemischer Waffen nicht von der anderer Staaten, die sich gebunden hatten, unterschied. Doch Vietnam wurde zur Zerreißprobe.

Das Genfer Protokoll hatte strenge Beschränkungen über die Gasanwendung im Kriegsfall festgelegt. Doch bei der Benutzung chemischer Waffen – wie *Tränengas* – von Polizeikräften handelte es sich um rein *innenpolitische* Angelegenheiten. Die USA und Großbritannien hatten nach dem Ersten Weltkrieg Fabriken zur Herstellung von CN-Gas errichtet, und die Briten setzten dieses Gas schon bald gegen Aufständische in den Kolonien ein. Die Waffe, die es ersetzte und in Vietnam angewendet wurde, *CS-Gas*,[43] bietet ein nahezu perfektes Beispiel dafür, auf welche Weise die britische chemische Kriegführungsforschung trotz ihrer Beschränkung auf den Verteidigungsbereich für Kriegszwecke genutzt wurde.

Die Briten stellten bei Operationen in Korea und Zypern Anfang der fünfziger Jahre fest, daß ihr Standardtränengas, CN, »die fanatischen Aufständischen nicht zurücktreiben konnte«.[44] Porton Down nahm die Suche nach einer anderen, wirkungsvolleren Waffe auf, die auch andere Körperteile in Mitleidenschaft ziehen sollte, da entschlossene Demonstranten dem CN einfach durch Schließen der Augen widerstehen konnten. Die Wissenschaftler in Porton arbeiteten sich durch beinahe 100 chemische

Verbindungen, bis sie sich schließlich für das CS entschieden. Der Vorteil des CS bestand darin, daß es eine ganze Reihe von unangenehmen Wirkungen hervorrief. Die Augen des Betroffenen tränten und fingen an zu brennen, seine Haut juckte, die Nase lief; während er nach Luft schnappte, mußte er husten und sich übergeben. Die Briten testeten das neue Gas, als sie sich 1958 in Zypern Aufständischen gegenübersahen, und berichteten ihren Kollegen bei der Dreimächtekonferenz im gleichen Jahr über die Wirkungskraft des CS.

Das US-amerikanische Chemische Korps stellte unter dem Decknamen *»Black Magic«* unverzüglich ein Sofortprogramm auf, um CS herzustellen und in Granaten und in Sprühtanks, die an Hubschraubern und Flugzeugen befestigt waren, zu füllen. Doch während die Briten behaupten konnten, daß sie das Gas nur bei Polizeiaktionen eingesetzt hatten oder wenn die Armee »zur Unterstützung der Staatsgewalt« fungierte (eine Rechtfertigung, die später benutzt werden sollte, als die Armee das CS zum erstenmal gegen Aufständische in Nordirland einsetzte), war die Anwendung dieses Gases von den Amerikanern in Vietnam anderer Art. 1965 kam General Westmoreland, der amerikanische Befehlshaber in Vietnam, zu der Überzeugung, daß CS für die Vertreibung der Vietkong aus ihren bombensicheren Unterständen von unschätzbarem Wert sein würde. Der Brisanz dieser Angelegenheit bewußt, hatte man die Soldaten, die an der Operation, bei der CS zum erstenmal offiziell eingesetzt wurde, teilnahmen, gründlich darauf vorbereitet, nicht von »Gas«, sondern von »Tränengas« zu sprechen, da man annahm, daß es von der allgemeinen Ächtung chemischer Waffen ausgenommen war.

Eine Vorstellung von der »Humanität« des CS-Gases in Vietnam kann aus einem Unternehmen, in dem es eingesetzt worden ist, gewonnen werden.[45] Man vermutete, daß sich die Soldaten des Vietkong in einem schmalen Dschungelstreifen in bombensicheren Unterständen versteckt hielten. Zuerst schickte man Hubschrauber los, die aus ihren Verteilertanks CS-Gas abließen. Dann folgten schwere B-52-Bomber, die einen »Teppich« mit Sprengstoffbomben legten. Schließlich sandte man amerikanische Soldaten mit aufgesetzten Gasmasken aus, um das Gebiet von etwaigen Überlebenden zu »säubern«. Wie ein amerikanischer Sprecher später erklärte, »bestand der Zweck des Gasangriffs darin, die Soldaten des Vietkong an die Oberfläche zu zwingen, wo sie für die Splitterwirkungen der Bombenexplosionen anfälliger waren«.[46]

Insgesamt hatten die amerikanischen Streitkräfte Tausende vonTonnen an CS-Gas in Vietnam eingesetzt. Die Befürchtung, daß sich Vietnam wie der Erste Weltkrieg entwickeln könnte, wo die Tränengasanwendung der Vorläufer für den Einsatz von noch stärkeren Giften gewesen war, hatte sich nicht realisiert. Doch zeitweise glich Vietnam den Schlachtfeldern des Ersten Weltkrieges, wenn Gaswolken vorbeizogen und dabei gelegentlich die Froschmännern ähnelnden GIs mit ihren aufgesetzten Gasmasken verschleierten. Ein französischer Journalist beschrieb einen Angriff, der beunruhigende Ähnlichkeiten mit einigen Gefechten des Ersten Weltkrieges aufwies:

»Der Kommandeur rief den Sanitätern zu: ›Haltet die Verwundeten bedeckt, zieht sie an: das Gas wird sie sonst verbrennen.‹ Ausnahmslos erfaßte das Gas entblößte Arme und den unbedeckten Nakkenbereich und hinterließ die Soldaten mit den gleichen Schmerzen, als ob sie sich verbrannt hätten.«[47]

In den Augen einiger Vietnam-Beobachter war es nicht von Bedeutung, daß die USA, selbst im Augenblick ihrer endgültigen Erniedrigung, vor der Anwendung von tödlichen Gasen zurückgeschreckt waren. Kritiker der amerikanischen Politik hielten selbst den Einsatz von den normalerweise bei Krawallen benutzten Wirkstoffen für einen schweren Fehler. Die *»New York Times«* drückte es folgendermaßen aus: *»In Vietnam wurde Gas bereitgestellt und gutgeheißen, und zwar von Weißen gegenüber Asiaten. Dies ist etwas, was kein Asiat, ob es sich nun um einen Kommunisten handelt oder nicht, vergessen wird.«*[48]

9. Kapitel: Werkzeug der Spione

Am 7. September 1978 fuhr ein bulgarischer Schriftsteller von seiner Wohnung am Stadtrand Londons ins Zentrum zu dem riesigen Bürogebäude, in dem sich die überseeischen Rundfunkdienste der BBC befinden. Vor seiner Emigration im Jahre 1969 gehörte Georgi Markov zur privilegierten literarischen Elite Bulgariens. Er hatte durch seine Werke die Freundschaft und das Vertrauen von einigen bedeutenden Mitgliedern des Politbüros gewonnen. Nun wurden seine Kommentare über das Leben in Bulgarien regelmäßig aus den Studios der BBC und des Senders »Freies Europa« in sein Heimatland übertragen.

Es war schwierig, unmittelbar vor dem Gebäude der BBC einen Parkplatz zu finden, deshalb stellte Markov seinen Wagen an der Themse unterhalb der Waterloo-Brücke ab. Nachdem er sein Auto abgeschlossen hatte, stieg er die Steintreppe zur oben vorbeiführenden Straße hinauf und ging auf das Bürogebäude der BBC zu. Plötzlich fühlte er einen scharfen Stich in seinem Oberschenkel. Markov drehte sich um. Ein Mann hob gerade, Entschuldigungen vor sich hinmurmelnd, einen Regenschirm vom Bürgersteig auf.

An diesem Abend bekam Markov Fieber. Sein Blutdruck fiel und sank die nächsten beiden Tage weiter ab. Das Fieber verstärkte sich. Schließlich setzte sein Herz aus.

Falls beabsichtigt worden war, daß Markovs Tod als Unglücksfall erscheinen sollte, so schlug der Plan fehl, da der Schriftsteller seiner Frau, kurz bevor er starb, den Vorfall mit dem Regenschirm erzählt hatte. Als die Gerichtsmediziner von Scotland Yard Markovs Leiche untersuchten, entdeckten sie unter der Haut des Oberschenkels eine kleine Metallkugel. Nicht größer als ein Stecknadelkopf, war das Kügelchen mit vier Löcher durchbohrt. Die Analytiker waren davon überzeugt, daß die winzige Kugel Gift enthalten hatte. Doch welcher Art?

Den wichtigsten Anhaltspunkt zur Lösung des Rätsels erhielt man aus Paris, wo ein weiterer Exilbulgare, Vladimir Kostov, lebte. Wie Markov arbeitete Kostov als Journalist. Als er aus der Zeitung vom Tod seines Kollegen erfuhr, erinnerte sich Kostov daran, daß er vor zehn Tagen in der Pariser Métro einen scharfen Schmerz im Rücken gespürt hatte. Auch er hatte Fieber bekommen, doch in seinem Fall war es nach drei oder vier Tagen wieder abgeklungen. Nun unterzog sich Kostov einer gründlichen medizinischen Untersuchung.

Eine Röntgenaufnahme seines Rückens zeigte ebenfalls ein Metallkügelchen, das sich unter seiner Haut befand. Die französischen Ärzte entfernten es und schickten es sofort in die Untersuchungslabors des Scotland Yard, wo durch mikroskopische Analysen nachgewiesen wurde, daß es identisch mit der Kugel war, die man aus Markovs Oberschenkel entfernt hatte.

Die Wissenschaftler der Polizei zogen die Versuchsanstalt Porton Down mit ihrer unvergleichlichen Sachkenntnis im Bereich der bakteriologischen Kriegführung zu Rate. Dort stellte man fest, daß die winzige Kugel aus Kostovs Körper noch immer Spuren eines Giftstoffes enthielt. Schon bald hatten sie ihn als *Rizin* identifiziert, eine hochgiftige Substanz, die man aus dem Samen der Rizinuspflanzen gewinnt. Sie überprüften ihren Verdacht, indem sie eine Rizinprobe aus Portons Vorratslager nahmen und ein Schwein damit injizierten. Das dadurch verursachte Fieber und der Herzanfall des Tieres waren identisch mit den Symptomen, die sich bei Markov gezeigt hatten, als er in der Intensivstation um sein Leben kämpfte. Die Biologen folgerten, daß Kostov den Angriff in der Pariser Métro nur deshalb überlebt hatte, weil seine Attentäter nicht genug Gift in das Kügelchen getan hatten.

Rizin gehörte zu den Giftstoffen, die von den Briten für Attentate während des Zweiten Weltkrieges in Erwägung gezogen worden waren. In den sechziger Jahren erforschte man in der damit beauftragten Universität von Exeter immer noch die Auswirkungen dieses Giftstoffes. Doch die britischen Interessen an Rizin waren gering im Vergleich mit den Forschungsarbeiten, die in Osteuropa ausgeführt worden waren. Schon eine flüchtige Betrachtung der veröffentlichten Forschungsberichte über Rizin offenbarte, daß ein hoher Anteil der Untersuchungen in Ungarn und der Tschechoslowakei durchgeführt worden waren.[1]

Als man beim Scotland Yard bemerkte, daß man es mit einem Mordfall zu tun hatte, war der Attentäter schon längst untergetaucht. Der Verdacht fiel sofort auf die vom KGB ausgebildete bulgarische Geheimpolizei, die anscheinend an einem Unternehmen beteiligt war, um Dissidenten, die es wagten, die Regierung des Partei- und Staatsratsvorsitzenden Todor Schiwkow zu kritisieren, zum Schweigen zu bringen. Die bulgarische Geheimpolizei wird bei ihren Auslandseinsätzen, wie in allen anderen Bereichen, vom KGB kontrolliert.

Das Technische Einsatzdirektorium des KGB arbeitet wie alle Abteilungen der sowjetischen Geheimdienste absolut geheim. Das wenige, was über die von den KGB-Wissenschaftlern hergestellten Gase und Gifte bekannt ist, erfuhr man hauptsächlich durch die Leichen ihrer Opfer. Die Darstellung einiger Fälle soll dazu dienen, die Bandbreite der Giftstoffe und Chemikalien, die den KGB-Agenten zur Verfügung stehen, aufzuzeigen.

Im Februar 1954 kam Hauptmann Nikolai Chochlow in Frankfurt an; er hatte den Auftrag bekommen, Georgij Sergejewitsch Okolowitsch, den Anführer einer im Exil lebenden Gruppe von Dissidenten, umzubringen. Im letzten Augenblick verlor Chochlow die Nerven. Er warnte sein Opfer vor der Gefahr, in der es sich befand, dann lieferte er sich selbst dem amerikanischen Geheimdienst aus. Chochlow führte amerikanische Agenten tief in einen Wald in der Nähe von München. Dort holte er ein scheinbar normales goldenes Zigarettenetui hervor. Es war von KGB-Wissenschaftlern in eine Pistole umgewandelt worden, mit der man vergiftete Dumdumgeschosse abfeuern konnte.

Chochlow sprach nun häufig bei antisowjetischen Versammlungen, wobei ihm seine Erfahrung als ehemaliger KGB-Agent zugute kam. Doch während einer Veranstaltung in Frankfurt im September 1957 fühlte sich Chochlow plötzlich sehr krank. Auf seinem Gesicht zeigten sich schwarze, braune und blaue Schwellungen, aus seinen Augen sickerte eine klebrige Flüssigkeit, und eine Unmenge von Haaren fiel von seinem Kopf. Zwei Tage später nahmen die deutschen Ärzte an, daß sein Tod unmittelbar bevorstand. Chochlow wurde in ein amerikanisches Militärkrankenhaus überführt, wo sechs Ärzte einen verzweifelten Kampf um sein Leben begannen. Durch das ständige Austauschen seines Blutes und durch Zuführung großer Mengen an Kortison, Steroiden, Vitaminen und verschiedenen Medikamenten schafften sie es, ihn zu retten. Allmählich erholte sich Chochlow wieder. Erst später waren amerikanische Experten in der Lage, aus der Analyse von Chochlows Krankheitsverlauf zu folgern, daß er durch die Beimischung von hochradioaktiven Metallteilchen in sein Essen vergiftet worden war.[2]

Zwei Jahre später wurde ein weiterer Attentäter von Moskau aus losgeschickt, um einen anderen Dissidenten zu töten, diesmal unter Verwendung von Blausäure. Am 15. Oktober 1959 um 13 Uhr erreichte Stefan Bandera, ein bekannter Exilukrainer, seine Wohnung in München. Als er die Haustür aufschließen wollte, trat der KGB-Agent Bogdan Staschinski plötzlich hervor und richtete ein 17 Zentimeter langes Röhrchen auf sein Gesicht. Als Staschinski einen Hebel betätigte, spritzte Blausäure in Banderas Gesicht. Diese Säure verhindert, wenn man sie einmal eingeatmet hat, die Abgabe von Sauerstoff aus dem Blut, was eine innere Erstickung hervorruft. Nach einigen Minuten war Bandera tot. Als Staschinski zwei Jahre später in den Westen überwechselte, beschrieb er eine Reihe von chemischen und biologischen Waffen, die von Technikern des KGB hergestellt worden waren.

In der ersten Septemberwoche des Jahres 1964 wurde ein deutscher Elektroniker nach Moskau beordert, um die westdeutsche Botschaft nach Abhörgeräten des KGB abzusuchen. Der Techniker Horst Schwirkmann, ein Meister seines Faches, entdeckte »Wanzen«, die im ganzen Gebäude verborgen waren, und setzte sie außer Betrieb. Bevor er wieder nach Deutschland zurückkehrte, reiste er an einem Sonntag zu einem bekannten Kloster in der Nähe Moskaus, um es zu besichtigen. Als er die Ikonen im Kloster von Zagorsk bewunderte, spürte er plötzlich einen brennenden Schmerz auf dem Gesäß und den Oberschenkeln. Man brachte den plötzlich gelähmten Techniker zur westdeutschen Botschaft zurück und dann zu US-amerikanischen Spezialärzten. Sie stellten fest, daß er mit Stickstofflost (mit Stickstoff angereichertes Senfgas) besprüht worden war, einem Kampfstoff, den man im Zweiten Weltkrieg entwickelt und gelagert hatte. Zwanzig Jahre später war Schwirkmann nun sein erstes Opfer geworden.

Nicht alle chemischen und biologischen Waffen des KGB sollen tödlich wirken. Nach Angaben von Überläufern werden die Mittel, die dazu bestimmt sind, ein Opfer vorübergehend außer Gefecht zu setzen, für ebenso wichtig gehalten. Am berüchtigsten sind die Drogen, die man angeblich in die Getränke von Diplomaten und Beamten fallen läßt, die sich danach in kompromittierenden Situationen mit vom KGB eingesetzten Prostituierten wiederfinden. Andere chemische und biologische Mittel sollen eine vorübergehende Krankheit, wie beispielsweise eine schwere Magenverstimmung, verursachen, damit die Opfer dazu gezwungen sind, sich in Augenblicken, in denen der sowjetische Geheimdienst ihre sichere Abwesenheit wünscht, ins Bett zu begeben.

Doch die westlichen Geheimdienste begnügten sich nicht damit, sich nur auf Informationen aus den wenigen Obduktionen, den Krankenberichten und auf die Aussagen von Überläufern zu stützen. Sie nahmen an, daß diese nur einen kleinen Teil der vom Technischen Einsatzdirektorium des KGB durchgeführten Arbeiten an Gasen und Giften darstellten. Die gleichen Argumente, die man hervorgebracht hatte, um die Entwicklung von chemischen und biologischen Waffen durch die Streitkräfte des Westens zu rechtfertigen, wurden nun ebenfalls benutzt, um die Forschung in den Laboratorien der Geheimdienste zu rechtfertigen.

Die Briten und die Amerikaner hatten ihre Zusammenarbeit im Bereich chemischer und biologischer Waffen für Geheimagenten im Zweiten Weltkrieg begonnen. Das Attentat auf Reinhard Heydrich war ohne Zweifel das spektakulärste Beispiel eines Bakterienwaffeneinsatzes durch Geheimagenten während des Krieges, aber es hatte noch unzählige andere Unternehmen gegeben, bei denen die Briten und die Amerikaner geplant hatten, ähnliche Waffen zu benutzen.

Am Anfang des Krieges waren die Pläne für den heimlichen Einsatz von Gas und Bakterienwaffen verhältnismäßig einfach gewesen. Während des Libyen-Feldzuges im Jahre 1940 hatte das britische Kriegskabinett verschiedene Methoden zur Verseuchung deutscher Wasservorräte mit leicht erhältlichen Substanzen wie Säure, Salz oder Kreosot in Erwägung gezogen.[3] 1942 war das britische Sondereinsatzkommando (SOE) mit einer Reihe von Gaswaffen ausgerüstet, die – in Indien, im Nahen Osten, Australien und Kanada getestet – dem amerikanischen und dem sowjetischen Alliierten vorgeführt werden sollten.[4]

Doch die vorhandenen Waffen waren nicht sehr wirkungsvoll. Unter ihnen befand sich ein elf Zentimeter langes, mit Tränengas gefülltes Röhrchen, das, bemerkte einer der anwesenden Offiziere, »wahrscheinlich kaum . . . Panik erzeugen oder jemand für längere Zeit behindern würde, wenn man die Flüssigkeit nicht ins Gesicht des Opfers schütten könnte.«[5]

Das Problem, chemische und biologische Wirkstoffe sicher und in ausreichenden Mengen mitzuführen, um bei Geheimdienstoperationen erfolgreich zu sein, machte Porton Down jahrelang große Schwierigkeiten. Doch mit dem Eintritt der Vereinigten Staaten in den Krieg im Dezember 1941 wurden die Briten schon bald von einer Gruppe amerikanischer Wissenschaftler unterstützt, die durch ihre unermüdlichen und einfallsreichen Anstrengungen ihre britischen Kollegen bald als Waisenknaben erscheinen ließen.

Die USA besaß bisher noch keine Geheimdiensterfahrung. Als Roosevelt schließlich den Entschluß faßte, eine derartige Organisation zu begründen, die als Amt für strategische Dienste (*Office of Strategic Services;* OSS) bekannt wurde und der *Vorläufer der CIA* war, traf er mit dem General William »Wild Bill« Donovan als ihrem Leiter eine glänzende Wahl. Der 57jährige Donovan zog ungefähr 12000 Leute heran, um die Geheimdienstorganisation zu bilden, die schließlich zur größten der westlichen Welt wurde.

Er wandte sich auch an Stanley P. Lovell, einen Wissenschaftler und Geschäftsmann aus Boston. Lovell wurde zu einem Treffen in ein Büro in Washington bestellt. Donovan sprach mit einer Stimme, die Lovell später als weich und wunderbar gedämpft beschrieb: »Ich brauche jeden raffinierten Einfall und jeden hinterlistigen Trick, damit sie gegen die Deutschen und die Japaner angewendet werden können, und zwar von unseren eigenen Leuten, besonders jedoch von den Widerstand leistenden Untergrundbewegungen in allen besetzten Ländern. Sie werden sich all diese Tricks ausdenken müssen, Lovell, denn ich habe Sie für diese Aufgabe bestimmt.«[6]

Lovell machte sich daran, Wissenschaftler anzuwerben, die ihm bei der Entwicklung von »hinterlistigen Tricks« behilflich sein sollten. Seine Technik bestand darin, an in Frage kommende Wissenschaftler heranzutreten und zu sagen: *»Werfen Sie all ihre normalen, gesetzestreuen Konzepte aus dem Fenster. Hier bietet sich eine*

Gelegenheit, die Hölle aus den Angeln zu heben. Kommen Sie und helfen Sie mir dabei.«[7]

Die Wissenschaftler, die Lovell um sich gesammelt hatte, arbeiteten bald an den verwegensten und skurrilsten Projekten des Krieges. Während das OSS selbst beinahe ausschließlich die Schöpfung des britischen Geheimdienstes war und hauptsächlich von dessen Agenten geschult wurde, arbeiteten Lovells Wissenschaftler bald als gleichberechtigte Partner der britischen Spezialisten. In den folgenden Jahren erzeugten das OSS und später die CIA einige der einfallsreichsten und verheerendsten chemischen und biologischen Waffen, die jemals hergestellt worden sind.

Lovell und zwei seiner Mitarbeiter entwickelten genau nachgebildeten Ziegenkot, der während des Nordafrika-Feldzuges im Jahre 1942 von alliierten Flugzeugen aus auf das von den Deutschen besetzte Marokko abgeworfen werden sollte. Lovell hatte gehört, daß es in Spanisch-Marokko mehr Ziegen als Menschen gab und daß Ziegenkot so gut wie überall zu finden war. Die von den amerikanischen Wissenschaftlern entwickelte Nachbildung enthielt einen chemischen Stoff, der so anziehend auf Fliegen wirkte, daß man glaubte, er könnte sie sogar aus dem Winterschlaf wecken. Man stellte sich vor, wie sich Millionen von Fliegen auf den Ziegenmist stürzen würden, der vorher mit Bakterien, die *Tularämie* (Hasenpest) und *Psittakose* (Papageienkrankheit) verursachen, verseucht worden wäre. Beide Krankheiten, die einen tage- oder auch wochenlangen Schwächezustand hervorrufen, würden sich durch die infizierten Fliegen bei den deutschen Soldaten ausbreiten. Lovell machte sich Gedanken darüber, wie man den marokkanischen Bauern das Vorhandensein von Ziegenmist auf den Dächern, nachdem alliierte Flugzeuge darüber hinweggeflogen sind, erklären könnte, doch am Ende stellte sich dieses Problem nicht, da Geheimdienstberichte darauf hinwiesen, daß die deutschen Truppen zurückgezogen wurden und das Unternehmen somit nicht mehr notwendig war.

Der Erfindungsgabe von Lovells kleiner Gruppe waren keine Schranken gesetzt. Viele ihrer Ideen erscheinen im Rückblick so grotesk, daß man sich fragt, wie jemand so etwas hat ernst nehmen können. So wurden Anthropologen des OSS gebeten, darüber zu berichten, gegen welche Dinge die Japaner in ihrem sozialen Umfeld am empfindlichsten reagierten. Sie erfuhren, daß dem Japaner nichts lästiger ist als der Geruch seiner eigenen Ausscheidungen. Die Chemiker des OSS stellten ein Präparat her, das genau den Geruch von Durchfall erzeugte. Diese abstoßende Flüssigkeit wurde dann in Tuben gefüllt, die man in von der japanischen Armee besetzte chinesische Städte schmuggelte. Wenn ein japanischer Offizier die Straße entlangging, sollte sich ein chinesisches Kind hinter ihn schleichen und die Flüssigkeit auf seinen Hosenboden spritzen. Die Wissenschaftler des OSS nannten diese Erfindung die »Wer?-Ich?-Bombe.«

Ein weiteres Experiment gründete sich auf die bekannte Aversion der Katzen vor Wasser. Man wies das OSS darauf hin, daß Katzen immer auf ihren Füßen aufkommen und um jeden Preis Wasser meiden. Warum sollte man nicht eine Katze mit Draht an einer Bombe befestigen und beides, die Katze und den Sprengstoff, unter einem Bomber anbringen? Beim Flug über feindliche Schiffe würde man die »explosive Katze« freilassen. Sie würde so sehr bemüht sein, nicht im Wasser zu landen, daß sie die Bombe schließlich, so behauptete man, mit ziemlicher Sicherheit auf das Deck eines feindlichen Kriegsschiffes lenken würde. Versuche bewiesen den Befürwortern dieses Projekts jedoch bald, daß die Katzen auch ohne Sprengstoff – wahrscheinlich schon lange, bevor ihnen das Deck eines feindlichen Schiffes als Landeplatz attraktiv erschien – bewußtlos wurden.

Keine Idee war den amerikanischen Spezialisten zu ungewöhnlich. Durch ihre große Empfänglichkeit gegenüber neuen und scheinbar lächerlichen Plänen drangen sie bei ihrer chemischen und biologischen Kriegführungsforschung in Bereiche ein, von denen die Briten nicht einmal träumten. Sie ließen Botulinustoxin-Tabletten zu Prostituierten im besetzten China bringen, in der Hoffnung, daß diese japanische Offiziere damit vergiften würden. Bei einer anderen Gelegenheit plante man, einen Geheimagenten in den Raum am Brenner-Paß, wo sich Hitler und Mussolini treffen wollten, einzuschleusen. Dieser sollte dann eine Stickstofflost-Kapsel in das Wasser der im Raum befindlichen Blumenvase ausdrücken. Durch das Verdunsten der Flüssigkeit würde jeder, der sich in diesem Zimmer aufhielt, für immer erblinden. Lovell machte den Vorschlag, daß der Papst dann dazu bewegt werden sollte, die Erklärung abzugeben, die beiden Faschisten wären infolge einer göttlichen Bestrafung blind geworden, weil sie gegen das Gebot, daß man nicht töten soll, verstoßen hatten.

Lovells Lieblingsplan war es aber, Hitler mit weiblichen Geschlechtshormonen zu attackieren, und zwar sollten sie einem Nazigegner zugänglich gemacht werden, der im Gemüsegarten des Berghofes arbeitete. Der Gärtner sollte die Hormone dem Essen des Führers beimischen, mit dem Ziel, daß »sein Bart ausfallen und er eine Sopranstimme bekommen würde«.[8] Wie die meisten der noch absonderlicheren Pläne für heimliche chemische und biologische Angriffe, so scheiterte auch dieses Vorhaben.

Mit dem Ende des Zweiten Weltkrieges und den ersten Anzeichen des kalten Krieges, der das politische Leben in den folgenden 30 Jahren beherrschen sollte, entstanden neue Aufgaben für die Geheimdienstorganisationen und ihre biologischen und chemischen Kriegführungsspezialisten. Als das Amt für strategische Dienste, das während des Krieges eilig gebildet worden war, durch die gut durchstrukturierte CIA (*Central Intelligence Agency*) ersetzt wurde, wandelte sich der Charakter der chemischen und biologischen Forschung von einer Suche nach Wirkstoffen für besondere Missionen zu einer langfristigen Planung, bei der man Drogen und Giftstoffe für den angenommenen Ernstfall auf Abruf bereitstellte.

Ranghöhere CIA-Leute nahmen an, daß die Russen eine Methode entwickelt hatten, um jemanden vollkommen gefügig zu machen. Es gab Berichte über in Deutschland verhaftete sowjetische Agenten, die mit Spritzen ausgerüstet gewesen waren, deren enthaltene Flüssigkeit angeblich jedes Opfer dazu brachte, sich dem Willen seines Gegners unterzuordnen. Als amerikanische Soldaten, die während des Koreakrieges gefangengenommen worden waren, ihre »Verbrechen« eingestanden und Petitionen unterzeichneten, die die Beendigung der US-amerikanischen Einmischung in Asien verlangte, wuchs diese Überzeugung der Geheimdienstexperten. Sie glaubten, daß die Russen eine Droge entwickelt hatten, die ihr Opfer in einen Roboter verwandelte, der nur für ihre Befehle empfänglich war und nicht einmal bemerkte, daß er manipuliert wurde. Zu dem Zeitpunkt, als eine militärische Studiengruppe zu dem Schluß gekommen war, daß eine derartige Droge *nicht* existierte, hatte die CIA bereits ihre eigene Suche nach einer *zuverlässigen Methode zur Kontrolle des menschlichen Verhaltens aufgenommen.*[9]

Man hatte 1950 mit dem *»Project Bluebird«* begonnen, einer Studie, um die Auswirkungen von Hypnose und Elektroschocks auf Überläufer und angebliche Agenten festzustellen. Im folgenden Jahr wollte die CIA die Untersuchung auf die mögliche Anwendung von Drogen ausdehnen. (Es gab ein Programm zur Erforschung von Möglichkeiten, mit Hilfe von Drogen bei unzuverlässigen Agenten oder bei Überläufern Gedächtnisschwund hervorzurufen, als eine Alternative für längere Überwachungen durch die CIA.)[10] Die britischen und die kanadischen Repräsentanten, die an den Erörterungen teilnahmen, zweifelten weiterhin an der Möglichkeit, eine Droge zu entdecken, die jemand in einen Roboter verwandeln konnte, doch die CIA trieb ihre Forschungen unbekümmert voran. Die Suche wurde nahezu 20 Jahre lang fortgesetzt.

Im April 1953 unterbreitete der stellvertretende Planungsleiter der CIA, Richard Helms, den Vorschlag, ein »Programm für den heimlichen Einsatz von biologischen und chemischen Mitteln«[11] zur Verhaltensmanipulation aufzustellen. Helms nahm an, daß es sich um ein »äußerst brisantes« Projekt handelte, und meinte daher, daß es von allen normalen Informationswegen ausgenommen werden sollte, so daß nur die obersten Funktionäre der CIA von seiner Existenz wußten. Der Leiter der CIA, Allen Dulles, stimmte dem Vorschlag zu, und unter dem Decknamen *»MKULTRA«* wurde mit diesem Projekt begonnen.

Die CIA traf eine Vereinbarung mit einem Therapiezentrum für Drogensüchtige in Lexington, Kentucky, das von Dr. Harris Isbell geleitet wurde. Dr. Isbell sollte von den CIA-Wissenschaftlern ausgewählte Drogen, die für das MKULTRA-Projekt wahrscheinlich brauchbar waren, geliefert bekommen und mit ihnen Experimente an Süchtigen ausführen. Häufig wurde den Süchtigen ein »Schuß« der Droge, von der sie abhängig waren, für die Zustimmung, ihnen ein Rauschmittel nach der Wahl des CIA zu verabreichen, angeboten.

Die CIA testete eine große Anzahl von Drogen, darunter viele, wie beispielsweise Kokain, die später zum festen Bestandteil der Drogenkultur wurden. Doch wie beim Chemischen Korps der US-Armee richtete sich ihr Hauptinteresse auf das bis dahin kaum bekannte LSD. In den Briefen an die CIA bemerkte Dr. Isbell, daß einige von den Abhängigen, denen er diese Droge gab, zeitweise Angst vor den Ärzten des Zentrums bekamen. Bei den meisten »Patienten« scheint es sich übrigens um »Neger männlichen Geschlechts« gehandelt zu haben, und bei den meisten Experimenten ist wahrscheinlich ohne Wissen des Betroffenen LSD verabreicht worden. Bei einem Versuch hielt Dr. Isbell sieben Männer 77 Tage lang in einem LSD-Rausch, eine Leistung, die selbst den härtesten Fixer der Drogenkultur in Schrecken versetzt hätte. Doch um die Wirkung des LSD auf normale Leute in einer normalen Umgebung richtig einzuschätzen, konnte sich die CIA nicht ausschließlich auf die Experimente mit Drogenabhängigen oder Freiwilligen stützen. Um vollständige Kenntnisse über die LSD-Wirkungen zu erhalten, mußte man die Droge ahnungslosen Opfern verabreichen. Im Mai 1953 wählte der Geheimdienst einen seiner interessantesten Mitarbeiter dazu aus, diese Versuche in die Wege zu leiten.

George White hatte sein Arbeitsleben als junger, unerfahrener Reporter beim *Herald Examiner* in San Francisco begonnen. Doch der Job brachte nicht den Nervenkitzel, den er suchte, und so trat er 1934 dem Rauschgiftdezernat bei, das den illegalen Drogenkonsum bekämpfen sollte. Er behauptete, im Verlauf seiner Karriere bei dem Dezernat einen als Spion verdächtigen Japaner erschossen zu haben, daß er in Kalkutta nach einem Schußwechsel vor Gericht gestellt worden war, sich den Weg aus einer Bar in Marseille freigeschossen hatte und daß er sich in ein chinesisches Rauschgiftsyndikat eingeschleust hatte.[12] White wechselte zum OSS, als es im Zweiten Weltkrieg begründet wurde. Dort konnte er seine Erfahrungen, die er im Rauschgiftdezernat gesammelt hatte, gut gebrauchen; er bot sich freiwillig an, die neuen »Wahrheitsdrogen« selbst zu testen.

1953 wurde ihm das »Nebenprojekt Drei« von MKULTRA anvertraut. Seine Aufgabe war es, die geeignete Umgebung zu schaffen, in der die CIA Drogen an *ahnungslosen Opfern* erproben konnte. Unter falschem Namen mietete er ein Apartment in Greenwich Village, dem Künstlerviertel New Yorks, das von der CIA mit Mikrophonen und präparierten Spiegeln ausgestattet wurde. Dann engagierte White Prostituierte, die Männer in das Apartment locken sollten, wo ihre Getränke mit Rauschmitteln wie Cannabis-Konzentrat oder LSD versetzt sein würden. Anfang 1955 wurde White vom Rauschgiftdezernat, bei dem er offiziell noch immer angestellt war, nach San Francisco geschickt.

In der Wohnung, die George White in San Francisco mietete, brachte die CIA so viele elektronische Überwachungsinstrumente unter, daß ein ehemaliger Agent später bemerkte, daß »man sich beim Verschütten eines Wasserglases selbst unter Strom gesetzt hätte«.[13] White brachte seine besondere persönliche Note in die Wohnung, stattete sie mit roten Vorhängen aus, mit Bildern von Toulouse-Lautrec und mit Fotografien, die gefesselte Frauen zeigten – sie glich der Karikatur eines Freudenhauses. Hinter einem präparierten Spiegel beobachtete White, eisgekühlten Martini trinkend, wie sich die Prostituierten auszogen und mit ihren Kunden ins Bett gingen.[14] Anfangs waren die Projektleiter daran interessiert, festzustellen, wie groß die Informationsbereitschaft der Männer während verschiedener Stadien des Geschlechtsverkehrs wäre. Dann wandte sich das Interesse den Drogen zu. Die Prostituierten boten ihren Kunden scheinbar normale Cocktails an, denen jedoch vorher LSD zugesetzt worden war, und die Beobachter der CIA studierten ihr Verhalten.

Jahre später schrieb George White an Sid Gottlieb, den Leiter des Drogen- und Bakterienforschungsprogramms der CIA: *»Ich hatte mich, ohne nachzudenken, völlig der Sache verschrieben, ganz einfach weil es ein Spaß war, ein riesengroßer Spaß. Wo konnte ein energiegeladener Amerikaner sonst mit der Billigung und dem höchsten Segen lügen, töten, betrügen, stehlen, vergewaltigen und plündern?«*[15]

In der Tat, wo sonst?

Whites Aufgaben waren zwar am interessantesten, machten jedoch nur einen kleinen Teil von MKULTRA aus. Im August 1977 gab die CIA zu, daß es mindestens 149 Nebenprojekte gegeben hatte, darunter Versuche, um die Wirkungen verschiedener Rauschmittel auf das menschliche Verhalten festzustellen, die Arbeit mit Lügendetektoren, Hypnose und Elektroschocks und »die wiederholte Darreichung von drogenähnlichen Stoffen«.[16] Vierundvierzig Colleges und Universitäten waren daran beteiligt, 15 Forschungsanstalten, zwölf Krankenhäuser und Kliniken und drei Strafanstalten. Deckorganisationen waren gegründet worden, um den Institutionen, die vermutlich für die CIA arbeiten würden, Gelder zukommen zu lassen. Ein gutes Beispiel dafür ist die *Society for the Investigation of Human Ecology,* die in zwei Jahren Summen an akademische Institutionen in Großbritannien, Kanada, Finnland, Hongkong, Burma, Israel, der Niederlande, der Schweiz und an zahlreiche weitere in den USA bezahlte.[17]

Über die Endphase der CIA-Forschung im Bereich der versteckten chemischen und biologischen Kriegführung,

MKDELTA, dem *Einsatz biochemischer Stoffe in heimlichen Unternehmen,* ist sehr wenig bekannt. Es wurde jedenfalls 20 Jahre lang an diesem Projekt gearbeitet, bis der Mann, der die Forschung veranlaßt hatte, kurz bevor er seinen Posten aufgab, anordnete, daß alle Aufzeichnungen vernichtet werden sollten. Das wenige, was herauskam, kann man der Nachlässigkeit bei der Ausführung dieser Aufgabe verdanken und der Gewissenhaftigkeit der CIA-Angestellten bei der Beantwortung von Fragen aufgrund des Freedom of Information Act.

Für William Colby, den schlanken, stets gutangezogenen Leiter der CIA, war der 16. September 1975 ein »schrecklicher Tag«.[18] Vor mehreren Fernsehkameras begann er in einem Sitzungssaal des Kapitols in Washington eine eilig geschriebene Erklärung zu verlesen.

Es hatte einige Verwirrung darüber gegeben, ob Nixons Bekanntmachung vom November 1969 – daß die USA all ihre biologischen Waffen vernichten werden – sich auch auf *Toxinwaffen* bezog. Bei Toxinen handelt es sich um Giftstoffe, die von lebenden Organismen stammen, sich aber nicht vermehren können und nicht wie krankheitserregende Bakterien von Mensch zu Mensch übertragbar sind. Drei Monate nach seiner Erklärung, auf biologische Waffen zu verzichten, gab Nixon am 14. Februar 1970 bekannt, daß *auch Toxine unter diesen Bann fallen sollten,* alle Vorräte an Toxinwaffen würden vernichtet werden.

Colby fühlte sich unwohl, als er fünf Jahre später im Sitzungssaal 318 dem Geheimdienstausschuß des Senats gegenübersaß. Wie es Senator Frank Church, der Vorsitzende des Ausschusses, ausdrückte, »waren direkte Anordnungen des Präsidenten der Vereinigten Staaten von Mitarbeitern der CIA offensichtlich mißachtet worden.«[19] Colby begann zu erklären, warum die CIA, fünf Jahre nachdem der Präsident angeordnet hatte, sämtliche Giftstoffe zu vernichten, noch immer über elf Gramm einer Substanz, die deutlich als *»Schaltiertoxin«* gekennzeichnet war, und über acht Gramm *Kobragift* verfügte.

Im Zweiten Weltkrieg hatte man die amerikanischen Geheimagenten mit »L-Tabletten«, die Cyanid enthielten, ausgerüstet. Diese Selbstmordtabletten, die nach einer Gefangennahme als Alternative für Verhöre und Folterungen eingenommen werden sollten, besaßen einen schweren Nachteil. Cyanid verursacht einen qualvollen Tod, der in den meisten Fällen erst nach mehreren Minuten eintritt. Die CIA, sagte Colby, hatte sich dazu entschlossen, ein schneller wirkendes und weniger schmerzhaftes Gift zu finden.

Colby enthüllte, daß der U-2-Pilot Gary Powers bei seinem unglücklichen Spionageflug über der Sowjetunion im Mai 1960 eine kleine Menge des neuen Schaltiertoxins mitgeführt hatte, das in Fort Detrick auf Anweisung der CIA entwickelt worden war. Der Giftstoff befand sich in den Rillen eines Bohrers, der wiederum in einem Silberdollarstück versteckt war, den er ständig bei sich trug. Als Powers' Flugzeug von den Sowjets abgeschossen wurde, entschied er sich offensichtlich dafür, das Gift nicht einzunehmen und somit ein Verhör zu riskieren. Neugierige Spionageabwehroffiziere des KGB, die den Silberdollar untersuchten, gaben das Gift angeblich einem Hund. Er starb innerhalb von zehn Sekunden. Doch wie Colby erklärte, wurde das Schaltiertoxin auch noch anderweitig verwendet.

Im grellen Scheinwerferlicht vor den surrenden Filmkameras holte Colby plötzlich etwas hervor, was er meisterhaft bürokratisch als *nicht wahrnehmbares Mikroben-Einimpfungsgerät* bezeichnete. Es sah wie eine gewöhnliche 12-mm-Pistole aus. Aber Colby erklärte den Senatoren, daß es elektrisch betrieben wurde. Eine kleine Batterie, die sich im Griff befand, erzeugte genug Energie, um einen winzigen vergifteten Pfeil 100 Meter weit zu schießen. Nun offenbarte sich das »nicht wahrnehmbare« Element: In Versuchen hatte sich die Waffe als so wirkungsvoll erwiesen, daß man einen vergifteten Pfeil in einen Gegner schießen konnte, ohne daß er es überhaupt bemerkte.

Die Vorführung der Giftpfeilpistole war eine Sensation, aber Colby folgten noch weitere Zeugen, die viele andere Waffen beschrieben. Es stellte sich heraus, daß es Möglichkeiten gab, Straßen und Schienen mit biologischen Wirkstoffen zu verseuchen, Füllfederhalter, die Giftpfeile abschießen oder Gas in einen Raum versprühen konnten, und Regenschirme und Spazierstöcke, die man ebenso einsetzen konnte. Beim Schaltiertoxin handelte es sich tatsächlich nur um einen geringen Teil des Arsenals, das man aufgebaut hatte, um einen heimlichen chemischen und biologischen Krieg zu führen.

Colby erklärte, daß man die Toxine, die vernichtet werden sollten, »infolge eines übermäßigen Diensteifers« behalten hatte, da ihre Herstellung außerordentlich teuer gewesen war und sie ungefähr ein Drittel der gesamten Vorräte auf der Welt darstellten. Die wenigen Gramm des Schaltiertoxins reichten aus, um Tausende von Menschen tödlich zu vergiften. Colby wurde gefragt, ob es irgendwelche Aufzeichnungen über die *langjährige Beteiligung der CIA an der chemischen und biologischen Kriegführung* gab. Nein, sagte er, 1972 hatte man alle vernichtet.

Aufzeichnungen, die immerhin auf das Interesse der CIA an der chemischen und biologischen Kriegführung hinweisen, gehen mindestens bis in das Jahr 1952 zurück, als sich der amerikanische Geheimdienst an die Sondereinsatzdivision in Fort Detrick wandte. Nur wenige Angehörige der CIA wußten von der zwischen den beiden Organisationen geschlossenen Vereinbarung, und bei Besuchen in der biologischen Kriegführungsanlage waren sie einfach als »Unterstützungsgruppe des Stabes« bekannt. Daß die CIA für die Forschungsmöglichkeit in Fort Detrick bezahlte, wurde bei der Abrechnung durch die chiffrierte Position »P 600« verdeckt.[20]

In den Vereinigten Staaten gibt es einige Hinweise darauf, wie die heimlichen chemischen und biologischen Waffen eingesetzt werden sollten. So plante die CIA Anschläge auf Fidel Castro mit chemischen oder biologischen Giftstoffen.[21] Botulinustoxin-Tabletten wurden hergestellt, die heimlich in Castros Essen getan werden sollten, Zigarren verseuchte man mit dem gleichen Giftstoff, Pläne wurden geschmiedet, seinen Taucheranzug mit Sporen, die eine chronische Hautkrankheit hervorrufen, zu verseuchen. (Es gab sogar Pläne, seine Schuhe mit einem chemischen Stoff zu bestreuen, der den Ausfall seines Bartes bewirken würde, wodurch man, so wurde vermutet, sein revolutionäres Image zugrunde richten konnte.) Keines dieser Vorhaben brachte irgendwelche Ergebnisse, doch 1960 hatte ein weiterer Giftanschlag beinahe Erfolg, als die CIA Patrice Lumumba nachstellte, dem legitimen Premierminister des Kongo (des heutigen Zaire). Sechs Monate nach der Unabhängigkeit des Landes wurde Sid Gottlieb mit einem kleinen Giftvorrat nach Kinshasa geschickt. Gottlieb fand zu seiner großen Enttäuschung jedoch keine Möglichkeit, Patrice Lumumba, der eine nationale Politik gegen die Interessen der belgischen und amerikanischen Unternehmer im Kongo betrieb, zu ermorden, und der Plan wurde fallengelassen.[22]

Ende der sechziger Jahre hatten die Nachfolger von Sidney Lovells Forschungsgruppe zahlreiche chemische und biologische

Waffen entwickelt, die von verborgenen Attentaten bis zu kleineren Belästigungen für jeden Zweck geeignet waren. Einige, verhältnismäßig »harmlose«, wurden 1975 vom ehemaligen CIA-Agenten Philip Agee beschrieben:

»... schauderhafte Stinkbomben, die in Versammlungsräume geworfen werden; ein feines Pulver, das unsichtbar am Tagungsort ausgestreut wird und den Effekt von Tränengas annimmt, wenn es im Verlauf der Versammlung aufgewirbelt wird. Tabletten können mit einem leichtentzündbaren Pulver behandelt werden, das bei der Berührung mit Feuer dicken Rauch freisetzt, dessen Wirkung diejenige von Tränengas bei weitem übertrifft. Geschmacklose Substanzen auf Nahrungsmitteln führen zur Veränderung der Hautfarbe. Einige Tropfen einer klaren Flüssigkeit stimulieren Zielpersonen, ungehemmt und entspannt zu reden. Es gibt unsichtbares Juckpulver, das auf Steuerräder und Klobrillen gestreut wird, unsichtbare Salben, die Hautverbrennungen hervorrufen, chemisch behandelten Tabak, der, in Form von Zigaretten oder Zigarren, zu Atembeschwerden führt.«[23]

Es gab viele andere Mittel, die Agee nicht erwähnt hatte: drei verschiedene Toxine, die alle tödlich wirkten; andere Wirkstoffe, die Krankheiten wie Milzbrand oder Tuberkulose verursachten; chemische Stoffe, die von Halluzinationen bis zum Herzversagen alles mögliche hervorriefen.[24]

Als Richard Helms, der einen großen Teil des Programms aufgestellt hatte, gefragt wurde, warum von der CIA so viele heimliche Waffen entwickelt worden waren, zog er das abgenutzte Argument heran, das schon benutzt wurde, seit man mit der chemischen Kriegführung begonnen hatte. »Von einer guten Geheimdienstorganisation erwartet man, daß sie weiß, was ihre Gegner tun, und daß sie in der Lage ist, sich vor Angriffen ihrer Gegner zu schützen.« Unnötigerweise fügte er hinzu: *»Wenn es zum Schlimmsten kommen sollte und wir von den maßgebenden Stellen gebeten werden, etwas in diesem Bereich zu unternehmen, so wären wir gut darauf vorbereitet.«*[25]

Es war ein Argument, das man in den Jahren nach Nixons Entscheidung von 1970, das chemische Wettrüsten zu beenden, immer häufiger hören konnte.

10. Kapitel: »Gelber Regen« – und das Ende einer Hoffnung?

Zur Entscheidung Nixons, dem chemischen und biologischen Wettrüsten Einhalt zu gebieten, hatten mehrere Gründe beigetragen. Die britische und die kanadische Regierung wiesen darauf hin, daß ein internationales Abkommen zur Ächtung biologischer Waffen in Reichweite lag, sofern Nixon ein Zeugnis seines guten Willens ablegen würde. Es gab ferner eine starke Opposition gegen die in Vietnam eingesetzten Waffen, bei denen es sich, was das Außenministerium auch behaupten mochte, zweifellos um Gas zu handeln schien. Und es ereigneten sich eine Reihe äußerst unangenehmer Unfälle.

1968 führte die US-Armee auf dem Versuchsgelände Dugway in Utah mehrere Tests mit echten Nervenkampfstoffen durch. Am Abend des 13. März, kurz vor 18 Uhr, heulte ein F4-Phantom-Düsenjäger über den Stützpunkt hinweg und ließ aus Tanks, die unter dem Flugzeug angebracht waren, VX-Flüssigkeit auf ein markiertes Zielgebiet ab. Doch einer der Tanks, die getestet wurden, war defekt; zwar wurde der größte Teil der Flüssigkeit in großer Höhe freigesetzt, doch ungefähr zehn Kilogramm blieben im Tank zurück. Als der Düsenjäger seine Sprühaktion beendet hatte, lief noch immer VX aus dem Behälter aus. In den höheren Luftschichten wehte der Wind mit bis zu 55 Stundenkilometern. Der Nervenkampfstoff schwebte in der Luft, bis er schließlich im *Skull Valley*, ungefähr 30 Kilometer nördlich des Versuchsgeländes, den Boden erreichte. Eine riesige Schafherde, die in dem Tal graste, begann wenige Stunden später dahinzusiechen. Journalisten und Fernsehteams kamen noch rechtzeitig am Schauplatz an, um mitzuerleben, wie die Kadaver von 6000 Schafen in eilig ausgehobene Massengräber geworfen wurden. Die folgende nationale und internationale Publizität »versetzte«, wie es ein Public-Relation-Offizier formulierte, »dem chemischen und biologischen Kriegführungsprogramm des Landes einen lähmenden Schlag«.[1]

Im folgenden Frühjahr wurde der Plan der US-Armee bekannt, Tausende von Tonnen veralteter chemischer Waffen von Stützpunkten im mittleren Westen auf dem Landwege bis zur Atlantikküste zu transportieren und dort auf ältere Handelsschiffe zu verladen, die dann in einiger Entfernung von der Küste versenkt werden sollten. Die Ortsansässigen, die den Unfall in Dugway noch nicht vergessen hatten, bezeichneten die Fracht bald als »die letzte gefährliche Ladung« und waren nicht gerade erfreut über die Aussicht, daß die Waffen vor ihren Erholungsstränden abgeladen werden sollten. Das Problem, was man mit älteren oder unzuverlässigen chemischen Waffen und mit dem Giftmüll, der bei ihrer Herstellung abfiel, tun sollte, hatte dem amerikanischen Chemischen Korps mehrere Jahre lang schwer zu schaffen gemacht. Im Rocky Mountain Arsenal, dem Hauptzentrum für die Produktion von GB-Nervengas, entschlossen sich die Wissenschaftler 1960 dazu, zur Lagerung des Giftmülls einen 3600 Meter langen Stollen in die Erde zu bohren. Einen Monat, nachdem sie begonnen hatten, die chemischen Abfallstoffe in das Erdreich zu schaffen, wurde Denver wieder zum erstenmal seit 80 Jahren von einem Erdbeben erschüttert.

Während man im Arsenal in den folgenden fünf Jahren weitere 650 Millionen Liter Giftmüll in die unterirdische Höhle beförderte, traten in diesem Gebiet mindestens 1500 Erdstöße auf. 1966 wurde der Ablagerung Einhalt geboten, und die Militärs gaben bekannt, daß sie untersuchen würden, ob man die Abfallstoffe wieder herauspumpen konnte. Ihre Schlußfolgerung, daß man täglich nur 1100 Liter absaugen konnte, bedeutete, daß man über 1000 Jahre brauchen würde, um das unterirdische Sammelbecken zu entleeren. Obwohl die Erdstöße ausblieben, nachdem man nur einen geringen Teil des Mülls entfernt hatte, trug dieser Vorfall nicht gerade zur Popularität der chemischen Waffen bei.

Im Sommer des Jahres 1969 gab es weitere schlechte Nachrichten. Auf dem amerikanischen Stützpunkt Okinawa war aus einem Behälter VX-Nervenkampfstoff ausgelaufen, und 23 Soldaten, die dadurch vergiftet wurden, mußten ins Krankenhaus eingeliefert werden. Dies war in zweifacher Hinsicht besorgniserregend, denn einmal verminderte es das Vertrauen auf die Zuverlässigkeit von Sicherheitsmaßnahmen beim Umgang mit chemischen Waffen, zum anderen hatte die japanische Regierung nicht einmal gewußt, daß in ihrem Land Gas gelagert wurde. Im vorausgehenden Sommer waren 100 Kinder, die auf einem nahe gelegenen Strand gespielt hatten, infolge einer unbekannten Krankheit zusammengebrochen. Das Pentagon ordnete sofort an, die Waffen von der Insel fortzuschaffen.

Die Unfälle und die Unzulässigkeiten führten dazu, daß die Feindseligkeit der Öffentlichkeit gegenüber den chemischen Waffen zunahm. Man fragte sich, welche Folgen ein großer Unfall haben würde, wenn wenige Kilogramm Nervenkampfstoff schon ausreichten, um 6000 Schafe zu töten.

Nixons Erklärung vom November 1969 war dennoch ein Akt der Zivilcourage; es war der Entschluß, im Bereich der biologischen Waffen einseitig abzurüsten und für die weitere Zukunft keine neuen chemischen Waffen herzustellen. Die Genfer Verhandlungen, die zur Biologischen Waffenkonvention vom 10. 4. 1972 führten, sind zum großen Teil Nixons Entschluß zu verdanken. Doch es war unumgänglich, daß die ursprünglichen britischen Vorschläge für eine biologische Kriegführungskonvention im Laufe der Diskussion allmählich abgeschwächt wurden. Während der Kern der britischen Vorschläge unberührt blieb – das uneingeschränkte Verbot, Bakterienwaffen herzustellen oder zu besitzen –, verloren die Bestimmungen an Effektivität, die die Maßnahmen betrafen, mit deren Hilfe ein Land überprüfen konnte, ob ein anderes sich an den Vertrag hielt. Angesichts der Behauptungen, die Ende der siebziger Jahre auftauchen sollten, stellte die Verwässerung der Kontrollbestimmungen eine bedenkliche Schwäche des Vertrages dar.

Trotz der Tatsache, daß Großmächte wie Frankreich und China ihn noch immer nicht (bis Anfang 1981) unterzeichnet haben (hauptsächlich weil sie das Kontrollverfahren für unzureichend halten), war das Abkommen von 1972 eine große Leistung. Eine der Vertragsbestimmungen verpflichtete die 87 unterzeichnenden Nationen dazu, »weiterhin vertrauensvolle Verhandlungen zu führen«, auch im Hinblick darauf, ein ähnliches Abkommen über das Verbot chemischer Waffen zu erreichen. Die Vollversammlung der Vereinten Nationen bezeichnete die siebziger Jahre optimistisch als das »Jahrzehnt der Abrüstung«. Im Bereich der chemischen Kriegführung hätte man es treffender das *»Jahrzehnt des Mißtrauens«* nennen können.

Die Problematik war durch die Haltung der Russen nicht erleichtert worden. Als die umständlichen Verhandlungen über einen Vertrag zur Ächtung biologischer Waffen schließlich eine Übereinstimmung ergaben,[2] befanden sich unter den vertragsschließenden Nationen die USA, Großbritannien und Kanada – die in der biologischen Kriegführungsforschung des Westens führend gewesen waren –, Japan, die Bundesrepublik Deutschland und alle Warschauer-Pakt-Staaten. Sie verpflichteten sich dazu, *biologische Waffen »niemals und unter keinen Umständen zu entwickeln, herzustellen, zu lagern oder auf andere Weise zu erwerben oder einzubehalten«. Alle bestehenden Vorräte sollten vernichtet werden.*

Die Amerikaner machten viel Aufhebens von der Zerstörung ihrer Bakterienwaffen. Journalisten wurden eingeladen, damit sie beobachten konnten, wie Behälter, die Tularämie, Milzbrand, Queensland-Fieber und amerikanische Pferde-Enzephalomyelitis enthielten, mit Ätznatron durchsetzt oder sehr stark erhitzt wurden, um sie zu zerstören. Material aus der Produktionsanlage Pine Bluff wurde ähnlich behandelt und zerschmolz zu harmlosem Abfall. Man arrangierte Besichtigungstouren durch die aufgegebene Fabrik.

Als sich der letzte Termin für die Vernichtung der biologischen Waffen näherte, richtete sich die Aufmerksamkeit auf die Sowjetunion. Würde man dort eine ähnliche Schau veranstalten? Doch nach langem Schweigen gaben die Russen lediglich eine Erklärung ab, in der sie verkündeten, daß die Sowjetunion keine bakteriologischen Waffen besitzt ...

Das Abkommen über die Ächtung biologischer Waffen enthielt, wie erst später deutlich wurde, einen schweren Fehler: Es gab keine Bestimmung darüber, daß eine Seite die Einrichtungen der anderen überprüfen konnte, um festzustellen, ob der Vertrag auch wirklich eingehalten wurde. Das wachsende Mißtrauen führte zu einer Kampagne in der westlichen Presse, wie man sie seit den erschreckenden Geschichten von russischen »Seuchenfabriken« in den frühen fünfziger Jahren nicht mehr gelesen hatte. Wenige Monate, nachdem die Biologische Waffenkonvention rechtskräftig geworden war, tauchten Behauptungen auf, daß die Russen deren Bestimmungen bereits brachen.

»Es gibt Anzeichen dafür«, war in einem Artikel einer Bostoner Zeitung zu lesen, »daß die Sowjetunion innerhalb der letzten Monate Anlagen errichtet oder ausgebaut hat, bei denen es sich um biologische Waffenfabriken handelt; sie sind mit sehr hohen Schornsteinen ausgestattet und mit großen Kühlbunkern, die für die Lagerung der Waffen benutzt werden könnten.«[3] Drei Monate später wurde eine weitere Behauptung aufgestellt, diesmal von Jack Anderson, der für mehrere Zeitungen arbeitete. Anderson teilte seinen Lesern mit, daß man den »obersten sowjetischen Medizinattaché in Washington dabei ertappt hatte, wie er versuchte, während einer Genetikkonferenz in Kalifornien aus amerikanischen Wissenschaftlern Informationen herauszulocken, die der bakteriologischen Kriegführungsforschung der Sowjets förderlich sein könnten.«[4]

Derartige Behauptungen erschienen auch weiterhin. Im Januar 1978 berichtete ein Korrespondent der Nachrichtenagentur Reuter vom NATO-Hauptquartier, daß »wissenschaftliche Experten« ihn darüber informiert hatten, daß die Russen dabei waren, »drei schreckenerregende, neue Krankheiten für die Kriegführung zu entwickeln. Das *Lassafieber*, das den Informationsquellen zufolge 35 von 100 Personen, die davon befallen sind, tötet; das *Ebola-Fieber*, das 70 von 100 angesteckten Personen tötet, und die tödliche *Marburg-Virus-Krankheit* (auch Marburger Affenkrankheit oder Grüne-Meerkatzen-Krankheit genannt).«[5]

Es überrascht nicht, daß viele aufgrund dieser Behauptungen an den Wert weiterer Verhandlungen mit der Sowjetunion über einen zweiten Vertrag zur Ächtung der Gaskriegführung ernsthaft zu zweifeln begannen. Im Sommer 1978 erschien dann auch tatsächlich ein Artikel, in dem behauptet wurde, daß Nixons Entscheidung, die Entwicklung von neuen chemischen und biologischen Waffen zu beenden, ein Ergebnis der Tätigkeit sowjetischer Spione gewesen war. »Mitarbeitern des US-Geheimdienstes zufolge«, schrieb die *New York Times*, »hat die Sowjetunion versucht, den damaligen Präsidenten Richard Nixon 1969 durch von Doppelagenten, die für das amerikanische Bundeskriminalamt (FBI) arbeiteten, übermittelten Informationen dazu zu bringen, der Entwicklung von chemischen und biologischen Waffen Einhalt zu gebieten.«[6] Die Zeitung berichtete, daß der Leiter des FBI, J. Edgar Hoover, die Informationen persönlich an Nixon geleitet hatte. Im Weißen Haus konnte sich zwar niemand daran erinnern, von FBI-Agenten Meldungen über chemische oder biologische Waffen erhalten zu haben, doch der Artikel in der *New York Times* reichte aus, die anwachsende Besorgnis darüber, was die Russen vorhaben mochten, zu verstärken.

Schon bald häuften sich die Berichte über sowjetische Vorbereitungen für einen Bakterienkrieg. Ein Offizier der polnischen Armee behauptete, man hätte ihm mitgeteilt, daß biologische Kriegführungsspezialisten des KGB nach Kuba versetzt worden waren.[7] Dann, im Oktober 1979, kam die vielleicht sensationellste Behauptung.

Die britische Zeitschrift *Now* schrieb quer über die Titelseite die Schlagzeile *»Exklusiv! Katastrophe in Rußlands Bakterienwaffenfabrik!«*. Es wurde berichtet, daß »infolge eines Unfalls in der sibirischen Stadt Nowosibirsk, der sich in diesem Sommer in einer Fabrik, die bakteriologische Waffen produziert, ereignet hatte, angeblich Hunderte von Personen umgekommen waren und Tausende schwere Verletzungen erlitten hatten«.[8] Die sowjetischen Behörden hatten versucht, den Unfall zu verheimlichen, ging aus dem Artikel hervor, doch die Informationen hatte man von einem »Reisenden, der sich gerade in der Stadt aufhielt«, erhalten. Dieser »Reisende« berichtete, daß die Toten in versiegelten Särgen zu ihren Verwandten gebracht wurden. Die wenigen, die einen kurzen Blick auf die Leichen werfen konnten, erklärten, daß diese »mit braunen Flecken übersät waren«.

Diese grausige Darstellung wies eine bemerkenswerte Ähnlichkeit mit einem Artikel auf, der drei Wochen vorher erschienen war, und zwar in einer obskuren Zeitschrift namens *Possev*, die von einer Gruppe russischer Emigranten herausgegeben wurde.[9] Im Januar 1980 kam *Possev* noch einmal auf den Vorfall zurück und erklärte, im Gegensatz zu dem früheren Bericht, daß sich der Unfall nicht in Nowosibirsk, sondern ungefähr 1500 Kilometer entfernt in der Stadt Swerdlowsk ereignet hatte. Die Dissidentenzeitschrift behauptete, daß es im April 1979 einen Milzbrandausbruch gegeben hatte, der durch eine Explosion auf einem südwestlich der Stadt gelegenen Militärstützpunkt verursacht worden war. Der Nordwind, hieß es in dem Aufsatz, hatte eine

Milzbrand-Bakterienwolke über ein nahe gelegenes Dorf geweht, und die Menschen begannen zu sterben, 30 bis 40 pro Monat.

Am 18. März 1980 versammelten sich die Presseleute wie gewöhnlich im Auswärtigen Amt in Washington zur täglichen Erörterung des Weltgeschehens und der amerikanischen Politik. An diesem Tag gab es wenig Neues, und so stellte einer der Nachrichtenkorrespondenten die Frage, auf die er kurz zuvor von einem Mitarbeiter des Außenministeriums gebracht worden war: Wie standen die USA zu den Behauptungen über die sowjetische bakteriologische Kriegführung? Der Sprecher hatte seine Antwort gut einstudiert: »Ein Seuchenausbruch« in Swerdlowsk, sagte er, wirft die Frage auf, ob die Sowjetunion die Biologische Kriegführungskonvention von 1972 verletzt hatte. Der US-Botschafter in Moskau hatte die Anordnung erhalten, eine Erklärung zu erbitten. Am folgenden Morgen zitierte die amerikanische Presse »Geheimdienstquellen«, aus denen hervorgehen sollte, daß 200 bis 300 Menschen bei einem Milzbrandausbruch ums Leben gekommen waren, einem Ausbruch, der darauf hindeute, daß die Russen biologische Waffen entwickelten.[10] Der Kreml reagierte mit voraussehbarer Empörung.

In einem seltenen Zugeständnis erklärte die sowjetische Nachrichtenagentur *Tass*, daß tatsächlich Milzbrandausbrüche in Swerdlowsk aufgetreten waren, die jedoch, wie man es ausdrückte, beim grob fahrlässigen Umgang mit verseuchter Nahrung hervorgerufen worden waren. Die Erklärung schien insofern glaubwürdig zu sein, da es bekannt war, daß der Milzbrand aus großen Gebieten der Sowjetunion noch immer nicht verbannt werden konnte und daß zur Zeit des Swerdlowsker Vorfalls in den örtlichen Zeitungen Artikel erschienen waren, die Ratschläge für die Behandlung der »sibirischen Entzündung«, wie die Krankheit dort bezeichnet wurde, gegeben hatten. Die wenigen Informationen über Swerdlowsk, die den Westen erreicht hatten, tendierten dazu, diese Erklärung zu stützen.[11] Wahrscheinlich gibt es keine stichhaltigen Beweise dafür, was in Swerdlowsk oder bei vielen der anderen Vorfälle nun wirklich geschehen – oder nicht geschehen – ist. Manches scheint reine Propaganda zu sein, anderes mag sich auf Tatsachen stützen. Dies ist vielleicht die zwangsläufige Folge eines Abkommens, das viele für unzureichend hielten, da es keinerlei Kontrollverfahren vorsah.

Die Berichte reichten denn auch völlig aus, um die Gruppen

von Wissenschaftlern in Großbritannien und in den USA, die weiterhin an Verteidigungsmaßnahmen gegen einen biologischen Angriff arbeiteten, zu rechtfertigen. Mit der Entscheidung, »für alle Zeiten« auf die bakteriologische Kriegführung zu verzichten, war Fort Detrick dem staatlichen Krebsinstitut übergeben worden. Doch ein Teil der Anlage blieb weiterhin geheim. Dort gründete das Pentagon das *Medizinische Forschungsinstitut für Ansteckende Krankheiten*, wo eine kleine Gruppe von Biologen die Erforschung »der Krankheiten, die die Menschheit plagen«, fortsetzen sollten, wie es ein Sprecher des Pentagon formulierte.[12] Zwei Jahre nach der Gründung hatten sich das Personal und der Etat verdreifacht. Das Pentagon behauptet, daß die Forschungsarbeiten der Wissenschaftler Fort Detricks rein defensiver Natur sind – beispielsweise die Entwicklung von Impfstoffen. Doch die »Krankheiten, die die Menschheit plagen«, entsprechen genau denjenigen, die im offensiven biologischen Waffenprogramm untersucht worden sind.

Das Abkommen von 1972 versuchte nicht, die bakteriologische Kriegführungs*forschung* zu verbieten, sondern lediglich die Entwicklung, Herstellung und die Lagerung biologischer *Waffen*. Durch die weitere Benutzung einiger Forschungsstationen für die biologische Kriegführung verstoßen weder Großbritannien noch die Vereinigten Staaten gegen die Bestimmungen der Konvention. Doch die Tatsache, daß beide Länder es als unmöglich angesehen haben, die Forschung aufzugeben, zeigt deutlich, daß die wissenschaftliche Kriegführung, ob es nun einen internationalen Vertrag gibt oder nicht, damit begonnen hat, ein Eigenleben zu führen.

Professor Adolf-Henning Frucht saß im Zug nach Prag und dachte darüber nach, warum man ihn darum gebeten hatte, sein medizinisches Institut in Ost-Berlin auf einer Konferenz über Wissenschaftsplanung zu vertreten. Die Einladung hatte ihn überrascht, da es sich um ein Thema handelte, das ihn wenig interessierte. An der Grenze zwischen der DDR und der Tschechoslowakei hielt der Zug an, um den unvermeidlichen Strom osteuropäischer Grenzbeamter hereinzulassen. Einer der uniformierten Bürokraten teilte Frucht mit, daß seine Papiere nicht in Ordnung seien. Man führte ihn aus dem Zug über den menschenleeren Bahnsteig in ein Büro. Dort warteten bereits zwei Beamte des Staatssicherheitsdienstes. Sie nahmen ihn mit, um ihn zu verhören.

In den folgenden acht Monaten mußte der zerbrechlich wirkende, grauhaarige Professor nicht weniger als 87 Verhöre durch die Geheimpolizei der DDR durchstehen. Für wen arbeitete er? Wie war er zum Spion geworden? Wie hatte er die Informationen weitergeleitet? Abschriften der Befragungssitzungen stapelten sich auf dem Boden des Zimmers, in dem er verhört wurde. Im Januar 1968 stellte man Frucht schließlich vor ein Militärgericht. Nach drei Tagen war die Verhandlung beendet; man verurteilte ihn zu einer lebenslänglichen Gefängnisstrafe.

Fünf Jahre lang verbrachte der ehemalige Professor der Medizin nun die meiste Zeit seines Wachseins damit, Muttern auf Schrauben zu drehen. In Einzelhaft gehalten, hatte er außer dem Aufsichtsbeamten, der ihm täglich drei Mahlzeiten in seine einfache Zelle brachte, so gut wie keinen Kontakt zu Menschen. Durch das Lesen von Büchern aus der Gefängnisbibliothek und durch strenge geistige und körperliche Selbstdisziplin hielt sich Frucht in relativ guter Verfassung. Nach mehr als zehn Jahren holte man ihn aus dem Gefängnis und brachte ihn an die westdeutsche Grenze, freigelassen aufgrund eines komplizierten Agentenaustausches im Juni 1977.

Wie viele andere westliche Geheimagenten war Frucht zum Spion geworden, weil er davon überzeugt war, daß der Warschauer Pakt den dritten Weltkrieg beginnen wollte. Anfang der sechziger Jahre hatte ihn ein Mitarbeiter im Institut für Arbeitsphysiologie darum gebeten, an neuen Methoden zur Feststellung von Giftstoffen in der Atmosphäre zu arbeiten. Frucht entwikkelte ein System, bei dem man Leuchtbakterien benutzte (was hauptsächlich auf eine Methode von Bergarbeitern zurückging, die in Käfigen befindliche Kanarienvögel mit vor Ort nahmen), um das Vorhandensein von Gas festzustellen. Die Lichtstärke, die die Bakterien aussandten, würde durch einen in der Luft befindlichen Kampfstoff merklich gedämpft werden.

Professor Frucht erhielt bald einen Besuch von General Hans Rudolf Gestewitz, dem obersten Sanitätsoffizier der Nationalen Volksarmee. Die beiden Männer führten eine theoretische wissenschaftliche Unterhaltung. Sie sprachen über Möglichkeiten zukünftiger Kriegführung – beispielsweise wie man eine ganze Armee unter Wasser verstecken konnte, um sie vor einem nuklearen Angriff zu schützen.

Doch in dieser phantasiereichen, weitschweifigen Plauderei

fiel eine Bemerkung, die Frucht zu dem Entschluß führte, daß es seine »verdammte Pflicht« war, wie er es später ausdrückte, ein Spion zu werden. General Gestewitz erwähnte, daß der Warschauer Pakt einen *chemischen Kampfstoff entwickelt hatte, der gegen die extreme Kälte und das starke Sonnenlicht der Arktis beständig war.* Frucht hatte niemals von einer derartigen Waffe gehört – normalerweise verdampfen die Nervenkampfstoffe in der Sonne oder gefrieren bei extremer Kälte. Die Unterhaltung verlief weiterhin in theoretischen Bereichen, bis der Professor plötzlich bemerkte, daß sie nicht länger abstrakte Betrachtungen anstellten, sondern über Pläne für eine *reale* militärische Unternehmung sprachen. Bei diesem Vorhaben, so wurde ihm mitgeteilt, sollten Einheiten des Warschauer Pakts die amerikanischen Frühwarnstationen in Alaska mit chemischen Waffen angreifen.

Der Reiz eines derartigen Angriffs war offensichtlich genug: Wenn man das Personal der Frühwarnstationen außer Gefecht setzen konnte, würden die Vereinigten Staaten verteidigungslos sein. General Gestewitz teilte Frucht mit, daß der schon erwähnte chemische Kampfstoff sogar noch bei minus 40 Grad flüssig und wirksam blieb. Er würde die Gegner für zwölf Stunden kampfunfähig machen.

Frucht hielt diesen Plan für eine derart ernste Bedrohung des Weltfriedens, daß er sich dazu entschloß, diese Information an den Westen weiterzuleiten. Nach einer Reihe von Zusammenkünften mit Agenten westlicher Geheimdienste, die er unter großem persönlichen Risiko organisierte, gelang es ihm, ein System zu errichten, um auf verschiedene Weise Informationen in die Bundesrepublik zu schleusen.

In den folgenden Monaten, als an Frucht verschiedene chemische Kampfstoffe zur Analyse in seinem Institut geschickt wurden, fertigte er immer zwei Berichte an. Bei einem handelte es sich jeweils um die offizielle Beurteilung, die er an die Volksarmee zurücksandte. Der zweite Bericht ging an die CIA in der Bundesrepublik. Auf diese Weise übermittelte er Einzelheiten über nahezu die gesamte chemische Bewaffnung des Warschauer Paktes, Einzelheiten über Kampfstoffe, Decknamen und Schutzmaßnahmen. Unter den Informationen, die er in den Westen schickte, befand sich die chemische Formel eines neuen Kampfstoffes, von dem er glaubte, daß er im Westen unbekannt war. Es handelte sich dabei um eine Variante des in Großbritannien und den USA entwickelten V-Kampfstoffs.[13]

Es ist schwer, die Wirkung von Fruchts Information auf die NATO-Strategen zu beurteilen. Doch wie beunruhigt sie durch die Nachricht, daß die sowjetischen Streitkräfte eine neue chemische Waffe besaßen, auch gewesen sein mögen, diese Meldung beeinflußte sicherlich nicht Nixon, der im folgenden Jahr den Bann über neue amerikanische chemische Waffen aussprach.

Doch die Befürworter der chemischen Waffen innerhalb der NATO, die meinten, daß man sich einer ernsten Gefahr aussetzte, hatten schon bald mit einer Kampagne begonnen, die sich direkt an die Öffentlichkeit wandte. Ein Jahr nach Nixons Entscheidung erschienen in der westlichen Militärpresse Berichte über einen *neuen sowjetischen Nervenkampfstoff.* Die als »VR 55« identifizierte neue Waffe glich angeblich dem VX, sollte jedoch noch viel wirksamer sein.[14] Ob es sich hierbei um den Kampfstoff handelte, über den Frucht berichtet hatte, oder um eine weitere neue Waffe, ist nicht bekannt.

In der zweiten Hälfte der siebziger Jahre trat eine Gruppe von Militärtheoretikern in Erscheinung, die die Bedrohung durch die russische chemische Kriegführung als eine der größten, nicht erkannten Gefahren für den Westen ansah. In immer schärferem Ton sprachen sie sich für die *chemische Wiederaufrüstung innerhalb der NATO* aus. Eine der maßvolleren Analysen der sowjetischen Bedrohung unternahm Professor John Erickson, eine anerkannte Autorität auf dem Gebiet der Waffentechnik der UdSSR.

Erickson schätzte, daß es in der Roten Armee unter dem Kommando von Generalleutnant V. K. Pikalov 80000 Spezialisten gab, deren Aufgabe es im Kriegsfall war, Menschen, Maschinen und Waffen von Chemikalien zu entseuchen. Es gab 1000 Versuchsgebiete, auf denen sowjetische Soldaten darin ausgebildet wurden, auf einem verseuchten Schlachtfeld zu kämpfen. Sowjetische Panzer und gepanzerte Wagen waren äußerst sorgfältig abgedichtet und mit einem Drucksystem ausgerüstet, um Gas fernzuhalten. Die chemische Ausbildung wurde so ernst genommen, daß sowjetische Soldaten, wie er entdeckte, durch in den Übungen eingesetztes echtes Gas geschädigt worden waren.

Erickson beobachtete, daß die Russen »ständig den wahrscheinlichen Einsatz von chemischen Waffen durch den Feind – vermutlich die NATO – betonten«, obwohl die NATO, wie

Erickson bemerkte, nur über geringe Mengen derartiger Waffen verfügte. Weiterhin konzentrierte sich die russische Ausbildung nicht nur auf die Verteidigung gegen Nervengase, sondern auch gegen Blut und Lunge angreifende Kampfstoffe, die erstmals im Ersten Weltkrieg hergestellt worden waren und für die Bewaffnung der NATO nun unwichtig waren. Erickson kam zu dem Schluß, daß »die chemischen Waffen für den sowjetischen Führungsstab von wachsender Bedeutung zu sein schienen«.[15]

NATO-Flughäfen konnten durch sowjetische Flugkörper, die einen starken und beständigen Nervenkampfstoff freisetzten, ausgeschaltet werden. Atomwaffenstützpunkte konnten in der gleichen Weise kampfunfähig gemacht werden. Schnell verdampfende Nervengase und Kampfstoffe, die das Blut angriffen, konnten bei Anschlägen gegen Panzerabwehrstellungen eingesetzt werden. Die vorrückenden sowjetischen Streitkräfte würden ihre Flanken durch die Verseuchung des Bodens mit beständigen Nervenkampfstoffen schützen, somit wären sie nicht durch einen Gegenangriff gefährdet. Während die amerikanischen Streitkräfte nur mit Genehmigung des Präsidenten chemische Kampfstoffe benutzen konnten, vermutete Erickson, daß die Entscheidung über einen Gaseinsatz in der sowjetischen Armee tatsächlich einem Divisionskommandeur anvertraut sein konnte.

Es waren erschreckende Aussichten; und dann brach der Yom-Kippur-Krieg aus.

Am Nachmittag des 6. Oktober 1973 schossen 1000 ägyptische Geschütze 53 Minuten lang ihre Granaten über den Suezkanal auf die Bar-Lev-Linie, den befestigten Wall, der von den Israelis 1967 nach dem Sechstagekrieg errichtet worden war. Die Ägypter hatten die Israelis überrascht und überschritten mit 1000 Panzern und zehn Infanteriebrigaden den Kanal. Für kurze Zeit schien es, daß die respekteinflößende israelische Armee ihrer ersten Niederlage entgegensah. Doch eine massive Verstärkung und ein glänzender Gegenangriff zerstörten die Stoßkraft der Ägypter und zwangen sie dazu, einer Waffenruhe zuzustimmen.

Als sich die beiden Armeen wieder voneinander entfernten, begannen israelische Geheimdienstoffiziere damit, die zerstörten und in der Wüste zurückgelassenen ägyptischen Fahrzeuge zu untersuchen. Unter den Ausrüstungsgegenständen, die sich in den bewegungsunfähigen gepanzerten Wagen befanden, entdeckten sie Gummiumhänge und Gasmasken, Aufspürgeräte für Nervengas in Form von kleinen Blechdosen, die mit farbigen Flüssigkeiten gefüllte Glasphiolen zur Feststellung verschiedener Gase enthielten, und automatische Spritzen, die mit einem Mittel gegen Soman, dem wichtigsten sowjetischen Nervenkampfstoff, gefüllt waren. Alle Gegenstände, die man mit arabischsprachigen Gebrauchsanweisungen versehen hatte, waren in der Sowjetunion hergestellt worden.

Der israelische Geheimdienst leitete die erbeuteten Ausrüstungsgegenstände sofort an die USA weiter, wo die Untersuchung der umfassenden sowjetischen Vorkehrungen gegen einen Gasangriff die Entscheidung des Pentagons zur Folge hatte, 1,75 Milliarden Dollar für einen besseren Schutz der US-Streitkräfte aufzuwenden. Doch sogar nach der Entscheidung des Pentagon, daß die amerikanischen Streitkräfte die Forschung und die Ausbildung im chemischen Verteidigungsbereich drastisch verbessern mußten, nahmen viele weiterhin an, daß sie weit hinter den Anstrengungen der sowjetischen Armee zurückblieben. Der Befehlshaber der US-Streitkräfte in Europa wurde 1979 vor einen Ausschuß des Kongresses bestellt, um seine getroffenen Vorkehrungen für die Entseuchung nach einem chemischen Angriff zu erläutern. Zwischen General Frederick Kroesen und dem Kongreßabgeordneten Larry McDonald entstand der folgende Dialog:

McDonald: Verfügen Sie über ein Schnellwaschverfahren zur Entseuchung oder führen Sie das Dekontaminationsverfahren an Ort und Stelle aus?

General Kroesen: In Europa handhaben wir es zur Zeit so, Sir, daß die Standorte aller verfügbaren Wascheinrichtungen wie Schnellwaschstationen, Autowaschanlagen etc. für die Einheitsführer festgestellt werden.

McDonald: Unseren Truppen wird es also möglich sein, die zivilen Autowaschanlagen zu beschlagnahmen; ist es das, was wir planen?

General Kroesen: In Krisenzeiten müssen wir wissen, wo es derartige Einrichtungen gibt.

McDonald: Guter Gott![16]

Unter den »Falken« in der NATO verstärkte sich die Überzeugung, daß man sich durch die Entscheidung, das chemische Waffenlager nicht weiter auszubauen, einer schweren Gefahr ausgesetzt hatte. 1980 eröffneten die Briten in der Hügellandschaft von

Wiltshire bei Porton Down ein speziell für die chemische Kriegführung bestimmtes Übungsgelände, das sich auf einer Fläche von über 28 Quadratkilometern erstreckte. Die US-Armee gründete in Alabama eine Ausbildungsstätte für die chemische Kriegführung. Das US-amerikanische Chemische Korps, dem Anfang der siebziger Jahre nur noch 2000 Soldaten angehörten, wurde 1981 auf fast 6000 Mann verstärkt.[17]

Doch trotz hervorragender »Knautschanzüge«, wie britische Soldaten einen neuentwickelten Schutzanzug nannten, druckfest gemachten Kommandostellen und einer Reihe von komplizierten Alarmsystemen, Spürgeräten, Entseuchungsgeräten, Tabletten und Spritzen blieb noch immer ein scheinbar unüberwindliches Problem. Ohne daß man selbst die Absicht hatte, chemische Waffen einzusetzen, mußten die alliierten Soldaten ihre Schutzmonturen nicht, wenn *sie* es wollten, anlegen, sondern wenn ein sowjetischer Angriff befürchtet wurde. Mit aufgesetzten Gasmasken und Gummihandschuhen ist es äußerst schwierig, die komplizierten Aufgaben der modernen Kriegführung auszuführen. Das Zielen mit einer Waffe und das Betätigen der Knöpfe und Schalter an den modernen Artilleriegeschützen werden zu schwerfälligen und lästigen Unternehmungen. Plötzlich sieht auf dem Schlachtfeld jeder gleich aus. Da mündliche Befehle durch die Gasmasken gedämpft werden, müssen die Kommandeure manchmal Steine auf ihre Soldaten werfen, um ihre Aufmerksamkeit zu erregen. Man argumentierte, daß ein Gegner, der nicht dazu gezwungen ist, seine Soldaten wie Froschmänner auszustatten, weil nur *er* weiß, wann ein chemischer Angriff gestartet wird, einen unmittelbaren taktischen Vorteil erlangt.

Unterdessen schleppten sich die Verhandlungen für einen Vertrag über die chemische Abrüstung weiter dahin. Als eine unterstützende Geste ratifizierten die Vereinigten Staaten schließlich das Genfer Protokoll, 50 Jahre, nachdem es abgefaßt worden war. Sowohl die USA als auch die Sowjetunion waren durch die Biologische Waffenkonvention dazu verpflichtet, weiterhin in Richtung auf ein ähnliches Abkommen über chemische Waffen »vertrauensvoll« zu verhandeln. Im Juli 1974, kurz bevor Nixon als Folge des Watergate-Skandals sein Amt niederlegte, traf er in Moskau mit Staats- und Parteichef Breschnew zusammen. Zur allgemeinen Überraschung wies das nach den Gesprächen herausgegebene Kommuniqué darauf hin, daß die beiden Länder damit beginnen würden, eine *gemeinsame Initiative zur chemischen Abrüstung* vorzubereiten. Im August 1976 wurden schließlich Gespräche zwischen Vertretern der USA und der Sowjetunion eröffnet.

Doch was mit hohen Idealen begann, mündete in ein zunehmend mißgestimmtes Feilschen. Die beiden Länder erklärten in den ersten Gesprächen, daß sie sich einen umfassenden Vertrag wünschten, der alle Nationen nicht nur dazu verpflichten sollte, ihre gegenwärtigen Vorräte an chemischen Waffen zu beseitigen, sondern auch dazu, keine neuen Gaswaffen zu entwickeln. Wegen der Verdächtigungen, die nach Abschluß des bakteriologischen Kriegführungsvertrages aufgekommen waren, hatten die Amerikaner den festen Entschluß gefaßt, ein ausreichendes System für die Kontrolle »an Ort und Stelle« auszuarbeiten, um sicherzustellen, daß die Nervengasanlagen nicht mehr länger einsatzfähig waren. Im Mai 1978, nach sieben Verhandlungstagen, hatten beide Parteien zumindest festgesetzt, welche Waffenarten der Vertrag einschließen sollte.[18] Doch ein Abkommen zur Sicherstellung, daß der Vertrag auch wirklich eingehalten wurde, konnte weiterhin nicht definiert werden.

Die Militärs wurden unterdessen immer unruhiger. Seit Nixons Verbot im Jahre 1969 hatten die USA keine neuen Gaswaffen mehr hergestellt. Nun vertrat eine Reihe von Militärexperten die Meinung, daß die Russen ihre Gaslager fast täglich vergrößerten. »Die Hoffnung, daß die Sowjets der Einschränkung der USA nacheifern würden, hat sich als Wunschdenken erwiesen«, schrieb ein hoher Offizier des Chemischen Korps' in einer typischen Beschwerde.[19] Die Einzelheiten dieser Behauptungen sind jedoch bemerkenswert verschwommen. Die Zahlen, die man 1979 zur Unterstützung dieser Argumente anführte – daß möglicherweise bis zu einem Drittel der sowjetischen Bomben, Raketen und Granaten mit Gas gefüllt sind –, wiesen eine große Ähnlichkeit mit den Schätzungen auf, die 1969 zur Zeit des von Nixon ausgesprochenen Verbots verbreitet waren.[20] Verglichen mit den Angaben, die von der Presse aufgegriffen oder in Gesprächen verbreitet wurden, haben sich die offiziellen Militärsprecher sehr gesträubt, irgendwelche Schätzungen über die Anzahl der sowjetischen chemischen Waffen vorzunehmen. 1980 konnte ein hochgestellter Angehöriger des britischen Geheimdienstes nur auf die Einschätzungen verweisen, die man bereits in der Presse veröffentlicht hatte, daß der Anteil der sowjetischen Bomben und Artilleriegranaten, die mit Gas gefüllt waren, »irgendwo zwischen 5 und 30 Prozent« lag.[21]

Doch das Fehlen zuverlässiger Informationen erschütterte nicht den Glauben, daß die Russen tatsächlich ein enormes Gaswaffenarsenal aufgebaut hatten. Obwohl die Größe der amerikanischen Lager geheimgehalten wird, sind zivile Beobachter in der Lage gewesen, die Menge nach Äußerungen des Chemischen Korps' und des Verteidigungsministeriums auf ungefähr 150 000 Tonnen Bomben, Granaten und Landminen zu schätzen, von denen ungefähr zwei Drittel Nervengas enthalten, der Rest besteht aus Senfgaswaffen aus dem Zweiten Weltkrieg.[22] Die gleichen Sachverständigen nehmen an, daß die Russen ihre Lager seit 1971, zwei Jahre nach dem Produktionsstop der USA, nicht weiter ausgebaut haben. Wenn dies stimmt, dann geht die anwachsende Hysterie, die von den Verfechtern der chemischen Waffen in den siebziger Jahren erzeugt worden ist, auf eine reine Einbildung zurück.

Trotzdem wurde die Kampagne für die Wiederaufrüstung fortgesetzt. Die Vereinigten Staaten haben sich selbst »eingeschüchtert und moralisch dazu verpflichtet«, »ein wesentliches Abschreckungsmittel über Bord zu werfen«, äußerte sich ein Politiker der harten Linie.[23] »Lediglich durch das Führen von Verhandlungen scheinen die Sowjets den USA im Bereich der chemischen Waffen die Hände gebunden zu haben«,[24] schrieb ein Offizier des Chemischen Korps' 1979. Er fuhr fort mit der Behauptung, daß, *wenn man über keine chemischen Waffen verfüge, der Atomkrieg wahrscheinlicher sein würde;* »eines Tages muß der Präsident der Vereinigten Staaten möglicherweise zwischen dem Eingeständnis der Niederlage oder dem Atomkrieg wählen«.[25]

1979 führten die NATO-Befehlshaber eines ihrer alle zwei Jahre stattfindenden Kriegsspiele durch; man simulierte den Ausbruch des dritten Weltkrieges. Unter dem Decknamen »*Wintex*« waren an der Übung nur die Generale, Beamten und Politiker beteiligt, die die Entscheidungen darüber treffen würden, wie der Krieg geführt werden sollte. In Europa und in Nordamerika gelegenen Operationsräumen spielten sie durch, wie sie auf eine eskalierende internationale Krise reagieren würden, die schließlich zur Folge hatte, daß sich die NATO und der Warschauer Pakt in einem offenen Krieg gegenüberstanden. Als sich die Kampfhandlungen verstärkten, brachte jemand im NATO-Hauptquartier eine neue Information in das Kriegsspiel, die an die Entscheidungsträger in ihren Betonbunkern weitergegeben wurde: Die sowjetische Armee hatte einen Angriff mit chemischen Waffen gestartet. Wie sollte die NATO darauf reagieren? Diese Frage erschreckte alle – sowohl die kleineren NATO-Mitglieder, die eine Abneigung gegen Gas hatten, jedoch einen Atomkrieg unter allen Umständen vermeiden wollten, als auch die Atommächte der NATO, bei denen viele spürten, daß ein Angriff mit taktischen Atomwaffen die geeignete Antwort war, bei der jedoch die Gefahr eines großangelegten nuklearen Gegenschlags der Sowjetunion bestand.[26]

Der damalige Oberbefehlshaber der NATO, General Alexander Haig, der bald der Außenminister Präsident Reagans werden sollte, teilte den Journalisten 1978 mit, daß die Fähigkeit der NATO, einen Krieg mit chemischen Kampfstoffen zu führen, »sehr schwach« war. »Irgendwann in nächster Zukunft«, sagte er, »muß dies nochmals abgeschätzt werden.«[27] Sein Nachfolger als Oberbefehlshaber, Bernard Rogers, ging noch weiter. *»Wir sollten in der Lage sein, mit chemischen Waffen zu antworten«*, sagte er, *»und sie sollten wissen, daß wir die Fähigkeit besitzen, zu antworten.«*[28] Zehn Jahre nach Nixons Entscheidung, die Herstellung von chemischen Waffen einzustellen, am Ende des sogenannten Abrüstungsjahrzehnts, gehörten die Hoffnungen auf ein Ende der chemischen Militärplanungen dem Reich der Illusion an.

Man hatte bereits eine Waffe entwickelt, um die Unzulänglichkeiten, die die Generale überall sahen, auszugleichen. Die Idee war einfach und in den siebziger Jahren bereits ungefähr 20 Jahre alt.

Mit Nervengas geladene Granaten und Bomben waren nicht nur für einen Feind gefährlich, sondern für jeden, der irgendwie mit ihnen zu tun hatte, also auch für Soldaten und Zivilisten, die in der Nähe von einem der Stützpunkte wohnten. Ein Unfall oder das Auslaufen des Kampfstoffes, wie es bereits oft genug geschehen war, hätte zur Folge, daß sich überall Nervengaspfützen bilden, die wahrscheinlich jedes Lebewesen in wenigen Sekunden oder Minuten töten würden. Die Waffen waren so gefährlich, daß man sie nicht transportieren konnte, außer in streng bewachten, sehr langsamen Konvois, die sich von Wohngebieten weit entfernt hielten. Die alliierten Regierungen waren bei dem Gedanken beunruhigt, daß sich Waffen, die mit einigen der giftigsten Substanzen überhaupt gefüllt waren, in ihrem Land, jedoch nicht unter ihrer Kontrolle befanden. Das Edgewood Arsenal schlug eine Möglichkeit vor, die sowohl die umweltbedingten als auch die politischen Bedenken gegenüber chemischen Waffen ausräumen würde.

Da das Nervengas aus verschiedenen chemischen Verbindungen besteht, fragten sie zu Recht, warum sollte man die Bomben und Granaten dann nicht so umkonstruieren, daß sie mit zwei getrennten Kanistern geladen werden konnten, die ungefährliche chemische Stoffe enthielten, die jedoch, wenn sie miteinander vermischt wurden, einen Nervenkampfstoff ergaben? Der eine Wirkstoff würde sich in der Granate befinden, den anderen könnte man getrennt lagern und transportieren, erst auf dem Schlachtfeld brauchte man ihn in die Granate zu füllen. Beim Abschuß würde die Wand zwischen den beiden Kanistern zerbersten, wodurch sich innerhalb der Granate das Nervengas bildete. Wenn die Granate beim Aufschlag detonierte, würde sich der Nervenkampfstoff wie jedes andere Giftgas ausbreiten und in der Luft verdampfen. Diese neue Konzeption wurde als *»binäre Waffe«* vorgestellt.

Als erster hatte sich die US-Marine für diese Idee interessiert, die durch mögliche Unfälle beunruhigt war, bei denen aus den in den Laderäumen der Kriegsschiffe gelagerten Granaten Nervengas auslief. Mitte der sechziger Jahre hatte man eine binäre Bombe entwickelt und Mitte der siebziger eine binäre 155-Millimeter-Granate für Haubitzen. Als sich Stimmen erhoben, die behaupteten, daß die Russen im Bereich der chemischen Bewaffnung dem Westen gefährlich überlegen waren, begann man eine Kampagne, um die binären Waffen an die Öffentlichkeit zu »verkaufen«. (Obwohl sie die Umwelt nicht so sehr belasten würden, war dies nur ein oberflächliches Argument, da der chemische Stoff in einem der »sicheren« Kanister für die binären GB-Granaten, eine »DF« genannte Substanz, genauso giftig ist wie Strychnin.) Die Konstrukteure der binären Waffen im Edgewood Arsenal stellten eine Liste mit weiteren angeblichen Vorteilen dieser Waffen auf, in der die relativ einfache Handhabung vermerkt war und eine Eintragung, die soviel bedeutete wie *»Stationierung außerhalb der Vereinigten Staaten akzeptabel«* (Outside Continental United States Preposition Acceptable),[29] ein Hinweis auf die Annahme des Pentagons, daß die Staaten, die aus politischen, moralischen oder die Umwelt betreffenden Gründen nicht bereit gewesen waren, den USA die Stationierung von chemischen Waffen in ihrem Land zu erlauben, die neuen binären Waffen akzeptieren würden.

Das Pentagon entwickelte einen Plan. Es sollte eine Fabrik gebaut werden, die monatlich 70 000 binäre GB-Nervengasgranaten produzieren konnte. 1986 sollte die Anlage 20-Zentimeter-*Granaten*, die mit den chemischen Ausgangsstoffen des VX-Nervenkampfstoffs gefüllt waren, herstellen, außerdem 225 Kilogramm schwere *Bigeye-Bomben*, die ebenfalls mit VX geladen waren. Schließlich sah der Plan die Massenproduktion von chemischen Sprengköpfen für *Lance-Flugkörper* und für *Raketen mit Mehrfachsprengköpfen* vor. Die Gesamtkosten wurden 1980 auf 170 Millionen Dollar für die Anlage geschätzt, weitere drei oder vier Milliarden Dollar veranschlagte man für die Herstellung der Munition.[30]

Doch jedesmal, wenn man im Verteidigungshaushaltsplan die Mittel für die Produktion der binären Waffen beantragte, wurde das Gesuch entweder vom Kongreß oder vom Weißen Haus abgelehnt. Von 1967 bis 1980 führte man mindestens 19 unabhängige Untersuchungen über die Pläne zur Herstellung binärer chemischer Waffen durch. Wenn dem Pentagon die Mittel nicht bewilligt wurden, brachte man oft das Argument vor, daß es töricht wäre, in Washington irgend etwas zu unternehmen, was sich auf die Verhandlungen über einen chemischen Abrüstungsvertrag, die sich in Genf langsam dahinschleppten, ungünstig auswirken konnte.

Weihnachten 1979 dauerten die Genfer Abrüstungsgespräche nun schon über zehn Jahre lang an. Nur sehr langsam hatte man Fortschritte erzielt, die jedoch kaum wahrnehmbar waren, und ein Abkommen zur Ächtung chemischer Waffen schien noch immer in unerreichbarer Ferne zu liegen. Dann drangen sowjetische Truppen in Afghanistan ein, und wenige Monate später rückten die chemischen Kampfstoffe wiederum in den Brennpunkt der Weltpolitik.

Alle fünf Divisionen, die im Dezember 1979 und im Januar 1980 die Grenze überschritten, führten transportable Kammern mit, in denen sich die Soldaten schnell ihrer verseuchten Kleidung entledigen konnten; außerdem hatten sie Hochdruckwasserwerfer dabei, die dazu bestimmt waren, auch die stärksten Nervenkampfstoffe von Panzern und Mannschaftstransportwagen abzuspülen. Die Soldaten waren mit Gasmasken und Schutzumhängen ausgerüstet. Drei Wochen nach der sowjetischen Invasion erzählten die Flüchtlinge, die in Scharen nach Pakistan strömten, furchterregende Geschichten über die russischen Gasangriffe, denen sie ausgesetzt waren.

Es sah so aus, als ob sich die Geschichte selbst wiederholte: Mit dem Giftgaseinsatz gegen die Widerstandskämpfer in den Bergen schienen die Russen die Taktik nachzuahmen, die Foulkes 60 Jahre früher im britisch-afghanischen Feldzug angewendet hatte. Die Berichte der Opfer waren jedoch weitschweifig, häufig widersprüchlich und oftmals wenig überzeugend. In Interviews mit den Autoren dieses Buches erzählten die Flüchtlinge Geschichten von grünen, gelben, schwarzen oder orangefarbenen Wolken, die bei ihnen Husten, Zusammenbrüche und Ohnmachtsanfälle hervorgerufen hatten. Aber trotz der verwirrenden Anzahl verschiedenartiger Aussagen glaubte das Außenministerium der USA im Sommer 1980 in der Lage zu sein, die Behauptung aufzustellen, daß es »sehr wahrscheinlich« sei, »daß die sowjetischen Streitkräfte in Afghanistan irgendeinen chemischen Kampfstoff eingesetzt hatten«.[31]

Nun gerieten die Dinge sehr schnell in Bewegung. Durch ein beständiges Hin und Her von Behauptungen und Gegenbehauptungen zwischen Washington und Moskau verschlechterte sich das allgemeine politische Klima. Außerdem häuften sich die Hinweise darauf, daß die Sowjetunion noch etwas weitaus Schwerwiegenderes getan hatte, als ein nicht spezifiziertes Giftgas gegen Stammesangehörige in Afghanistan einzusetzen.

Am 13. September 1981 kam der amerikanische Außenminister Haig in Berlin an, um eine Rede zu halten, an der seine Berater schon wochenlang gearbeitet hatten. In der geteilten Stadt versammelten sich fast 50000 Demonstranten, um gegen die geplante Stationierung neuer amerikanischer Raketen in Europa zu protestieren. Haig war von der Notwendigkeit überzeugt, die Entschlossenheit Europas gegenüber einer offensichtlich unterschätzten sowjetischen Bedrohung zu stärken, und behauptete, daß die USA nun über einen »eindeutigen Beweis« für eine vollkommen *neue* chemische Waffe verfügten, die von der Sowjetunion angewendet wurde.

Diese erstaunliche Behauptung, die voreilig und unbedacht war, wie seine Berater später zugaben, stützte sich auf die spärlichen Überreste eines einzigen Blattes, die man in Südostasien gefunden hatte.

Im Grunde genommen beinhaltete die Rede keine neuen Erkenntnisse. 1975, Monate nach dem Fall Saigons, kamen Stammesangehörige der Hmong, die während des Vietnamkrieges das Rückgrat der »geheimen Armee« der CIA in Laos gebildet hatten, in thailändische Flüchtlingslager und behaupteten, daß gegen sie Giftgas eingesetzt worden sei. Ebenso wie in vielen vorangegangenen Kriegen kamen die einzigen Hinweise auf chemische Waffen allein von den Flüchtlingen. Versuche, diesen Behauptungen nachzugehen, waren selten, schlecht organisiert und ohne Erfolg.

Aber in den zahlreichen Geschichten der Flüchtlinge gab es einen bestimmten Aspekt, der die Amerikaner sehr interessierte: Die beschriebenen Gase schienen schreckenerregende und in dieser Verbindung bisher nicht beobachtete Symptome hervorzurufen. Ein älterer Stammesangehöriger der Hmong berichtete den Autoren dieses Buches, wie diese Angriffe geführt wurden.

In den Bergen, einen mehrwöchigen Marsch nördlich von Vientiane, der Hauptstadt von Laos, waren Cheu Lee und seine Familie gerade dabei, eine Mahlzeit über einem offenen Feuer zuzubereiten. Ein kleines Flugzeug erschien am Himmel und änderte, wahrscheinlich wegen der Rauchfahne, die von der Feuerstelle aufstieg, seinen Kurs. Dann wurde eine Rakete auf die Menschengruppe abgeschossen. »Als die Rakete auf den Boden auftraf, war alles in gelbes Pulver gehüllt«, berichtete der alte Mann. »Die meisten von uns atmeten etwas von diesem Pulver ein. Wenig später erbrachen sie sich, ihre Haut wurde versengt, und sie fingen an, Blut zu spucken. Dann fielen sie nach und nach bewußtlos zu Boden: Nur fünfzehn der fünfzig Dorfbewohner wachten wieder auf.«[32]

Der bedeutsame Aspekt dieser und vieler anderer Berichte von Flüchtlingen war die Kombination der beschriebenen Symptome. Keiner der bekannten chemischen Kampfstoffe konnte eine derartige Vielfalt von Wirkungen auslösen – was es auch war, was eingesetzt wurde, es schien zu brennen wie Senfgas, zu ersticken wie Phosgen und so sicher zu töten wie Nervengas.

Jahrelang mißlangen alle Versuche, eine Probe dieses mysteriösen Kampfstoffes zu erhalten, und es schien so, als ob die Berichte aus Laos und Kampuchéa als Gerüchte in die Geschichte eingehen würden, ungefähr ebenso wie der angebliche Giftgaseinsatz während des jemenitischen Bürgerkrieges in den sechziger Jahren.[33] Aber dann, am 24. März 1981, kam im Außenministerium ein Päckchen an, das von der amerikanischen Botschaft in Bangkok abgeschickt worden war. Es enthielt ein Blatt und einen zweieinhalb Zentimeter langen Stiel aus dem Grenzgebiet von Thailand und Kampuchéa, wo ein Gasangriff geführt worden war. Obwohl die Flüchtlinge von einem »gelben Regen« erzählt hatten, waren die Proben mit einem weißen Schimmel bedeckt.

Das Außenministerium ließ diese Proben sowohl von Militärwissenschaftlern als auch von Zivilisten, die sich der politischen Brisanz ihrer Arbeit nicht bewußt waren, analysieren.[34]

Die Wissenschaftler entdeckten, daß das Blatt mit einem Extrakt aus *Fusarium-Pilzen* bedeckt war, der natürlich vorkommende Giftstoffe enthielt, die als *Trichothecin Mykotoxine* bekannt waren.

Das Mißtrauen der Amerikaner wuchs, als man feststellte, daß ein Großteil der veröffentlichten Forschung über die Auswirkungen dieser Giftstoffe in der Sowjetunion durchgeführt worden war. Russische Wissenschaftler hatten wahrscheinlich in den dreißiger Jahren damit begonnen, diese Giftstoffe gezielt zu untersuchen, nachdem durch Pilzbefall an mangelhaft gelagertem Getreide Tausende von sowjetischen Bürgern ums Leben gekommen waren. Die Beschreibungen der Vergiftungserscheinungen ähnelten in beunruhigender Weise den Berichten über die Symptome, die in Südostasien aufgetreten sein sollten, wo die von den Sowjets unterstützten Soldaten Aufständische angriffen. In beiden Fällen litten die Opfer an einem brennenden Schmerz in Mund und Nase, der gefolgt wurde von Kopfschmerzen, Schwindelgefühlen und Krämpfen, bis sie schließlich Blut spuckten.

Aus der Ähnlichkeit der Symptome, der Fähigkeit der Sowjetunion, Mykotoxine künstlich herzustellen, und ihrer engen Zusammenarbeit mit den verdächtigten Streitkräften in Südostasien zog das Außenministerium die Schlußfolgerung, daß die Russen eine neue Waffe entwickelt hatten.

Doch es blieb die Tatsache bestehen, daß die Behauptung der Amerikaner noch immer nur auf einem winzigen Beweisstück basierte. In den zwei folgenden Jahren arbeitete das Außenministerium fieberhaft daran, weitere Proben vorzulegen, um die skeptischen Wissenschaftler zu überzeugen. Bis zum März 1982 hatte das Außenministerium sechs voneinander unabhängige Untersuchungen durchführen lassen. Man kam zu dem Ergebnis, daß bei von der Sowjetunion veranlaßten Gasangriffen in Laos, Kampuchéa und Afghanistan mehr als zehntausend Menschen umgekommen waren. Alles deutete auf eine Kombination von Kampfstoffen hin, Mykotoxine eingeschlossen. »Die Schlußfolgerung, daß die Giftstoffe und andere chemische Kampfstoffe in der Sowjetunion entwickelt worden sind, ist unvermeidlich«, wurde hinzugefügt.[35] Diese Behauptungen wurden nun mit in den Kalten Krieg einbezogen. »Wir sprechen von der Möglichkeit, daß Völkermord begangen wird«, erklärte ein Vertreter des Außenministeriums.[36]

Im Hagel dieser direkten Anschuldigungen blieben mehrere Wissenschaftler jedoch skeptisch. Sie wiesen darauf hin, daß die Giftstoffe in diesem Gebiet ebensogut natürlichen Ursprungs sein konnten, und daß es sich bei den Ablagerungen von »Gelbem Regen«, die man auf Pflanzen gefunden hatte, möglicherweise um nichts anderes als um die Ausscheidungen von Bienen handelte.[37] Insbesondere die Frage, wie die Giftablagerungen Pollen enthalten konnten, wenn sie – wie angenommen – in einem Laboratorium hergestellt wurden, sprach für eine natürlich auftretende Erscheinung, meinten sie. Von der amerikanischen Regierung beauftragte Wissenschaftler antworteten mit dem Hinweis, daß der Pollen möglicherweise bewußt zugesetzt wurde, damit der Giftstoff in der Luft schweben und von den potentiellen Opfern leichter eingeatmet werden konnte.

Es hatte eine solche Flut von Berichten und Behauptungen gegeben, daß es sich 1983 beinahe um eine anerkannte Tatsache handelte, daß die Sowjetunion eine neue Waffe entwickelt hatte. Um diese Annahme zu erhärten, präsentierten die USA sowjetische Gasmasken, die man in Afghanistan erbeutet hatte, und die angeblich mit Gelbem Regen verseucht waren. Gegen diese Annahme stand die Tatsache, daß die Amerikaner ihre Behauptung voreilig aufgestellt hatten, und die Aussage von australischen Laboratorien, daß die ihnen zur Analyse zugesandten Proben »offensichtlich Fälschungen« waren. Die Russen verweigerten unabhängigen Beobachtern weiterhin den Zugang ins Krisengebiet, und die Vereinigten Staaten entwickelten ihre geheimen Sammelmethoden so weit fort, daß die Proben bereits 24 Stunden nach der Ablieferung in Washington sein konnten.

Während man in der Frage des Gelben Regens keinen Schritt weiterkam, kehrte eine viel ältere Form der chemischen Kriegführung in erschreckenden Dimensionen zurück.

1984 dauerte der Krieg zwischen dem Iran und dem Irak schon über drei Jahre an. Von der Weltpresse kaum beachtet, war er zu einem der zahllosen Konflikte auf dem Erdball geworden, die für den Westen eine ernste Bedrohung der Rohstoffvorräte darstellen konnten, andererseits jedoch unverständlich und bedeutungslos zu sein schienen. Aber nun waren die Meldungen über diesen Krieg auf den Titelseiten der Zeitungen zu lesen.

Schon zu Beginn des Krieges wurden, hauptsächlich von den Iranern, Vermutungen geäußert, daß der Irak chemische Waffen einsetzte. Doch ebenso wie andere Behauptungen in Kriegen der »Dritten Welt« erregten sie kaum Aufmerksamkeit.[38] Aber nun trafen derartige Berichte häufiger ein, waren ausführlicher und reichten schließlich aus, die Welt innerhalb einiger Wochen davon zu überzeugen, daß die chemische Kriegführung – furchterregender als je zuvor – wieder aktuell war.

Aus der kalten, strategischen Sicht der Befehlshaber auf dem Schlachtfeld war es nur logisch, Giftgas einzusetzen; denn die Art und Weise, wie die Iraner den Krieg führten – Angriffe mit unermeßlichen »Menschenwellen«, die von Scharen junger Fanatiker gebildet wurden –, war seit dem Ersten Weltkrieg, in dem man zum ersten Mal Gas angewendet hatte, nicht mehr zu beobachten gewesen. Die Iraner waren dazu bereit, immer wieder Tausende junger Menschen zu opfern, um die Oberhand zurückzugewinnen. Selbst Gruppen von Offizieren, von denen jeder einen aus taiwanischem Plastik gefertigten »Schlüssel zum Himmel« bei sich trug, wurde befohlen, über vermutete Minenfelder zu marschieren. Der Irak, der über eine viel kleinere Armee und über weitaus weniger junge Menschen verfügte, benötigte eine Waffe, die mit diesen Massenangriffen fertigwerden konnte. Und Giftgas schien das ideale Mittel zu sein.

Zu Beginn des Jahres 1984 wurden iranische Opfer von irakischen Gasangriffen in europäische Krankenhäuser eingeliefert. Obwohl die Iraner offensichtlich hofften, durch die Zurschaustellung ihrer übel zugerichteten Körper Propaganda zu machen, schien alles darauf hinzudeuten, daß sie tatsächlich Opfer von chemischen Angriffen geworden waren. Bei den Soldaten, die in London, Wien und Stockholm untersucht wurden, zeigten sich gräßliche Symptome, wie man sie schon in den Berichten über die Gasopfer des Ersten Weltkrieges beschrieben hatte. Die Soldaten erzählten, daß aus irakischen Flugzeugen Kanister abgeworfen wurden, die verschiedenfarbige Rauchwolken – von weiß über grau bis gelb – freisetzten. Die Iraner berichteten, daß diese Wolken »knoblauchähnlich« rochen.

Die Auswirkungen erinnerten in beängstigender Weise an die Senfgasopfer in Ypern. Diejenigen, die den Gasgeruch einatmeten, bemerkten ein brennendes Gefühl im Gesicht, dann begannen ihre

Augen unerträglich zu schmerzen. Innerhalb von 24 Stunden hatten sich in den Achselhöhlen, an Ellbogen, Knien und im Genitalbereich Blasen gebildet. Obwohl in der Sensationspresse Vermutungen geäußert wurden, daß die Iraner möglicherweise Opfer des Gelben Regens geworden waren, stellte sich in den Untersuchungen heraus, daß fast alle Soldaten ihre Verwundungen durch Senfgas erlitten hatten.

Die Iraker stritten sofort ab, daß sie irgendwelche chemischen Waffen eingesetzt hätten, einige ihrer Oberbefehlshaber schworen verärgert »bei Allah«, daß sie derartige Waffen nicht benutzen würden. Doch der Verdacht verstärkte sich zunehmend. Man entdeckte, daß die Grundmaterialien für die Herstellung verschiedener chemischer Waffen von amerikanischen und europäischen Unternehmen an das »Pestizidministerium« in Bagdad geliefert worden waren, und daß der Irak seit mehreren Jahren dabei war, eine Chemiefabrik aufzubauen, in der man Senfgas und den Nervenkampfstoff Tabun produzieren konnte.

Die schlimmsten Befürchtungen bestätigten sich, als eine von den Vereinten Nationen beauftragte Gruppe von vier unabhängigen Wissenschaftlern Anfang 1984 in den Iran reiste und sowohl die Opfer irakischer Angriffe, als auch eine Anzahl von nicht explodierten Granaten und Bomben untersuchte. Als in Schweden und in der Schweiz die Flüssigkeit, die sich in den Waffen befand, analysiert wurde, kamen die Wissenschaftler zu dem Ergebnis, daß es sich um Senfgas, und in anderen Fällen um den von den Nazis entwickelten Nervenkampfstoff Tabun, der auch unter der Bezeichnung GA bekannt war, handelte.[39]

Der Beweis, daß der Irak Giftgas einsetzte, war äußerst alarmierend, denn er verdeutlichte drei Dinge. Zunächst einmal zeigte er, daß technisch fortgeschrittene Staaten bereitwillig die notwendigen Materialien lieferten, um es ärmeren Nationen zu ermöglichen, chemische Waffen zu entwickeln. Während einige der italienischen, deutschen und amerikanischen Chemiekonzerne behaupten mögen, daß sie nicht gewußt hätten, zu welchem Zweck die von ihnen gelieferten Grundstoffe verwendet wurden, waren andere Unternehmen, die den Nachschub an Schutzkleidung und Gasmasken sichergestellt hatten, nun mit der offensichtlichen Erkenntnis konfrontiert, daß die Haltung, »nur zu verteidigen«, in kürzester Zeit bedeutungslos werden konnte. Zweitens konnte man, obwohl einige der vom Irak eingesetzten chemischen Bomben spanisch beschriftet waren – vielleicht ein Hinweis darauf, daß man sie auf dem illegalen internationalen Waffenmarkt gekauft hatte –, mit ziemlicher Sicherheit sagen, daß die Giftgase im Irak hergestellt worden waren. Wenn ein Land, das technologisch gesehen so wenig entwickelt war wie der Irak, chemische Waffen produzieren konnte, dann mußte der Geist tatsächlich aus der Flasche freigelassen worden sein. Und wenn chemische Waffen nun von Ländern der »Dritten« oder »Vierten Welt« hergestellt und eingesetzt werden konnten, dann bedeutete dies, drittens, daß die Möglichkeit der Herstellung und Anwendung dieser Waffen durch Terroristen ebenfalls wahrscheinlicher wurde.

Der Beweis, daß in den letzten zwanzig Jahren dieses Jahrhunderts während eines Krieges Giftgas eingesetzt wurde, hätte ausreichen sollen, jeden davon zu überzeugen, daß ein Abrüstungsabkommen von höchster Wichtigkeit war. Verhandlungen in Richtung eines möglichen Verbots der chemischen Kriegführung hatten mit der Abrüstungskonferenz in Genf, an der vierzig Nationen teilnahmen, 1968 begonnen. Alle waren sich darin einig, daß man ein Abkommen benötigte, das tatsächlich durchsetzbar war. Das Genfer Protokoll von 1925 hatte sich als unzureichend erwiesen, weil es die Staaten nicht daran hinderte, Gaswaffen zu besitzen, und weil sich viele Länder das Recht vorbehielten, mit Giftgas zurückzuschlagen, falls es gegen sie eingesetzt werden sollte. Die Biologische Waffenkonvention von 1972 hielten die Westmächte ebenfalls für unzureichend, denn es gab – wie die Gerüchte über den Fall Swerdlowsk und den Gelben Regen gezeigt hatten – keine verläßlichen Kontrollen und keine Möglichkeiten, sie durchzusetzen. Was benötigt wurde, war das uneingeschränkte Verbot der Herstellung, der Lagerung und der Anwendung von chemischen Waffen, und dieses Verbot mußte durchsetzbar sein.

Als in Genf eine Verhandlungsrunde auf die andere folgte, ließ sich so gut wie kein Fortschritt feststellen. Jeder war der Meinung, daß es »eine gute Sache« sei, diese Waffen zu verbieten, doch sowohl der Osten als auch der Westen verharrten in einem Zustand gegenseitigen Mißtrauens. In dem Versuch, den entscheidenden Durchbruch zu erreichen, begann 1977 eine Serie von Sondergesprächen, an der nur die Vertreter der beiden Weltmächte teilnahmen. Drei Jahre später aber versandeten auch diese Verhandlungen, denn die Sowjetunion weigerte sich, das Grundprinzip anzuerkennen, nach dem ihre chemischen Kampfstoffanlagen durchzuführenden Kontrollen zugänglich sein mußten, um sicherzustellen, daß sie tatsächlich stillgelegt worden waren.

Die Durchführbarkeit der Kontrollverfahren ist noch immer das größte Hindernis auf dem Weg zu einem Abkommen. Die USA und ihre Verbündeten betonen nachdrücklich, daß in jedem Vetrag, der wirkungsvoll sein soll, eine Möglichkeit verankert sein muß, mit der jede Seite überprüfen kann, daß die andere sämtliche vorhandenen Vorräte vernichtet hat und nicht bestrebt ist, diese Waffen erneut herzustellen. Die Russen zeigen sich sehr empfindlich gegenüber der Vorstellung, daß auf dem Gelände einige ihrer geheimsten militärischen Anlagen Ausländer herumlaufen würden. In dem Versuch, das Vertrauen zu fördern, luden die britische und die amerikanische Regierung sowjetische und andere ausländische Inspekteure in ihre chemischen Kampfstoffabriken ein, wo diese sehen konnten, wie Waffen vernichtet wurden. Aber noch immer sträubte sich die Sowjetunion gegen die gestellte Bedingung.

Die Wichtigkeit eines Abkommens über chemische Waffen kann nicht bezweifelt werden, denn es geht diesmal nicht nur um die Beschränkung der Anzahl von Bomben und Raketen oder etwa um das Verbot eines Ersteinsatzes. Dieses Abkommen würde die vollständige Vernichtung einer Waffengattung bedeuten, deren Einsatz angeblich seit 1925 widerrechtlich gewesen ist.

Obwohl zweimal jährlich zwei zehnwöchige Gesprächsrunden abgehalten werden, schreitet die Genfer Abrüstungskonferenz erstaunlich langsam voran. Im Sommer 1982 hatte die Sowjetunion offenbar einer Art von Kontrolle grundsätzlich zugestimmt, doch zwei Jahre später war das verfahrensrechtliche Gerangel noch immer nicht beendet. Durch das weitere Nichtzustandekommen irgendeines Abkommens gewannen die Befürworter der chemischen Wiederaufrüstung in den USA an Einfluß. Wenn es zu Verhandlungen mit der Sowjetunion kommt, »muß man etwas haben, um das man feilschen kann«, meinte Präsident Reagan dazu.[40]

Wenn die Abrüstungsverhandlungen nicht bald Früchte tragen, werden die USA als nächstes mit der Herstellung einer neuen Generation binärer chemischer Waffen beginnen. (Sechs Wochen nach seinem Amtsantritt hatte man Präsident Reagan dazu gebracht, diesem Plan zuzustimmen.) Unter den augenblicklichen Umständen könnte eine ganze Reihe neuer Waffen produziert werden: Artilleriegranaten, Bomben, Raketensprengköpfe und möglicherweise auch mit Nervengas gefüllte Sprengköpfe für die Cruise Missiles.

Das Pentagon und das Weiße Haus vertreten den Standpunkt, daß die Waffen notwendig sind, um in Abrüstungsgesprächen eine gute Verhandlungsbasis zu schaffen, und um auf einen möglicherweise geplanten chemischen Angriff der Sowjetunion abschreckend zu wirken. Es ist jedoch erwiesen, daß, wenn in Europa tatsächlich ein Giftgaskrieg ausbrechen sollte, einige hunderttausend Zivilisten in Gefahr ständen, verseucht zu werden.

Die Geschichte der chemischen Kriegführung zeigt deutlich, daß die bestehenden internationalen Abkommen mehr oder weniger bedeutungslos sein können, und daß Entscheidungen über den Einsatz von chemischen Kampfstoffen in der Hauptsache wahrscheinlich davon abhängen, ob diese Waffen zur Verfügung stehen oder nicht. Es ist bereits zu spät, um zu verhindern, daß die Kenntnisse über die Herstellung von chemischen Waffen in die Hände von Terroristen und unberechenbaren Regierungen geraten. Für die Weltmächte wird es nun höchste Zeit, zu einer Verständigung zu gelangen. Schaffen sie es nicht, so können das gegenseitige Mißtrauen und die zu beobachtenden Neurosen das ideale Klima für das Heranwachsen einer neuen Waffengeneration bilden.

Epilog

Die geheimgehaltene Geschichte der chemischen und biologischen Kriegführung zeigt sehr deutlich, auf welche Weise Entdekkungen, die zum Wohle der Menschheit gemacht worden sind, benutzt werden können, um immer raffiniertere Werkzeuge des Todes zu ersinnen. Entdeckungen in der Tierheilkunde werden für die Entwicklung neuer biologischer Waffen verwendet. Ein potentielles Schädlingsbekämpfungsmittel wird in einen Nervenkampfstoff verwandelt. Doch die gegenwärtige Waffengeneration stützt sich auf wissenschaftliche Entdeckungen, die bis zu 50 Jahre zurückliegen: bis zum Ende der siebziger Jahre versuchten die britischen und die amerikanischen Chemiker noch immer, ein Mittel gegen den Kampfstoff Soman herzustellen, der in den Laboratorien der Nazis entwickelt worden war. So schreckenerregend die Wirkungen der heutigen Waffen sind, sie können immer noch weiter verfeinert werden. Die vorhandenen Arsenale sind riesig: Der »ungenügende« Vorrat an Nervengas in den USA reicht aus, um die gesamte Weltbevölkerung über viertausendmal zu töten.

Der Grund, weshalb diese scheinbar enormen Mengen als ungenügend betrachtet werden, besteht darin, daß die vorhandenen chemischen Waffen äußerst unwirksam sind. Sie töten nicht »effektiv« genug: Das Vergiften eines einzigen Quadratkilometers mit den verfügbaren Granaten und Bomben würde soviel Nervenkampfstoff erfordern, wie nötig wäre, um die gesamte Bevölkerung Chinas zu töten.[1] So setzt man die Forschung nach wirksameren Gaswaffen fort. Die sowjetischen Wissenschaftler entwickeln angeblich die Raketen und Bomben weiter, die für die Verbreitung von Nervenkampfstoffen bestimmt sind. In den USA hat man Experimente durchgeführt, um noch zuverlässigere Methoden zur Durchdringung der Haut durch flüssiges Nervengas zu entdecken.

Doch diese Forschungsbereiche sind unbedeutend, wenn sie mit den Waffen verglichen werden, die im Falle eines neuen chemischen und biologischen Wettrüstens möglich werden *könnten.* Der Mißbrauch der modernen Medizin würde den *Krieg ohne Tote*, den Traum der fünfziger Jahre, wieder zu einer machbaren Möglichkeit werden lassen. Medikamente, die für die Entlastung eines zu hohen Blutdrucks vorgesehen sind, könnten eingesetzt werden, um einen extrem niedrigen Blutdruck zu erzeugen, der schließlich den Zusammenbruch des Opfers herbeiführt. Andere Medikamente, die die Körpertemperatur erhöhen, könnten dazu benutzt werden, sogar an einem frostigen Tag einen Hitzschlag zu verursachen. Die Entwicklung der binären Waffen eröffnet die Möglichkeit, chemische Substanzen einzusetzen, die man für die Verwendung in der Waffentechnik bisher als zu gefährlich angesehen hat: Das Gift wird erst erzeugt, wenn die Granate auf die feindlichen Soldaten zufliegt.

Der zunehmende Einblick des Menschen in die empfindlichen Mechanismen, die das Leben ermöglichen, kann auch das Problem lösen, wie man eine Waffe konstruieren muß, die einen Feind tötet, während die eigenen Soldaten nicht in Mitleidenschaft gezogen werden. Das Interesse der Militärwissenschaftler an »ethnischen Waffen«, die nur bestimmten rassischen Gruppierungen schaden, könnte wieder entfacht werden. 1975 erwähnte man diese Möglichkeit in einem amerikanischen Militärhandbuch: *». . . theoretisch ist es möglich, sogenannte ›ethnische chemische Waffen‹ zu entwickeln, die so angelegt sein würden, daß sie natürlich auftretende Verschiedenheiten der Empfindsamkeit bei bestimmten Bevölkerungsgruppen ausnutzen. Eine derartige Waffe wäre somit in der Lage, eine ausgesuchte feindliche Bevölkerung in einem weit größeren Ausmaß als die eigenen Verbände kampfunfähig zu machen oder zu töten.«*[2]

Viele dieser »natürlich auftretenden Verschiedenheiten« sind wohlbekannt: beispielsweise das Unvermögen des Verdauungssystems bestimmter ethnischer Gruppen, mit der Kost anderer

Gruppen fertig zu werden. Doch die Verschiedenheiten gehen noch weiter. In den USA, wo ein Großteil der Forschung durchgeführt worden ist, hat man festgestellt, daß von der amerikanischen indianischen Bevölkerung 95 Prozent der Cherokees die Blutgruppe 0 haben, 85 Prozent der Schwarzfußindianer dagegen die Blutgruppe A. Man kann annehmen, daß es in kulturell und ethnisch anderen Gesellschaften ähnliche Verschiedenheiten gibt. Während des Vietnamkrieges war die sogenannte *Advanced Projects Research Agency*, eine Elitegruppe von Wissenschaftlern, die für das Pentagon arbeitete, damit beauftragt, bei ausgewählten Gruppen von Asiaten Blutuntersuchungen vorzunehmen, um »eine Karte herzustellen, die die geographische Verteilung menschlicher Blutgruppen und anderer ererbter Bluteigenschaften aufzeigte«.[3] Das Pentagon behauptete, das Projekt wurde lediglich durchgeführt, um die Ernährungsbedürfnisse der amerikanischen und der alliierten Soldaten festzustellen!

Die schreckenerregendsten Möglichkeiten bieten sich im Bereich der biologischen Kriegführung an. Nun ist es bereits 30 Jahre her, daß Crick und Watson ihre folgenschwere Entdeckung der Doppelhelix-Struktur der DNS, des Moleküls, das für die Vererbung verantwortlich ist, gemacht haben. Diese Entdeckung hat man, soweit es bekannt ist, *bisher nicht* für das Geschäft des Krieges ausgenutzt. Doch in den zivilen Laboratorien Europas und Nordamerikas sind Biologen ständig dabei, sich durch Aufspaltung und neue Verkettung der DNS in den Ursprung des Lebens einzumischen. *Man hat sie die schrecklichste Entdeckung seit der Atomspaltung durch den Menschen genannt.* Sollte dieser Durchbruch wie die Atomphysik bei der Kriegführung benutzt werden, so sind die Folgen kaum abzusehen. Schon 1962 waren 40 Wissenschaftler in den biologischen Kriegführungslabors der US-Armee ständig mit der Genforschung beschäftigt. »Viele andere«, wurde erklärt, »beziehen die Möglichkeiten der Genetik in ihre eigene Arbeit ein.«[4]

Die Möglichkeiten wurden sieben Jahre später näher bestimmt, als ein Sprecher des Verteidigungsministeriums behauptete, daß die Gentechnik einen der größten Nachteile der biologischen Kriegführung lösen konnte, nämlich daß sie sich auf Krankheiten beschränken mußte, die irgendwo in der Welt natürlich auftraten. *»In den nächsten fünf bis zehn Jahren wird es wahrscheinlich möglich sein, einen neuen ansteckenden Mikroorganismus herzustellen, der* *sich in bestimmten, wichtigen Eigenschaften von jedem bekannten krankheitserzeugenden Organismus unterscheiden könnte. Am bedeutendsten wäre dabei, daß er gegen immunisierende und therapeutische Verfahren, von denen unsere verhältnismäßige Sicherheit vor Infektionskrankheiten abhängt, unempfindlich sein könnte.«*[5]

Die Möglichkeit, daß man in den Jahren nach dieser Einschätzung irgendwo in einem Labor eine derartige *»Superbakterie«* erzeugt hat, sollte nicht ohne weiteres verworfen werden ...[6]

Heutzutage nimmt man Genmanipulationen vor, um neue Medikamente zur Behandlung von Krankheiten wie Krebs zu entwickeln. In Forschungslaboratorien stellt man durch Aufspaltung der Gene Interferon her, eine Substanz, die auf natürlichem Wege im Körper gebildet wird und gegen Viruskrankheiten schützt. Auf eine Geisteshaltung, durch die in der Vergangenheit Fortschritte im Gesundheitswesen zur Entwicklung neuer Waffen benutzt worden sind, müssen derartige Entdeckungen sehr einladend wirken. In der Tat, die *Möglichkeit eines direkten Eingriffs in die menschlichen Gene durch den Einsatz von synthetischen Viren* schafft nicht nur die Voraussetzung für die Entwicklung ethnischer Waffen, sondern auch für Kriege, deren Ausgang nicht auf dem Schlachtfeld entschieden wird, sondern mit der Geburt einer *mutierten nächsten Generation.*

Wenn diese Möglichkeiten noch Utopie zu sein scheinen, so sollten wir uns doch daran erinnern, daß, wenn man im Bereich der chemischen und biologischen Kriegführung etwas als möglich erachtet hat, es meistens auch verwirklichte. Giftgas hat man ebenso für eine unvorstellbare Waffe gehalten, bis ein deutscher Professor das entwickelte, was er »eine höhere Form« des Tötens nannte ...

Danksagung

Dieses Buch entstand aus einem Film, den wir für die BBC-Fernsehsendung »Panorama« drehten, und wir danken *Roger Bolton*, dem Redakteur dieser Sendung, für die Unterstützung und Beratung während dieser Zeit und für das Verständnis, das er und andere Mitarbeiter der BBC seitdem gezeigt haben.

Bei den Nachforschungen zu diesem Thema haben uns so viele Leute geholfen, daß wir sie hier nicht alle nennen können. Viele sprachen auch nur unter der Zusicherung, daß sie ungenannt bleiben würden.

Unter denjenigen, die erwähnt werden können, danken wir besonders den Angestellten der staatlichen und privaten Archive, Museen und sonstigen Institutionen, die uns bei unserer Arbeit unterstützt haben *(Public Record Office; Imperial War Museum; Churchill College, Cambridge; US Army Public Affairs Department; Edgewood Arsenal)*. Auch die *»Church of Scientology«* stellte uns Dokumente zur Verfügung, die sie während ihrer Kampagne gegen den Giftgaskrieg ausfindig gemacht hatte. Unter den Personen, die uns mit ihren Informationen weiterhalfen, sind *General Allen Younger, Professor John Erickson, General T. H. Foulkes, David Irving, Lord Stamp, Sir Christopher Hartley, Professor Henry Barcroft* und *Paul Harris* zu nennen.

Nicholas Sims, Dozent für internationale Beziehungen an der Londoner School of Economics, und *Adam Roberts,* Lehrer der gleichen Fachwissenschaft an der Oxforder Universität, fanden sich beide bereit, Teile des Manuskriptes zu begutachten. Weiterführende Nachforschungen in Washington wurden von *Scott Malone* ausgeführt.

Obwohl es Neid erregen könnte, jemand unter den vielen Personen, die uns behilflich waren, herauszustellen, verdienen zwei von ihnen unsere ausdrückliche Anerkennung. Der erste ist *Dr. Rex Watson,* Direktor von Porton Down, der uns, innerhalb der gesetzlichen Geheimhaltungsbestimmungen und ohne Rücksicht auf eine schlechte Presse für sein Institut, seine unschätzbare Unterstützung gewährte.

Unsere zweite besondere Danksagung gilt dem Politologen *Julian Perry Robinson,* der an der Sussex-Universität lehrt. Mit großem Zeitaufwand half er uns großzügig und las das Buch in den frühen Stadien, wobei er zahlreiche wertvolle Anregungen gab. Alle an diesem Forschungsbereich Interessierten schulden ihm Dank für seine Arbeit an den ersten beiden Bänden der vom internationalen Friedensforschungsinstitut in Stockholm herausgegebenen sechsteiligen Studie über biologische und chemische Waffen.

Falls uns, trotz der größten Bemühungen aller eben Genannten, sachliche oder Beurteilungsfehler unterlaufen sein sollten, liegt die Verantwortung allein bei den Autoren.

Am Anfang unserer Nachforschungen legten wir dem britischen Verteidigungsministerium eine Liste von Akten aus der Kriegszeit vor, die wir zur Veröffentlichung freigegeben haben wollten. Mehr als ein Jahr später wurde unser Gesuch abgelehnt: nach 40 Jahren wird das Material scheinbar noch immer als »zu brisant« betrachtet, um veröffentlicht zu werden. Wir haben versucht, die Mauer der Geheimhaltung zu durchbrechen, indem wir uns vormals geheime Informationen beschafften und mit vielen Leuten sprachen, die ihr Leben lang in einem Bereich gearbeitet haben, den man wohl mit Recht als einen der unbekanntesten der westlichen Kriegsplanung bezeichnen kann. So versucht dieses Buch zu erklären, warum eine am Anfang dieses Jahrhunderts entwickelte Waffe die Soldaten der achtziger Jahre immer noch mit Schrecken erfüllt.

Robert Harris schrieb die ersten fünf Kapitel dieses Buches, Jeremy Paxman die Kapitel sechs bis zehn.

Besonderer Dank gebührt Prof. *Adolf-Henning Frucht,* der mit wesentlichen Anregungen zum Gelingen der deutschen Ausgabe beitrug.

Bildnachweis

Abb. 2: Ullstein
Abb. 7: Süddeutscher Verlag
Abb. 23: Associated Press
Abb. 29: Directorate for Defense Information,
Audiovisual Division, Washington, D. C.

Alle anderen Bildvorlagen wurden uns freundlicherweise vom englischen Originalverlag Chatto and Windus, London, zur Verfügung gestellt.

Anmerkungen

Vorwort

1 Siehe dazu Alfred Mechtersheimer, Rüstung und Frieden. Der Widersinn der Sicherheitspolitik, München 1982, S. 31 ff.

2 Antrag der Fraktion der CDU/CSU im Februar 1981 im Deutschen Bundestag, Drucksache 9/200

3 Hans Günter Brauch, Der chemische Alptraum, Berlin/Bonn 1982, S. 135

4 Fragestunde des Deutschen Bundestages am 30. April 1982

5 Vgl. Der Spiegel Nr. 43/1982, S. 275

6 Siehe zu den Umrissen einer neuen Sicherheitspolitik auf der Grundlage einer strikten Defensivrüstung A. Mechtersheimer, a.a.O., S. 209 ff.

Erstes Kapitel: Das Grauen begann bei Ypern

1 Aufzeichnungen Generalmajors C. H. Foulkes; aus einem »streng geheimen« Bericht über Giftgasopfer von Sanitätsoberstleutnant Douglas

2 PRO = Public Record Office, London (Staatsarchiv in London), Archiv-Nr. WO 32/5183; »Ein Bericht über deutsche Gasangriffe auf die britische Front in Frankreich«

3 PRO, WO 142/99; Autopsiebericht von Sanitätsleutnant McNee

4 PRO, WO 32/5183; »Ein Bericht über deutsche Gasangriffe auf die britische Front in Frankreich«

5 Aufzeichnungen Joseph Barcrofts; Briefe an seine Frau vom 8. und 12. Mai 1915

6 »Kölnische Zeitung«, 26. Juni 1915

7 A.a.O., S. 232

8 PRO, WO 32/5183; »Chronologie der Entwicklung des britischen Atemschutzgerätes«

9 PRO, WO 32/5183; »Ein Bericht über deutsche Gasangriffe auf die britische Front in Frankreich«

[10] C. H. Foulkes: »Gas! The Story of the Special Brigade«, London 1936, S. 17
[11] Joseph Borkin: »The Crime and Punishment of I. G. Farben«, London 1979, S. 5
[12] Victor Lefebure: »The Riddle of the Rhine«, London 1921, S. 31
[13] Borkin, a.a.O., S. 18
[14] PRO, WO 142/195; »Frühe Gasangriffe gegen die Russen«. Nach dem britischen Botschafter in Petrograd, W. L. Wicks, wurden nach einem Angriff im Mai, der nur 20 Minuten dauerte, 7800 gasvergiftete Soldaten abtransportiert; 1100 Tote blieben auf dem Schlachtfeld zurück.
[15] Robert Graves: »Goodbye To All That«, London 1929, 15. Kapitel, dt. 1930
[16] Foulkes, a.a.O., S. 80
[17] A.a.O., S. 72
[18] A.a.O., S. 81
[19] A.a.O., S. 76
[20] Denis Winter: »Death's Men«, London 1978, S. 125
[21] Foulkes' Aufzeichnungen; aus einem 1919 geschriebenen geheimen Bericht über britische Gasopfer von Sanitätsoberstleutnant Douglas
[22] H. Allen: »Toward the Flame«; zitiert in Winter, a.a.O., S. 121.
[23] PRO, WO 142/99; ein Bericht über den ersten deutschen Phosgenangriff
[24] A.a.O.
[25] PRO, WO 142/101. Nach dem Vergiften durch Chlorgas oder Phosgen kann es sein, daß die Opfer »viele Monate später mitten in der Nacht mit einer unsäglichen Atemnot erwachen«.
[26] Foulkes, a.a.O., S. 113
[27] A.a.O., S. 109
[28] A.a.O., S. 127
[29] A.a.O., S. 135
[30] Gas! Gas! Quick, boys! – An ecstasy of fumbling,
Fitting the clumsy helmets just in time;
But someone still was yelling out and stumbling,
And flound'ring like a man in fire or lime . . .
Dim, through the misty panes and thick green light,
As under a green sea, I saw him drowning.
In all my dreams, before my helpless sight,
He plunges at me, guttering, choking, drowning.
If in some smothering dreams you too could pace
Behind the wagon that we flung him in,
And watch the white eyes writhing in his face,
His hanging face, like a devil's sick of sin;
If you could hear, at every jolt, the blood
Come gargling from the froth-corrupted lungs,
Obscene as cancer, bitter as the cud
Of vile incurable sores on innocent tongues, –
My friend, you would not tell with such high zest
To children ardent for some desperate glory,
The old Lie: Dulce et decorum est
Pro patria mori.

Wilfred Owen: »Dulce et Decorum Est«, aus »The Collected Poems of Wilfred Owen«
[31] Julian Perry Robinson: »Die Aufrüstung von B- und C-Waffen«, aus »The Problems of Chemical and Biological Warfare«, Stockholm 1971, Bd. I, S. 34; herausgegeben vom Internationalen Friedensforschungsinstitut in Stockholm (Stockholm International Peace Research Institute = SIPRI)
[32] Foulkes, a.a.O., S. 212
[33] A.a.O., S. 200
[34] PRO, WO 32/5176; »Der Gasgranatenbeschuß von Ypern am 12.–13. Juli 1917«
[35] A.a.O.
[36] PRO, WO 142/99; aus einem Bericht, datiert vom 22. Juli 1917
[37] PRO, WO 32/5176; Bericht des Sanitätshauptmanns Douglas, physiologischer Berater der Gastruppen, vom 17. Juli 1917
[38] PRO, WO 142/99; Bericht über eine Leichenöffnung, am 22. Juli 1917 durchgeführt von Sanitätsleutnant Templeton im Feldlazarett Nr. 47
[39] PRO, WO 142/99
[40] Foulkes' Aufzeichnungen; Bericht über britische Gasopfer, 1919
[41] A.a.O.
[42] General Fries, geschrieben im »Journal of Industrial and Engineering Chemistry«, 1920; zitiert in Lefebure, a.a.O., S. 176
[43] Lord Moran: »Anatomy of Courage«, London 1966, zitiert von Winter, a.a.O., S. 126
[44] PRO, WO 142/225; »HS-Herstellung in Avonmouth«, Bericht von Hauptmann H. M. Roberts, Sanitätsoffizier der Fabrik
[45] Foulkes, a.a.O., S. 296
[46] »Das Kriegstagebuch des Brigadekommandeurs Adrian Eliot Hodgkin«, ein unveröffentlichtes, handgeschriebenes Tagebuch, Imperial War Museum, London
[47] Foulkes' Aufzeichnungen; Bericht über britische Gasopfer, 1919
[48] Beschrieben in: »Mein Kampf«
[49] »New York Times«, Leitartikel vom 27. Januar 1920, zitiert von Borkin, a.a.O., S. 34. Habers Auszeichnung half ihm nichts, als Hitler an die Macht kam. Trotz der Tatsache, daß er den christlichen Glauben angenommen hatte, führte seine jüdische Herkunft dazu, daß er seine akademischen Posten in Deutschland abgeben mußte, als die Nazis die Macht ergriffen. Er starb – »als gebrochener Mann« laut Borkin – in der Schweiz im Januar 1934. »Deutsche waren bei den Trauerfeierlichkeiten nicht zugelassen.« (Borkin, a.a.O., S. 57)
[50] A. M. Prentiss: »Chemicals in War«, New York 1937, zitiert in SIPRI, a.a.O., Bd. I, S. 128 f.
[51] SIPRI, a.a.O., Bd. I, S. 50
[52] J. B. S. Haldane: »Callinicus: A Defence of Chemical Warfare«, London 1925,S. 10
[53] Lefebure, a.a.O., S. 172
[54] A.a.O., S. 174
[55] Foulkes' Aufzeichnungen; Konzeptbericht des Holland-Komitees über chemische Kriegführungsorganisation
[56] Haldane, a.a.O., S. 32

[57] PRO, WO 188/265; »Nachwirkungen von Gasvergiftungen«

[58] A.a.O., »Invalidität, verursacht durch Gasvergiftungen«, ein Bericht von A. Fairley, amtierender Leiter der physiologischen Abteilung von Porton, datiert vom 16. Juni 1927

[59] A.a.O.

[60] Interview für die BBC-Serie »Panorama« am 2. Juni 1980. Cayley starb im Juli 1981 an chronischer Bronchitis. Aufgrund einer Untersuchung wurde er als »von den Feinden des Königs getötet« registriert. »Dies soll eine Warnung für alle diejenigen sein«, fügte der amtliche Leichenbeschauer hinzu, »die planen, chemische oder bakteriologische Waffen zu verwenden. Dieser Mann litt infolge der Gasvergiftung im Ersten Weltkrieg über sechzig Jahre lang.«

[61] »Health Aspects of Chemical and Biological Weapons: Report of a World Health Organisation Group of Consultants«, Genf 1970, S. 33f.

[62] A.a.O., S. 34.

[63] PRO, WO 188/265

Zweites Kapitel: Globale Verurteilung – lokaler Einsatz

[1] Die »Barcroft-Flasche«, in einigen Ausgaben der »Vierteljahresberichte« erwähnt, die vom Kommandeur Portons dem Kriegsministerium vorgelegt wurden – z. B. Juli–September 1928 (PRO, WO 188/373)

[2] Zitiert in Haldane, a.a.O., S. 75

[3] Barcrofts Aufzeichnungen; Brief von Lloyd George, 10. Juli 1919

[4] Barcrofts Aufzeichnungen; aus einem Brief an seine Frau, in dem er König Georgs V. Besuch in Porton schildert, 3. Juni 1918

[5] Foulkes, a.a.O., S. 272f.

[6] »A Brief History of the Chemical Defence Experimental Establishment Porton«, S. 8 (Es handelt sich um eine »eingeschränkte« Publikation, geschrieben im März 1961, freigegeben 1981.)

[7] Die Versuchsberichte, die den Historikern 1981 zur Verfügung standen, gehen bis in das Jahr 1929. Allein im Public Record Office gibt es 9000 einzelne Berichte, die sich auf den Ersten Weltkrieg beziehen.

[8] Haldane, a.a.O., S. 74

[9] Sir Austin Anderson: »Einige Erinnerungen an Porton im 1. Weltkrieg«, »Journal of the Royal Army Medical Corps«, 116 (3), S. 173–177

[10] »A Brief History of Porton«, S. 7

[11] Foulkes, a.a.O., S. 274

[12] PRO, WO 188/50; ». . . es handelte sich um Soldaten, die infolge einer Verseuchung durch teilweise verflüssigten HS nach 15 bis 24 Tagen gestorben waren; einige mit ernsten Vergiftungserscheinungen, andere mit Entzündungen der Lunge in verschiedenen Stadien.«

[13] Sir Austin Anderson, a.a.O., S. 173–177

[14] Foulkes' Aufzeichnungen; Konzeptbericht des Holland-Komitees über chemische Kriegführungsorganisation, 1919

[15] PRO, WO 188/50; »Symptomatologie bei Einwirkung von DA in schwachen Konzentrationen auf den Menschen«

[16] PRO, WO 188/374

[17] Foulkes' Aufzeichnungen; Brief an das Kriegsministerium vom 12. August 1919. »In diesem Land«, so wird der Brief fortgesetzt, »begünstigt die Sonnenhitze eindeutig seine Anwendung, da die vom Boden ausgehende Verdampfung viel schneller vor sich geht und giftigere Konzentrationen entstehen würden. Somit würden die Entzündungen gefährlicher sein und früher auftreten; die vermehrte Schweißabsonderung würde die Blasenbildung fördern, und Hautschädigungen hätten die Tendenz, Komplikationen zu verursachen.«

[18] Foulkes' Aufzeichnungen; Brief an das Kriegsministerium vom 5. November 1919. »Bei der Betrachtung der gesamten Umstände gibt es nur wenig oder gar keine Berechtigung, die Anwendung von Gas aus emotionellen Gründen abzulehnen: Es gibt nur wenig Mitgefühl im Krieg, und unsere Soldaten haben vorrangig Anspruch darauf.«

[19] PRO, WO 188/58; Brief von Salt an Major Wingate in London, vom 25. Februar 1920

[20] Ein genauer Bericht über die Annahme und die Unterzeichnung des Genfer Protokolls ist zu finden in: SIPRI, a.a.O., Bd. IV, »CB Disarmament Negotiations 1920–1970«.

[21] Julian Perry Robinson – SIPRI, a.a.O., Bd. I, S. 247

[22] SIPRI, a.a.O., Bd. I, S. 283

[23] Berichte des British Intelligence Objectives Sub-Committee (BIOS; ein Unterausschuß des britischen Geheimdienstes) über japanische chemische Kriegführung, Bd. II und Bd. V, Teil A

[24] Zitiert in SIPRI, a.a.O., Bd. I, S. 147

[25] Zitiert in SIPRI, a.a.O., Bd. I, S. 144

[26] Aus einer Zusammenfassung des Geheimdienstes; »Aufzeichnungen über die chemische Kriegführungsbereitschaft feindlicher und möglicher feindlicher Staaten« (20/32), enthalten in den Aufzeichnungen von Lord Weir, Generaldirektor für Munition (DGX) im Versorgungsministerium, 1939–1941. Die Aufzeichnungen befinden sich im Churchill College, Cambridge.

[27] SIPRI, a.a.O., Bd. IV, S. 180f.

[28] A.a.O., S. 182

[29] »The Times«, 20. April 1936; zitiert in SIPRI, a.a.O., Bd. I, S. 259

[30] PRO, WO 32/3665

[31] Weirs Aufzeichnungen, 20/32; »Technischer Bericht über die Besichtigung von französischen Spreng- und chemischen Kampfstoffabriken«, September 1939

[32] Weirs Aufzeichnungen, 20/32; »Aufzeichnungen über die chemische Kriegführungsbereitschaft feindlicher und möglicher feindlicher Staaten«

[33] PRO, WO 193/740; »Englisch-französische Gespräche über chemische Kriegführung«

[34] A.a.O.

[35] A.a.O.

[36] Weirs Aufzeichnungen, 20/32; »Aufzeichnungen über die chemische Kriegführungsbereitschaft feindlicher und möglicher feindlicher Staaten«

Drittes Kapitel: Hitlers Geheimwaffe

[1] BIOS-Bericht Nr. 714; »Die Entwicklung von neuen Insektiziden und chemischen Kampfstoffen«, S. 24

[2] A.a.O., S. 28

[3] Bericht Nr. 30 des Combined Intelligence Objectives Sub-Committee (CIOS; ein Unterausschuß des britischen Geheimdienstes); »Chemische Kriegführung – I. G. Farbenindustrie A. G., Frankfurt/Main«

[4] A.a.O., Zeugenaussage von Dr. Wilhelm Kleinhans

[5] BIOS-Bericht Nr. 41; »Verhör des deutschen chemischen Kriegführungspersonals in Heidelberg und Frankfurt«

[6] CIOS-Bericht Nr. 30

[7] CIOS-Bericht Nr. 31; »Chemische Kampfstoffanlagen im Munsterlager Gebiet«

[8] A.a.O.

[9] A.a.O.

[10] A.a.O.

[11] A.a.O.

[12] BIOS-Bericht Nr. 9; »Verhör des deutschen technischen Luftwaffenpersonals in der Nähe von Kiel«

[13] A.a.O.

[14] Zitiert in: »Hitlers tödliche Geheimnisse«, »Sunday Times«, 22. Februar 1981

[15] CIOS-Bericht Nr. 31

[16] A.a.O.

[17] A.a.O.

[18] A.a.O.

[19] A.a.O.

[20] Amerikanische Beweismittel, die bei den Nürnberger Prozessen vorgelegt wurden; Dokument L-103

[21] BIOS-Bericht Nr. 782; »Verhör des Professors Ferdinand Flury und des Dr. Wolfgang Wirth über die Toxikologie von chemischen Kampfstoffen«

[22] Anhörungen vor einem Unterausschuß des US-Senats, 1945; zitiert in Borkin, a.a.O., S. 132 (Anmerkung)

[23] BIOS-Bericht Nr. 138; »Verhör des deutschen Sanitätspersonals, das im Bereich der chemischen Kriegführung tätig war«

[24] BIOS-Bericht Nr. 9

[25] David Irving: »Hitler's War«, London 1977, S. 633

[26] Siehe: Albert Speer: »Erinnerungen« 7. Berlin 1969. Während seines Prozesses in Nürnberg behauptete Speer auch, daß er überlegte, Hitler 1945 durch Einleiten von Nervengas in das Lüftungssystem des Führerbunkers zu töten.

[27] BIOS-Bericht Nr. 542; »Verhör bestimmter deutscher Personen, die an der chemischen Kriegführung beteiligt waren«, S. 25

[28] Laut einem Memorandum von Winston Churchill an die Generalstabschefs, datiert vom 21. Mai 1944 (PRO, CAB 122/1323). Churchill schlug vor, daß er und Präsident Roosevelt eine Warnung herausgeben sollten, daß, wenn die Deutschen Gas anwendeten, »wir umgehend die gesamte Einsatzkraft unserer

Luftwaffe benutzen werden, um jeden Ort, in dem sich Rüstungsanlagen befinden, zu durchtränken«. Die Generalstabschefs sprachen sich gegen diese Idee aus, weil die Warnung dazu hätte beitragen können, den Zeitpunkt der Landung in der Normandie zu verraten.

29 Omar Bradley: »A Soldier's Story«, New York 1970, zitiert in SIPRI, a.a.O., Bd. I, S. 297

30 Borkin, a.a.O., S. 131 f.

31 CIOS-Bericht Nr. 30

32 PRO, AVIA 24/18; »Chemische Kriegführung – Allgemeines«

33 PRO, WO 193/723; »Informationen über chemische Kriegführung, 30. Sept. 1939 – 30. Juni 1944«

34 »A Brief History of Porton«, S. 29

Viertes Kapitel: Der Schwarze Tod vom Fließband

1 Interview in der Sendung »Newsnight« der BBC, 1. Mai 1981

2 Zitiert in »The Gathering Storm«, London 1948, S. 34

3 Interview des Autors mit Dr. Rex Watson, Direktor von Porton Down, 21. Juli 1981

4 Interview des Autors, März 1981

5 »Sunday Times«, 15. Februar 1981

6 Interview des Autors, März 1981

7 Interview in der Sendung »Newsnight« der BBC, 1. Mai 1981

8 Interview des Autors mit Dr. Rex Watson, 21. Juli 1981

9 Streng geheimer Bericht, von Oberst William M. Creasy dem speziellen CEBAR-Komitee des Verteidigungsministeriums unterbreitet, 24. Februar 1950, S. 1

10 BIOS-Bericht über die Forschung in Japan, Bd. V: Biologische Kriegführung, September und Oktober 1945

11 A.a.O.

12 A.a.O.

13 A.a.O.

14 A.a.O.

15 A.a.O.

16 Aus: »Zusammenfassender Bericht über biologische Kriegführungsforschung«, der am 12. Dezember 1947 dem Kommandeur des US-Gaskorps in Washington vorgelegt wurde. Aufgrund des »Freedom of Information Act« 1981 veröffentlicht.

17 PRO, PREM 3/65; »Japanische bakteriologische Kampfstoffanschläge in China«; eine von mehreren Darstellungen, die vom chinesischen Botschafter »auf Anweisung des Generalissimus Tschiang Kai-Schek« an Winston Churchill weitergeleitet wurde, Juli 1942

18 A.a.O.

19 A.a.O.

20 PRO, CAB 53/4; Protokoll des Generalstabsausschusses

21 Erinnerungen von Laurence Burgis, der viele Jahre lang Hankeys Privatsekretär

war; zitiert in: Stephen Roskill, »Hankey: Man of Secrets«, London 1974, Bd. III, S. 22

22 Burgis, a.a.O.

23 Roskill, a.a.O., S. 93

24 PRO, CAB 4/26; Konferenz des Verteidigungsausschusses, 17. März 1937

25 PRO, CAB 120/782

26 PRO, CAB 79/1

27 PRO, CAB 120/782; Notiz von Lord Hankey an Winston Churchill, 6. Dezember 1941

28 Nachruf für Sir Paul Fildes in: »The Times«, 12. Oktober 1971

29 A.a.O.

30 Interview des Autors, 13. März 1981

31 R. V. Jones: »Most Secret War«, London 1978, S. 102f.

32 Weirs Aufzeichnungen, 20/32; »Aufzeichnungen über die chemische Kriegführungsbereitschaft feindlicher und möglicher feindlicher Staaten«

33 Roskill, a.a.O., S. 471

34 Seymour Hersh: »Chemical and Biological Warfare: America's Secret Arsenal«, London 1968, S. 12

35 A.a.O.

36 Niederschrift der Nürnberger Prozesse; Bd. XXI, S. 550

37 Die Niederschriften, die im Hauptregister des Public Record Office in London verzeichnet sind, sich auf die chemische und biologische Kriegführung beziehen und der Öffentlichkeit nicht zugänglich sind: die Protokolle des Inter-Service-Komitees über chemische Kriegführung (CAB 81/15, 16, 17 und 18); ein Dokument mit dem Titel »Die Verwendung chemischer Kampfstoffe im Krieg gegen Japan« (CAB 81/19); die Protokolle des bakteriologischen Kriegführungsausschusses (CAB 81/53); ein Dokument mit dem Titel »Versuche in Porton« (CAB 81/54) und die Protokolle des Inter-Service Unterausschusses über chemische Kriegführung (CAB 81/58)

38 »Einhaltung der Verpflichtungen in bezug auf das Verbot von bakteriologischen (biologischen) Waffen«, BWC/CONF. 1/4, Kap. 2

39 PRO, CAB 120/782

40 A.a.O.

41 Interview des Autors mit Dr. Rex Watson, 21. Juli 1981

42 »Health Aspects of Chemical and Biological Weapons: Report of a World Health Organisation Group of Consultants«, Genf 1970, S. 41

43 Creasys Bericht, S. 1

44 Irving: »Hitler's War«, a.a.O., S. 463

45 A.a.O.

46 US-Nationalarchive, CCS. 381, Polen (6630–43) Abschn. 1; Bericht über die Geheime Polnische Armee für die Zeit von 1942 bis April 1943, dem Gemeinsamen Generalstab (CCS) am 7. September 1943 vorgelegt

47 František Moravec: »Master of Spies«, London 1981, S. 192

48 Jan Wiener: »The Assassination of Heydrich«, New York 1969, S. 82–90

49 Zitiert in Miroslav Ivanov: »The Assassination of Heydrich«, London 1973, S. 175–178

[50] Bericht der Weltgesundheitsorganisation, a.a.O., S. 42f.
[51] Ivanov, a.a.O.
[52] Moravec, a.a.O., S. 205
[53] Interview des Autors mit Dr. Rex Watson, 21. Juli 1981
[54] Gespräch des Autors mit Dr. Alvin Pappenheimer, März 1981
[55] Zitiert nach der Urteilsbegründung des Falls »Mabel Nevin u. a. gegen die Vereinigten Staaten von Amerika«, 20. Mai 1981
[56] Julian Perry Robinson, SIPRI, a.a.O., Bd. I, S. 121
[57] A.a.O.
[58] PRO, DEFE 2/1252; Bericht an die Generalstabschefs des Gemeinsamen Technischen Kriegführungsausschusses, November 1945
[59] A.a.O.
[60] PRO, PREM 3/89; »Erntevernichtung«: eine Notiz von Sir John Anderson an Winston Churchill, 9. März 1944
[61] A.a.O.
[62] PRO, DEFE 2/1252; Bericht an den Technischen Kriegführungsausschuß für Erntevernichtung
[63] A.a.O.
[64] A.a.O.
[65] PRO, PREM 3/65
[66] A.a.O.
[67] PRO, PREM 3/65; »streng geheime« Notiz, 8. März 1944
[68] PRO, PREM 3/65; Notiz von Brown an Churchill, 9. Mai 1944
[69] A.a.O.
[70] A.a.O.
[71] Creasy zufolge konnte man in Vigo monatlich 500 000 1,8-Kilogramm-Milzbrandbomben produzieren; nach Browns Aufzeichnungen vom 9. Mai lag die Kapazität bei 625 000 Bomben pro Monat.
[72] PRO, DEFE 2/1252; Bericht an den Gemeinsamen Technischen Kriegführungsausschuß über »Entwicklungsmöglichkeiten der biologischen Waffen während der nächsten zehn Jahre«, November 1945
[73] A.a.O.
[74] PRO, DEFE 2/1252; Paul Fildes im Gespräch mit den Mitgliedern des Gemeinsamen Technischen Kriegführungsausschusses
[75] Interview in der Fernsehsendung »Newsnight« der BBC, 1. Mai 1981
[76] PRO, DEFE 2/1252
[77] F. J. Brown: »Chemical Warfare: a study in restraints«, Princeton 1968

Fünftes Kapitel: Der Krieg, den es nie gab

[1] PRO, PREM 3/89
[2] Weirs Aufzeichnungen, 20/16; »Anmerkungen zur Situation im Falle eines frühen Gasgroßangriffs« (10. Februar 1941) und Auszug aus dem Protokoll der Chemischen Kriegführungskommission (28. Januar 1941)
[3] PRO, CAB 79/7; Protokoll der Generalstabssitzung, 7. Oktober 1941
[4] PRO, WO 193/740; »Umfang der Gasangriffe, denen die Feldstreitkräfte in Frankreich ausgesetzt sein können«

[5] Enthalten im Kriegsministeriums-Ordner WO 193/732 im Public Record Office, London
[6] A.a.O.
[7] A.a.O.
[8] Zitiert in Peter Fleming: »Operation Sea Lion«, London 1975, S. 293
[9] PRO, WO 193/732; Notiz vom 30. Juni 1940
[10] PRO, WO 193/732. Die mit chemischen Waffen ausgerüsteten Geschwader der britischen Luftwaffe waren stationiert in Grangemouth, Linton (Yorks), Hatfield, West Malling, Old Sarum, Lossiemouth, Walton, Wyton, Horsham St. Faith, Oakington, Benbrook und Newton.
[11] A.a.O.
[12] A.a.O.
[13] PRO, WO 193/732; Information, die am 2. Juli über Ismay von Dill an Churchill übermittelt wurde
[14] PRO, PREM 3/88–3
[15] A.a.O.
[16] A.a.O.
[17] A.a.O.
[18] A.a.O.
[19] PRO, WO 193/711; Notiz von Beaverbrook an Churchill, 20. November 1941
[20] »A Brief History of Porton Down«, S. 24
[21] PRO, WO 193/711; Sitzung des Generalstabsausschusses, 28. Dezember 1941
[22] PRO, WO 193/732; Aufzeichnung von Sir John Dill, 25. April 1941
[23] PRO, WO 193/711; Dokument mit dem Titel »Offensive chemische Kriegführungspolitik«, Sitzung des Generalstabsausschusses, 19. März 1942
[24] PRO, WO 193/711; Memorandum des britischen Generalstabschefs (CIGS; Chief of the Imperial General Staff), Oktober 1941
[25] Zitiert in Julian Perry Robinson, SIPRI, a.a.O., Bd. I, S. 316
[26] A.a.O.
[27] Zitiert in SIPRI, a.a.O., Bd. I, S. 321
[28] Enthalten in PRO, WO 193/712; Erklärung vom 6. Juni 1942
[29] A.a.O., Erklärung vom 9. Juni 1943
[30] Geheimdienstbericht über japanische chemische Kriegführung, BIOS, Bd. III
[31] PRO, WO 193/711; Telegramm an den GOC (General Officer Commanding) in West-Malaysia vom 11. 2. 1942
[32] Glenn B. Infield: »Disaster At Bari«, New York 1971, S. 46
[33] PRO, WO 193/712; »streng geheimer« Bericht: »Giftige Gasbrandwunden, die während der Hafenkatastrophe von Bari versorgt wurden«, von Stewart F. Alexander, Oberstleutnant des US-amerikanischen Sanitätskorps und fachärztlicher Berater für den Bereich der chemischen Kriegführung
[34] PRO, PREM 3/88–3
[35] PRO, WO 193/712; »streng geheimes« Eiltelegramm, 2. Januar 1944
[36] PRO, WO 193/712; »wichtiges und streng geheimes« Telegramm von General Wilson, 11. Januar 1944
[37] PRO, WO 193/712; Telegramm von General Eisenhower, 2. Januar 1944
[38] Informationen über die Zeit, die der britische Geheimdienst für die chemische

Kriegführung aufwendete, und über Enthüllungen von Geheimnissen der deutschen Absichten findet man in: F. A. Hinsley: »British Intelligence in the Second World War«, London 1981, Bd. II, S. 116–122 und 674–676.

[39] Zitiert in SIPRI, a.a.O. Bd. I, S. 297

[40] PRO, WO 193/713. Eine kurze Zusammenfassung dieser Kontroverse findet sich in einem Brief vom 15. Juli 1944 von Sir Archibald Nye an Sir Bernard Paget (Oberbefehlshaber im Nahen Osten). »Wir haben uns entschieden«, schloß er, »die Sache ruhen zu lassen.«

[41] Zitiert in Roger Parkinson: »A Day's March Nearer Home«, London 1974, S. 327

[42] PRO, PREM 3/89

[43] A.a.O.

[44] PRO, WO 193/711; von Churchill durch den Rundfunk verbreitete Nachricht vom 10. Mai 1942. Die Sendung wurde aufgrund eines Versprechens, das Churchill Stalin gegeben hatte, übertragen. Die Russen waren in Sorge, daß die Nazis an der Ostfront Giftgas benutzen könnten. Churchills »drohendes« Gelöbnis schien die Generalstabschefs beunruhigt zu haben. Im folgenden der entscheidende Abschnitt aus Churchills Rundfunkansprache: »Die Sowjetregierung hat uns gegenüber die Ansicht geäußert, daß die Deutschen aus Verzweiflung über ihren Angriff Giftgas gegen die Armeen und die Zivilbevölkerung Rußlands einsetzen könnten. Wir selbst sind fest entschlossen, diese abscheulichen Waffen nicht zu benutzen, sofern sie nicht zuerst von den Deutschen eingesetzt werden. Da wir unsere Hunnen jedoch kennen, haben wir es nicht versäumt, Vorbereitungen im beträchtlichen Umfang zu treffen. Ich wünsche es nun klarzustellen, daß wir auf die grundlose Gasanwendung gegen unseren russischen Alliierten genauso reagieren werden, als ob es gegen uns selbst eingesetzt werden würde, und wenn wir dann überzeugt sind, daß dieses Verbrechen von Hitler begangen worden ist, so werden wir unsere große und wachsende Luftherrschaft im Westen ausnutzen, um einen Gaskrieg im größtmöglichen Umfang gegen alle Städte Deutschlands zu führen . . .«

[45] PRO, PREM 3/89

[46] PRO, CAB 79/77; Sitzung des Gneralstabsausschusses, 8. Juli 1944

[47] PRO, CAB 84/64; Anleitungen für den Gemeinsamen Planungsstab, 16. Juli 1944

[48] PRO, PREM 3/89; »Militärische Überlegungen, die die Einführung der chemischen und anderer Sonderformen der Kriegführung betreffen«

[49] Bei den deutschen Städten handelte es sich um: Aachen, Bochum, Köln, Darmstadt, Duisburg, Düsseldorf, Essen, Frankfurt, Gelsenkirchen, Hagen, Krefeld, Mainz, Mülheim, Mönchengladbach, Münster, Oberhausen, Remscheid, Solingen, Wiesbaden, Wuppertal, Bielefeld, Bremen, Braunschweig, Hamburg, Hannover, Kiel, Lübeck, Osnabrück, Rostock/Warnemünde, Wilhelmshaven, Berlin, Chemnitz, Dessau, Dresden, Erfurt, Halle, Kassel, Leipzig, Magdeburg, Plauen, Potsdam, Stettin, Würzburg, Freiburg, Karlsruhe, Mannheim/Ludwigshafen, Saarbrücken, Stuttgart, Beuthen, Breslau, Danzig, Gleiwitz, Görlitz, Hindenburg, Königsberg, Augsburg, München, Nürnberg.

[50] PRO, PREM 3/89

[51] A.a.O.
[52] PRO, WO 193/712
[53] SIPRI, a.a.O., Bd. I, S. 298
[54] PRO, WO 193/712, P 398-A; 19. Februar 1945

Sechstes Kapitel: Neue Feinde

[1] Die vollständigste Zusammenfassung über die Beseitigung chemischer Waffen nach dem Zweiten Weltkrieg findet man in: »Die Aufrüstung mit B- und C-Waffen«, Julian Perry Robinson, SIPRI, a.a.O.
[2] PRO, 193/712; »Beseitigung deutscher chemischer Kampfstoffvorräte«, Bericht an die Stabschefs, 19. Juni 1945
[3] »Note by the Secretaries of the Joint Intelligence Committee«, Anhang B, 27. Januar 1949
[4] »Befragung bestimmter deutscher Personen, die an der chemischen Kriegführung beteiligt waren«, BIOS-Schlußbericht Nr. 542, Abschnitt Nr. 8
[5] »Note by the Secretaries of the Joint Intelligence Committee«, Anhang B, 27. Januar 1949
[6] »Materials on the Trial of Former Servicemen of the Japanese Army Charged with Manufacturing and Employing Bacteriological Weapons«, Moskau 1950. Ein Bericht findet sich auch in: Hersh, a.a.O. S. 13–18.
[7] Undatierter amerikanisch-deutscher Geheimdienstbericht
[8] »Note by the Secretaries of the Joint Intelligence Committee«, Anhang B, 27. Januar 1949
[9] Acht Seiten des amerikanisch-deutschen Dokuments, a.a.O.
[10] »San Francisco Examiner«, 2. Juni 1952
[11] »New York Times«, 23. Februar 1938
[12] Oberst V. Pozdnyakov: »Die chemische Bewaffnung«, in: B. H. Liddell Hart (Hrsg.): »The Soviet Army«, London 1956
[13] Zitiert in R. L. Garthoff: »Soviet Strategy in the Nuclear Age«, London 1958, S. 104
[14] Generalleutnant Arthur G. Trudeau: Aussage während einer Anhörung des Verteidigungsministeriums über den Wehretat für das Jahr 1961, Washington, März 1960
[15] Seymour Hersh: »Die Giftgaspläne des Pentagon werden undicht«, 15. Juli 1969. In Aufzeichnungen des US-Kongresses nachgedruckt.
[16] »The Penkovsky Papers«, London 1965, S. 153
[17] Informationen an die Autoren aus Geheimdienstquellen. Eine vollständigere kritische Analyse der sowjetischen Bewaffnung findet man in: »CB-Waffen heute«, SIPRI, a.a.O., Bd. I, S. 173–184.

Siebentes Kapitel: Die Suche nach dem patriotischen Bakterium

[1] PRO, COS (45) 402 (0); »Die zukünftigen Entwicklungen der Waffen und der Kriegsmethoden«, ein Bericht von Sir Henry Tizard's Ad-hoc-Ausschuß an die Generalstabschefs, Juni 1945
[2] PRO, TWC (45)–45; Brigadekommandeur O. H. Wansbrough-Jones, 3. Dezember 1945

[3] PRO, TWC (46) 15 (überarbeitet); »Die zukünftigen Entwicklungen der Waffen und der Kriegsmethoden«, Gemeinsamer Technischer Kriegführungsausschuß, Juli 1946

[4] »Merck Report«: ein Bericht von George W. Merck, dem Leiter des Kriegsforschungsdienstes, 1945

[5] Oberst William Creasy: »Vorlage für den Ad-hoc-Ausschuß für CEBAR (Chemical, Biological and Radiological [Warfare]) des Verteidigungsministers«, 24. Februar 1950, S. 15

[6] PRO, DEFE 4–3; Sir John Cunningham während einer Generalstabssitzung, 26. März 1947

[7] PRO, DEFE 4–24; Generalstabssitzung, 22. Februar 1950

[8] »US Army Activity in the US Biological Warfare Programs«, 24. Februar 1977, S. 1–4

[9] Creasy, a.a.O., S. 17

[10] Schriftwechsel mit Brigadegeneral Niles J. Fulwyler, 9. Februar 1981. Die Information über Operation Harness stammt aus einer Quelle der Royal Navy und aus Porton Down (Interview des Autors mit Dr. Rex Watson, 21. Juli 1981).

[11] Dokumente, die in der »Washington Post« vom 18. September 1979 zitiert worden sind. Der Familie eines der 800 000 Opfer dieses Angriffs zufolge hatten die eingesetzen, angeblich harmlosen Bakterien doch einen Todesfall verursacht. Edward Nevin, ein pensionierter Rohrleger, war, da er sich einen Eingeweidebruch zugezogen hatte, ins Krankenhaus aufgenommen worden, wo er einer verhältnismäßig einfachen Operation unterzogen werden sollte. Am 1. November 1950 starb er an einer Lungenentzündung. Blut- und Urinproben zeigten deutliche Serratia-Spuren. Die Familie nahm seinen Tod damals als Folge einer Infektion, die einen anfälligen alten Mann getroffen hatte, hin. Doch die Ärzte, die Nevin behandelt hatten, standen vor einem Rätsel. In den Wochen nach dem Sprühunternehmen waren elf durch Serratia verursachte Lungenentzündungsfälle aufgetreten. Es handelte sich um einen derartig seltenen Ausbruch, daß die Ärzte im folgenden Jahr einen Artikel für die »Archives of Internal Medicine« schrieben. Als 1976 Einzelheiten über die Versuche in San Francisco durchzusickern begannen, hatte die Familie Nevin den Verdacht, daß der Tod ihres Großvaters eine direkte Folge der biologischen Kriegführungstests gewesen war. Das Bezirksgericht von San Francisco wies im Mai 1981 ihre Klage gegen die Regierung der Vereinigten Staaten zurück, doch der Fall wird wahrscheinlich in den nächsten zwei oder drei Jahren die weiteren Instanzen durchlaufen.

[12] 1954 veröffentlichte Presseerklärung des Verteidigungsministeriums, im Dezember 1979 im Schriftverkehr zitiert

[13] Informationen an die Autoren aus örtlichen Quellen, vom Verteidigungsministerium und von Porton Down bestätigt

[14] In der »Washington Post« zitierte Dokumente, 23. April 1980

[15] A.a.O.

[16] Informationsblatt der US-Armee, 12. Januar 1977

[17] Creasy, a.a.O., S. 33

[18] »US Army Activity« (s. Anmerkung 8). Einige Einzelheiten über das Pine Bluff Arsenal verdanken wir Seymour Hersh, a.a.O., S. 132–137.

[19] Creasy, a.a.O., Tafel 1

[20] A.a.O., S. 22f.

[21] »Report of the International Scientific Commission for the Investigation of the Facts concerning Bacterial Warfare in Korea and China«, Peking 1952

[22] Interview des Autors mit Dr. Needham, 25. Februar 1981

[23] Im Januar 1952 beeidete Erklärung, zitiert in: Hersh, a.a.O., S. 20

[24] SIPRI, »The problem of Chemical and Biological Warfare«, Bd. I, S. 230

[25] Siehe 5. Kapitel

[26] Zitiert in Walter Schneir: »Die Kampagne, die chemische Kriegführung seriös zu machen«, »The Reporter«, Oktober 1959, S. 27

[27] »Law of Land Warfare«, Dienstvorschrift 27-10

[28] »Armed Forces Doctrine for Chemical and Biological Weapons Employment and Defense«; Dienstvorschrift 101–40

[29] J. H. Rothschild: »Tomorrow's Weapons«, New York 1964, S. 82ff.

[30] »Summary of Major Events and Problems«, US-amerikanisches Chemisches Korps, Etatsjahr 1959, Army Chemical Center, Maryland, Januar 1960

[31] Dieser Versuch erhielt den Decknamen »Project Screw worm«.

[32] Sawyer, Dengerfield, Hogge und Crozier: »Antibiotische Prophylaxe und Therapie von in der Luft befindlicher Tularämie«, »Bacteriological Reviews«, September 1966, S. 542–548

[33] Zitiert in: Hersh, a.a.O., S. 124

[34] Webb, Wetherley-Mein, Gordon Smith und McMahon: »Mit Langat- und Kyasanurwaldfieber-Viren behandelte Leukämie und Tumorbildung: eine ... Untersuchung an 28 Patienten«, »British Medical Journal«, 29. Januar 1966, S. 258–266

[35] A.a.O.

[36] Die Zahlen wurden dem Abgeordneten Geoffrey Johnson Smith in einer Antwort an das Parlament gegeben, 12. Juli 1971.

[37] Die Beobachtung machten zuerst Robin Clarke und Julian Perry Robinson, in: Steven Rose (Hrsg.): »Chemical and Biological Warfare«, London 1968, S. 109

[38] Dieses Szenarium beschrieb Dr. Rex Watson, Direktor von Porton Down, für die Autoren während eines Interviews im November 1980

[39] »US Army Activity in the US Biological Warfare Programs«, 24. Februar 1977

[40] Das Versuchszentrum Deseret in Utah

[41] »Es stand kein einziges Inspektionsverfahren oder eine Kombination von Verfahren zur Verfügung, die eine hochgradige Versicherung gegen eine militärisch bedeutsame Verletzung der Begrenzung biologischer Waffen bieten würde.« (»US Army Activity in the US Biological Warfare Programs«, 24. Februar 1977)

[42] Erklärung des Präsidenten, 25. November 1969

Achtes Kapitel: Der unaufhaltsame Aufstieg der chemischen Waffen

1 PRO, COS (45) 402 (0); »Die weiteren Entwicklungen der Waffen und der Kriegsmethoden«, ein Bericht von Sir Henry Tizard's Ad-Hoc-Ausschuß an die Generalstabschefs, Juni 1945

2 Undatiertes Interview mit Generalmajor Marshall Stubbs

3 D. J. A. Goodspeed: »A History of the Defence Science Board of Canada«, Ottawa 1958

4 Erklärung des Versorgungsministers, Senator Anderson, an den australischen Senat, 28. November 1968

5 Interview des Autors mit Dr. Rex Watson im November 1980. Es ist außerdem bekannt, daß australische Wissenschaftler 1968/69 experimentelle Forschungsarbeiten mit Giftstoffen, die aus der Feuerqualle und der Seewespe – einer Würfelquallenart – gewonnen wurden, durchführten.

6 »Die tödliche Wirkung von GB und GE unter Verwendung von Sprengstoff auf Ratten/Chemische Waffen bei Geländeversuchen«, Portoner technische Aufzeichnung Nr. 239, 1951 und: »Die Herbeiführung von Opfern durch GB-Dämpfe bei Affen«, Portoner technische Aufzeichnung Nr. 424, 1954

7 Brief vom Abgeordneten John Morris, Staatssekretär im Verteidigungsministerium, an den Abgeordneten James Dickens, 31. Juli 1968. Unsere Darstellung bezieht sich außerdem auf Schriftverkehr mit Cockayne und auf die Untersuchung medizinischer Berichte.

8 Die Versuche in Nigeria wurden vom derzeitigen Direktor und dem Personal von Porton Down in Gesprächen und im Schriftverkehr mit den Autoren bestätigt.

9 Zitiert in: »Tribune«, 30. Januar 1959

10 Pressemitteilung des Verteidigungsministeriums, 29. Oktober 1970

11 Interview des Autors mit Tom Griffiths im April 1980. Eine Darstellung des Falls Griffiths kann man auch finden in: Elizabeth Sigmund: »Rage Against the Dying«, London 1980, S. 28–42.

12 Interview des Autors mit Trevor Martin im Februar 1981. Außerdem: »Nervengasarbeiter enthüllt, wie er verkrüppelt worden ist«, »Sunday Times«, 7. Dezember 1969

13 Fort Clayton in der Kanalzone; Fort Greely in Alaska; Camp Tuto auf Grönland

14 Die Anlage wurde Muscle Shoals Development Werk genannt und wurde 1953 in Betrieb genommen.

15 Es gibt verschiedene Angaben über die Produktionsmenge. Die Kosten der GB-Herstellung sind genannt in: SIPRI, a.a.O., Bd. II, S. 53.

16 Die Sprengköpfe waren für Honest-John-, Little-John- und Sergeant-Flugkörper entwickelt worden.

17 »A Brief History of Porton«, S. 37

18 »Summary of Major Events and Problems«, US-amerikanisches Chemisches Korps, Etatsjahr 1959, Januar 1960

19 Information an die Autoren

[20] Einschließlich der Honest-John- und Sergeant-Flugkörper

[21] »Harpers«, Juni 1959

[22] »Die USA versuchen chemische Stoffe zu entwickeln, die den Feind vorübergehend außer Gefecht setzen«, »Wall Street Journal«, 16. August 1963

[23] Auszug aus einer beeideten Erklärung des ehemaligen US-Soldaten Dan Bowen an die Initiative »Amerikanische Bürger für Anstand in der Regierung«, 9. Juli 1979. Bowen hatte vom 28. Februar bis zum 3. April 1961 an Versuchen im Edgewood Arsenal teilgenommen.

[24] Erklärung des Verteidigungsministeriums vom 26. Juli 1975 und Schriftverkehr mit dem Verteidigungsminister, 29. April 1980

[25] Eine detailliertere Darstellung der Entdeckung des LSD findet man in: John Marks: »The Search for the Manchurian Candidate«, New York 1979.

[26] »Psychochemical Agents«, Chemischer Kriegführungslaborbericht Nr. 2071, 14. September 1956

[27] Unseren Informationen zufolge untersuchten die Briten jedoch auch weiterhin andere »humane« Drogen, beispielsweise starke Beruhigungsmittel für Tiere, ursprünglich dazu bestimmt, Elefanten und andere große Tiere zu betäuben.

[28] Krankenbericht, zitiert in: Bowart, a.a.O., S. 90

[29] Aussage vor Ermittlungsbeamten der Armee, Marks, a.a.O., S. 67

[30] Erklärung des Verteidigungsministeriums, 26. Juli 1975

[31] »Pharmacologia«, 1972

[32] Es gab unzählige weitere Versuche, um den Wert des LSD bei der Befragung von Gefangenen festzustellen. 1960 schickte man eine Gruppe von Vernehmungsbeamten nach Europa, die LSD bei der Befragung von zehn Personen einsetzen sollten, von denen man annahm, daß sie bei früheren Vernehmungen durch die Militärpolizei gelogen hatten. Unter dem Decknamen »Project Third Chance« folgerte das Befragungsteam, daß LSD ungefährlich, human und sicher war. 1962 benutzte ein weiteres Team LSD bei Verhören im Fernen Osten, wo man die Droge sieben »ausländischen Staatsangehörigen« verabreichte. Trotz der Begeisterung seiner Fürsprecher wurde die Anwendung von LSD auf militärische Gefangene 1963 bis auf weiteres eingestellt.

[33] Biotechnisches Forschungs- und Entwicklungslabor der US-Armee: »Technical Report 7710«, Fort Detrick, August 1977; und: SIPRI, a.a.O., Bd. II, S. 47

[34] Die Dugway-Testreihe zur »Feststellung der wirksamen Dosierung des BZ, wenn es im Freien verbreitet wird«, begann man Ende 1964; sie erhielt den Decknamen »Project Dork«. Die Versuche auf Hawaii fanden in den Jahren 1966 und 1967 statt.

[35] Die Regierung der USA behauptete derzeit, daß die US-Streitkräfte in Vietnam keine chemischen Waffen benutzten, die der internationalen Kontrolle unterworfen waren. Man erklärte, daß pflanzenvernichtende und »zermürbende Kampfstoffe« nicht zur chemischen Kriegführung gehörten.

[36] 2, 4 Dichlorphenoxyessigsäure, verschlüsselt als LN 8; 2, 4, 5 Trichlorphenoxyessigsäure, verschlüsselt als LN 14, bekannter unter der Bezeichnung 245 T; und Isopropyl-N-phenylcarbamat (Propham), verschlüsselt als LN 33. (PRO, DEFE 2/1252; »Erntevernichtung«, ein Bericht an den Gemeinsamen Technischen Kriegführungsausschuß, 1945, S. 2)

[37] A.a.O., S. 1. Die Strategen schätzten, daß ein Angriff ungefähr 30 Prozent der Reisernte vernichten würde.

[38] »Flying«, November 1966

[39] Brief von Dixon Donelly, Ministerialdirektor, Verteidigungsministerium, September 1966

[40] SIPRI, a.a.O., S. 178 f.

[41] »Dioxin: a potential chemical warfare agent«, SIPRI-Jahrbuch, Stockholm 1977, S. 92

[42] A.a.O., S. 97 f.

[43] Benannt nach den beiden amerikanischen Wissenschaftlern Carson und Staughton, die diese Verbindung 1928 als erste entdeckten.

[44] »Summary of Major Events and Problems«, US-amerikanisches Chemisches Korps, Etatsjahr 1959, Januar 1960, S. 96

[45] Ein in der Provinz Binh Dinh durchgeführter Angriff, Februar 1966

[46] Zitiert in: Hersh, a.a.O., S. 178 f.

[47] »Le Monde«, 4. Januar 1966

[48] Hersh, a.a.O., S. 170

Neuntes Kapitel: Werkzeug der Spione

[1] Zitiert in der BBC-Fernsehsendung »Panorama« vom 9. September 1979

[2] Die Informationen über diese Anschläge stammen aus mehreren Quellen. Die lesbarste Darstellung über Chochlows Aktivitäten befindet sich in: John Barron: »KGB«, New York 1974. Einen ausführlicheren Bericht findet man in: »Murder International Inc., Murder and Kidnapping as an Instrument of Soviet Policy, 1965 Hearings before the subcommittee to investigate the administration of the International Security Act and other Internal Security Laws«, Rechtsausschuß, US-Senat, 1965.

[3] PRO; Kabinettsdokument 120/783

[4] PRO, CAB 79/56; Generalstabssitzung, 20. Juli 1942

[5] A.a.O.; Bemerkung des stellvertretenden Leiters des Generalstabes (ACIGS)

[6] Lovell, a.a.O., S. 17

[7] A.a.O., S. 22

[8] A.a.O.

[9] »Use of Volunteers in Chemical Agent Research«, Bericht des Generalinspekteurs, Heeresministerium, 1975, S. 19

[10] »Beseitigung von Abtrünnigen jeder Art, die eine sehr lange Bewachung erfordern«, Notiz, datiert vom 7. März 1951

[11] »Sensitive Forschungsprogramme«, Notiz für den Leiter der CIA, Juni 1964

[12] Alan W. Scheflin/Edward M. Opton Jr.: »The Mind Manipulators«, London/New York 1978, S. 134 f.

[13] Senatskommission zur Untersuchung von Mißständen bei Drogenversuchen der CIA«, »New York Times«, 20. September 1977

[14] »Neue Einzelheiten über die ›die Wohnung in San Francisco‹ «, »San Francisco Chronicle«, 28. August 1977

[15] Zitiert in: Marks, a.a.O., S. 101

[16] »Statement to the Senate Select Committee on Intelligence and Senate Committee on Human Resources«, Admiral Stansfield Turner, 13. August 1977

[17] Jahresberichte des Human Ecology Fund, 1961 und 1962, zu finden im Sozialamt des Bundesstaates New York

[18] William Colby/Peter Forbath: »Honorable Men – My Life in the CIA«, New York 1978, S. 442. Während eines Interviews mit einem der Autoren im Mai 1978 behauptete Colby, daß all die Behauptungen über Attentatspläne der CIA »sich nur auf einen Fall bezogen – Fidel Castro«, und er gab zu, daß die CIA hier einen Mord plante.

[19] »Unerlaubte Lagerung von toxischen Wirkstoffen«, Anhörungen vor dem Geheimdienstausschuß des US-Senats unter dem Vorsitz von Frank Church, auch bekannt als das Church-Komitee (16., 17., 18. September 1975), S. 10

[20] A.a.O., S. 161

[21] Einem Bericht der »Newsday« vom Januar 1977 zufolge sind nicht alle biologischen Unternehmen gegen Kuba fehlgeschlagen. Die Zeitung zitierte einen nicht näher identifizierten Geheimdienstagenten, der erklärte, daß er Anfang 1971 einen Behälter, der Viren enthielt, nach Kuba verschifft hatte. Sechs Wochen später berichtete man auf der Insel über den einzigen Ausbruch von afrikanischer Schweinepest in der westlichen Hemisphäre. Über 500000 Schweine, die für die nationale Wirtschaft von großer Bedeutung waren, fielen ihr zum Opfer. Die CIA hatte sich zu dieser Behauptung nicht geäußert. »Newsday», 9. Januar 1977

[22] »Angeblich geplante Attentate auf ausländische Staatsoberhäupter«, Zwischenbericht des Church-Komitees, S. 20 f. Gottlieb sagte als Zeuge unter dem Pseudonym »Victor Schneider« aus. Weitere Informationen erhielten die Autoren aus einem Interview mit dem ehemaligen CIA-Mitarbeiter John Stockwell im Mai 1978.

[23] Philip Agee: »Inside the Company – CIA Diary«, New York 1975, S. 85

[24] Informationen von einem Angestellten aus Fort Detrick

[25] »Unauthorised Storage of Toxic Agents«, Church, a.a.O., S. 103f.

Zehntes Kapitel: »Gelber Regen« – und das Ende einer Hoffnung?

[1] Aus der Nachrichtensendung »First Tuesday« (NBC), 1. Mai 1973

[2] Konvention über das Verbot der Entwicklung, Herstellung und Lagerung von bakteriologischen (biologischen) und toxischen Waffen und über ihre Vernichtung; unterzeichnet in Washington, London und Moskau, 10. April 1971

[3] »Boston Globe«, 28. September 1975

[4] Jack Andersons Kolumne, 27. Dezember 1975. Nicholas Wade, der diese beiden Behauptungen für »Science« untersuchte, folgerte, daß »kaum etwas dafür spricht, anzunehmen, daß die Sowjetunion gegen die Biologische Waffenkonvention verstößt« (»Science«, 2. April 1976). Der sowjetische Diplomat teilte »Science« mit, daß »Anderson sagen kann, was er gerne möchte; dies ist ein freies Land«.

[5] Nachricht der Agentur Reuter, Brüssel, 30. Januar 1978. Die Nachrichten-

agentur »Tass« bezeichnete diese Meldung später als ein Produkt des »britischen Falschinformationsdienstes«.

[6] »New York Times«, 5. Juni 1978

[7] »San Francisco Examiner«, 22. Oktober 1979. Der polnische Hauptmann soll amerikanischen Diplomaten angeblich mitgeteilt haben, daß er von dem Plan gehört hatte, als er 1976 im Archipel Gulag gefangengehalten wurde. Dagegen behauptete Fidel Castro im Juli 1981, daß eine Denguefieber-Epidemie, die 113 Kubaner getötet und weitere 270000 angesteckt hatte, das Werk der CIA gewesen war (Rede, gehalten in Victoria de las Tunas, Kuba, 27. Juli 1981).

[8] »Now!«, 26. Oktober 1979

[9] Nach Zhores Medvedev im »New Scientist« vom 31. Juli 1980.

[10] Zum Beispiel: »Washington Star«, 19. März 1980: »Nach Annahmen der USA tötete sowjetischer Milzbrand 200–300 Personen.«

[11] Zum Beispiel: Zhores Medvedev, »New Scientist«, 31. Juli 1980; Vivian Wyatt, »New Scientist«, 4. September 1980

[12] Erklärung eines Pentagon-Sprechers gegenüber den Autoren, Dezember 1980

[13] Interviews des Autors mit Professor Adolf Henning Frucht, Berlin, April 1980

[14] »Chemische Waffen im Warschauer Pakt«, »Soldat und Technik«, 1970

[15] Professor John Erickson: »Die Leistungsfähigkeit der sowjetischen chemischen Kriegführung«, Studie für das Verteidigungsministerium, Universität Edinburgh, 1978, S. 17

[16] Aussage vor dem NATO-Unterausschuß des parlamentarischen Verteidigungsausschusses, 18./19. Dezember 1979

[17] Schriftverkehr der Autoren mit dem Pentagon, November 1980

[18] Die USA wünschten, daß die Konvention »kampfunfähig machende Wirkstoffe und gefährliche Reizmittel, jedoch nicht ungefährliche Reizmittel und erntevernichtende Chemikalien« einschließen sollte. Eine ausführlichere Darstellung der Verhandlungen findet man in: »Verhandlungen zur chemischen Kriegführungskontrolle«, »Arms Control«, Nr. 1 (Mai 1980), 1. Jg.

[19] Charles H. Bay: »The Other Gas Crisis – Chemical Weapons« (unübersetzbares Wortspiel: »Gas« kann mit »Benzin« oder »Gas« ins Deutsche übersetzt werden), »Parameters, Journal of the Army War College«, September 1979. Als Oberst Bay diesen Artikel schrieb, war er der Befehlshaber des Versuchsgeländes Dugway.

[20] »Auch Kampfstoff – Rüstung der Sowjets«, »Soldat und Technik«, 1968

[21] Gespräch mit den Autoren, April 1980

[22] Matthew Messelson/Julian Perry Robinson: »Chemische Kriegführung und Chemische Abrüstung«, »Scientific American«, April 1980

[23] Richard H. Ichord: »Die tödliche Bedrohung durch die sowjetische Kriegführung«, »Reader's Digest«, September 1979

[24] Bay, a. a. O.

[25] Charles H. Bay: »The Other Gas Crisis, Part Two« (siehe Anm. 19), »Parameters«, Dezember 1979

[26] Informationen an die Autoren

[27] »Los Angeles Times«, 23. September 1978

[28] General Bernard Rogers in: »Now!«, 21. März 1980

[29] »Binary Munitions Advantages«: internes Instruktionsdokument des Edgewood Arsenals

[30] »Binary Modernization«, Informationsschrift des Pentagons, 21. Mai 1980; und: »Alte Ängste, neue Waffen: die Anzettelung eines chemischen Wettrüstens«, »The Defence Monitor« (1980), Jg. IX, Nr. 10

[31] »Reports of the Use of Chemical Weapons in Afghanistan, Laos and Kampuchéa.« US-Außenministerium, 7. August 1980.

[32] Aus einem Interview der Autoren, Januar 1982.

[33] Trotz beständiger Ableugnungen war es offensichtlich, daß die republikanischen Streitkräfte im jemenitischen Bürgerkrieg Giftgas gegen die Royalisten eingesetzt hatten. Die Republikaner hatten umfangreiche Waffenlieferungen aus der Sowjetunion erhalten und waren von den Ägyptern unterstützt worden, doch die Herkunft des chemischen Kampfstoffes (wahrscheinlich Senfgas) ist noch immer umstritten. Der damalige britische Premierminister Harold Wilson hielt die Behauptungen für ausreichend bewiesen, um das Unterhaus am 31. Januar 1967 darüber zu informieren, daß tatsächlich Giftgas eingesetzt worden war.

[34] Eine Probe wurde an einen Pharmakologen nach Philadelphia geschickt, der sie dann an die Universität von Minnesota weiterleitete. Als die lokale Tageszeitung die Herkunft der Probe offenbarte, hatte man in der Universität immer noch nicht gewußt, wo sie herstammte.

[35] »Chemical Warfare in South-East-Asia and Afghanistan.« Auswärtiges Amt der USA, 22. März 1982, S. 6.

[36] Interview der Autoren mit Richard Burt, US-Außenministerium, Januar 1982.

[37] Diese Untersuchungen wurden von Professor Matthew Messelson an der Harvard Universität durchgeführt, einer weltweit anerkannten Autorität in dem Bereich der chemischen und biologischen Kriegführung. Anfang 1984 legte Messelson weitere unterstützende Fakten vor. Nach einem Besuch in Thailand im März 1984 berichtete Messelson von Bienenschwärmen, die massive »Darmentleerungsflüge« unternahmen, während derer sie gelbe Niederschläge produzierten, die von den Proben des Gelben Regens »nicht zu unterscheiden« waren. Vertreter der US-Regierung zogen den Bericht ins Lächerliche.

[38] Ähnliche Behauptungen über den Einsatz von Gas wurden zur gleichen Zeit (Ende 1980) von Äthiopien aufgestellt.

[39] »Report of the Specialists Appointed by the Secretary-General to Investigate Allegations by the Islamic Republic of Iran Concerning the Use of Chemical Weapons.« Sicherheitsrat der Vereinten Nationen; S/16433, März 1984.

[40] Präsident Reagan, Pressekonferenz vom 4. April 1984.

Epilog

[1] Die Berechnungen beziehen sich auf Einschätzungen von Julian Perry Robinson und auf das »SIPRI Yearbook«, 1973, S. 271

[2] Mobility Equipment Research and Development Center der US-Armee: »Decontamination of Water Containing Chemical Warfare Agent«, Fort Belvoir, Virginia, Januar 1975

[3] Sprecher der US-Armee, Mai 1980

[4] Aussage vor einem Unterausschuß des parlamentarischen Haushaltsausschusses, Vorlage des Verteidigungsministeriums zur Bewilligung von Geldern für das Jahr 1963, Washington, März 1962

[5] Aussage vor einem Unterausschuß des parlamentarischen Haushaltsausschusses, Vorlage des Verteidigungsministeriums zur Bewilligung von Geldern für das Jahr 1970, Washington, 1969

[6] Hierbei handelt es sich nicht um eine rein theoretische Spekulation. 1968 arbeiteten Porton Down und Fort Detrick bei einer erfolgreichen Genübertragung zwischen verschiedenen Pestbakterienarten zusammen. Die Forschungsarbeiten wurden zu »rein defensiven Zwecken« durchgeführt.

Personen- und Sachregister